임파서블 크리처스

하늘을 나는 소녀와 신비한 동물들

임파서블 크리처스

하늘을 나는 소녀와 신비한 동물들

캐서린 런델 장편소설
김원종 옮김

arte

이 책에 쏟아진 해외 총평

* 2023년 워터스톤스 올해의 책 수상
* 2023년 브리티시 북어워드 올해의 도서상, 올해의 작가상 수상
* 2023년 영국&아일랜드 도서 판매자 협회상 수상
* 2023년 포일스 올해의 도서상 수상
* 2023년 아마존 올해의 도서 최종 후보작
* 《타임스》, 《인디펜던트》, 《데일리 텔레그래프》 이주의 도서 선정
* 《선데이 타임스》 베스트셀러

* * *

캐서린 런델은 언제나 독창적이고 활기 넘치며 예측하기 힘든 이야기를 쓴다. 이번 작품에 그려진 세상은 참으로 흥미진진하고 잘 짜여 있어 빠져들지 않을 수 없으며, 신비한 동물들에 대한 야수 도감은 유년 시절에 품고 살던 T.H. 화이트의 작품과 어깨를 나란히 한다. 그녀의 전작을 읽어본 적이 있는 독자들은 이번 작품 또한 기쁘게 읽을 것이고, 처음 읽는 독자들도 만족스러운 마음으로 이전 작품을 찾게 될 것이다. -필립 풀먼, 『황금 나침반』 작가

캐서린 런델은 뛰어난 작가다. 판타지가 왜 존재하는지, 아이들과 우리에게 왜 판타지 문학이 필요한지 누구보다 잘 알고 있다. 그뿐 아니라 독창적이고 멋진 책을 엮어내어 나이와 성별을 초월해 수많은 독자들에게 기쁨을 주는 동시에 마음의 지평을 넓히고 또한 채워주기도 한다. -닐 게이먼, 『멋진 징조들』 『닐 게이먼 베스트 컬렉션』 작가

한때 J.R.R. 톨킨이 있었고, 필립 풀먼이 있었다면 지금은 캐서린 런델이 있다. 놀라운 창조력과 경탄할 만한 글솜씨로 풀어낸 이 책은 그녀의 으뜸가는 작품이다. 그 자체로 의미가 있다. -마이클 모퍼고, 『설원의 독수리』 작가

환상적이고 매혹적인 즐거움이 가득한 경이롭고 풍부한 상상의 세계. -크레시다 코웰, 『드래곤 길들이기』 작가

유쾌하고 다채로우며, 감동적이면서 때론 가슴 아린 모험 이야기. -프랜시스 하딩, 『거짓말을 먹는 나무』 작가

놀라운 상상력과 우아한 문체가 결합된 뛰어난 판타지 걸작. 하루 종일 쉬지 않고 읽고는 평생 간직하게 될 책. -재클린 윌슨, 『키스』 작가

『임파서블 크리처스』 표지를 열면 『나니아 연대기』의 '나니아'와 『반지의 제왕』의 '가운데땅'만큼 풍성하며 매혹적이고 위태로운 상상의 나래가 펼쳐진다. -프랭크 코트렐 보이스, 『코스믹』 『잊을 수 없는 외투』 작가

우리 시대 최고의 재능을 지닌 이야기꾼이 써낸 『임파서블 크리처스』는 즉시 명작의 반열에

오른 놀라운 기적이 담긴 책이다. -캐서린 애플게이트, 『세상에 단 하나뿐인 아이반』 작가

맹렬하게 타오르는 용기와 지혜로 날아오르는 대모험. -피어스 토데이, 작가

놀랍도록 생동감 넘치며 상상 그 이상으로 치닫는 멋진 이야기. 작가 캐서린 런델이 선보인 최고의 경이로운 걸작. 책을 다 읽은 후 소리를 지르고, 웃고, 뭔가를 물어뜯고 싶은 기분이 들었다. -키란 밀우드 하그레이브, 『잉크와 별의 소녀』 작가

환희할 만한 생명체들. 모두가 마법으로 충만한 이 생명체들을 기억하고자 펜을 꺼내 들게 될 것이다. -패트릭 네스, 『카오스 워킹』 작가

『임파서블 크리처스』의 모든 장면을 음미하지 않을 수 없었다. 정말이지 멋진 이야기이다! -애비 엘핀스톤, 작가

참으로 원숙한 이야기꾼이 빛나는 상상력으로 빚어낸 보기 드문 위업. 필립 풀먼의 『황금 나침반』 이후 최고의 작품. -캐서린 도일, 작가

나는 배고픈 용이 되어 이 작품을 게걸스럽게 탐독했다! -샘 세그먼, 작가

한 장 한 장 전율을 느끼며 넘기게 되는 서사 판타지. -로렌 세인트 존

매력적인 인물, 숨이 멎는 듯한 모험, 풍부한 신화와 마법이 함께하는 『임파서블 크리처스』는 판타지 문학의 정수를 선사한다. -아이샤 부시비, 작가

지난 12개월 동안 작가 캐서린 런델은 세대를 대표하는 탁월한 작가 중 한 명임을 알 수 있었다. 작가 마이클 모퍼고는 『임파서블 크리처스』에 대해 다음과 같이 단언했다. '한때 J.R.R. 톨킨이 있었고, 필립 풀먼이 있었다면 지금은 캐서린 런델이 있다.' -《북셀러》

J.R.R. 톨킨 및 필립 풀먼의 작품에 비견될 만한 걸작. -《데일리 텔레그래프》

정부 개편에 관한 소식보다 더 열렬히 기대할 만한 신작이 출간되었다. -《아일랜드 오브 브릴리언트》

신화 속 생명체들이 가득한 마법의 땅 아키펠라고로 여행을 떠나는 새로운 판타지 시리즈의 시작. -《가디언》

C.S. 루이스와 J.R.R 톨킨의 뒤를 이을 만한가? 새로이 등장한 이 판타지 시리즈의 첫 권에는 손에 땀을 쥐게 하는 장면과 다채로운 문장이 가득하다. 그리핀 날개의 펄럭임과 독을 품은 뾰족뒤쥐의 섬뜩함을 느낄 수 있으며 사악한 만티코어가 '진한 고기 냄새'와 함께 입에서 뿜어내는 악취 또한 맡아볼 수 있을 정도로 생생

하다. 이 작품은 비단 『황금 나침반』 독자에게만 어필할 만한 책은 아니다. 라이라 벨라쿠아가 모래 먼지 쫓기를 단념한 후 알리시오미터를 던져버리고 저술에 매진하여 세상을 놀라게 하기로 했다면 내놓았을 만한 작품이다. 다시 말해, 최고다. -《타임스》

캐서린 런델은 J.K. 롤링을 떠올리게 하는 뛰어난 작가이다. 그녀는 공중그네 예술가인 동시에 학자였는데 이제는 필립 풀먼에 필적할 만한 명작 『임파서블 크리처스』를 써냈다. -《선데이 타임스》

올 한 해 가장 뛰어난 도서. J.R.R. 톨킨과 필립 풀먼에 필적할 만한 걸작. -《데일리 텔레그래프》

캐서린 런델은 상상력과 창의력을 가득 담은 가장 순수한 형태의 책으로 우리에게 충격을 안겨준다. 그녀는 판타지를 사랑하는 독자들이 앞으로 오랫동안 사랑할 만한 이야기를 빚어냈다. -《인디펜던트》

생기 넘치는 존 던의 전기를 펴내기 위해 아동도서 저술을 중단한 캐서린 런델이 『나니아 연대기』와 『황금 나침반』과 결을 같이하며, 우리가 신화 속 존재로만 여기는 그리핀, 유니콘, 크라켄 등이 활기차게 살아 숨 쉬는 숨겨진 땅 아키펠라고를 배경으로 한, 『임파서블 크리처스』라는 제목의 새로운 판타지 시리즈와 함께

돌아왔다. -《가디언》, 2023년 주목할 신간

10대 청소년 및 아이들을 매혹시키는 '런델의 작품'은 늘 독창적이다. -《옵서버》, 추천 신간

만약 잠자리에 들 시간을 훌쩍 넘어서까지 아이들을 매혹시킬 수 있는 책이 있다면 그것은 바로 『임파서블 크리처스』이다. -《아이 The i》

캐서린 런델은 비범한 작가이다. 그녀가 쓴 이번 시리즈의 첫 작품은 긴장과 전율, 감동을 동시에 담고 있으며, 때론 눈물까지 흘리게 한다. 또한 뛰어난 상상력이 가득한 이 이야기에는 오래 기억할 만한 존재들이 많이 등장하는데, 그중 하나가 결코 잊을 수 없는 그리핀이다. -《데일리 메일》

차례

어린 시절을 환히 밝혀주신
고모할머니 클레어 호킨스를 추억하며

"그리핀은 깃털로 덮인 네발짐승이다.
몸은 사자인데 날개가 있고 얼굴은 독수리와 같다."

세비야의 이시도루스, 『어원』(600년경)

"그의 입은 죽음이요, 숨결은 불이다!"

『길가메시 서사시』(메소포타미아, 기원전 2000년경)

용에 관한 최초의 기록으로 추정

"나, 불멸하는 영혼의 전진을 노래하네."

존 던, 「윤회」(1601년)

수호자의
야수 도감

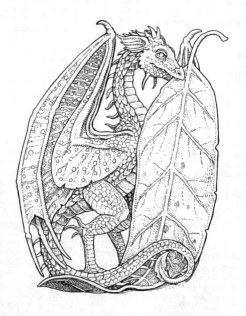

세상에는 사람들로부터 보호하기 위해 주의 깊게 숨겨진 비밀의 장소가 존재한
다. 자연이 본래의 모습을 유지하고 있는 그 놀라운 곳에는 신화 속 온갖 생명체
들이 살아 숨 쉬고 있다. 가장 큰 섬은 덴마크만 하고 작은 섬은 마을 광장만 한,
총 34개의 섬으로 구성된 그곳의 이름은 아키펠라고이다. 그 섬들에서는 수천
마리 마법의 생명체들이 땅과 하늘을 누비고 새끼를 기르며 살다가 수명이 다
하면 죽고 다시 태어나기를 반복한다. 우리에게 그들은 반쯤 잊힌, 이미 오래전
부터 동화에나 나오는 존재로 여겨지고 있지만 사실 그들은 완전히 사라지지
않았다. 아직 적지 않은 수가 마지막 마법의 땅 아키펠라고에 살아남아 지금도
빛을 발하고 있다.

알미라지

눈부시게 아름다운 알미라지는 뿔 달린 토끼이다. 두 귀는 길고 귓속은 분홍색이며 뿔은 금색이다. 짝짓기 철이 되면 알미라지가 뛰노는 곳에선 초록색 새싹이 솟아난다. 풀한 포기 없는 땅이라도 알미라지들이 뛰놀면 채 한 시간도 안 돼 풀로 뒤덮인다. 전해지기로 그들은 용감하고 현명하며 선한 사람을 찾아낸다고 한다. 예전에 리시아의 아리언 여왕은 약혼자에게 알미라지 한 마리를 보냈는데 그 알미라지는 약혼자를 외면하고 여왕의 시종과 반갑게 인사했다. 그래서 여왕은 당시 시종과 결혼하였고 정원에 금빛 뿔이 달린 토끼를 여러 마리 기르면서 오래오래 행복하게 살았다고 한다.

아방크

아방크는 늪지대에 사는 육식동물로, 송곳니가 날카로운 비버처럼 생겼다. 뼈처럼 하얗고 핀처럼 날카로운 아방크의 송곳니는 하루에 2센티미터 넘게 자란다. 그래서 그들은 바위나 나무, 때로는 인간을 이용하여 송곳니를 갈고 날카롭게 유지한다. 털이 보드랍고 빛깔이 아름다워서 아이들은 곧잘 아방크에게 장난을 치곤 하는데 장난은 한 번까지만 가능하다.

보로메츠

'채소양'이라고도 알려진 보로메츠는 녹색 식물의 줄기에서 자라나며 덩굴손으로 줄기에 묶여 있다. 이 양 같은 생물은 높이가 약 30센티미터에 피부는 녹색이고 털은 하얗다. 보로메츠가 덩굴손이 닿는 곳의 풀을 모두 뜯어 먹으면 자신은 물론 연결된 식물까지 모두 죽게 된다. 그래서 아키펠라고에서는 지나가다가 보로메츠를 발견하면 그 주변 땅에 심기 위해 씨앗을 들고 다니는 사람이 많다. 보로메츠는 자신이 믿을 수 있는 사람에게 털을 아낌없이 주는데 그 털로 세상에서 가장 부드러운 옷감을 만들 수 있다. 이 옷감은 수천 년이 지나도 해지지 않으며 아주 희미하게 땅 냄새가 난다.

켄타우로스 / 켄타우리드

남성을 켄타우로스, 여성을 켄타우리드라고 부른다. 켄타우로스는 말의 몸에 인간의 몸통과 머리를 지닌 생명체다. 그들은 뛰어난 기술을 가진 장인이지만 먹을 것에 중점을 둔 생활을 한다. 그 몸과 뛰어난 두뇌를 감당하기 위해서는 하루에 식사를 열두 번이나 해야 하기 때문이다. 그들은 다양한 요리를 만들며 보름달이 뜰 때마다 달빛 아래 음식을 차려놓고 잔치를 벌인다. 잔칫상에는 숲에서 딴 과일이 산처럼 쌓이고 야생 사과로 담근 독한 술도 올라간다. 잔치는 밤을 새우다 못해 다음 날까지도 이어진다.

키메라

키메라는 사자와 비슷하지만, 몸에 염소 머리가 달려 있고, 꼬리 끝에는 뱀의 머리가 달려 있다. 세 머리 각각 별도의 뇌와 신경 체계를 갖추고 있고 저마다 고집도 세다. 이런 이유로 키메라는 생각보다 큰 피해를 주지 못한다. 세 머리끼리 싸우느라 늘 오락가락하기 때문이다.

용

아키펠라고에는 모두 37종의 용이 존재한다. 가장 큰 종은 온통 검고 날개 안쪽이 진홍색인 '빨간 날개'인데, 대성당만큼이나 거대하다. 반면에 가장 작은 '자쿨루스'는 사람의 엄지손가락 위에 편안하게 앉을 수 있을 만큼 작다. 매끈한 날개와 긴 꼬리를 가진 '노란 용'은 하늘에서는 그 무엇보다 빠르다. 한편 꼬리가 구리로 된 '해룡'은 바닷속에서 숨을 쉴 수 있고, 다 자란 후에는 죽을 때까지 물밑에서만 살다가 어쩌다 한 번 뱃사람을 사냥하러 수면 위로 떠오른다고 한다. 4천 년이나 산다는 '은빛 용'은 세상에서 가장 나이가 많은 생물일 것이다. 기나긴 세월을 살아온 이 용의 기분을 함부로 추측하는 것은 위험하다.

그리핀

그리핀은 사자의 몸통과 꼬리 및 뒷다리, 독수리의 머리와 앞발을 지니고 있다. 비록 말은 못하지만 학습 능력이 매우 뛰어나 함께 지내는 사람의 말을 며칠 만에 완전히 이해할 수 있다. 다 자라면 날개가 아이 한 명을 품을 수 있을 정도로 길어지며 추운 날에는 몸에서 온기를 뿜어내기도 한다. 그리핀은 그 어떤 동물보다 걸어 다닐 때나 날아다닐 때나 글리머리에 의존하는, 즉 세상에서 가장 마법으로 충만한 동물이다. [프랭크 어리엇의 추가 내용: 최근 5년 동안 그리핀을 찾기가 점점 어려워지고 있다. 그 이유는 확실하지 않으나 글리머리가 약해지는 현상과 관련 있을 가능성이 있다. 현재는 멸종에 가까운 상황이라고 생각된다.]

히포캠프

바다에 사는 히포캠프는 진정한 의미의 '해마'이다. 히포캠프는 열에서 스물 정도의 무리를 이루어 살며 수컷이 암컷보다 크지만, 속도는 암컷이 더 빠르다. 색은 에메랄드빛 녹색에서 회색까지 다양하며, 특히 북서부에서는 산호초처럼 빛나는 분홍색인 경우도 있다. 일부는 네레이드가 길들여 타고 다니기도 한다. 오염을 막기 위해 아키펠라고의 모든 배는 바람이나 태양의 힘으로만 항해할 수 있기 때문에 ('히폴린'이라고도 부르는) 어린 히포캠프들은 완벽하게 아름다운 모습으로 자라날 수 있다.

캉코

여우처럼 생겼지만 크기는 생쥐만 한 캉코는 꼬리가 두 갈래로 나뉜 덕분에 묘기를 부리면서도 잘 넘어지지 않는다. '빛여우'라고도 불리는 이들의 침은 반짝이는 성질을 지니고 있어서 원래 서식하던 일본 등지에서 그림을 그리는 데 사용되었고 지금도 그렇다. 크기는 작지만, 지능이 뛰어나고 호기심이 많으며 행운을 불러온다고 알려져 있으므로 사람들은 그들의 집을 웬만하면 건드리지 않는다. 다만 그들은 신발이나 모자, 주머니 등 난감한 곳에 집을 곧잘 만들며 한번은 결혼식 날 신랑의 턱수염에도 집을 지은 적이 있다.

카르카단

카르카단은 유니콘을 닮았는데, 사악하고 늑대와 같은 송곳니를 가졌다는 점에서 다르다. 이들은 먹기 위해서만이 아니라 재미를 위해 다른 생물을 죽이는 몇 안 되는 동물 중 하나이며 사람 고기를 매우 좋아하고 풀은 소화를 돕기 위해 먹는다. 카르카단의 색은 완전한 검은색부터 보라색까지 다양하며 가죽은 축 처져 뼈가 드러날 정도이다. 검은색 뿔의 끝에는 독이 있어 찔리면 매우 아프며 몸이 썩고 마비되다가 결국 죽음을 맞게 된다. 이들은 유니콘의 뿔을 무서워하지만, 옆에 유니콘이 있을 일이 거의 없으므로 그들의 약점을 알아 봤자 별 도움이 안 된다.

클루드

개의 모습에 몸집은 곰만 한 클루드는 온몸이 검지만 귀가 있어야 할 자리에서 불꽃을 내뿜는다. 클루드는 이 귀에서 나오는 불빛으로 사슴이나 들소, 알미라지 등의 사냥감을 유혹하여 잡아먹는다. 숨을 쉬면 쇠로 쇠를 긁는 듯한 날카로운 소리가 나므로 보통 멀리서도 이들을 알아볼 수 있다. 클루드를 죽일 방법은 양 귀의 불꽃을 젖은 흙이나 모래로 꺼트리는 것뿐이다. 주로 무인도에 사는 클루드를 평생 단 한 번이라도 본 사람은 아키펠라고에서도 드물다. 그들을 목격한 사람은 그 모습을 평생 잊지 못한다. [프랭크 어리엇의 추가 내용: 단, 잡아먹힌다면 잊을 수 있다.]

크라켄

바다에서 가장 오래된 생물인 크라켄은 티라노사우루스 렉스가 살았던 백악기부터 존재했던 것으로 추측된다. 같은 크라켄 안에서도 여러 종류가 있고 촉수 숫자도 8개에서 46개까지 다양하다. 그들은 굶주렸을 때 특히 무시무시하다. 크라켄들이 하루에 4백 명의 뱃사람을 먹어 삼켰다는 이야기가 있으며 촉수가 만들어내는 소용돌이는 거대한 함선조차 바다 밑바닥으로 가라앉힌다고 한다. 크라켄은 보통 태어난 곳에서 평생을 살기 때문에 쓸 만한 지도를 가지고 있는 뱃사람이라면 보통은 피해 다닐 수 있다. 물론 지도 없이 항해하는 이들의 목숨은 크라켄의 촉수에 달려 있다.

라벨란

라벨란은 작은 뾰족뒤쥐의 일종으로 물속에서 살며 웃음 또는 쓴웃음을 유발하는 다음 노랫말에도 등장한다. "집에서 먼 곳으로, 늪으로, 숲으로는 가지 말라 전해주오. 어느새 다가온 라벨란의 이빨에 영영 떠날 수 있으니." 훌륭한 노래는 아니지만 교훈은 분명하다. 샘물에 라벨란이 헤엄치고 있으면 물 전체에 이미 독이 퍼졌다고 봐야 하며 작은 덩치에 작은 이빨로도 어른 한 명을 죽일 수 있다. '화나게 하지 않는' 이상 라벨란은 인간을 공격하는 데 흥미가 없다. 다만 여기서 '화나게 하지 않는'다는 뜻이 애매해서, 쿵쿵대거나 웃거나 어떠한 형태든 춤으로 보이는 동작은 모두 해당할 수 있다.

롱마

롱마는 날개 달린 말로, 배만 검은색이고 나머지는 초록색 또는 갈색 비늘로 덮인, 숨이 멎을 만큼 아름답고 강인한 생명체다. 죽을 때까지 땅에 내려오지 않고 하늘에 머무르며, 씻어야 할 때면 비구름 속에서 비늘이 난 날개를 활짝 펼친 채 날아다닌다. 세상에서 유일하게 하늘에서 새끼를 낳는 동물로, 어미 롱마는 새끼를 낳을 때 최대한 높이 날아오르는데 갓 태어난 새끼가 떨어지더라도 땅에 부딪히기 전에 날개를 펼칠 시간을 충분히 확보하기 위해서이다. 극히 일부만이 인간과 친해질 수 있는데, 그들을 대할 때는 매우 조심해야 한다. 친해진 후에도 간혹 정신을 차려보면 롱마가 몸의 일부를, 이를테면 손가락 하나나 귀 반쪽을 먹어버리는 일이 벌어지기 때문이다. 완전히 길들일 수 있는 롱마란 존재하지 않는다.

만티코어

만티코어는 전갈의 꼬리와 사람의 얼굴을 지녔고, 이빨과 몸은 사자와 같으며 성격은 자기만 옳은 줄 아는 정치인을 떠올리게 한다. 일부는 날개를 달고 있기도 하다. 그들은 카르카단과 마찬가지로 먹을 것이 필요 없을 때조차 인간을 발견하면 공격할 수 있는 몇 안 되는 생명체 중 하나이다. 또한 순전히 즐겁다는 이유로 거짓말도 하고 죽이기도 한다. 그들에게서는 썩은내가 난다.

머메이드

('머맨', '머포크'라고도 부르며 그들의 아이는 '머베른'이라 한다.)

대부분의 머메이드는 아키펠라고의 북쪽 바다에 산다. 마리안 부족 같은 일부 집단은 약 9미터까지도 꼬리를 기르는데, 머메이드의 꼬리에는 길이와 관계없이 4만 개의 근육이 있다. (참고로 인간의 근육은 온몸을 통틀어도 650개 정도이다.) 대다수는 음악적 재능이 뛰어나며 물속에서도 매우 달콤하고 아름다운 소리를 낼 수 있는 다양한 악기를 만들어냈다. 그들이 작곡한 노래 중에는 인간에게 알려져 오랫동안 전해지는 것도 있다. 음악가 비발디의 여러 작품이 본래는 머메이드의 곡이었던 것으로 추정된다.

네레이드

네레이드를 머메이드로 착각하지 않도록 주의하자. 무엇보다 네레이드들이 매우 싫어하며 그들의 화를 사면 비싼 값을 치러야 할 수 있다. 똑같이 물속에서 살지만, 그들에게는 꼬리가 없다. 머리카락과 손끝은 은빛이며 창백한 피부 역시 은빛으로 번쩍인다. 그들의 목소리에는 최면 효과가 있는 것으로 유명한데, 전해지기로 그들의 말은 바다가 빚어내는 아름다운 소리에서 생겨났다고 한다. 네레이드는 물 없는 땅에서도 문제없이 걸을 수 있으나 아주 급하지 않는 한 그러지 않는다. 주로 아키펠라고의 남쪽 바다에 살며 무척이나 논리적인 존재이지만, 그들의 논리는 바다의 논리라 인간은 이해하기 어렵다. 아키펠라고 사람들은 그들을 높이 평가하면서도 동시에 두려워해 거리를 두며 '네레이드만큼이나 알 수 없는'이라는 표현을 즐겨 사용한다.

라타토스카

라타토스카는 큰 다람쥐처럼 생겼고 녹색 털에 짧은 뿔이 있다. 소문이나 황당한 이야기, 사실이나 반만 사실, 혹은 반의 반만 사실인 이야기 같은 세상의 비밀 이상의 것들을 누구보다 많이 알고 있으며 이를 아키펠라고 전역에 퍼뜨린다. 그들은 위험하지 않지만, 새끼일 때는 어지럽고 장난치기를 좋아한다. 뭔가 널리 알리고 싶은 이야기가 있다면, 또 굳이 정확하게 전달할 필요가 없다면 라타토스카에게 말해주면 된다.

스핑크스

스핑크스는 학문을 사랑하고 특히 수학적 재능이 뛰어나다. 같은 편이 되면 어떤 경우에도 믿을 수 있지만 적이 된다면 돌이킬 수 없다. 사람이 스핑크스의 이빨 하나를 입에 넣으면 어떤 언어도 알아들을 수 있고, 웬만한 상처는 스핑크스가 한번 핥아주기만 해도 낫는다. 원래 북아프리카와 동남아시아에 서식했지만, 멀리 이동하여 리시아 섬의 산이 많은 반도에 자리 잡았다. 그들을 보러 리시아의 산에 가야 한다면 다음에 유의하자. 아주 오래전부터 그들은 자신들이 낸 수수께끼를 풀지 못하는 방문자를 잡아먹을 권리가 있다고 생각한다.

툴크 트뤼스

툴크 트뤼스는 예전에 아서 왕이 탔다고 하는 청흑색의 멧돼지이다. 털은 달빛을 받으면 무지갯빛으로 빛나고 다 자라면 코뿔소만큼이나 커진다. 겁을 주거나 화나게 하는 사람이 있으면 돌진하여 받아버리지만, 아이들에게만큼은 온순하고 다정하다. 또한 거센 비바람이 불면 제비들이 배와 겨드랑이 아래에서 쉴 수 있게 해주기도 한다. 멧돼지 투사로 알려진 툴크 트뤼스는 좋아하는 대상을 위해서라면 싸움을 주저하지 않는다. 땅에서는 움직임이 아름답지 않지만, 물에서는 무척이나 우아하게 움직이며, 아키펠라고 끝에서 끝까지 잠시도 쉬지 않고 헤엄칠 수 있다.

유니콘

유니콘은 태어날 때는 완전한 금색이며 두 살이 되면 은색이 됐다가 네 살이 되면 흰색으로 변한다. 그들은 부드러운 잔디가 밟히고 나무가 우거진 곳을 좋아한다. 별다른 일이 없으면 300년 이상 살며 풀과 덤불을 주로 먹는데 사실 그보다는 레몬그라스와 사향초 같은 약초를 좋아하고 그중에서도 박하에 사족을 못 쓴다. 그들의 숨결이 닿은 사람에게는 용기가 솟아난다고 하며 꼬리와 갈기 털을 붕대에 넣으면 독이나 세균에 감염되어 목숨을 앗아갈 정도의 상처도 치료할 수 있고 유니콘이 직접 전쟁터에 나타나 죽어가는 이에게 생명을 불어넣는다고도 한다. 역사책에는 유니콘을 탔다는 이야기도 전해져 오는데 이는 점점 드문 일이 되어가고 있다. 유니콘은 등에 올라타려는 사람을 거의 예외 없이 지르밟기 때문이다. 단, 정중하고 조심스럽게 밟는다.

시작

아주 화창한 날이었다. 무언가 그를 잡아먹으려 하기 전까지는 말이다.

그건 검은 개처럼 생긴 짐승이었는데 지금껏 봐온 개들과는 좀 달랐다. 이빨은 그의 팔만큼이나 길었고 발톱은 참나무도 찢어버릴 듯했다.

그러므로 크리스토퍼 포레스터가 날쌔고 지혜롭게, 또한 용기 있게 대처하여 잡아먹히지 않은 것은 대단한 일이었다.

또 다른 시작

아주 화창한 날이었다. 누군가 그녀를 죽이려 하기 전까지는 말이다.

맬은 숲에 나갔다가 집으로 돌아오는 길이었다. 하늘을 나는 그녀의 양손은 한껏 펼쳐져 있었고 코트는 바람에 나부끼고 있었다.

맬 아보리언은 바람이 불 때만 하늘을 날 수 있었다. 그날은 날씨가 완벽했다. 서쪽에서 바다 내음을 실은 산들바람이 불어오는 가운데 그녀는 차가운 대기를 빙글빙글 비행하고 있었다. 몸에 걸친 비행용 코트는 두툼하고 너무 커서 소매를 네 번이나 접어야 했다. 바람이 특별히 강하지 않더라도 위로 솟는 날이면 맬은 바람의 끄트머리를 잡아 날개를 펼치듯 열 수 있었는데 그러면 몸이 어느새 산들바람을 타고 두둥실 떠오르는 것을 느낄 수 있었다.

그날은 숲 꼭대기까지 날아올라 신발로 나뭇가지 끝을 간지럽히고, 또 아래로 휙 미끄러지듯 내려와 유니콘들을 놀라 흩어지게 하기도 한 후에 집으로 향했다.

부엌에 들어가자, 고모할머니 레오노어가 맬의 차가운 두 손을 만져보고는 투덜거리면서 뜨겁게 데운 과일 차를 내왔다. 그때 누군가 문을 두드렸다.

살인자였다.

도착

습격이 있기 전날, 크리스토퍼는 여객선 터미널 밖에 있는 벤치에 앉아 외할아버지를 기다리고 있었다. 노스런던에 있는 그의 아파트에서 이곳 스코틀랜드까지 먼 길을 혼자 떠나온 그는 두 다리가 욱신거렸고 돌이라도 집어삼키고 싶을 만큼 배가 고팠다.

그때 다람쥐 한 마리가 벤치로 뛰어올라 그를 바라보더니 몸을 떨며 천천히 다가왔다. 다람쥐의 수염이 그의 무릎에 닿았다. 잠시 후 또 한 마리가 나타났고 곧이어 또 다른 한 마리가 합세했다. 곧 그의 발치에 모인 다람쥐는 일곱 마리로 불어났다.

승차장에서 택시를 기다리던 한 여자가 고개를 돌려 이 광경을 응시하더니 옆에 있는 남자에게 말했다. "저 아이는…… 어떻게 저럴 수 있는 걸까요?"

다람쥐 한 마리가 크리스토퍼의 신발 위로 뛰어올라 몸을 웅크렸다. 크리스토퍼가 웃음을 터뜨리자, 다시 정강이뼈를 타고 무릎까지 올라왔다. "거기가 맘에 드니? 오늘 날씨가 참 좋구나." 그가 다람쥐에게 말을 붙였다.

"먹이를 주나 봐요." 남자가 말하고는 크리스토퍼에게 소리쳤다. "애야 야생동물에게 먹이를 주면 안 된다! 배탈이 날 수 있어."

"알아요. 먹이 주는 거 아니에요." 크리스토퍼가 미소를 띤 채 대답했다.

사실 크리스토퍼는 가는 곳마다 동물들이 찾아와서 친구들에게 놀림거리가 되곤 했다. 길에서는 고양이들이 와서 그의 발을 휘감고 8자 모양으로 돌았다. 공원에서는 개들이 그를 향해 펄쩍펄쩍 뛰었고, 여우 몇 마리가 우는 소리를 내며 그에게 다가와 축구 경기가 중단된 적도 있었다. 학교 소풍날에는 비둘기들이 그를 향해 날아왔고 햄스테드에 있는 야외 수영장에서는 수영이 중단되기도 했다. 갑자기 나타난 백조 떼에 놀란 아이들이 비명을 질렀기 때문이다. 결국 안전요원이 그를 물 밖으로 쫓아내야 했다.

크리스토퍼는 미소를 지으며 휘파람을 불어 백조들을 수영장 밖으로 불러내고는 근처 덤불로 데려갔다. 이때 어린 백조 한 마리가 그의 어깨 위로 날아오르려다가 날카로운 물갈퀴로 상처를 남겼다. 그 자국이 몇 달이나 아물지 않았지만 그는 신경 쓰지 않았다. 동물들이 관심과 애정을 표현하는 방식이 다소 거칠 수 있으며, 그 과정에서 약간의 피를 볼 수 있다는 것을 그는 알았다.

"뭔가 냄새가 나서 그런 거야." 그의 아버지는 무심히 말하곤 했다. 하지만 크리스토퍼가 생각하기에 자신에게서 또래들과 크게 다른 냄새가 나는 것 같지는 않았다. 아주 열심히 하지 않을 뿐이지 목욕도 거르진 않았다.

동물들이 따른다는 것은 소년에게 큰 기쁨이었고 그 기쁨은 몇 년이 지나도 변하지 않았다. 하지만 그는 곧 이를 숨기는 법을 배우게 됐다. 아버지가 동물을 매우 싫어했기 때문이다. 그의 아버지는 동물들이 가까이 오면 이해할 수 없을 정도로 불안해했다. "저리 가!"라고 고함치며 고양이나 새들을, 때로는 지하실의 쥐들을 쫓아버리곤 했다. 이제 크리스토퍼는 더 이상

아버지와 함께 외출하지 않았다. 밖에서는 산토끼가 쫓아오거나 제비가 머리 위에 둥지를 지으려고 하거나 하는 일이 꼭 벌어졌기 때문이다.

사실 늘 이렇지만은 않았다. 어머니가 돌아가시기 전, 크리스토퍼가 기억하는 아버지의 모습은 분명 달랐다. 동물들은 그의 어머니에게도 다가왔는데 크리스토퍼가 아기였을 때 리치먼드 공원에서 찍은 사진을 보면 아버지는 그를 어깨에 올리고는 어머니와 나란히 사슴 여러 마리에 둘러싸여 있다. 그러나 9년 전에 어머니가 세상을 떠난 후, 아버지는 그야말로 다른 사람이 됐다. 무언가에 눌려 아래로, 또 안으로 움츠러든 것 같았다. 또한 집 안의 물건들도 모두 쪼그라들고 빛이 바랜 듯 초라해졌다.

이런 이유로 크리스토퍼는 밤이 되어야 몰래 창문을 열어 새들을 집에 들일 수 있었다. 그는 양털로 된 남색 롱코트를 자주 입었는데 참새들은 때때로 코트의 겉주머니를 검사하듯 들여다보았다. 길을 걷다 멀리서 까마귀를 보면 인사를 하기 위해 일부러 멀리 돌아가기도 했다. 크리스토퍼는 날카로운 발톱을 가진 까마귀들이 그의 팔을 밟고 어깨 위에 올라서도록 내버려두었다. 이를 본 친구들이 "녀석들이 눈을 쪼아댈 거야!"라고 걱정했지만, 그는 웃으며 고개를 저었다.

동물들과 함께 있으면 그의 목소리는 한층 부드럽고 밝아졌다. "아니, 그런 일은 없을 거야"라는 그의 말대로, 친구들이 걱정한 일은 일어나지 않았다. 늘 그는 모든 준비를 마친 여유 있는 표정으로 동물들을 대했다.

까마귀들은 크리스토퍼에게 은 단추와 클립, 동전을 가져다주곤 했는데 그는 그렇게 모은 동전을 뚫어서 신발 끈에 꿰어 목에 두르고 다녔다. 학교 상급생 중 몇몇이 놀리기도 했지만, 그는 아랑곳하지 않았다. 이 목걸이는 야생동물들을 늘 생각하고 있음을 드러내는 그만의 방식이었기 때문이다.

이렇게 시간을 보내는 동안 크리스토퍼는 한 살씩 나이를 먹었고 키도

자랐다. (그의 집안은 다들 다리가 길고 손도 매끈했다.) 그는 줄곧 기다렸다.

무엇을 기다리는지는 크리스토퍼 자신도 알지 못했다. 다만 지금까지보다 가슴을 더 뜨겁게 해줄 무언가가 찾아오기를 바랐고 동물들은 이런 기대에 대한 약속처럼 느껴졌다.

(그는 옳았다. 그의 삶을 영원히 바꿔놓은 사건이 어느 날 느닷없이 벌어졌다.)

또 다른 도착

살인자는 배를 타고 찾아왔다. 두 손은 말끔했고 가벼운 발걸음에 평온한 모습이었다. 다만 그물에 걸린 파랑쥐치를 끌어 올리던 사람들 곁을 성큼성큼 지나가는 그의 주머니 속에는 칼이 숨겨져 있었다. 사람들은 고개를 돌려 쳐다봤지만, 그가 고개를 한 번 끄덕이고는 별다른 행동 없이 쭉 걸어가다가 보이지 않게 되자 곧 그를 잊어버렸다. 그가 계획한 대로였다. 그는 교묘하게 사람들의 기억에서 사라지는 기술을 오랫동안 갈고 닦은 전문 살인자였다. 그의 머리카락은 길지도 짧지도 않고, 신발은 시선을 끌지 않을 정도로만 광이 났다. 바다의 밑바닥만큼 어둡고 차가운 두 눈은 그 무엇도 오래 보지 않았다. 화창했던 그날, 맬을 주시하기 전까지는 말이다.

돌이켜보면 그녀를 찾기란 그다지 어렵지 않았을 것이다. 하늘을 나는 소녀를 찾으라는 의뢰를 받았는데 저기 6미터 상공에서 갈매기 떼를 뚫고 날고 있는 소녀를 발견한다면 말이다. 아무리 아키펠라고라 할지라도 인간이 하늘을 나는 광경은 쉽게 볼 수 있는 것이 아니었다.

맬이 하늘을 나는 법을 배운 지도 벌써 몇 년이 지났다. 시작은 어떤 떠돌이 예언자가 갓 태어난 그녀에게 선물로 준 비행 코트였다. 예언자는 그녀의 이름을 지어주고는 자그마한 발 옆에 코트를 놓았다. 그런 다음 왜 주었는지, 왜 그녀에게 주었는지 설명하려 했으나 당시 맬의 어머니가 그녀를 낳자마자 세상을 떠났기 때문에 자리를 피해달라는 말을 듣고는 바로 떠나야 했다.

그러니 맬이 하늘로 향한 것은 누구에게 배워서가 아니다. 처음에 이웃들은 작은 아이가 맞지도 않는 코트를 입고는 바람을 맞으며 뛰어다니는 모습을 보고 코웃음 쳤다. 그러자 창피했던 맬은 다음 날부터 누구의 눈에도 띄지 않는 이른 시간에 일어났다. 처음에는 바람이 아래로 불기만 하면 뼈가 부러졌나 싶을 정도로 쿵 소리를 내며 땅에 떨어졌다. 또 양쪽 발목에 차례로 금이 가기도, 손목이 부러지기도, 새끼손가락이 손목에 닿을 만큼 꺾이기도 했다. 한쪽 엄지발톱이 기묘하게 느껴질 만큼 검푸른색으로 변해 떨어져 나간 적도 있다. 그러나 무릎에 상처가 나도 맬은 좌절하지 않았고, 흐르는 피를 혀로 핥고 다시 나무에 올라 뛰어내리기를 반복하며 끝없이 도전했다.

결국 그녀는 이웃들이 틀렸음을 증명했다.

한번은 근처에 사는 소년이 비웃자 이렇게 말했다. "아니. 난 꼭 해낼 거야. 네가 뭘 알아?" 그즈음 맬은 고개를 쳐들고 당당하게 다녔는데 자신이 점점 까탈스러워지고 곧잘 어깃장을 놓거나 얼굴을 붉힌다는 걸, 더불어 사람들을 대하는 일이 힘들게 느껴진다는 걸 깨달았다. 그러나 하늘만큼은 더할 나위 없는 공간이 되어주었다. 모두가 맬 아보리언이 땅에서는 꾀죄죄한 모습에 여러모로 서툴지라도 하늘을 날 때만큼은 명물이라고 했다.

아홉 살이 되고 맬은 바람을 타고 땅으로 내려와 부드럽게 멈추는 법을 터득했다. 열 살에는 양발 혹은 한 발의 끝으로만 착지할 수 있게 되었다. 열두 살이 되고는 바람 속에서 턱을 가슴에 붙인 채 공중제비를 돌며 앞으로 나아갈 수 있었다. 그 봄날의 어느 아침에 그녀는 부츠를 주머니에 넣고는 바다 위에서 맨발로 물수제비를 뜨고 발목께를 간지럽히는 바닷물과 짜릿한 속도감에 웃음 지으며 비행을 즐긴 참이었다.

살인마는 그런 맬을 지켜보았고, 그닥 매력 없는 미소를 지었다.

사실 맬은 집 정원과 근처 들판에서만 하늘을 날기로 고모할머니 레오노어와 약속했었다. 따라서 레오노어가 맬이 어디까지 돌아다니는지 알았다면 큰 충격을 받았을 것이다. 그러나 그녀가 금지한 일은 책 한 권을 다 채울 정도로 많아서 전부 지킬 수가 없었다.

"집 안에서 하루 종일 의자에 앉아 있을 수는 없잖아? 다들 그러다가 돌이 되는 거야." 맬은 겔리편에게 변명하곤 했다.

혼자서 머리를 자르지 말라는 말을 들었을 때 손톱 깎는 가위로 앞머리를 자른 것도 이런 이유에서였다. 머리가 술에 취한 사람이 깎은 듯 좀 별나 보였지만 맬은 마음에 들었고, 그래서 수가 놓인 식탁보에서 금실을 한 가닥 뽑아서 머리를 땋을 때 끼워 장식하기도 했다. 숲에 가지 말라는 말을 들었을 때는 레오노어가 잠에서 깨기 전에, 동틀 무렵 아직 날이 희끄무레할 때 일어나 날아갔다. 맬은 그곳에서 만난, 다람쥐와 비슷하고 초록색 털을 지닌 라타토스카들과 친해지고 싶었다. 그래서 그들과 꾸준히 만나며 그들의 대화에 귀를 기울였는데 그러다 보니 어느새 함께 이야기하는 사이가 되었다. 맬은 그들에게 겔리편과 어떻게 만났는지, 즉 아직 알 속에 있던 겔리편이 해안가에 떠밀려 온 날의 일을 말해주었다. 맬이 말했다. "그날 나는 옷을 차려입고 있었는데 그 차림 그대로 파도를 헤치며 알을 구하러 달려갔지. 겔리편은 내 방 침대에서 알을 깨고 나왔어. 지금은 내 베개를 베고 자고 있고." 이를 들은 한 어린 라타토스카가 다른 친구에게 높고 날카로운 소리로 전했다. "쟤가 리시아 거의 중간까지 헤엄쳐 갔대. 그것도 이브닝드레스를 차려입은 채로 말이야. 그리고 알을 두고 어떤 네레이드랑 싸웠대."

맬은 겔리펀과 함께 유니콘을 찾고 감탕나무 열매를 마음껏 먹으면서 몇 시간이나 숲을 뛰어다니곤 했다. 그러다가 알미라지 가족이 햇빛이 비치는 덤불 사이로 깡충깡충 뛰어가는 모습을 발견하기도 했다. 그들이 지나간 자리에는 늘 새싹이 솟아났다. 너무 가까이 가다가 아방크에게 물린 적도 있었다. 이 일로 맬은 레오노어에게 꾸중을 들었는데 물린 곳이 곪아 염증이 심해져서 레오노어가 간호하느라 꼬박 일곱 밤이나 새워야 했다. 그래도 침대에서 일어날 수 있게 되자마자 맬은 다시 숲으로 향했다. 해야 할 일이 있었기 때문이다.

무엇보다 숲에는 하늘이 있었다. 마을에서 기분 상하는 일이 생기면, 이를테면 사람들이 맬을 보고 고개를 저으며 그녀가 나이 많은 여성에게는 골칫덩이고 무거운 짐이라 말할 때가 있었는데, 그러면 맬은 벌건 얼굴로 쏘아보고는 숲으로 뛰어가 하늘을 날며 기분을 풀었다.

맬에게 하늘은 자유 그 자체였다. 그녀는 적절한 자세를 취하며 입을 벌리고 혀를 내밀기도 하면서 구름 속으로 높이 치솟고 또 치솟곤 했다. 땅에 내려올 때는 온몸이 흠뻑 젖고 볼도 빨개졌지만, 마음은 승리감으로 가득했다. 그녀는 이 놀이를 '구름 먹기'라 불렀다. 구름마다 흰색과 회색의 비율에 따라 온도나 맛과 향이 다 달랐다. 겔리펀은 어려서 아직 함께 비행하지는 못했으므로 그녀는 파란 털실로 짠 스웨터 안에 겔리펀을 넣고 부리 달린 머리만 내놓은 채 하늘을 날았다.

세월이 흐르면서 몇몇 사람은 맬이 특별한 아이라고 생각했다. 그중에는 자기 자녀와 비교하며 질투를 느끼는 사람도 있었고 단순히 그녀를 보며 즐거워하는 이도 있었다. 그러나 사람들은 바빴고 보통은 그녀가 달리든 먹든 하늘을 날든 상관하지 않았다.

다만 그날, 살인자는 그렇지 않았다.

프랭크 어리엇

자동차 경적에 놀란 다람쥐들이 이리저리 사라졌다. 낡은 포드 자동차 한 대가 크리스토퍼가 앉아 있는 벤치 앞에서 멈추더니 70대로 보이는 남자가 내렸다. "크리스토퍼? 크리스토퍼 맞지?"

차 위에는 갈매기 네 마리가 앉아 있었다.

"시내에 올 때마다 따라오는 녀석들이야." 크리스토퍼가 다가가자 프랭크 어리엇이 갈매기를 가리키며 스코틀랜드 특유의 깊은 목소리로 말했다. "동물들하고는 늘 이러고 지낸단다. 뭐, 갈매기는 별로 신경 쓸 게 없지 않겠니. 밖에서 뭘 먹을 때만 아니면 말이야. 내 샌드위치에 관심을 많이 보이는 녀석들이거든." 그가 조수석의 잠금장치를 내리며 말했다.

크리스토퍼는 싱긋 웃으며 차에 올라탔다. 갈매기 중 하나가 함께 차에 오르려 했다. 프랭크가 이를 제지하고는 갈매기가 항의의 표시로 손과 차의 계기판에 남긴 똥을 닦아내자, 크리스토퍼가 말했다. "일곱 살 때 제 방 창문 빗장을 이빨로 갉아 들어오려고 했던 여우가 생각나요. 녀석을 길거리에서 만났을 때는 제 무릎을 핥으려 하더라고요."

둘의 시선이 교차했을 때 날카로우면서도 따뜻한 어떤 느낌이 통했다. 프랭크가 먼저 시선을 돌렸다. "좋아. 그래, 그건 좋은 일이지."

"정말요? 아빠는 그렇게 생각하지 않던데요."

크리스토퍼의 외할아버지는 콧바람도 기침도 아닌 소리를 냈다. 그리고 크리스토퍼를 닮은, 즉 반만 웃는 듯한 웃음을 짓더니 산골짜기에 있는 자신의 집을 향해 4시간 거리의 운전을 시작했다.

크리스토퍼가 스코틀랜드로 오기를 원한 사람은 없었다. 누구보다 크리스토퍼가 가장 반대했다. 그는 어딘지도 모르는 먼 곳까지 가서 9년간 만난 적이 없는 어른과 휴일을 보내고 싶지 않았다. 외할아버지인 프랭크도 딱히 손자를 만나고 싶지는 않은 듯했다. 하지만 그의 아버지가 멀리 출장을 가게 된 상황에서 달리 방법이 없어 급히 전화로 부탁했던 것이다. 크리스토퍼는 집에 혼자 머무르겠다고 강하게 주장했지만, 아버지는 법을 위반하는 행위라고 말했다. 그런 이유로 그는 지금 먼 이곳까지 와서 시내를 가로지르고 조그마한 영화관과 슈퍼마켓과 은행을 지나서 저 멀리 스코틀랜드의 산골로 가고 있는 것이다.

건물들이 희미해지고 나무들은 뚜렷해졌다. 프랭크가 샌드위치와 집에서 꿀을 발라 만든 비스킷을 꺼내고는 보온병에서 진한 커피를 따라주었다. 크리스토퍼는 할아버지가 보고 있지 않을 때 커피를 창밖으로 뱉었다. 커피에서 신발 녹은 맛이 났다. 하지만 신선하고 두꺼운 빵으로 만든 샌드위치는 훌륭했고 차창 밖 풍경은 볼 때마다 푸르름을 더했다.

"우리가 가는 곳 근처에는 이웃이 없어. 가장 가까운 집도 30킬로미터 넘게 떨어져 있거든. 아직 도착하려면 멀었다. 자고 싶으면 좀 자둬라." 외할아버지가 말했다.

그러나 크리스토퍼는 자려고 하지 않았다. 그는 밖을 바라보았다. 시간이 흘러 길가의 집들이 보이지 않자 야생화가 있고 호수가 보이는 산길로 접어들었다. 길은 점점 가팔라졌고 토탄이 많아 색깔이 어두운 땅 위에는 가시금작화가 곳곳에 피어 있었다. 공기의 내음이 달라지고 있었다. 더 짙고 풍부한 자연의 냄새였다.

살인자가 오기 전에는

맬이 사는 익서스 마을은 몇천 년 전에는 길고 높은 제방과 시끌벅적한 항구가 있던, 아키펠라고에서 가장 큰 무역 도시였다. 그러나 마법의 섬들이 세상의 다른 지역과 분리되어 닿을 수 없는 곳에 숨겨지면서 이제 바위 절벽으로 차단된 아티디나는 거친 해안선으로는 유명해졌으나 아키펠라고 남동쪽의 막다른 곳이 되고 말았다. 그러나 주민들은 여전히 그곳을 사랑했다. 때때로 히포캠프 한 무리가 찾아와 배들과 함께 헤엄치기도 했고 어부에게 다가와 맛조개로 만든 플루트를 연주하는 머메이드도 있었다. 그 외에는 평범한 어촌이었고, 사람들이 평범하게 살아가는 터전이었다.

그날 아침, 맬은 물건 하나를 사러 길을 나섰다. 숲 위를 날아 어느 절벽으로 향했는데 그 아래로는 모래사장이 호를 그리고 있어 배들이 종종 머무르곤 했다. 그날 그곳에는 돛이 달린 큰 배가 정박하고 있었다. 여기저기 녹이 슬고 낡은 배였다. 옆면에는 '뱃사람'이라는 배의 이름이 페인트로 얇게 쓰여 있었다.

바람에 나부끼는 머리카락이 얼굴을 때렸지만, 맬은 너무 기쁜 나머지

연신 탄성을 질렀다. 잠시 후 살포시 모래사장에 내려앉은 그녀가 배 위에서 땅에 걸쳐놓은 긴 건널판자를 뛰어 올라갔다.

엄밀히 말해 그 배는 맬이 갈 만한 곳은 아니었다. 곱게 자란 아이들은 '뱃사람'에 가는 법이 없다. 상점이기도 한 그 배는 상품 이름과 내용물이 일치하는지, 혹은 적법한 물건을 파는지 알 수 없는 곳이다. 사람들은 사기를 당했다. 순금이라고 한 팔찌는 한 번 닦기만 해도 금칠이 벗겨져 쇠가 드러났고 피부가 좋아진다는 크림을 바르면 얼굴 전체에 크고 뻘건 여드름이 돋았다.

그러나 개중에는 돈값을 하는 것도 있어서 맬이 갔을 때도 손님이 열 명 정도 있었다. 맬은 계단을 타고 갑판 아래의 선실로 내려갔다. 선실은 상품으로 가득했다. 선반 위에 쌓여 있기도, 벽에 묶여 있기도 했으며, 천장에 줄로 매달린 바구니나 그물침대에 놓인 것들도 있었다. 장식이 화려하며 보름달이 뜰 때만 열 수 있는 상자도 있었다. 동쪽 섬에서 만든 찻주전자는 불을 견디는 점토로 구워져 절대로 식지 않았다. 단검도 한 자루 보였는데 라벨에는 공들여 큼직하게 쓴 '글램리검'이라는 이름과 함께 아키펠라고의 모든 물체를 자를 수 있다는 설명이 적혀 있었다. 맬은 칼날에 엄지손가락을 갖다 대고 싶었다. 칼날이 점점 날카로워지다가 끝에 가서는 사라지는 듯했기 때문이다. 그녀가 칼에 손을 뻗은 순간 키는 2미터가 넘고 덩치는 큰 바위 같은 남자가 다가왔다. 남자의 두 귀에 금으로 된 귀고리가 달려 있었고 목에는 화상으로 생긴 흉터가 보였다. 맬은 술 냄새가 심하게 나는 남자를 피해 더 안쪽으로 서둘러 들어갔다.

안쪽에는 파란색 유리그릇이 수없이 쌓여 벽을 이루고 있었는데 그 속에는 아키펠라고 곳곳에서 모은 다양한 사탕이 담겨 있었다. 공 모양에 부드럽게 씹히는 껌은 실프들이 바다에서 채취한 것이었다. 씹으면 온몸에 힘이

43

불끈 솟아나지만, 그렇다고 너무 오래 씹으면 손에 비늘이 돋을 수 있다. 켄타우로스들이 에덴 산맥에서 만들었다는, 전 재산으로도 살 수 없을 만큼 비싼 볼레이 알사탕도 보였다. 먹는 사람이 가장 원하는 맛이 나는데 다만 두 개 이상 먹으면 며칠 동안 검은 뭔가를 토한다고들 했다.

맬은 단것을 사러 온 것이 아니라서 고개를 가로젓고는 계속 나아갔다. 작업복을 입은 젊은 남자가 수상한 눈초리로 맬을 쳐다보더니 도움이 필요한지 물었다.

"아니요." 맬이 대답하고는 눈썹을 추켜세우며 다시 말했다. "고맙지만 괜찮아요. 뭘 사야 하는지 알아요."

그 순간 맬은 작고 저렴하고 먼지가 수북한 상품들이 놓인 선반에서 찾고 있던 물건을 발견했다. 그것을 처음 본 것은 반년 전이었다. 보자마자 꼭 갖고 싶다는 생각이 들었지만 돈이 충분하지 않았다. 그날 이후 맬은 돈을 모으기 시작했는데 누가 먼저 사 갈지도 모른다는 생각에 밤마다 괴로워했다.

물건은 전에 보았을 때보다 색이 더 바래 있었다. 크기는 그녀의 손바닥에 딱 들어맞을 정도로 작았고 두꺼운 은 장식을 새긴 뚜껑을 눌러서 열면 유리 안에서 흔들리는 바늘이 보였다. 그것은 주머니에 넣을 수 있는 작은 나침반처럼 보였지만 사실 나침반이 아니었다.

맬은 그 물건이 살아 있는 듯 조심스럽게 들어 올려 유리 안의 바늘이 한 바퀴 크게 돈 후 다시 절벽 위쪽을, 즉 정확히 그녀가 왔던 방향을 가리키는 것을 확인했다.

"그게 뭔지 아니?" 느닷없이 등 뒤에서 들려온 '뱃사람'의 목소리에 맬은 깜짝 놀랐다. 배 주인의 옷은 항해에 찌들어 더러웠고 피부도 거칠었지만, 두툼한 눈썹 아래로 보이는 눈빛은 퉁명스러워 보이지 않았다. 사람들은 그가 세금도 멋대로 안 낸다고 말했지만, 그는 물건이 정말 필요한 사람들과는 공정하게 거래하는 편이었다.

"네. 이건 카사파사란이에요." 비록 라벨이 붙어 있지 않았지만, 책을 네 권이나 읽으며 찾아본 맬은 그 물건에 대해 잘 알고 있었다.

"그러면 그게 어떤 힘을 가졌는지도 아니?" 남자의 목소리는 낮고 배가 정박한 해안의 모래를 삼키기라도 한 듯 거칠었다.

"제가 알기로는…… 어디에 있든 바늘이 가리키는 방향으로 가면 집에 돌아갈 수 있어요."

맬은 카사파사란이 생기면 그것으로 무엇을 할지 계획하고 있었다. 사실 그녀의 방향감각은 좋게 표현하면 좀 독특하다고 할 수 있었는데, 정확히 서쪽을 가리키며 '저기가 북쪽이야'라고 확신하고선 몇 시간이나 엉뚱한 방향으로 가서 결국 눈앞에서 해가 지는 광경을 바라보기 일쑤였다. 맬에게 이 방향감각은 장애물이 아닐 수 없었다. 특히 하늘을 날고 싶은 마음이 컸기에 더욱 그랬다. 하지만 언제 어디서나 집으로 향하는 방향을 알려주는, 즉 눈앞에 있는 물건만 있으면 맬도 비행 코트가 데려다주는 곳이면 어디든 날아갈 수 있었다.

"살 돈은 있고?" 뱃사람은 맬의 손에서 카사파사란을 잡아채고는 먼지를 소맷자락으로 닦아냈다.

사실 맬은 뱃사람의 진짜 이름을 알고 있었다. 그의 이름은 리오넬 홀바인이다. 그렇지만 그를 그 이름으로 부른 사람은 지금껏 없었다. (맬은 그 이유를 알 것 같았다. 리오넬이라는 이름은 그와 어울리지 않았다.)

"네."

"어리다고, 얼굴이 예쁘다고, 혹은 앞머리를 웃기게 자른 게 불쌍하다고 깎아주진 않는다."

"돈은 충분해요! 그동안 모았거든요." 맬은 코트 주머니에서 동전을 꺼내 세었다. 금화가 두 닢, 은화가 아홉 닢이었다.

뱃사람은 뭔가를 확인하려는 듯 한동안 맬을 살펴보더니 고개를 끄덕였다. "좋아. 영수증 없고 환불도 안 해줘."

"알아요." 맬이 대답하고는 잠시 망설이다 궁금증을 참지 못하고 입을 열었다. "저쪽에 있는 단검 있잖아요. 아키펠라고에 있는 어떤 것이든 자를 수 있다는 라벨이 붙은 거요. 만약 그게 사실이면……."

"'만약'이 아니야. 자를 수 있어. 이름은 '글램리검'이고."

"그렇지만 진짜 그런지 어떻게 알죠? 정말 모든 물건을 다 잘라봤어요?"

안 하는 게 나은 질문이었다. 뱃사람이 덧문을 휙 내리듯 눈을 찡그리고 불쾌한 표정을 지었다.

"내가 거짓말쟁이라는 거냐?"

"아니에요! 그게 아니라 그냥 궁금해서요."

"안 궁금해하는 게 좋을 거다." 말을 뱉은 뱃사람이 손을 내밀자 맬은 허둥지둥 돈을 건넸다. 뱃사람은 말없이 오래 가만히 서 있다가 갑자기 맬을 쳐다보며 웃음을 짓고는 카사파사란을 넘겨주었다.

"이제 가. 내 마음이 바뀌기 전에 말이야. 원래는 이렇게 헐값에 팔면 안 되는 물건이야. 그렇지만 너는 그게 뭔지 잘 알고 왔고 그건 그것대로 의미가 있지. 뭐, 잘 모르겠지만 아마도 그럴 거야. 누가 알겠어? 요즘 이상한 일이 한둘이 아니잖아."

맬이 미소 짓고는 종종걸음으로 배에서 내렸다.

모래사장에 발을 내디뎠을 때는 바람이 더 세게 불고 있었다. 그녀는 다시 숲으로 향할 생각이었다. 숲 깊은 곳에 꼭 가보고 싶던 곳이 있었다. 예전이었으면 똑같은 나무를 뱅뱅 돌면서 며칠 동안이나 길을 헤맬 위험이 있었다. 하지만 카사파사란을 손에 넣은 지금은 이야기가 달랐다.

맬은 7미터 상공 위로 띄워주는 바람을 타고 앞으로 엎드린 자세로 목적지로 날아갔다.

그때 맬은 살인자가 지켜보고 있다는 사실을 알지 못했다.

금지된 언덕 위

다락방과 와인 저장고를 갖추고 있으며 못마땅한 표정의 여성들이 역시 못마땅한 표정의 작은 개를 저마다 안고 있는 그림이 걸려 있는 프랭크 어리엇의 집은 오래전에는 분명 으리으리했을 터였다. 그러나 이제는 그런 느낌이 전혀 없었다. 온통 담쟁이덩굴로 뒤덮인 유리창엔 여기저기 금이 가 있었고, 그중 하나는 완전히 박살나서 종이와 테이프가 덕지덕지 붙어 있었다.

가파른 언덕 아래 있는 그 저택 주위를 정강이 높이의 풀과 뜨문뜨문 보이는 클로버와 데이지가 둘러싸고 있었다. 언덕은 중턱까지만 나무가 보였고 그 위로 정상까지는 진홍색 노을에 물든 땅의 맨살이 드러나 있었다.

프랭크가 차의 모퉁이를 잡고 끙끙대며 내리자 크리스토퍼가 지팡이를 건네주고는 뻣뻣한 동작으로 힘겹게 집으로 걸어가는 할아버지의 뒷모습을 바라보았다. 팔꿈치를 기운 녹색 코듀로이 정장을 입은 노인이 생각보다 멋있다는 생각이 들었다. 그에게는 시선을 잡아끄는 뭔가가 있었다. 두 손은 큼직했고 배가 적당히 나왔으며 어깨가 넓고 역시 널따란 턱 아래 목에는 주름이 잡혀 있었다. 눈썹은 몹시 텁수룩했는데 크리스토퍼는 몸의 나

48

머지 부분이 눈썹보다 몇 초는 늦게 문에 도착할 거라고 생각했다.

"거기에 가마우지처럼 한 발로 서 있을 필요는 없지 않니? 들어오려무나." 할아버지의 말에 크리스토퍼는 가방을 들고 뒤따랐다. 나무 타는 냄새와 음식 냄새가 났다. "집이 이제 낡아서 구석구석 고칠 데가 많단다. 그래도 깨끗하고 특히 벽은 대부분 멀쩡하지." 프랭크는 말하던 중에 자기 말을 확인하려는 듯 두리번거렸다. "네 어머니가 어렸을 때 이후로 이 집에 아이가 온 적이 없구나. 뭐 필요한 거 있니?"

"여기 휴대폰 신호는 잡히나요?" 크리스토퍼가 물었다.

"미안하지만 전혀." 전혀 미안하지 않은 듯 프랭크가 답했다.

크리스토퍼는 많이 실망했다. "그러면…… 제가 할아버지 차를 타고 전파가 잡힐 만한 데까지 가도 될까요?"

노인이 그를 빤히 쳐다봤다. "운전할 나이가 되려면 아직 4, 5년은 더 있어야 할 것 같은데. 안 그러니?"

"하지만 할아버지 차는 자동이잖아요. 그리고 여기서 들이받을 게 나무 말고 또 있나요? 뭐, 그렇다고 나무가 갑자기 휙 움직이는 것도 아니고요. 제발요."

프랭크는 한쪽 눈썹을 하얗게 센 앞머리에 닿을 만큼 높게 추켜세우며 말했다. "먼저 이 집 부근부터 익숙해져야 할 것 같구나. 그런 다음 다시 이야기하자. 꼭 할 말이 있거든."

크리스토퍼는 할아버지를 따라 거실로 들어갔다. 머리숱이 풍성한 제복 차림의 남자가 실물 크기로 그려진 유화가 눈에 들어왔다. "콧수염이 멋진 분이네요." 크리스토퍼가 말했다.

할아버지가 웃으며 말했다. "정말이지 지독하게 인상적인 그림 아니냐? 우리 먼 조상님인데, 내 아버지 말씀으로는 벨기에 분이라던가. 그렇지만 이 집 자체나 집 안에 있는 것들은 중요하지 않단다. 중요한 것은 말이지……." 그의 눈이 크리스토퍼를 빠르게 훑었다. "집 밖에 있어."

프랭크는 손자와 함께 부엌과 옷가지를 두는 방, 약초와 보존 식품, 콩, 그리고 놀라울 정도로 멸치 통조림이 많이 있는 식료품 저장고를 둘러보았다.

"이 집 안에서는 어디든 가도 좋고 또 밖으로도 길 쪽이라면 아무 데나 가도 괜찮다. 하지만 네 아버지가 신신당부한 게 하나 있어. 언덕 꼭대기 근처에는 절대 얼씬도 하지 말거라. 애야, 알아듣겠니?"

크리스토퍼는 집 뒤쪽 창밖으로 눈을 돌려 우뚝 솟은 비탈을 바라보았다. 갑자기 그 위로 뛰어 올라가고 싶은 충동을 느꼈다.

"저기 산 중턱에 있는 나무까지는 몰라도, 그 이상은 절대 안 된다."

"왜죠? 저기에 뭐가 있나요?"

"위험해서 그래." 프랭크가 다시 그를 데리고 복도를 따라가다가 이어진 계단을 오르며 말했다. 지팡이를 짚은 채 걸음을 뗄 때마다 쿵쿵 소리가 크게 났다.

"어떻게 위험한데요?"

"알 필요 없다. 그냥 시킨 대로 해. 약속하거라."

"하지만 저는 수영을 할 수 있고 등산도 잘해요. 어린애도 아니고요. 길을 잃고 헤매다가 혹시라도 광물을 캐려고 판 굴에 빠지거나 독 있는 열매 같은 걸 먹는 일도 없어요."

프랭크는 뒤돌아보지 않았다. "이 얘기는 그만하자꾸나. 네 아비가 원해서 그러는 거야. 딱 한 군데 가지 말라는 거잖니? 만약 저 나무들 너머에 있다가 내 눈에 띄면 혼꾸멍을 낼 테니 그리 알아라." 말을 마친 그가 어떤 방에 이르러 문을 열었다. 천장이 높고 흰색으로 페인트칠한 침실이었는데 안에는 2인용 침대와 책이 꽂힌 선반이 보였다. 책들은 크리스토퍼가 무슨 뜻인지 짐작도 못 할 언어로 쓰여 있었고 침대 위에는 검붉은색의 스웨터가 한 벌 놓여 있었다. "여기가 네 침실이다. 책을 옮겨도 되고 벽에 낙서해도 좋으니 마음대로 편하게 쓰거라. 내 너 입으라고 스웨터를 하나 짜두었다." 노인의 목덜미가 살짝 불그스레해졌다. "아, 꼭 입을 필요는 없고." 그가 헛기침을 했다. "저녁 식사는 8시에 할 거야. 새삼스럽지만 이 집에 온 걸 환영한다. 너는 내 손자니까 네가 오는 건 당연하지. 그렇지만 내가 말한 걸 잊지 말거라."

프랭크가 나갔다. 손자가 어떠한 약속도 하지 않았음을 깨닫지 못한 채. 소년의 용의주도함은 노인의 현명함으로도 짚어내지 못할 때가 있기 마련이다.

죽어가는 빛

발로 나무 꼭대기를 톡톡 차면서 맬은 6킬로미터 정도를 날아 숲의 깊은 곳에 도착했다. 나무가 우거지고 짙은 녹색으로 물든 이곳이 바로 그녀가 실험을 하기로 마음먹은 장소였다.

코트가 찢어지지 않도록 최대한 조심하며 착지하려던 순간이었다. 맬은 뭔가를 보고 깜짝 놀라 동작을 멈췄다. 한 나무 밑동에 고양이만 한 라타토스카 한 마리가 옆으로 누워 있었다. 다 자랐다면 털이 회녹색이었겠지만 짙은 녹색인 것으로 보아 아직 어린 라타토스카였다.

숲에 사는 라타토스카 중 몇 마리를 알고 있던 맬은 순간 오싹함을 느꼈지만 숨을 죽이고 침착하게 다가가 살펴보았다. 처음 보는 라타토스카였다. 손끝으로 거친 털을 만져보았지만 아무 움직임이 없었다. 그래서 무릎을 꿇고 코에 손가락을 대어 호흡을 확인하고는 다시 살며시 몸을 뒤집어보았는데 꼭두각시 인형처럼 뻣뻣했다. 라타토스카는 죽어 있었다.

맬은 거친 숨을 몰아쉬며 놀라서 뒷걸음질했다. 사실 몇 달 동안 그녀는 숲에서 계속 죽은 동물과 마주치고 있었다. 먼저 쇠로 된 부리와 구리로 된 발톱을 지닌 새인 가가나 어미가 둥지에서 새끼와 함께 죽은 채 발견되었다. 그 후에는 바다황소가 서식지에서 멀리 떨어진 해안까지 떠밀려 온 일도 있었다. 2주 전에는 금빛의 새끼 유니콘이 태어나다가 죽기도 했다. 특히 이 일은 잊지 못할 끔찍한 기억이 되었다.

그녀는 이를 악문 채 두 손으로 재빨리 흙을 파내어 라타토스카를 묻고는 라벨란들이 사체를 먹지 못하도록 흙으로 덮었다.

맬은 양손으로 바닥을 훑어보았다. 부근의 흙은 여기저기 기워 붙인 듯한 상태였다. 어느 곳은 여느 때처럼 짙은 갈색이지만 군데군데 회색과 검은색 모래로 변한 곳이 있었다. 아타디나의 숲은 아키펠라고를 통틀어 가장 오래된 곳이다. 따라서 흙은 늘 짙은 갈색이어야 마땅했다. 맬이 아홉 살 때까지만 해도 이 부근의 땅은 모두 갈색이었다. 하지만 이제는 아니었다.

맬은 주머니에서 막대기 여러 개와 끈 하나를 꺼내어 막대기를 땅에 꽂고 끈으로 그 주위를 감아 회색으로 변한 곳을 표시했다. 이것이 바로 집에서부터 무척이나 세심하게 준비한 실험이었다. 그녀는 입을 앙다물고 집중한 표정으로 막대기에 특유의 뾰족뾰족한 글씨로 날짜를 적었다.

이 실험은 반년째 이어져오고 있는데 숲에서 흙이 회색으로 변한 지역이 점점 넓어지고 있음을 증명하기 위한 것이었다. 사실 회색 지대가 막대기를 꽂아놓은 곳보다 커지면서 숲 전체로 서서히 퍼지고 있음을 레오노어가 직접 보고 알 수 있도록 데려오려고도 했으나 그녀는 거절했다.

"다리가 아파서 갈 수가 없구나. 게다가 나에겐 흙이나 쳐다보는 것보다 훨씬 중요한 일이 많단다."

하지만 흙보다, 무엇보다 걱정되는 것은 그리핀이었다. 그리핀은 늘 예민한 생물이었다. 수천 년 동안 그래왔고 수도 매우 적었다. 그러나 지난 5년 동안 그들은 빠르게 모습을 감추고 있었다. 그 속도가 처음에는 느렸지만 점점 빨라져서 이제는 무서울 정도였다. '날개의 섬'을 찾아간 한 여행자는 그곳에 사는 그리핀 전체가 떼죽음을 당한 광경을 목격하기도 했다. 그것이 우연이라고, 비극이기는 해도 특별한 원인은 없다고 주장하는 사람도 있었다. 반면에 어떤 이들은 어두운 징조라고, 더 끔찍한 악의 출현을 알리는 전조라고도 했다.

한편 그해 여름, '학자들의 도시'에서는 최근 24개월간 어떠한 그리핀도 목격되지 않았다는 보고서가 발표되었다. 따라서 그리핀은 조만간 '생물 목록'에 '멸종 추정'이라고 기록될 예정이었다.

맬은 학자들에게 편지를 써서 알고 있는 바를 말해줄까도 생각했지만 결국 그러지 않기로 결심했다. 곌리핀이 끌려간다면 견딜 수 없을 것 같았기 때문이다.

맬의 몸이 몹시 떨렸다. 그녀는 머리카락을 어부용 스웨터 안에 밀어 넣고는 집으로 날아갈 채비를 했다.

절대 가서는 안 될 곳

다음 날 크리스토퍼는 외할아버지 집 뒤의 언덕을 오르고 있었는데 그 뒤를 검은 털을 흩날리는 래브라도 한 마리가 따르고 있었다. 할아버지가 기르는 그 개는 '구스'라는 이름이며 크리스토퍼의 얼굴을 핥는 데 가장 큰 열성을 보였다. 그날은 추우면서도 맑았다. 크리스토퍼는 할아버지가 갑옷만큼이나 두껍게 뜨개질한, 목 부분은 특히나 널찍하게 말아 입는 붉은색 스웨터 위에 집에서 가지고 온 남색 코트를 덧입고 있었다. 그가 느끼기에 언덕 위 공기는 무언가 달랐다. 진하고 한 번도 맡아보지 못한 그 냄새에는 풀과 흙 내음이 가득했으며 삶이 녹아 흐르는 듯 생명이 농축되어 있었다.

크리스토퍼는 나무가 능선을 이룬 곳에 도착하여 발걸음을 멈추고는 소나무에 등을 기대었다. 살짝 시선을 돌려 꼭대기를 바라보고 있자니 답답한 기분이 들었다. 어떤 일에도, 심지어는 스스로 안전을 챙기는 일에 관해서도 아버지가 자신을 믿지 않는다는 생각이 들자 속이 상했다. 그의 아버지는 모든 일에 불안해하는 사람이었다. 나뭇가지 하나, 돌 하나, 모든 차와 길목과 부엌의 도구 하나까지 무엇이든 크리스토퍼를 다치게 하지는 않을

지 염려하며 점검하듯 살았다. 그가 감자 껍질을 까거나 통조림을 열 때면 늘 조심하라고 당부했다. 생일 축하에 쓰는 양초를 마치 치명적인 무기인 양 보기도 했다. 크리스토퍼는 아버지를 사랑하지만 이런 행동에 숨이 막혔다. 크리스토퍼는 물론 아버지 자신까지 옴짝달싹 못 하도록 묶는 것 같았다.

입에서 쓴맛이 났다. 달려가면 꼭대기까지 5분도 안 걸릴 것 같았다.

크리스토퍼는 망설였고 그러다 보니 신경이 곤두섰다. 구스가 그의 귀를 살펴보듯 온통 핥았다. 아무도 모르게 다녀올 수 있을 것 같았다. 위험한 일이 뭐가 있겠는가? 어떠한 이유든 간에 자신에게 말해주지 않는 것이 어이없고 부당하다는 생각이 든 크리스토퍼는 신발 속에서 발을 꼼지락거렸다.

그때 갑자기 아래쪽에서 큰 소리가 들려와 그를 놀라게 했다. 돌풍이 불어 집의 덧문 하나가 쾅 소리를 내며 닫힌 것이었다. 할아버지가 금방이라도 창밖으로 얼굴을 내밀고 볼지 모른다는 생각이 들었다. 만약 간다면 지금이 마지막 기회였다.

크리스토퍼는 나무들 위로 보이는 정상을 바라보며 말했다. "구스, 가자. 꼭대기에 올라야 멋진 경치를 볼 수 있는 법이야." 크리스토퍼는 나무 능선 밖으로 나와 언덕 꼭대기를 향해 구스와 함께 빠르게 걸었다.

아직 얼마 가지 못했을 때였다. 돌연 발밑의 땅이 아주 살짝 흔들리는 것 같더니 곧 의심의 여지 없이 요동치기 시작했다.

살인자

맬이 목숨을 건질 수 있었던 것은 카사파사란 덕분이었다.

맬은 숲에서 집까지 날아와 정원에 내려앉았다. 그녀의 집은 작고 평범했지만, 정원만큼은 넓었고 단 하나밖에 없는 핏줄인 고모할머니 레오노어가 정성스럽게 가꾼 많은 식물이 아름답게 자라고 있었다. 정원 한쪽 끝에는 높은 벽이 있었는데 그 반대편은 절벽이고 그 아래로 강이 흐르고 있었다. 맬은 10년 동안 하루에 한 번꼴로 그 벽에 올라가지 말라는 잔소리를 듣고 살았다. 강은 깊고 물살이 셌는데 절벽 반대편 강가에는 가시덤불이 우거져 있었고 물속에는 뾰족뒤쥐처럼 생기고 치명적인 독을 가진 라벨란이 많이 살았다.

고모할머니는 부엌으로 들어오는 맬을 보고는 한숨을 내쉬었다. 한때 늘씬하고 우아했던 레오노어도 76세가 된 지금은 구부정한 노인이 되어 있었다. "맬, 손이 얼음장 같구나! 또 왜 이렇게 더러운 거니? 도대체 뭘 하고 다니는 거야?"

"저, 숲에 다녀왔어요. 거기서 본 게 있어요……."

"흠, 얼른 손부터 씻어라. 제발 비누로 말이야. 다 씻으면 식탁에 앉아. 먹을 것을 준비해놨다."

식탁에 음식이 차려졌다. 촉촉한 도넛이 모양 좋게 구워졌고 시나몬 꽈배기는 신선했으며 쟁반 위의 비스킷은 오븐에서 막 꺼내 따끈따끈했다. 머리가 희끗희끗한 레오노어는 말수가 적고 잘 웃지도 않았지만 요리로 애정을 표현했다. 그녀는 익서스 최고의 요리사다. 그녀의 인내와 사랑은 요리로 드러났다.

그녀가 맬에게 케이크를 한 덩이 크게 잘라 주었다. 겔리펀은 인사 삼아 맬을 살짝 물고는 크림 그릇 앞에 웅크리고 앉았다. 그러곤 기분이 좋은지 긴 꼬리를 씰룩거리며 날개를 펄럭였다.

레오노어는 뜨겁고 강한 맛이 나는 열매 음료도 한 잔 따라주었다. 달콤하면서도 톡 쏘는, 맬이 좋아하는 맛이 날 때까지 화구 위로 몇 시간이고 구부정한 자세로 국자를 휘저으며 직접 만든 음료였다. 그녀가 한숨을 쉬며 말했다. "머리 꼴이 그게 뭐니? 아주 엉망이구나! 다듬어줄 테니 가만히 있으렴." 그녀는 맬의 들쭉날쭉한 앞머리를 부드러운 손길로 매만졌다.

그때 문에서 노크 소리가 들렸다. 레오노어가 문을 향해 걸어갔다.

동시에 맬의 주머니 속 카사파사란이 갑자기 떨리기 시작했다. 맬이 주머니 속 물건을 꺼냈다. 지금까지 카사파사란은 바늘을 살짝 왼쪽, 그러니까 맬의 방이 있는 쪽으로 기울인 채 얌전히 있었다. 하지만 처음에 씰룩씰룩 움직이던 바늘이 마치 더듬듯 이 방향 저 방향으로 오락가락하더니 점점 빠르게 돌았고 이제는 손안에서 강한 진동을 일으켰다.

"고장 났나 봐! 산 지 얼마 안 됐는데!" 맬이 겔리펀에게 말하고는 불빛 아래에서 보려고 뒷걸음질 쳤다. 그 순간 살인자가 벌컥 문을 열고 뛰어 들어와 칼을 휘둘렀다. 뒷걸음질 치지 않았으면 맬은 분명 칼에 맞았을 것이다.

밀려 넘어진 레오노어가 비명을 지르고는 몸을 날려 맬을 막아섰다.

"저리 가! 이 애한테 가까이 오지 마!"

살인자는 놀란 듯 뱀과 같은 소리를 내고는 다시 한번 뛰어들어 칼을 휘둘렀다. 이번에는 칼날이 레오노어를 향했다.

끔찍한 비명이 울렸다. 레오노어가 자신의 가슴께를 내려보았다. 앞치마가 온통 뻘건 것으로 물들고 있었다. 그녀가 땅에 쓰러지며 말했다. "맬, 도망쳐!"

"고모할머니!" 맬이 소리 지르며 그녀에게 몸을 날렸다. 겔리펀도 새된 소리와 함께 발톱을 뻗어 괴한을 향해 날아들었다. 살인자는 겔리펀을 향해 칼을 휘두르고는 재빨리 몸을 돌려 다시 맬에게 달려들었다. 칼끝이 맬이 입은 코트 뒷면을 자르고 그 아래 피부를 스쳤다. 맬은 식탁 모서리를 잡고 뒤집었다. 유리와 도자기로 된 식기들이 바닥에 어지럽게 흩어졌다.

맬은 겔리펀을 데리고 집 밖으로 뛰쳐나가 정원으로 향했다. 바람이 여전히 불고 있었다. 그녀는 내달리며 코트 자락을 펼치고는 공중으로 날아오르려 했다. 그러나 칼에 잘린 등 쪽으로 바람이 새고 있었다. 맬은 떨리는 와중에도 호흡을 가다듬고 다시 시도했지만 날 수 없었다.

이제 땅에서 벗어날 수 없었다. 공포가 입으로 들어와 불쾌한 금속맛을 내더니 다시 피를 타고 가슴으로 흘러들었다. 맬은 숨을 쉬기도 어려웠다. 어디로 가야 할까? 처음에는 정원 창고 쪽으로 달리다가 곧 생각을 바꿔 벽으로 향했다.

살인자가 집 모퉁이를 돌았다. 그는 키가 컸는데 마을에는 그보다 큰 사람이 많았다. 그러나 그와 같은 냉혹한 얼굴은 없었다. 그가 자신을 분명히 죽이려 한다고 직감했다.

둘은 잠시 서서 서로를 보았다. 그가 맬에게 외쳤다. "거기 서! 멈춰!"

맬이 돌아서서 벽을 향해 뛰었다. 살인자가 겨우 몇 걸음 뒤까지 따라붙었다. 거리를 확인하려고 고개를 돌렸는데 그가 칼을 휘두르자 맬은 재빨리 몸을 틀어 피했다. 숨소리가 들릴 정도로 아슬아슬한 거리였다.

이때 뒤쪽에서 들려온 고함에 살인자가 고개를 돌렸다. 레오노어의 목소리였다. 그녀는 피로 얼룩진 손으로 가슴을 누른 채 다른 한 손으로 장작을 패는 도끼를 들고 있었다.

"내 손녀에게서 떨어져!" 레오노어는 힘겨워하면서도 분노에 찬 날카로운 목소리를 토해내더니 살인자를 겨냥하여 온 힘을 다해 도끼를 던졌다. 속도가 약하고 똑바로 날아가지 않았으나 엄청난 분노가 실려 있었다.

살인자는 고함을 지르며 몸을 틀었지만 도끼의 날 없는 부분에 어깨를 맞았다. 레오노어가 비틀거리며 집 뒤로 도망치자 그가 뒤를 쫓아 달렸다. 잠시 후 날카로운 비명이 들리더니 곧 쥐 죽은 듯 조용해졌다.

맬은 공포에 휩싸여 떨다가 무릎을 꿇고 손으로 땅을 짚다가 쓰러졌다. 온몸의 피가 굳는 것 같았다. 소리를 지르려 했으나 껵껵대는 소리만 나왔다. 허파가 텅 빈 것 같았다.

겔리펀이 정신을 차리게 하려는 듯 그녀를 부리로 쪼았다. 맬은 숨을 들이쉬었다. 신맛이 느껴졌다. 그녀는 억지로 스스로를 다그치며 일어나 달렸다. 벽에 다다른 맬은 겔리펀을 등에 이고 위로 기어 올라갔다. 날카로운 돌들이 손을 파고들어 상처를 남겼다. 정신없이 꼭대기에 오르자 저 아래로 울부짖듯 흐르는 강이 보였다. 멀리 건너편 강둑에서 유니콘 한 마리가 풀을 뜯고 있었고 녹색 라타토스카 한 무리도 눈에 띄었다. 저 멀리에는 롱마 한 마리가 물을 마시러 오고 있었다. 도움을 청하기에는 모두 너무 멀었다. 그나마 가까운 곳에서는 뾰족뒤쥐처럼 보이는 것들이 물살을 거슬러 헤엄치고 있었다. 그녀는 하늘로 날아올라 이 악몽에서 벗어날 수 있기를 간절

60

히 바랐다.

"반대편에 강이 있어요." 맬이 살인자에게 외쳤다. "한 걸음만 더 가까이 오면 뛰어내릴 거예요. 강에는 라벨란이 살고 있으니까 날 쫓아오면 녀석들에게 물려 죽을 거예요."

"너도 마찬가지겠지. 내려와."

"난 안 물려요. 날 아는 녀석들이니까." 두려움과 비참함에 짓눌렸고 입에도 감각이 없었지만 말이 계속 나왔다. 살인자가 말하도록 유도하려는 것이었다. "왜 여기에 왔는지 말해요. 그러면…… 그러면 내려갈게요. 알겠어요?"

남자가 코웃음 쳤다. "대화나 하라고 돈을 받은 건 아니야."

"그럼 뭘 하라고 돈을 받은 거죠? 누가 돈을 줬어요? 왜 이런 일을 하는 거예요?"

맬을 훑어보는 살인마의 눈빛에 경멸이 깃들었다. "생물들이 죽어가고 있는 걸 아나? 흙에서 생기가 사라지고 있고 글리머리가 희미해져가는 건? 다 그분의 힘 때문에 그런 거야." 살인자가 거칠게 숨 쉬며 다가왔다. "그분은 먼저 충성을 바치는 자에겐 모든 걸 주신다고 했지. 그분이 세상에 모습을 드러내기 전인 지금 말이야."

"그게 나하고 무슨 상관이죠?"

"그분이 너를 찾으라 하셨다. 나에게 메시지를 주셨지. 하늘을 나는 소녀를 찾으라고 말이야. 자, 이제 내려와!"

"도대체 그 사람이 누군데요?"

살인자가 고개를 가로저었다. 그의 얼굴에 잠시 두려운 기색이 비쳤다. 그가 벽에 손을 대고는 더듬어 잡을 만한 곳을 찾았다. 맬은 강을 내려다보았다. 물살이 거셌다. 자신을 바위에 내동댕이칠 것 같았다. 라벨란 한 마리가 고개를 들어 맬을 쳐다보았다. 작지만 독을 품은 이빨이 드러나 있었다.

맬이 날카로운 목소리로 다급하게 말했다. "잠깐만요! 죽어가는 생물들하고…… 그 글리머리가 나하고 무슨 관계가 있단 거죠?"

살인자의 눈이 이글거렸다. "모든 게 너하고 관계있지." 그가 끙끙대며 거의 벽의 맨 위까지 올라왔다.

맬은 겔리펀을 가슴에 바싹 붙였다. 살인자가 점점 가까워졌다. 한 손에는 칼이 있었다.

맬은 뛰어내렸다.

물에 빠진 맬은 2미터 넘게 가라앉았고 머리 위까지 완전히 잠겼다. 물속에서 빠르게 흘러가는 수많은 빛물질이 보였다. 물은 얼음처럼 차가웠고 물살은 요동쳤다. 그녀는 자신이 곧 바위에 부딪히고 튕겨 나갈 것을, 혹은 라벨란의 이빨이 얼굴에 박힐 것을 예상하고 마음의 준비를 했다. 손에 힘이 풀려 겔리펀을 놓쳤다. 오직 울부짖으며 달리는 강물과 엄청난 공포만 있을 뿐이었다. 곧 그마저 사라지고 말았다.

질주

크리스토퍼가 뛰다 걷다 하며 언덕을 오르고 있을 무렵에는 해가 높았고 날도 아주 화창했다. 적어도 땅이 흔들리기 전에는 그랬다.

크리스토퍼가 구스와 함께 언덕 꼭대기에 거의 다다랐을 때였다. 구스가 갑자기 걸음을 멈추더니 불안한 듯 낑낑 소리를 냈다. 크리스토퍼가 쓰다듬어주며 말했다. "왜 그래? 어디 다쳤어?"

그 순간 땅속 깊은 곳에서 흔들리는 소리가 들려왔다. 그는 진동을 느끼기 위해 손바닥을 땅에 댔다. 지진이었을까? 구스가 털을 곤두세우고는 겁먹은 듯 높고 맹렬한 소리로 짖었다.

그때였다. 거칠게 히힝 하고 우는 소리와 함께 몸이 온통 반짝이는 비늘로 덮인 거대한 녹색 말이 크리스토퍼 쪽으로 곧장 달려왔다. 크리스토퍼가 비명을 지르면서 구스를 끌어당기려 했으나 구스는 겁을 먹고 납작 엎드려 움직이지 않았다. 크리스토퍼는 구스를 안아 들고 달렸다. 꽤 무거웠지만 공포가 오히려 힘을 주었다. 그는 주변에 있던 떡갈나무 뒤로 도망쳐 숨을 헐떡이며 구스를 안고 몸을 웅크렸다.

이상한 말은 허연 눈을 뒤룩거리며 언덕을 어지럽게 달려 내려갔다. 말이 지나가는 순간 크리스토퍼는 근육질 몸의 측면을 덮은 초록 비늘이 번쩍이는 것을 보았는데 갑자기 비늘이 돋은 거대한 날개가 양 옆구리에서 펼쳐졌다. 곧 공중으로 떠오른 말이 나무 능선 위로 날개를 펄럭이며 사라졌다.

질주는 계속되었다. 먼저 뾰족뒤쥐처럼 생겼으면서 개처럼 송곳니가 난 생물 십여 마리가 물에 흠뻑 젖은 채 줄지어 달려왔다. 그 뒤로 이번에는 큰 다람쥐 같은 외형에 초록색의 거대한 뿔이 달린 동물들이 "달려! 계속 달려!"라고 외치며 떼 지어 지나갔다. 믿을 수 없는 광경에 구스가 품속에서 몸부림쳤지만 크리스토퍼는 놓지 않았다.

있을 수 없는 일이었다. 믿을 수 없다는 생각이 들었다. 뭘 잘못 먹은 탓일까? 그는 정신을 차리려고 팔을 세게 꼬집었지만 손톱에 피가 묻고 팔이 아플 뿐이었다. 두려움이 온몸을 집어삼켰다.

몸을 가누기도 전에 다시 한번 히힝 하는 소리가 울려 퍼졌다. 전보다 더 날카로운 소리였는데 뒤이어 말 한 마리가 머리에 은빛 뿔을 달고 언덕 아래로 질주해왔다. 그 말 역시 크리스토퍼가 숨은 곳을 지나갔는데 달빛처럼 하얀 꼬리에는 풀이 엉켜 있었다.

크리스토퍼가 구스에게 속삭였다. "유니콘이야."

이상한 생물들은 나타났을 때만큼이나 빠르게 저 아래 나무들 사이로 사라졌다. 아직 해가 떠 있었지만 크리스토퍼의 손과 발은 아주 차가웠고 충격으로 숨쉬기가 어려웠다.

그는 본능적으로 외할아버지 집으로 돌아가야겠다는 생각이 들었다. 그때 언덕 꼭대기에서 소리가 들렸다. 외치는 듯한 소리였는데 날카로우면서도 힘이 없었고 절박하면서도 끔찍했다. 무언가 살려고 발버둥 치는 소리였다.

망설임은 아주 잠깐뿐이었다. 크리스토퍼는 어느새 전보다 빠른 속도로 금지된 언덕을 뛰어 올라가고 있었다.

소리가 들린 곳에 무엇이 있을지, 크리스토퍼로서는 전혀 예상할 수 없었으나 막상 꼭대기에 올라오니 소리를 냈을 만한 것은 전혀 보이지 않았다. 언덕은 정상에 가까워질수록 평평해졌는데 꼭대기에는 작은 호수가 있었다. 폭은 40걸음 정도에 물빛은 너무 짙다 못해 거의 검게 보이는 파란색이었다. 호수 가운데서 무언가 허우적대고 있었다. 흰 거품이 생길 정도로 거세게 일렁이는 물살 속에서 날개와 꼬리가 있는 생물이 몸부림치고 있었다. 크리스토퍼는 그 생명체가 무척 두려워하고 있다고 느꼈다.

크리스토퍼는 생각을 멈췄다. 계속 생각하면 말도 안 되고 혼란스러운 이 상황에 압도될 것 같았다. 그는 코트와 스웨터를 벗고 신발도 황급히 풀어 풀밭에 내동댕이치고는 물속으로 뛰어들었다.

물이 너무 차가워서 돌벽에 부딪히는 듯했다. 숨이 턱턱 막혔다. 미지의 생물이 또 한 번 절박하게 울부짖었다. 짧은 두 앞다리는 수영에 적합하지 않은 듯했고 두 날개를 열심히 펄럭였으나 점점 가라앉고 있었다.

호수는 무척이나 깊었다. 크리스토퍼는 눈을 때리는 물에 아랑곳하지 않고 맹렬하게 헤엄쳤다. 이윽고 생명체가 있다고 생각한 곳에 도착했는데 아무것도 보이지 않았다.

그는 진흙과 고운 모래 맛이 나는 물을 뱉고 좀 더 깊은 곳으로 잠수했다. 그러자 소리를 낸 생명체가 보였다. 두 눈을 감고 부리도 닫은 채 빠르게 가라앉고 있었다. 크리스토퍼는 아래로 몸을 기울여 힘차게 발장구를 치면서 내려갔다. 수압에 양쪽 귀가 먹먹하고 너무 추워 피부가 불타는 듯 아팠지만 어떻게든 더 깊이 내려가서 생명체의 뒷다리 한쪽을 잡는 데 성공했다.

잠시 후 크리스토퍼가 수면 위로 솟구쳤다. 그는 숨을 헐떡였지만 생명체는 숨을 쉬지 않았다. 그가 호수 밖으로 나가 코트를 집어 덮어주자 생명체가 눈을 떴다. 그러고는 정체 모를 반쯤 소화된 내용물을 옷소매에 잔뜩 토해냈다.

크리스토퍼의 입에서 가쁜 숨과 함께 안도의 웃음이 터져 나왔다. 이빨이 너무 심하게 떨려 거의 말할 수 없는 와중에도 그가 말했다. "다행이야! 이겨냈구나. 잘했어!" 긴장이 풀리려는 순간, 아찔할 정도의 놀라움과 두려움이 온몸을 강타했다. 두 팔에 안고 있는 생명체의 정체를 안 것이다.

그 생명체는 새끼 사자의 뒷다리 그리고 독수리의 앞다리와 날개를 지녔고 숱이 많은 깃털은 하얀색이었다. 크고 초록색인 눈을 가진 얼굴은 어린 새와 비슷했으나 갈색 귀는 말처럼 뾰족했고 얼굴에 어울리지 않게 컸다.

"너, 그리핀이구나." 크리스토퍼가 말했다.

꿈이 아니었다. 코트 속의 생명체는 몸을 뒤틀며 공포에 질려 마구 할퀴고 있었다. 사자 같은 뒷다리의 발톱이 특히 날카로워서 상처도 더 깊었다. 그런 고통에도 불구하고 크리스토퍼의 가슴은 뛰고 있었다.

"어? 이런!" 그리핀에게서 피가 흐르고 있었다. 방금 흘러나온 듯 따뜻했다. 크리스토퍼는 그리핀의 두 앞다리를 힘들게 붙들고 꼬리를 들어 올린 다음 양쪽 뒷발을 들췄다. 상처가 있었다. 왼쪽 뒷다리가 깊게 베어 있었다. 그는 한쪽 양말로 상처를 둘러쌌다. 수달처럼 미끄러운 생명체는 항의하듯 몸부림쳤지만 물지는 않았다.

크리스토퍼가 흠뻑 젖은 발을 신발에 욱여넣었다. 손끝이 추위로 파래졌다. 그는 그리핀을 다시 안아 올리고는 말했다. "어서 따뜻한 곳으로 데려가 줄게."

그리핀은 그의 목소리를 듣고 한결 편안해진 듯했다. 부리로 팔꿈치를 파고드는 그리핀에게서 젖은 털과 깃털 냄새가 났고, 그 아래에선 무럭무럭 자라는 어린 동물 특유의 포근한 사향 냄새가 풍겼다. 크리스토퍼는 여태 본 것 중 그리핀이 가장 아름다운 생물이라는 생각이 들었다.

"내가 지켜줄게. 무서워 마. 아무 일도 없어. 약속할게." 그가 말했다. 그리 핀이 그의 엄지손가락을 살짝 깨물었다.

어떤 생물에게든, 특히 무슨 일이 있을지 알 수 없고 혼란스러운 세상에 서는 이런 약속이 어리석고 위험하다고 말하는 이들이 있다. 하지만 그리핀 을 대할 때는 으레 그런 약속을 하게 되리라는 점도 알아야 한다. 그리핀이 너무나 매력적이기 때문이다.

수호자의 비밀

손자가 옛이야기에나 나오는 동물을 껴안고 물을 뚝뚝 흘리면서 갑자기 방에 들어온다면 보통의 사람은 질문부터 할 것이다. 그러나 프랭크 어리엇은 보통 사람이 아니었다.

크리스토퍼의 외할아버지는 난로 옆 팔걸이의자에 앉아 꾸벅꾸벅 졸다가 손자가 문을 벌컥 열고 들이닥치자 놀라 일어섰다. 그는 상황을 파악했다. 손자의 입술은 파랬고 크게 뜬 눈에는 당황한 기색이 가득했으며 두 팔에는 코트로 감싼 무언가를 안고 있었다. 발치에는 구스가 있었다.

"붕대가 필요해요. 그리핀에게 쓰려고요." 크리스토퍼가 말했다.

"로켄에 갔었구나. 호수에 말이야. 분명히 가지 말라고 했는데."

크리스토퍼가 들고 있던 것을 내보이며 말했다. "가야만 했어요. 얘가 물에 빠져 죽어가고 있었거든요." 그는 할아버지에게 자신이 겪은 일을 최대한 간단히 설명했다.

방 한가운데 서서 거친 숨을 쉬는 프랭크의 얼굴은 뭔지 모를 복잡한 생각으로 가득해 보였다. 잠시 후 그가 부엌으로 가서 위스키 한 잔과 붕대를 들고 왔다. "그리핀은 나한테 주고 너는 최대한 빨리 가서 뜨거운 물로 씻거라. 그리고 다시 와."

크리스토퍼가 돌아왔을 때 프랭크는 그리핀의 다친 부위에 붕대 감는 일을 마무리하고 있었다. 난로 옆에는 핫초코 한 잔이 놓여 있었다.

"어서 와 앉거라. 이 녀석은 네가 먹이고." 그 사이 프랭크는 더 나이 들어 보였고 자리에 앉을 땐 몸에서 삐걱거리는 소리가 나는 것 같았다. 그는 크리스토퍼에게 그리핀과 함께 정어리 통조림 한 캔을 건네주었다. "음, 이제 이 이야기를 들려줘야 할 때가 됐구나."

"그렇지만…… 거기에는 유니콘도 있었어요. 할아버지 지금 이럴 때가……."

크리스토퍼는 자신을 보는 할아버지의 엄숙한 눈빛에 입을 다물었다. 프랭크의 표정에서 한때 온전했으며 종잇장처럼 쭈글쭈글해진 피부와 구부정한 손 아래에 여전히 남아 있는 힘이 느껴졌다. 노인이 말했다. "앉아서 잘 듣거라. 유니콘은 멀리는 못 갔을 거야. 울타리를 쳐놨거든. 그보다는 내 이야기를 듣는 것이 중요해."

크리스토퍼가 자리에 앉았다. 정어리 통조림을 열자 기대에 찬 그리핀이 그의 손을 톡톡 쪼았다.

프랭크의 입에서 한숨이 나왔다. "크리스토퍼, 언젠가는 이야기해주려 했단다. 그렇지만 너는 아직 어리지 않니? 네 아비와 나는 그 점에 있어서는 생각이 같았다." 그가 위스키를 쭉 들이켜고는 말을 이었다. "우린 네가 적어도 열여덟 살이 될 때까지는 기다릴 생각이었어. 네 아버지는 스물하나, 아니, 스물다섯은 돼야 한다고 했지만. 내가 보기엔 끝까지 말을 안 하고 싶었던 것 같다."

"무슨 이야기요? 뭘 말해주지 않는다는 거죠?"

프랭크가 주머니에서 열쇠를 하나 꺼내 높은 곳에 있는 나무 찬장을 열었다. 그는 그곳에서 또 다른 열쇠를 꺼내더니 제복을 입은 남자가 그려진 유화를 벽에서 떼어냈다.

"정말이지 크기도 크거니와 끔찍한 그림이 아닐 수 없어. 아무도 훔쳐 가지 않을 것 같아서 금고를 숨기려고 일부러 골랐지."

크리스토퍼가 정어리 한 마리를 내밀자 그리핀이 한입에 삼켰다. 손가락까지 먹을 기세였다. "진정해. 미안하지만 내 손가락은 메뉴에 없어." 크리스토퍼가 속삭였다.

그림 뒤에는 쇠로 된 금고가 있었다. 프랭크가 잠금을 풀자 안에서 여러 겹으로 접힌 문서와 책 한 권이 나왔다. 그는 둘 다 테이블 위에 올려놓고는 먼저 문서를 펼쳤다. 크리스토퍼가 그 위로 고개를 내밀었다. 두꺼운 동물 가죽에 작은 붓으로 정교하게 그린 지도였다.

"아키펠라고 지도야."

프랭크 어리엇은 애정을 담아 손끝으로 천천히 지도를 훑고는 숨을 들이쉬며 말했다. "내 어머니께서 뭐라고 말씀하셨더라. 그래. 크리스토퍼, 우리가 사는 세상에는 비밀의 땅이 있단다. 그곳에는 신화에 나오는 온갖 생물이 아직 존재하고 잘 살고 있는데, 우리가 알 수 없게 숨겨져 있지. 안전하게 지키기 위해 말이야. 그곳의 주민은 그 땅을 아키펠라고라고 부른단다. 총 서른네 개의 섬으로 이루어졌는데 어떤 섬은 덴마크만큼 크고 또 어떤 섬은 마을 광장만 하기도 하지. 수천 마리 마법의 동물이 섬들 곳곳을 누비며 새끼를 기르기도 하면서 살다가 수명이 다하면 죽고 또 이러기를 반복하지. 그곳은 마지막 남은 마법의 땅이야."

"마법이요? 할아버지, 진심으로 하시는……." 믿을 수 없다는 듯 크리스토퍼가 목소리를 높였다. 프랭크가 한 손을 들었다.

"더 말하지 마라. 크리스토퍼, 세상에는 항상 마법이 존재했단다. 바로 지금 네 품에 그리핀이 있지 않니? 마법은 지구에 최초로 존재했던 나무와 함께 생겨났고 자라났지. 또 그 나무로부터 흙으로 흘러 들어갔고 대기와 물속으로도 퍼졌어. 아키펠라고에서는 마법을 글리머리라고 부른다."

그리핀의 무게와 온기가 크리스토퍼에게 새로운 느낌으로 다가왔다. 그는 정어리 한 마리를 더 건넸고 그리핀의 작은 혀가 손가락에 닿는 감촉을 느꼈다. "그러니까 그게 마법이라고요? 그 글리머리라는 게요?"

"그래, 글리머리. 섬 주민 중에는 글라마리라고 하는 사람도 있고, 글러메리, 글람리, 글림, 글림트, 다 같은 말이야. 그게 그들이 최초의 마법에 붙인 이름이지. 그 힘은 옛날엔 온 세상에 퍼져 있었어. 적어도 4천 년 전에는 마법이 깃든 생명체를 지구 어디에서든 볼 수 있었지. 그렇지만 서서히 문명을 이루면서 우리 인류는 그 생명체들을 이용할 수 있음을 깨달았어. 사육하고 사냥하고 함정에 빠뜨리면서 유리하게 쓸 수 있다는 걸 말이야. 그러자 그 생명체들이 점점 줄었지. 우리가 인간이라는 사실이 자랑스러울 이야기는 아니구나. 참, 아까 말한 최초의 나무는 북대서양에서 섬이 많이 모여 있는 곳에 있었는데 그곳은 지구상에서 하늘과 땅의 글리머리가 가장 강력했지. 그런데 어느 날, 지금으로부터 몇천 년 전에 그 섬들이 사라졌어."

"사라졌다고요?"

"그래. 그리고 다른 지역에서는 마법의 생명체들을 찾아볼 수 없게 되었지. 인간의 사냥 때문에 멸종한 거야. 이후로 또 몇천 년이 흐르면서 우리는 세상이 한때 유니콘의 찬란함과 용의 불꽃으로 빛났다는 사실을 차츰 잊었고 실제로 있었던 일들이 신화나 그저 동화 속 이야기라고 믿게 되었지. 별로 중요하지 않은 일이라고 말이야. 우리 인류는 참 쉽게 잊어버리지."

"그 섬들은 어떻게 됐나요? 그 아키…… 뭐라고 부른다고요?" 크리스토퍼가 그리핀이 통조림 캔 안에 부리를 집어넣지 못하게 막고는 마지막으로 남은 한 마리를 주었다.

"아-키-펠-라-고. 모여 있는 많은 섬을 부르는 옛날 말이지."

"그래서 그 섬들은 어디로 간 거예요?"

프랭크의 얼굴이 반짝였다. 바로 옆에서 타고 있는 불처럼 빨갛게 달아올랐다. "비밀이 바로 거기에 숨어 있지, 얘야. 사실은 항상 존재하던 곳에 그대로 있단다."

크리스토퍼는 피를 타고 흐르는 뜨거운 함성 같은 것을 느꼈다. 그리고 머리끝에서 발끝까지 흥분이 불붙듯 퍼져나갔다. 그렇지만 여전히 프랭크의 이야기는 뭔가 사실이 아닌 것만 같았다. 무릎 위에서 깃털로 수북한 귀를 뒷발로 긁고 있는 그리핀의 무게를 분명 느낄 수 있는데도 말이다. 상상을 초월하는 일이 아닐 수 없었다. 늘 꿈꾸던 일들이 갑자기 단번에 현실이 되었다.

"그런데 그 자리에 그대로 있다면 사람들이 왜 모르지요? 레이더나 촬영용 드론 같은 게 있잖아요."

"그곳에는 그 어떤 배도 가까이 갈 수 없단다. 글리머리가 눈치채지 못할 만큼 살며시 밀어내거든. 같은 이유로 비행기도 그 위를 날지 못하지. 아무도 이상한 점을 느끼지 못한 채 말이야. 지도에 나오지도 않고 나올 수도 없지."

이제 배가 부른 듯한 그리핀이 피곤함에 눈을 껌벅이고는 부리를 크리스토퍼의 빨간 스웨터 아래로 파묻고 가슴께에 갖다 댔다. 크리스토퍼는 털이 무성한 양 날개를 쓰다듬으며 달래고는 그리핀 위로 고개를 숙여 지도를 보았다. "할아버지, 설명 좀 해 주세요."

프랭크가 가리켰다. "여기 리시아가 제일 크고 사람도 많아. 또 여기 아케

72

는 제일 북쪽에 있지. 최초의 나무가 바로 여기에 있어. 남동쪽은 야생 그대로이고 사람들이 용과 함께 살고 있지. 여러 섬 중에서 약 열 군데에만 사람들이 다른 생명체들과 같이 살고 있고 나머지는 인간이 아닌 생명체들만 살아."

"유니콘은요?"

"그래, 유니콘도 있어. 수천 마리가 큰 무리를 지어서 세라토스 섬에 산단다. 아티디나와 리시아에도 있지."

"켄타우로스도요?"

"그래, 켄타우로스도. 안티오크에 살지. 또 옛이야기에 나오는, 그보다 덜 알려진 생명체들이 훨씬 많이 있어. 이를테면 카르카단이나 만티코어나 크라켄 그리고 카파와 바다황소 같은 것들 말이야. 아주 북적거리고 찬란한 곳이란다."

소년의 심장이 너무나 강하게 뛰는 나머지 그리핀이 그 고동에 놀라 스웨터 밖으로 고개를 내밀고는 흘겨보았다. "거기로 갈 수 있나요?"

"방법을 모르면 갈 수 없지."

어지러움을 느낀 크리스토퍼가 몸을 뒤로 휘청였다. 그는 콧수염을 기른 벨기에 사람의 그림을 바라보았다. "그렇지만…… 할아버지는 어떻게 이런 걸 다 알고 계신 거예요? 또 이 지도는 어떻게 갖게 되셨고요?"

그리핀이 크리스토퍼 옆의 방석으로 기어 올라가서는 눈을 감았다. 노인의 눈빛이 매우 날카로워졌다.

"아직 눈치를 못 챘니? 그건 내가 통로의 수호자이기 때문이야."

"할아버지가요?"

"그렇게 입을 떡 벌릴 필요는 없잖니?" 프랭크가 담담하게 웃으며 말했다. "지금은 늙어 힘이 없지만 예전에는 나도 젊고 힘이 셌단다. 그래, 내가 수호자란다. 배를 타고는 아키펠라고에 갈 수 없지만 다른 길이 몇 개 있지. 그중 최소한 하나는 확실히 알고 있는데 아마 다른 길도 남아 있을 거다. 내가 아는 길은 1년에 한 번 열려. 보름달이 네 번째로 뜰 때 딱 일주일만 열리는데 그때가 언제냐면⋯⋯."

"호수! 그 길이 바로 호수죠?"

"그래, 바로 거기야. 로켄." 프랭크는 로칸(lochan, 작은 호수─옮긴이)을 로켄이라 발음했다. "그 로켄 밑바닥에는 말이지. 참, 그 호수는 무척 깊단다. 한 30미터는 더 될 거야. 아무튼 그 밑바닥에는 아주 오래된 나무가 한 그루 있어. 지금까지 3천 년 동안 물속에서 가지를 뻗으며 자라고 있는데 사실 글리머리 나무에서 딴 과일의 씨앗이 자란 나무란다. 그 나무를 누가 훔치지 못하게, 나무가 다치거나 방치되어 죽거나 하지 않게 지키는 것이 내일이다. 네 어머니 샬럿 역시 수호자가 될 예정이었지. 네 어머니는⋯⋯." 그가 아주 잠깐 침묵한 후 말을 이었다. "이제는 물론 그럴 수 없지. 그래서 다음 수호자는 바로 네가 될 거야."

"저요?"

"그래, 너 말이야. 동물들이 왜 너에게 모여드는지 생각해본 적 있니?"

"전 그게 아마도⋯⋯ 글쎄요. 제 피부와 관련 있는 게 아닐까요? 아니면 냄새 때문일 수도 있고."

"뭐 사실과 크게 다른 해석은 아니구나. 동물들은 너를 안전한 장소로 느끼는 거야. '통로' 가까이에서 살다 보니 글리머리가 우리 가문의 피에 조금 섞이게 된 거지. 내가 어렸을 때는 매일 아침에 문 앞에 모여든 까마귀들 우는 소리에 잠에서 깨곤 했단다. 녀석들은 나에게 핀이나 단추 같은 걸 선물로 가져왔지."

크리스토퍼가 목걸이에 손을 대자, 프랭크가 담담히 미소를 지었다.

"그리고 네 어머니 말이다, 크리스토퍼. 아리따웠던 네 어머니는 뾰족뒤쥐 둥지를 겨울 코트 주머니에 넣고 다닌다는 이유로 정학을 받은 적도 있다. 벼룩이 나온다는 말도 안 되는 이유로 야단법석을 떨었지. 수호자에게는 동물을 끌어당기는 힘이 있어."

"그렇지만 지금까지 아무도 말해주지 않았어요! 왜 그런 거죠? 지금까지 시간이 많았잖아요?" 크리스토퍼의 놀라움이 분노로 바뀌고 있었다.

"그건 네 아버지 생각이다."

"왜 아빠가 맘대로 결정하죠?" 너무 화가 난 나머지 눈에 눈물이 고였다. 크리스토퍼는 부끄러웠는지 급히 눈물을 가라앉히고 말했다. "아빠는 뭐 하나 절 믿는 게 없어요! 앞으로도 그럴 거고요! 할아버지도 그렇게 말씀하셨잖아요. 끝까지 말을 안 하고 싶어 하셨다고요."

"어허, 크리스토퍼! 아버지에 대해 함부로 말하지 말거라." 프랭크가 책을 건네며 말했다. "자자, 이걸 받거라. 이 책은 『수호자의 야수 도감』이야. 내 고조할아버지께서 처음 만드셨고 그다음 세대마다 내용을 덧붙였지. 아키펠라고에 사는 야생의 생명체들에 대한 설명이 쓰여 있단다. 읽어보렴."

크리스토퍼의 눈이 휘둥그레지고 말문이 막혔다. 심장에서 마치 '뭐야! 뭐야, 대체 어떻게…… 뭐?'라고 말하는 것 같은 소리가 들렸다. 사실이라기엔 있을 수 없는 일이 벌어지고 있었다.

"그렇지만……." 머릿속에 물어보고 싶은 것이 천 가지나 생겨 목구멍이 여러 소리로 아우성쳤다. '이 사실을 아는 사람이 또 있을까? 상황이 어떻게 돌아가고 있는 거지? 수호자라는 게 뭘 하는 거지?' 크리스토퍼는 가장 현실적인 이야기부터 꺼냈다. "보름달은 아니었어요. 어젯밤엔 아예 달이 안 보였어요. 그런데도 그리핀이 왔어요."

"그러게나 말이다!" 프랭크가 지도를 접고 콧등을 손가락으로 집었다. 얼굴 주름이 밀착되어 더 깊고 어두워 보였다. "내가 두려워하는 이유가 바로 그거야. 통로가 열릴 때가 아닌데 말이지. 그리고 더 걱정되는 소식이 있다. 최근 몇 년간 들은 이야기가 있어.

아키펠라고에 일종의 어둠이 퍼지고 있다는구나. 정체를 알 수 없고 보이지도 않는 무엇이 땅을 좀먹고 있고 생명체들이 죽어간다고 해."

크리스토퍼는 이 말에 움찔하며 마치 보호하려는 듯 그리핀 쪽으로 움직였다. "죽어간다고요?"

"그래, 그런 것 같아. 이유는 신께서만 아시겠지. 글리머리가 점점 약해지는 일은 일어날 수 없으니까. 모든 마법의 생물은 글리머리가 없으면 살 수 없어. 그 힘은 만물에 깃들어 있지. 하늘에도, 물에도, 땅에도 말이야. 그러나 바닷속 생명체들은 숨을 쉬지 못해 죽고 있어. 롱마들이 서로를 잡아먹는다는 이야기도 들리고."

"롱마가 뭐예요?"

"하늘을 나는 말이야. 몸이 비늘로 덮여 화려하지."

"아, 저 롱마 봤어요!"

프랭크가 고개를 끄덕였다. "그래, 네가 아까 말했지. 내가 나중에 데려오마. 음, 좀 힘든 일이 될 거야. 롱마는 가장 오래된 이야기에나 나오는데 그동안 사람들의 기억에서 사라졌지. 그렇지만 최악의 상황이 닥친 건 그리핀이야. 네가 두 팔에 들고 온 걸 보았을 때 난 내 눈을 믿을 수 없었어. 아키펠라고에서도 최근 2년 넘게 그리핀을 본 사람이 없었거든. 난 멸종됐다고 생각했지."

프랭크는 지도를 손에 든 채 뒤집었다. 그리고 그것을 입술에 한 번 대어 보더니 크리스토퍼에게 건넸다. "자, 잘 살펴보거라. 2년 전 나는 네 아버지에게 아키펠라고의 상황에 관한 편지를 보냈다. 네 아버지도 알아야 한다고 생각했거든. 그런데 다시는 그런 편지를 보내지 말라는 답장을 보내더구나. 네가 편지를 읽을까 봐 걱정됐던 게지. 하지만 아키펠라고 어딘가에서 무언가가 안정과 평화를 뒤흔들고 있어. 뭔가 불길한 일이 벌어지고 있어. 모든 수단을 동원해 찾고 있지만 아직 그 정체를 밝혀내지 못했다. 애야, 그건 분명 너도 걱정할 만한 일일 거야."

물가에서 만난 개

약 30분 후 크리스토퍼는 그리핀을 안고 걷고 있었다. 코트 소매에 묻은 토사물은 닦았고 주머니 깊숙한 곳에는 아키펠라고 지도가 있었다.

그는 금지된 언덕을 오르고 있었다. 그리핀이 견딜 수 있을 정도로 빠르게 걷고 있었으니 그리 빠른 속도는 아니었다. 그리핀은 품 안에서 몸을 뒤틀며 그의 팔을 할퀴었다. 그렇지만 막상 내려놓으면 크리스토퍼의 발목을 잡고 기어올라서는 다시 안아 올릴 때까지 발톱을 무릎에 대고 가만히 있었다.

크리스토퍼가 말했다. "널 집에 보내주려는 거야! 그런데 딱히 서두르고 싶어 하진 않는 것 같네. 그렇지?"

집에서 나가기 전에 프랭크는 말했다. "난 작은 녀석들하고 유니콘을 찾으러 가야겠다. 시간이 좀 걸릴 거야. 유니콘 잡기는 쉬워. 녀석들은 박하라면 사족을 못 쓰니까 금방 잡힐 거야. 하지만 다른 녀석들은 시간이 좀 필요하고, 잡은 다음에는 집에 보내줘야 하니까 로켄까지 데리고 가야지. 집에서 그리핀을 돌보면서 기다리거라." 그는 식료품 창고에서 말린 박하가 든 단지 하나를 꺼내고는 문가에서 지팡이를 집어 들고 다시 말했다. "집 밖으로 나가지 마라. 알아들었니? 또 뭐가 나타날지 모르니까 말이다. 잠을 자는 한 그리핀은 아무 문제 없을 거다."

그러나 프랭크가 절뚝거리며 밖으로 나가자마자 그리핀이 잠에서 깨어났다. 그리핀은 뼈처럼 흰 작은 몸을 떨면서 가만히 있으려 하지 않았다. 소파의 방석을 부리와 발톱으로 마구 할퀴더니 크리스토퍼가 들어 올리자 이번에는 그의 옷과 팔을 헤집었다.

갈린 당근처럼 될지도 모른다는 생각이 들자 크리스토퍼는 그리핀을 들고 문으로 가서 할아버지를 소리쳐 불렀다. 그러나 프랭크는 나타나지 않았다. 앞으로 몇 시간이 더 지나야 돌아올 것 같았다.

그리핀이 한 차례 울더니 공중으로 떠올라 뚱한 표정의 남자가 더 뚱한 표정의 말을 타고 있는 그림으로 날아가 남자의 코를 발톱으로 찍었다. 그러고는 창턱으로 떨어져 아프고 무섭다는 듯 맥없는 소리를 냈다.

크리스토퍼가 말했다. "알았어! 그만! 네가 온 곳으로 돌려보내 줄게!"

그리핀은 크리스토퍼의 말을 알아들은 듯 다시 그의 발치로 돌아와 신발을 세게 깨물었다.

그리하여 크리스토퍼는 지금 그리핀을 안고 언덕을 오르게 된 것이다. 로칸의 물빛은 어두웠고 산들바람이 부는 표면에는 잔물결이 일었다. 주변 땅은 말발굽과 짐승의 발자국으로 어지러웠다.

크리스토퍼는 주위를 둘러보았다. 땅은 고요했고 아무런 흔들림도 느낄 수 없었다. "너를 로칸에 놓아주면 그다음은 알아서 할 거니?" 그가 그리핀에게 말했다.

그러나 그리핀은 갑자기 귀를 머리에 바싹 붙이고는 움직이지 않았다.

"왜 그래?" 물어보는 순간 크리스토퍼의 귀에 어떤 소리가 들렸다.

쇠가 맞부딪치는 듯한 날카롭고 끔찍한 소리가 물가 한쪽의 긴 풀과 갈대가 우거진 곳에서 들려왔다.

크리스토퍼는 다급하게 그리핀을 숨길 곳을 찾았다. 고사리가 무성한 곳을 발견하자 그리핀을 그 아래에 밀어 넣었다. 그리핀은 공처럼 몸을 말고는 덜덜 떨었다.

소리가 다시 들려왔다. 늑대만 한 어떤 동물이 주위를 살피며 서서히 갈대 밖으로 걸어 나왔다. 검은 털에 투견 같은 몸을 하고 있었고 이빨이 온통 드러나 있었다. 빠르고 강하게 쉬는 숨에서는 쇳소리가 났고 양쪽 귀가 있을 법한 곳에선 푸른 불꽃을 뿜고 있었다.

괴물은 풀숲에 몸을 웅크렸다. 획획 움직이는 꼬리와 힘이 잔뜩 들어간 뒷다리를 보고 크리스토퍼는 그것이 먹잇감을 노리고 있음을 알아차렸다. 그가 아무리 동물들의 마음을 이해한다고 해도 한계는 분명히 있었다. 바로 지금이 그랬다. 이 동물은 날카로운 이빨을 지니고 있었다.

공포로 머릿속이 하얘지고 온몸이 쭈뼛거렸다. 크리스토퍼는 눈으로만 좌우를 살폈다. 막대기가 하나 보였지만 이쑤시개 정도의 피해만 입힐 크기였다. 그때 로칸의 한쪽 모퉁이에서 크기가 두 주먹을 합친 것만 하고 끝이 뾰족한 돌 하나가 눈에 들어왔다.

그가 돌 쪽으로 걸음을 내딛자 개처럼 생긴 짐승이 자세를 낮추고 꼬리를 쭉 뻗은 채 다가왔다. 유리 조각이 칠판을 긁는 듯한 숨소리가 다시 들렸다. 크리스토퍼는 돌을 주우려 허리를 숙였다.

그와 동시에 짐승이 더 날카로운 소리를 내며 달려들었다. 크리스토퍼는 재빨리 땅을 한 바퀴 굴러 피하고는 휙 지나가는 짐승을 겨냥하여 온 힘을 다해 돌을 던졌다. 옆구리 뒤쪽에 돌이 명중했다. 괴물이 찢긴 상처 쪽으로 머리를 뒤틀며 괴로워했다. 이때 크리스토퍼 뒤에서 잔뜩 겁에 질린 날카로운 목소리가 들렸다.

"불꽃! 불꽃을 꺼야 해!"

한 소녀가 물에 흠뻑 젖은 채로 풀 위에 서 있었다.

크리스토퍼는 그 말을 바로 알아듣고는 로칸의 물을 퍼 올리기 위해 허리를 굽혔다. 그러자 그녀가 다시 소리쳤다. "답답하기는! 물 말고. 저건 클루드잖아! 흙, 젖은 흙이 필요해!"

소녀가 크리스토퍼 쪽으로 달려오더니 로칸의 물에 젖어 있는 흙을 손으로 파냈다. 크리스토퍼도 따라 했다. 클루드가 고개를 돌렸다. 털이 분노로 곤두서 있었다. 클루드는 쿵쿵거리더니 역시 분노의 표시로 꼬리를 내리깔고는 그들 쪽으로 천천히 세 걸음 내디뎠다. 날카로운 숨소리가 다시금 대기에 퍼져나가 언덕 전체를 고통으로 뒤흔들었다. 괴물이 휙 하고 뛰어올랐다. 그와 동시에 크리스토퍼의 양손에서 흙이 날아갔다.

한 움큼은 공중에서 넓게 퍼진 후 풀밭에 떨어졌지만 다른 한 움큼이 클루드의 눈과 왼쪽의 귀 같은 불꽃에 맞았다. 불꽃이 깜빡이더니 꺼졌고 괴물은 분노와 고통으로 울부짖으며 땅에 쿵 떨어졌다.

소녀가 정강이 깊이까지 호수 안으로 들어가 계속 흙을 퍼 올려 던졌다. 몇 차례 빗나가기도 했지만 일부가 적중하여 오른쪽 불을 꺼뜨리는 데 성공했다. 크리스토퍼도 축축한 땅에 무릎을 꿇고는 괴물을 향해 계속 진흙을 날렸다.

괴물이 비틀거렸다. 두 눈에는 핏발이 섰고 입에서 나오는 소리는 여전히 날카로웠지만 힘이 없었다. 잠시 후 옆구리에서 피를 쏟은 클루드가 풀이 우거진 호숫가에 털썩 쓰러졌다.

사방에 아무 소리도 들리지 않았다. 새들도 충격을 받는지 평소와 다르게 이상할 정도로 조용했다.

"괜찮아?" 크리스토퍼가 말했다. 소녀는 헐떡이며 고개를 끄덕였다. 숨이 찬 듯했다.

크리스토퍼가 가까이 다가갔다. 괴물은 움직이지 않았다. 혹시나 다시 움직여 다리를 물진 않을까 걱정하며 발로 살짝 건드려보았다. "죽었네." 크리스토퍼가 잠시 후 다시 말했다. "여기에 진흙이 없었으면 어떻게 됐을까?"

소녀는 침을 꿀꺽 삼킨 후 호흡을 가다듬고 말했다. "나도 클루드는 처음 봐. 하지만 내 생각에는 잡아먹혔을 거야. 얼굴부터."

"얼굴부터? 일부러 그랬을 거라고? 그러니까 식사 때 맨 처음에 먹는 음식처럼?"

"그런다고 들었어. 녀석들이 가장 좋아하는 부위는 다리일 거야. 발가락은 후식이고." 그녀는 언덕과 숲 그리고 저 아래 집을 두루 살펴보더니 말했다. "저기, 내가 지금 그리핀 한 마리를 찾고 있거든? 아주 어려. 그리고 아마 겁에 질려 있을 거야."

크리스토퍼는 아직 흥분이 가시지 않았지만 소녀의 얼굴을 관찰했다. 지금까지 본 가장 섬세한 생명체인 그리핀을 맡길 만한 사람인지 잘 살펴보아야 했다. 그는 소녀의 얼굴에 깃든 공포와 애정이 거짓이 아님을 느꼈다. 그가 고개를 끄덕였다.

"그리핀은 여기에 있어. 무사해." 그가 고사리 덤불을 들추자 초록 이파리 안에 몸을 움츠린 채 떨고 있는 그리핀이 드러났다. 그는 그리핀의 귀 사이를 어루만지며 속삭이고는 안아 들었다. "이제 괜찮아. 안전해."

"겔리핀!" 소녀가 바로 달려와 그리핀을 잡아채고는 꼭 안았다. 몸은 작아도 강인한 소녀였다. 껴안은 힘이 너무 강해서 아팠는지 그리핀이 날카로운 소리를 내며 소녀의 얼굴을 발톱으로 할퀴었다. 소녀의 뺨에서 피가 튀더니 빨간 줄이 셋 그어졌다.

"미안해! 아프게 하려던 건 아니야. 어떻게 해야 할지 몰라서……. 네가 죽었다면 견딜 수 없었을 거야."

소녀가 팔을 조금 풀자 그리핀은 기쁨의 표시로 그녀의 귀와 어깨와 손, 손가락 끝을 부리로 쪼았다.

"겔리펀을 찾아줘서 고마워." 소녀가 말했다. 불안이 말끔히 사라진 듯 그리핀은 갸르릉 하는 기쁨의 소리를 냈다. 온통 자잘하게 물리고 긁힌 상처로 가득한 소녀의 올리브색 피부가 크리스토퍼의 눈에 들어왔다. 특히 양손과 손목 그리고 목과 볼이 심했다.

소녀는 크리스토퍼와 같은 나이거나 조금 어린 듯했고 키는 머리 하나만큼 작았다. 검고 긴 머리는 물에 젖어 등 뒤까지 드리워져 있었는데 중간에 금빛 가닥 하나가 눈에 띄었다. 옷은 어두운 파란색 바지와 역시 파란색의 품이 넓은 셔츠를 입고 있었는데 풀과 진흙과 피처럼 보이는 얼룩이 잔뜩 묻어 있었다. 검은 두 눈동자는 매섭게 살피는 듯한 빛을 뿜어냈다. 그녀가 턱을 치켜든 채 크리스토퍼를 바라보았다.

"너, 이름이 뭐니?" 크리스토퍼는 소녀의 질문에 대답했다. 소녀가 그리핀을 몸에 더 가까이 붙이자 그리핀은 머리를 그녀의 턱에 대고 편안한 자세를 취했다. "네가 수호자니? 그렇지? 통로에 수호자가 있다고 배웠어." 그녀의 목소리에 희망이 묻어났다.

크리스토퍼는 그렇다고 대답하고 싶었다. 그러나 그로서는 수호자가 어떤 일을 하는지 알 수 없었다. 그래서 사실만 말했다. "우리 할아버지가 수호자셔."

소녀가 고개를 끄덕였다. 그녀는 품이 넓은 셔츠의 목 부분을 당기더니 그 틈으로 그리핀을 집어넣고 다시 덮었다. 그리고 인간의 말 중에서 가장

83

강력하면서도 상대방의 진을 빼놓기도 하고, 말하는 데 가장 큰 용기가 필요하면서 한편으론 상대방의 화를 돋우고 충격에 빠트릴 수 있는 한 문장을 입 밖에 냈다.

어떤 말에는 모든 걸 바꾸는 힘이 있다. 이를테면 흔히들 '사랑해', '네가 싫어', '아이가 생겼어', '나 죽을 것 같아', '안타깝지만 이 나라는 지금 전쟁 중이야' 등을 떠올릴 것이다. 그러나 크나큰 혼란과 경이로움을 단번에 만들어낼 수 있는 가장 강력한 말은 이것이다.

"부탁인데, 나 좀 도와줄 수 있어?"

빗물질

둘 다 여전히 거친 숨을 쉬며 제자리에 서 있었다. 크리스토퍼가 소녀와 그리핀을 바라보았다. 소녀는 떨고 있었다. 온몸이 젖기도 했고 충격을 받아서 그런 것 같았는데, 그는 클루드 말고도 다른 더 심각한 이유가 있을 것 같다는 느낌이 들었다. 소녀에게서 심상치 않은, 곧 터질 것만 같은 기운이 느껴졌다.

"뭘 어떻게 도와달라는 거야?"

소녀는 크리스토퍼를 바라보았다. 큰 키에 검은 머리가 호숫물로 축축하며 하얀 피부는 진흙과 클루드의 피로 덮여 있고 손가락 끝이 아직 남아 있는 홍분으로 씰룩이는 소년이 소녀의 눈에 비쳤다. 소년은 무엇이든 할 준비가 되어 있어 보였다. 어떤 것과도 맞서거나 싸울 준비 말이다.

"나와 같이 아키펠라고로 가줄 수 있어?" 소녀는 잠시 뜸을 들인 후 말했다. "내 이름은 맬이야. 맬 아보리언."

"너, 아키펠라고에서 왔어?" 크리스토퍼는 지금껏 그곳 사람들은 뭔가 다를 것이라고, 이를테면 마법사의 모자를 썼거나 최소한 마법봉이라도 들고 있으리라 상상했다.

맬이 고개를 끄덕였다. "그게, 지금 바로 돌아가야 하거든. 그런데……." 그녀가 망설였다. 크리스토퍼는 소녀의 표정이 어떤 의미인지 알 수 있었다. 자신도 그런 표정을 지은 적이 있기 때문이다. 사실을 말해야 할지 말아야 할지 고민하는 표정이었다. "만약 혼자서 돌아가면 난 죽게 될 거야."

크리스토퍼가 빤히 쳐다보았다. 허풍인가도 싶었지만 얼굴에는 장난기가 하나도 없었다. "너 그 말 진짜야?"

"잘 들어줘. 살인자가 찾아왔어. 나를 노리고 온 거야. 그가 고모할머니를 죽였고 날 죽이려 하고 있어. 혼자서는 돌아갈 수 없어. 그렇지만 내가 안 가면 겔리펀이 죽을 거야. 그리고 나도 두 번 다시 집에 갈 수 없을지 몰라." 그녀의 목소리에서 다급함이 묻어났다. "그래서 네가 같이 가줘야만 해. 무슨 말인지 알겠어?" 비록 얼굴을 도도하게 치켜들고 있지만 두 눈에는 눈물이 글썽였고 입술은 떨렸다. "꼭 가줘야 해." 목소리가 갈라지고 있었다. "반드시, 꼭!"

"살인자하고 싸우러 가자고? '차 한잔 마시러 갈까? 참, 그런데 죽기를 각오하고 싸워야 해'란 거잖아? 내가 왜 그런 부탁을 들어줘야 하지?"

"죽기를 각오하고 싸운다고는 안 했어! 도망칠 수도 있어. 계획을 세우면 돼. 같이 말이야."

크리스토퍼가 두 눈을 감았다. 최대한 정신을 차려보려고 했다. "그런데 그 사람은 너를 왜 죽이려는 거야?"

"나도 몰라." 소년의 얼굴을 쳐다보고는 맬이 더 큰 소리로 말했다. "가슴에 손을 얹고 정말 몰라! 지금까지 사람들을 화나게 한 일이 없었다면 거짓말이겠지만 그렇다고 날 죽이려는 마음이 들게 할 정도는 아니었어. 살인자는 키가 크고 머리카락은 거의 금발이야. 그러니까 그저 평범해 보이는 사람인데 그래서 더 무서워. 선생님이었어도, 의사였어도 이상하지 않을 외모였어."

"널 도와줄 만한 다른 사람은 없니?"

맬은 아무 말 없이 고개를 가로저었다.

"듣기로는 통로가 열리면 안 된대. 널 따라갔는데 통로가 닫히면 어쩌지? 아키펠라고에서 영원히 오도 가도 못 하는 신세가 되면 어떻게 해?" 크리스토퍼가 말했다.

소녀에게서는 아무 말도 어떠한 움직임도 없었다. 스웨터 안에 그리핀을 품은 채 그저 서서 기다리고만 있었다.

크리스토퍼는 몸을 돌려 로칸의 검은 물을 바라보았다. 심장이 강하게 뛰고 있었다. 물속 깊은 곳에서 초록 불빛이 깜빡였다.

그는 자신과 그리핀이 모두 사라진 것을 알면 할아버지가 무슨 말을 할지 생각해보았다. 얼마나 당황해할지, 역정을 낼지도 떠올려 봤다. 생각해보니 집에 아무런 쪽지도 남겨두지 않았다. 화를 내면서도 한편으로는 자신을 걱정할 아버지 생각도 났다.

"빨리 대답해줘! 지금 바로 가야 한단 말이야." 맬이 말했다. "여기에는 더 있을 수 없어. 겔리핀이 죽을 거야. 동물들은 글리머리가 없으면 안 되거든. 같이 가줄래?" 겔리핀이 두려워하며 다급하게 맬을 부리로 쪼았다.

크리스토퍼는 주머니에 손을 넣어 엄지손가락으로 지도를 만져봤다. 마법의 섬, 유니콘, 크라켄, 금색 뿔이 있는 토끼를 떠올렸다. 그와 동시에 지금까지 마음 한구석에 담아두던, 희망을 품고 살게 해주었으며 눈으로는 볼 수 없는 상상 속 세상이 두둥실 떠올랐다. 그는 심장의 고동이 두 배로 빨라지는 것을 느꼈다.

"알았어. 그래, 같이 갈게." 그가 말했다.

맬이 마치 숨을 참고 있었던 듯 크게 내쉬었다. "그럼 이쪽이야. 서두르자."

그녀가 물속으로 철퍽철퍽 걸어 들어갔다. 크리스토퍼는 언덕 꼭대기를 둘러보고 마지막으로 외할아버지 집을 내려다보고는 그녀의 뒤를 따랐다. 스스로 생각해도 제정신이 아니었다. 있을 수 없는 일이 벌어지고 있었다. 그날 아침에 일어나서 청바지를 입고 까마귀가 준 선물로 만든 목걸이를 둘렀을 때만 해도 마법의 섬으로 향하게 될 거란 생각은 전혀 못 했다.

둘은 함께 헤엄쳐 호수의 중앙에 이르렀다. "숨을 쉬어. 아주 크게 말이야. 폐를 가득 채워야 해. 자, 지금 바로!" 그녀의 말이 끝나자마자 그들은 동시에 숨을 들이쉬었다. 둘은 함께 수면 아래에서 힘차게 발장구를 치며 아래로 또 아래로 내려갔다. 호수는 끝도 없이 깊었다. 마침내 들이마신 공기가 바닥이 나 더 이상 버틸 수 없을 때 크리스토퍼는 보았다. 저 아래 진흙과 물풀 사이로 초록색 불빛이, 작은 빛물질 하나가 반짝이고 있었다.

맬이 몸을 돌려 크리스토퍼에게 왼손을 내밀었다. 눈을 뜨고 숨을 참느라 볼이 터질 듯했다. 크리스토퍼가 손을 잡자 맬이 이번에는 오른손을 뻗어 번쩍이는 빛물질에 가져다 댔다.

아키펠라고

크리스토퍼는 건물에 깔렸나 싶을 정도로 가슴에 큰 충격을 느꼈는데 정신을 차려보니 난데없이 깊고 세찬 물살에 휘감겨 있었다. 호수가 워낙 고요했기에 전혀 예상치 못한 상황이었다. 얼마간 더 물살에 휩쓸리다가 가슴께가 바위에 걸리자 그는 힘껏 발장구를 치면서 수면 위로 떠올랐다. 참았던 숨을 쉬고 있자니 잠시 후 옆에서 맬이 솟아올랐다. 둘은 나란히 강둑으로 헤엄쳐 가서는 끙끙대며 땅으로 올라섰다. 아주 잠깐이었지만 맬이 이를 드러내고 웃었다. 일부러 지은 것 같았지만 씩씩한 웃음이었다. 그녀는 옷에서 물을 짜낸 후 강둑에 솟아 있는 벽을 올려다보았다. 두 손이 떨리기 시작했다.

그들 머리 위로 새가 세 마리 지나갔다. 크기는 독수리만 했고 불처럼 빨간색 털에 꼬리 길이는 30센티미터 정도였다. 크리스토퍼가 즉시 알아보고는 말했다.

"불사조야." 그는 눈에 비친 놀라운 광경에 소름이 돋았다. 할아버지는 머리가 이상해지지도 않았고 거짓말을 한 것도 아니었다. 믿을 수 없을지언정 사실을 있는 그대로 말했을 뿐이었다. 이곳이 바로 아키펠라고였다.

"맞아! 고모할머니 말로는……." 맬은 말을 멈추더니 감정을 억누르듯 침을 삼키고는 말을 이었다. "저기에 우리 집이 있어. 벽 너머에. 살인자가 아직…… 아직 있을지는 모르겠어. 아무튼 여길 빠져나가는 길은 하나뿐이야. 벽을 타고 올라가서 집의 정원을 통과하는 길 말이야. 집 맞은편에는 들판이 멀리까지 뻗어 있고 그다음엔 숲이 나와."

"강을 따라 헤엄쳐서 다른 길을 찾으면 안 돼?"

"강에는 라벨란이 많아. 아마 5분도 못 버틸걸. 내가 말한 길밖에 없어. 그리고 고모할머니가, 레오노어가 사, 살아 계시는지 봐야 해."

크리스토퍼는 물을 뚝뚝 흘리며 걸어가서는 벽을 타기 시작했다. 잠시 후 그가 반대편이 내다보이는 높이에 올랐다. 잔디와 꽃, 갈퀴 하나와 버드나무 한 그루가 눈에 들어왔고 살인자는 안 보였다. 그러나 안도의 한숨을 내쉰 순간, 집 안에서 무언가가 움직이는 것 같더니 분노로 얼굴을 일그러뜨린 누군가가 꼭대기 층의 창문을 지나갔다.

크리스토퍼가 벽에서 뛰어내리며 말했다. "그자가 집 안에 있어! 위층에!"

구슬프고 날카로운 울음이 맬의 입에서 터져 나왔다가 이내 끊겼다. 주먹으로 자신의 입을 막은 것이었다. 그녀가 마음속의 두려움과 싸우고 있다는 것을 깨달은 크리스토퍼는 좋은 방법을 떠올리려 애썼다.

"살인자는 내 존재를 모르고 너 혼자 있는 줄 알아. 그렇지?" 크리스토퍼가 말했다.

"맞아. 나하고 겔리펀만 있다고 생각할 거야. 겔리펀도 죽이려 했거든."

"몰래 도망칠 수 없다면 다른 작전을 세워야 해……."

"계속 말해봐."

"기습하는 거야. 하지만…… 그 전에 미끼가 될 만한 뭔가가 필요해."

맬은 순서대로 그리핀과 벽, 크리스토퍼를 쳐다보더니 침을 꿀꺽 삼키고는 두 주먹을 불끈 쥐었다. 크리스토퍼는 그녀가 어떨 때 이런 동작을 취하는지 아직 알지 못했다. 그녀는 용기를 끌어모으고 있는 것이었다.

맬이 억지로 자신 있고 태연한 듯한 표정을 지으며 말했다. "내가 미끼가 될게."

얼마 후 맬은 벽 반대편으로 내려와서는 고개를 숙이고 잔디 위를 터벅터벅 걷고 있었다. 온몸이 젖어 있었는데 얼굴은 머리카락으로 덮여서 보이지 않았다. 마치 힘든 일을 겪어 넋이 나간 사람처럼 보였다.

그녀는 정원 아래에 꽃으로 둘러싸인 곳에 놓인 두 나무 의자에 이르러 그중 하나에 털썩 앉았다. 다리를 올려 무릎을 가슴에 바싹 붙인 모습이 무척이나 초라해 보였다.

집 안에 있던 사람이 잔디 쪽으로 고개를 돌리더니 사냥개처럼 몸을 곤두세웠다. 그리고 곧 창가에서 모습이 사라졌다.

집 안에서는 머리카락으로 가려진 맬의 얼굴이 보이지 않았다. 다행이었다. 사실 그녀의 얼굴은 공포로 뒤덮여 있었다. 다만 얼굴 한편에는 날카로운 분노와 원한 그리고 단단한 결의가 엿보였다. 그녀는 버드나무를 슬쩍 쳐다보면서 무언가를 확인하듯 고개를 끄덕이고는 다른 쪽으로 시선을 돌렸다.

버드나무 위에서는 크리스토퍼가 몸을 숨기고 있었다. 거칠게 숨을 쉬는 그의 위로 나뭇가지 사이에 숨겨진 겔리펀이 들릴 듯 말 듯 울음소리를 내고 있었다.

집 모퉁이에 살인자의 모습이 보였다. 맬은 아무것도 모르는 척 계속 고개를 숙이고 있었다. 살인자가 맬의 팔만큼 긴 칼을 뽑아 들었다. 입이 한쪽으로 씰룩였는데 웃는 것 같기도 화가 난 것 같기도 했다. 그가 고양이처럼 살며시 움직이더니 잔디를 가로질러 뛰기 시작했다.

이와 동시에 크리스토퍼가 나무에서 뛰어내렸다. 그는 있는 힘껏 달려가 갈퀴를 잡아들고는 맬에게 거의 다가간 살인자를 겨누고 휘둘렀다. 갈퀴가 어깨에 닿았지만 살인자는 뱀과 같은 소리를 내며 고개를 돌리더니 크리스토퍼를 칼로 찌르려 했다.

칼날이 크리스토퍼의 팔 한쪽을 스치고 지나갔다. 크리스토퍼는 뒤로 펄쩍 뛴 다음 갈퀴를 다시 한번 휘둘렀다. 노렸던 머리에 맞지는 않았지만 칼이 갈퀴 끝에 걸려 날아갔다. 그러자 살인자는 갈퀴를 낚아채고는 그대로 휘둘러 손잡이 끝으로 크리스토퍼의 관자놀이를 강타했다. 크리스토퍼가 비틀거렸다. 충격으로 눈이 흐릿해지고 귀가 울렸다.

살인자가 맬을 한 팔로 감아 꽉 안고서 뒤로 돌아 정원으로 성큼성큼 걸어갔다. 맬이 소리를 지르고 발버둥 쳤지만 그는 뭐라고 툴툴거릴 뿐이었다. 그러자 맬은 그의 턱을 이빨로 꽉 물고 놔주지 않았다. 살인자가 비명을 지르면서 그녀의 목을 밀어 떼어내려고 했다.

크리스토퍼는 정원에 놓인 의자로 달려갔다. 거친 숨을 쉬며 그는 단 한 번의 기회에 모든 힘을 쏟아부었다. 그가 휘두른 의자가 공중을 활 모양으로 크게 갈랐다. 끔찍한 쿵 소리와 함께 그의 손에 충격이 느껴졌다.

살인자가 쓰러지고 동시에 맬도 땅에 떨어졌다. 맬은 침을 뱉고 입을 문질러 닦으며 기어서 도망쳤다. 크리스토퍼가 그녀를 일으켜 세우자 젤리펀이 잔디를 지나 화단의 꽃을 밟으며 나는 듯 뛰는 듯 다가왔다.

모두 모여 풀밭에 정신을 잃고 쓰러진 남자를 바라보았다.

"혹시⋯⋯?" 맬이 말했다.

"죽었냐고? 아닐걸. 아니야, 숨 쉬고 있어."

"우리가…… 죽여야 할까?"

"아니. 혹시 여기에 밧줄 있어?" 크리스토퍼는 이제야 무서운 일이 일어났음을 실감했다.

맬이 집 안으로 뛰어가더니 60센티미터 정도의 닳아 얇아진 밧줄을 가져왔다. 그녀의 얼굴색이 말이 아니었다. 눈 주위가 벌겋고 입술 근처는 퍼렇고 허얘서 아픈 사람처럼 보였다. "밧줄은 이게 다야. 집에 있는 돈도 모두 가져왔어. 고모할머니가 화장실 세면대 아래 비누 넣는 깡통에 항상 숨겨두던 돈이야." 맬은 감정을 한 번 추스르고는 말을 이었다. "거기에 계셨어. 제일 좋아하시던 담요로 덮어드렸어."

밧줄은 짧고 손도 덜덜 떨렸지만 크리스토퍼는 살인자의 양손을 등 뒤로 돌려 최선을 다해 묶었다. 다 묶은 후 그가 일어서자 이번엔 맬이 허리를 굽히고 앉아 매듭을 더 단단히 조였다. 치아를 온통 드러내며 온 힘을 쥐어짜 밧줄을 당기는 맬의 얼굴에서 단호함이 느껴졌다.

"자, 이제 도망쳐야 해." 크리스토퍼가 말했다.

유니콘과의 만남

겔리펀을 맬이 한 팔로 안은 채 그들은 끝없이 이어진 들판을 달렸다. 처음에는 풀만 나 있었는데 뒤이어 밀밭이 나오더니 다시 풀이 자라는 벌판이 펼쳐졌다. 여기저기에 얼굴이 초록색인 양들이 풀을 뜯고 있었다. 크리스토퍼가 신기해서 자세히 살펴보니 양들은 모두 초록 식물의 줄기에 덩굴손으로 연결되어 있었다. 날이 점점 어두워졌다. 맬이 발을 헛디뎌 넘어질 뻔했는데 크리스토퍼가 팔꿈치를 잡아주었다.

"겔리펀이 무거워." 그녀가 헐떡이며 말했다.

"내가 들어줄까?"

"아니! 내가 안아야 해. 나하고 붙어 있고 싶은 것 같거든."

크리스토퍼는 소녀의 얼굴에서 아직 남아 있는 고통을 읽었다. 그리고 깨달았다. 그녀가 겔리펀을 더 필요로 한다는 사실을. 겔리펀의 온기가 보드라운 털과 깃털을 통해 그녀에게 전해지고 있었고 늘 신뢰한다는 눈빛이 그녀만을 향하고 있었다.

"그래, 알았어. 하지만 우리, 지금 너무 느린 것 같아. 아까 묶어놓은 걸로는 시간을 오래 못 끌 거야. 좀 서두르자." 그가 손을 내밀자 그녀가 자유로운 손으로 잡았다. 그때부터는 크리스토퍼가 맬을 이끌며 달렸는데 꽤 효과가 있었다. 그들은 한층 빨라진 속도로 들판을 덮은 긴 풀을 헤치며 나아갔다. 해가 저물고 있었다.

"아직까진 안 보이네." 맬이 드리워지는 어둠 속에서 뒤를 돌아보며 말했다.

그러나 크리스토퍼의 정신은 다른 데 팔려 있었다. 그의 눈이 동그래졌다. 온몸의 공포가 말끔히 사라질 만큼 놀라운 일이 눈앞에 펼쳐졌다.

어스름이 깃든 앞쪽의 숲에서 별무리가 땅으로 내려와 걸어 다니듯 한 무리의 유니콘이 나타난 것이다.

완전히 하얀 유니콘도 있었지만, 일부는 하얀 털에 갈기만 은빛이고 다른 일부는 전체적으로 은빛에 목과 옆부분은 흰 점을 흩뿌린 듯했다. 가장 큰 유니콘들의 뿔은 지팡이만 했고 색은 오팔과 같았으며 그보다 작은 유니콘들의 뿔은 순수한 은색이었다.

그들이 크리스토퍼를 향해 달려왔다. 그렇게나 찬란하게 빛나는 동물은 본 적이 없었다. 그는 재빨리 숫자를 세었다. 총 23마리였다.

"유니콘은 냄새에 정말로 예민하다고 들었어. 어떤 냄새를 맡은 게 틀림없어." 맬의 목소리는 놀라움과 떨림으로 가득했다.

그들이 맡은 냄새는 바로 크리스토퍼의 냄새였다. 런던의 다람쥐, 고양이, 백조, 여우처럼 유니콘들도 그와 맬에게로 몰려와 둘러싸고는 눈부시게 흰 몸을 맹렬히 비벼댔다.

그중 하얀 몸에 얼굴에만 은색 반점이 난 한 마리가 몸을 구부려 크리스토퍼의 옆구리에 부드러운 주둥이를 가져다 대었다. 그러곤 얼굴을 그의 코트 안에 묻으려고 하더니, 다시 목둘레를 따라 비비다가 그의 살에까지 가져다 대었다. 크리스토퍼는 유니콘의 뿔을 피하면서 긴 반점을 어루만졌다.

그가 숨을 크게 쉬며 말했다. "유니콘은 정말이지 특별한 동물이야."

"당연하지. 진짜 특별해." 맬이 다른 유니콘의 목을 쓸어내리며 말했다.

그는 유니콘에게 무언가를 주고 싶었다. 자신을 믿어준 것에 대한 보답을 하고 싶었다. 서둘러 호주머니를 뒤졌다. 안쪽 주머니에 축축해진 지도와 박하사탕 반 봉지가 있었다. 재빨리 사탕을 꺼내 손바닥에 올려놓자 유니콘은 입을 가져다 대고 그대로 핥아먹었다. 크리스토퍼의 손바닥은 곧 유니콘의 침으로 범벅이 되었다.

박하를 먹은 유니콘이 주둥이를 다시 그의 얼굴에 갖다 대었다. 유니콘의 숨이 피부에 닿자 크리스토퍼는 몸이 따뜻해짐을 느꼈다. 그 숨결에서 박하 향과 동물 특유의 냄새가 났는데 거칠면서도 놀라울 정도로 생명력이 느껴지는 또 다른 냄새도 있었다. 크리스토퍼는 그것이 글리머리에서 뿜어져 나오는 것이라고 짐작했다. 코로 들어온 그 냄새는 몸 안에서 용기로 변하여 부풀어 올랐다. 크리스토퍼는 갑자기 크게 소리를 지르고 싶어졌다. 아니면 뭔가를 콱 깨물고 싶었다.

그때 맬이 갑자기 겁에 질린 듯 비명을 질렀다. 크리스토퍼가 고개를 돌렸다. 칼을 든 살인자가 들판 저쪽 끝에 서 있었다.

"도망쳐!"

그러나 유니콘들은 떠나는 대신 더욱 다가와 그들을 둘러싸고는 머리로 크리스토퍼의 가슴을 눌러댔다. 그가 유니콘들을 밀어내며 말했다.

"좀 비켜줘!"

"크리스토퍼! 우리를 태워주려는 거야." 맬이 말했다.

"확실해?" 그는 유니콘들의 뿔 끝을 보았다. 단검처럼 날카로웠다. 유니콘들이 재촉하듯 몸으로 크리스토퍼를 툭툭 쳤다. "내 생각엔 이건 정말 생생

한 환상 같아. 아무튼 뭐, 알았어. 탈게."

맬이 은빛을 발하는 한 어린 유니콘에 오르려 했지만 겔리펀을 안고 있어서 미끄러지고 말았다. 크리스토퍼가 몸을 굽히고는 두 손으로 깍지를 꼈다. 맬이 더러워진 신발을 그 위에 올리자 그가 들어 올렸다. 맬이 올라탔다.

크리스토퍼는 가장 가까이에 있는 유니콘의 목을 잡고는 뛰어오르기도 기어오르기도 하면서 등에 탔다. 유니콘이 앞발을 치켜세웠다. 크리스토퍼가 하얀 갈기를 붙잡자 무리 전체가 다 함께 히힝 소리를 내며 숲을 향해 질주했다.

나뭇가지가 윙윙 소리를 내며 스쳐 지나갔다. 크리스토퍼는 질주하는 무리 속에서 세 마리의 어린 말을 발견했는데 이들은 속도를 맞추기가 힘에 부쳤는지 조그마한 옆구리에서 땀을 흘리고 있었다. 세 마리 모두 털이 잡티 하나 없는 황금색이었다.

저 뒤에서 큰 소리가 들렸다. 어둠이 깃든 숲 어딘가 보이지 않는 곳에서 손에 칼을 든 남자가 소리를 지른 것이었다. 분노의 외침이 메아리가 되어 숲을 뒤흔들었다.

나무들이 점점 드문드문해지더니 곧 뻣뻣한 풀이 깔린 들판이 펼쳐졌다. 달이 이미 떠 있었고 앞쪽으로 절벽과 바다가 보였다. 바람이 점점 거세지고 파도 또한 높고 맹렬해졌다. 저 멀리 수평선 위에 점처럼 보이는 큰 배가 두 척 보였고 그보다 훨씬 가까운 곳에는 등불을 켠 작은 배 한 척이 해안에 붙어 움직이고 있었다. 넘실거리는 파도를 따라 오르락내리락하는 그 배의 이름은 '용감무쌍호'였다.

유니콘들이 갑자기 히힝 하고 울더니 앞발을 치켜들고 멈춰 콧김을 내쉬었다. 그들은 더 이상 절벽 가장자리로는 한 발짝도 다가가려 하지 않았다. 크리스토퍼가 먼저 날렵하게 내린 후 팔을 뻗어 맬과 겔리펀이 내리는 것을 도와주었다. 그녀가 유니콘들에게 고개를 숙여 인사했다. 전에 누구에게도 고개를 숙인 적이 없던 크리스토퍼도 따라 했다. 그가 고개를 숙이자 유니콘들이 숲으로 사라졌다.

"아직도 따라오고 있어!" 그녀가 공포에 싸인 얼굴로 말했다.

저 위 절벽에 바다를 내려다보며 들쭉날쭉 돌출된 부분이 있었다. 낭떠러지 밑에는 바위가 깔려 있었다. "이 섬에서 탈출해야 해. 뛰어내려야 할 것 같아." 그가 말했다.

"바다로 떨어지자고? 빠져 죽을 거야!"

"절벽 끝을 타고 내려갈 수 있어." 크리스토퍼가 아까 본 담쟁이덩굴을 떠올리고는 밧줄을 만들 수 있겠다는 생각에 숲을 바라보았다. 그때 그들 뒤쪽 숲속 어두운 곳에서 뭔가 갈라지는 소리가 났다. 살인자가 칼로 덤불숲을 베면서 다가오는 소리였다. 휘청이고 헐떡이고 침 뱉고 욕하는 소리가 들려왔다. 힘들어 하는 소리가 틀림없지만 소름 끼칠 정도로 빠르게 가까워지고 있었다.

"시간이 없어!" 맬이 말했다.

"그러면 저 배 위로 뛰어내릴 수밖에 없어."

그녀가 말했다. "뼈가 다 부러질 거야."

"그럴지도. 하지만 저 아래 배를 보면 돛이 앞으로 팽팽해져 있잖아." 크리스토퍼가 손가락으로 가리키며 말했다. "떨어지는 속도를 늦출 만큼 돛이 길어. 멀리 뛸 수만 있으면 돛을 타고 내려갈 수 있어."

"멀리 못 뛰면?" 끔찍한 하루를 보낸 터라 자신감을 잃은 맬이 말했다. 그녀가 입술을 깨물었다.

"실수만 안 하면 돼! 별로 멀지 않아." 거짓말이었다. "맬, 뼈가 부러질래 아니면 살해당할래?" 두려움을 없애려고 일부러 모질게 말했다. "농담 아니야."

그녀가 주먹을 꽉 쥐었다. "겔리펀부터 내려보낼 거야. 같이 뛰면 내 밑에 깔릴 거니까."

"그럼 서둘러!" 크리스토퍼가 숲을 향해 귀를 바짝 세우며 말했다.

"그러는 중이야!" 맬이 그리핀의 귀에 뭐라고 속삭이자 그리핀이 작은 소리로 응답했다. 맬은 마음을 굳게 먹고 겔리펀을 바다 위로 던졌다.

"겔리펀, 날아! 날아야 해!" 당황한 그리핀이 날다 떨어지다 하다가 돛에는 닿지 못하고 추락하여 배의 갑판에 부딪혀 쿵 소리를 냈다.

어스름 속 절벽 끝에 서서 맬이 아래를 내려다보았다. 발밑에서 흙이 부서져 내렸다. "겔리펀이 안 움직여!"

"그러면 우리도 내려가야지. 빨리!" 크리스토퍼가 말했다.

그들은 동시에 몇 걸음 뒤로 물러났다. "하나, 둘⋯⋯." 크리스토퍼가 말했다.

그가 뒤쪽을 보았다. 나무 아래 풀숲에서 한 남자의 그림자가 불쑥 나타났다.

둘은 비명을 질렀다. 충격과 공포의 울부짖음이었다. 그들은 함께 절벽 끝에서 뛰었다. 발이 땅에서 떨어지자 크리스토퍼는 가슴이 철렁 내려앉는 것 같았고 동시에 뒤로 몸을 뻗어 바위를 잡으라는 본능의 외침이 들려왔다. 그러나 달리던 기세 그대로 공중으로 날아갔고 곧 밑으로 떨어졌다. 바람 때문에 눈을 뜰 수가 없었다.

맬이 휘저은 팔꿈치가 크리스토퍼의 이마에 닿았다. 그들의 몸이 돛에 부딪히자 손톱으로 돛을 찍으며 미끄러져 내려갔다. 속도를 늦추기 위해서 돛을 묶은 줄이든 줄 구멍이든 뭐라도 잡으려고 몸부림쳤다. 잠시 후 고통스러운 충격과 함께 둘은 갑판 위로 떨어졌다.

용감무쌍호

하늘에서 몸을 날려 누군가의 집에, 심지어는 배에 떨어져놓고선 주인이 모르기를 바랄 수는 없는 법이다. 배의 주인은 모르지 않았고 당연히 기분이 좋지 않았다.

"불멸자시여! 이게 대체 무슨?"

그들 위로 몸을 드리운 남자는 다른 덩치 큰 남자들도 왜소하게, 마치 발레리나처럼 보일 정도로 거대했다. 그는 턱에 짧게 수염을 길렀고 양쪽 귀에 금귀고리를 했으며 목 왼쪽에는 화상을 입은 자국이 있었다. 얼굴은 바다가 깊게 새긴 주름으로 가득했다.

"애들이 비처럼 내리다니! 내가 돛을 타고 떨어지는 꼬맹이들을 보려고 항해에 나섰나?"

크리스토퍼가 허둥지둥 일어섰다. 겔리펀은 아직 몽롱한 상태로 바닥을 기어와 맬의 코트 안에 숨었다. 둘은 서서 주위를 둘러보았다. 돛이 달린 배는 꽤 컸고 오래되어 색이 검게 변했지만, 재질은 마호가니였다. 갑판 아래로는 선실이 보였다. 놋쇠 이음쇠가 녹색으로 변했고 까끌까끌해졌지만, 배

100

는 검은 바다 위를 빠르게 움직이고 있었다. 탄탄한 체격에 턱수염이 희끗희끗한 60대로 보이는 항해사가 손에 나사돌리개를 들고 입을 벌린 채 그들을 보았다.

맬이 말했다. "죄송해요. 저희는……."

"죄송하다고?" 거한의 거친 숨결에는 분노와 위스키 냄새가 실려 있었다. "꼬마야, 죄송하단 말은 누가 뭘 먹는 옆에서 방귀를 뀌었을 때나 어울린단다. 적어도 날개 없는 한 쌍의 닭처럼 느닷없이 뚝 떨어졌을 때 할 말은 아니지! 내 짐을 부쉈을 수도, 돛을 찢어놨을 수도, 엄청난 손해를 끼쳤을 수도 있어."

맬의 얼굴이 온통 빨개졌다. "무슨 말씀을 드려야 할지 모르겠어요. 그리고……."

"일부러 그런 건 아니에요." 크리스토퍼가 말했다. 아직 숨이 차서 말이 제대로 나오지 않았다. "다른 방법이 있었다면 절벽에서 뛰어내리진 않았겠죠." 거한이 핏발이 선 눈을 그에게 돌렸다. 크리스토퍼는 그들을 의심하는 뱃사람들의 이글거리는 눈초리에 몸이 달아오르는 듯했다. "어쩔 수가 없었어요. 왜냐하면……."

"어떤 사람이 우릴 죽이려고 했어요!" 맬이 나섰다. "저 위에서요."

크리스토퍼가 절벽 위를 돌아봤는데 살인자는 보이지 않았다.

"내 눈에는 보이지 않는걸." 거한이 위를 가리키며 말했다. 피로 얼룩져 있고 상처도 나서 붕대를 감은 거대한 손이 크리스토퍼의 눈에 들어왔다. 손을 보니 환영받을 가망이 줄어드는 것 같았다. "그러니 너희 말을 믿을 이유가 없지."

맬이 갑자기 생각난 듯 거한을 빤히 처다보며 말했다. "아저씨를 본 적 있어요! '뱃사람' 가게에서요. 저도 거기에 갔었거든요."

101

"별로 도움 될 얘기는 아닐걸. 리오넬 홀바인은 범죄자고 사기꾼이기도 하니까. 난 그자를 그다지, 사실은 거의 신뢰하지 않아. 자, 아직도 할 말이 있으면 해봐."

그들은 눈빛을 교환했다. 맬이 아주 살짝 끄덕였다. 둘은 있었던 일을 이 야기했다. 서로 대화도 하면서 빠르게, 있는 그대로 모두 털어놓았다.

거한은 휴대용 위스키병을 홀짝이며 이야기를 들었다. 길게 세 모금을 마시니 병이 비어버렸다. 그가 트림하며 말했다. "그래서 그 녀석, 살인자라 는 놈은 어떻게 생겼어?"

"키가 크고 피부는 하얘요. 머리는 금발 같은 갈색이고요. 신발도 갈색이 었어요." 맬이 대답했다.

"신발 색은 별 도움이 안 돼. 그거 말고는?"

"없어요……. 아, 있어요! 목 옆에 큰 사마귀가 있었어요. 아주 가까이에 서 봤거든요. 그리고 제가 뺨을 문 자국이 남았을 거예요." 크리스토퍼의 눈 에 맬의 뺨에 난 상처가 보였다. 그녀가 겔리펀을 너무 세게 안다가 얻은 그 상처는 눈 옆에서 뺨을 따라 세 줄의 곡선을 그리고 있었다. 거친 매력을 더 해주는 것 같기도 했다.

쓰읍 소리를 내며 거한이 말했다. "사마귀라고? 애덤 카빌일지 모르겠군. 리카르도 밀일 수도 있고. 둘 다 돈이라면 더러운 짓도 서슴지 않을 녀석들 이지. 삶에 지쳐 죽음을 생각할 수도 있는 녀석들이야. 밀이 카빌보단 낫지. 녀석은 느리니까." 그는 우락부락한 얼굴을 기울이고는 그들 너머를 바라보 았다. 그 눈빛이 마치 그들을 도울지 아니면 바다에 던져버릴지 저울질하고 있는 듯했다.

크리스토퍼가 말했다. "배 위에서 잠만 좀 자면 안 될까요? 침대도 필요 없어요. 여기, 왼쪽에서 잘게요." 밧줄을 쌓아놓은 곳 옆에 공간이 좀 있었

102

다. 사실 맬은 산비탈에 서서라도 잘 수 있는 상태였다. "배에서 내리는 건 내일 해도 되잖아요." 크리스토퍼는 더 이상 한 발도 걷고 싶지 않았다. 이미 충분히 먼 길을 왔다고 생각했다. 원래 세상에서 미지의 세상으로 말이다.

"안 돼." 거한이 말했다. "너희 때문에, 특히 저 그리핀 때문에 공무원이 들이닥칠 거야. 서류를 들고 다니며 규정이나 읊어대는 작자들은 사절이야." 그가 머리를 흔들며 말했다. "바위가 보이자마자 내려라. 내려서 지나가는 다른 배가 있으면 태워달라고 해."

"제발요." 맬이 애원하는 것 같기도, 쏘아보는 것 같기도 한 표정으로 말했다. "진짜 제발요! 불멸자를 생각해서 한 번만 봐주세요!"

맬의 말 중 무엇 때문인지는 몰라도 순간 거한이 움찔했다. 그의 이마와 뺨과 튀어나온 턱에 순간 물결이 일렁인 듯했다. "네레이드들한테 던져버려야 하는 건데……. 오늘 밤만이야. 갑판에서 자." 그가 그들을 뒤로하고 선실로 사라졌다.

크리스토퍼가 맬에게 속삭였다. "이제는 안전한 것 같아. 적어도 오늘 밤은."

"글쎄, 이젠 우릴 잡아먹으려고 할지 몰라." 맬이 말했다.

맬의 목소리는 의도한 것보다 컸다. 거한이 팔에 담요를 들고 돌아오며 콧방귀를 뀌었다. "애들은 안 잡아먹어. 아무 맛도 안 나거든. 자, 받아." 그가 담요를 던지고는 계피와 생강 맛이 나는 여행용 비스킷을 나눠주며 말했다. "통에 마지막으로 남아 있던 거야. 그러니 더 달라고 하지 마. 그리고 밤에 날 깨우지 마라."

크리스토퍼가 듣기로 뱃사람들은 배에서는 좀처럼 비스킷을 나눠주지 않는다고 했다. 만약 나눠준다면 분명 어떤 의미가 있는 것이었다.

맬이 용기를 내서 그의 눈을 똑바로 보며 말했다. "고마워요."

거한이 한숨을 쉬었다. "내 이름은 피덴스 나이트핸드야. 나이트핸드라고 불러라. 피덴스라고 하면 대꾸 안 해. 너희는?" 그들이 이름을 일러주자 그가 끄덕였다. "여기엔 또 워런하고 래트윈이 있어. 예의를 갖춰 대해. 안 그러면 래트윈이 너희가 잘 때 깨물어버릴 테니까."

워런, 그러니까 나사돌리개를 들고 있던 남자는 곧바로 입을 다물고 원래 위치로 가서 일하고 있다가 이름이 불리자 손을 들었다. 그러나 다른 사람은 보이지 않았다.

크리스토퍼와 맬은 씻을 생각조차 못 하고 바로 갑판에 누워 담요를 덮었다. 젤리펀이 맬의 턱 아래로 파고들었다. 맬이 크리스토퍼에겐 들리지 않는 소리로 속삭이자 젤리펀이 대답하듯 작은 소리를 내고는 곧 열기를 뿜어냈다. 라디에이터처럼 뜨겁고 일정한 열기였다.

얼마 후 맬이 속삭였다. "여기에 온 거 후회되니? 화났어?"

크리스토퍼가 하늘을 올려봤다. 바다에서 보는 별은 너무나 밝아서 책도 읽을 수 있을 것 같았다. 그는 배가 고팠고 아직 물기로 축축했으며 너무지쳐 온몸이 아팠다. 그렇지만 유니콘을 봤고 손바닥으로 유니콘 뿔의 시원한 촉감을 느끼기까지 했다. "아니, 후회 안 해." 정말이지 전혀 후회되지 않았다.

"다행이네." 너무 피곤했는지 말을 내뱉자마자 맬의 숨이 일정하게 느려졌다. 그러나 크리스토퍼는 누운 채 좀 더 밤하늘을 보고 있었다. 저 높은곳에서 엄청나게 큰 날개를 가진 뭔가가 달을 스치며 날아갔다.

맬이 자면서 소리를 질렀다. 크리스토퍼가 돌아보았으나 잠에서 깨지는 않았다.

크리스토퍼는 잠들기 전에 어떤 동물을 본 것만 같았다. 커다란 녹색 몸에 무딘 녹색 뿔이 하나 있었다. 그 동물은 그가 인생 최고로 기진맥진하여 곯아떨어지는 순간까지도 그를 호기심 어린 눈으로 관찰하고 있었다. 배는 어딘지 모를 바다를 헤치고 나아갔다. 그러나 크리스토퍼가 막상 꿈속에서 본 것은 화를 내면서도 한편으로는 괴로워하며 그를 찾는 아버지의 모습이었다.

순수하게 빛나는 파랑

크리스토퍼가 눈을 떴을 때 하늘은 파랬다. 너무나 파래서 다른 모든 파란 색은 이 눈부시게 푸른 하늘을 만들기 위한 연습처럼 느껴질 정도였다.

난간에 기대어 본 바다는 그보다 좀 어둡고 진한 파랑이었다. 땅은 그 어디에도 보이지 않았다. 계속 바라보고 있을 때였다. 물밑에서 한 무리의 말들이 돌고래처럼 솟아올랐다. 은색과 바닷빛 녹색이 섞인 몸에 꼬리가 길고 지느러미가 달린 말들이었다.

두렵기도 짜릿하기도 한 흥분과 놀라움이 동시에 느껴졌다. 그는 숨을 참으며 시험이라도 하듯 큰 소리로 말했다. "글리머리. 아키펠라고."

크리스토퍼는 얼굴에 흩날리는 바닷물을 손으로 조금 모아서는 손과 손목 그리고 이마를 문질렀다. 나름대로 씻은 셈이었다. 그는 바다의 찝찔한 맛이 마음에 들었다.

그가 돌아왔을 때는 맬도 깨어 있었다. 자고 나니 앓는 것 같던 얼굴색도 좀 나아졌다. 맬은 그를 보고는 눈꼬리를 밀어 올리며 씩 웃고 그리핀의 날개를 매만졌다. 그리핀은 양 앞발을 치켜세우며 저항했다.

"야! 껠리펀! 불멸자시여! 아, 아퍼! 여기, 얘 좀 받아."

그녀는 그리펀을 넘겨주고 손에 난 피를 핥았다. 껠리펀은 이번엔 그의 어깨 위로 올라가더니 머리카락을 잘근잘근 씹었다. 부리가 날카로운지라 문 만큼 잘려나갔다.

크리스토퍼가 말했다. "앞머리 먹을 거면 빙 돌면서 똑같이 먹어."

"머리 깎다가 미용사하고 싸운 것 같네." 맬이 말했다.

"그래도 네 머리 따라가려면 아직 멀었지." 그가 대꾸했다. "껠리펀, 가서 쟤 눈썹도 뜯어 먹어. 어서." 맬이 움찔하더니 콧방귀를 끼며 웃었다. 그 바람에 콧물이 나와 소매에 묻었는데 껠리펀이 냉큼 먹어버렸다.

그때 나이트핸드가 다가와 충혈된 눈을 비비며 말했다. "아침 식사다. 서쪽 섬만 한 두통이 생겼어. 하지만 난 그렇다고 해서 무임승선자를 굶겼다는 말이 나오게는 안 해."

항해사 워런이 선실에서 올라와 나무 갑판을 둘러보았다.

"래트윈은 어딨지?" 그가 물었다.

"낚시 중이야." 나이트핸드가 대답했다.

크리스토퍼는 낚싯대를 든 여자를 찾아 주위를 둘러봤는데 실제로 발견한 것은 갑판 저쪽에서 오고 있는 다람쥐였다. 크기가 고양이만 하고 뭉툭한 뿔이 난 그 다람쥐는 큰 물고기를 한 마리 물고 와서 나이트핸드의 발밑에 떨어뜨렸다.

"이 친구가 이 배의 길잡이인 래트윈이야. 래트윈, 크리스토퍼와 맬이야. 돈도 안 내고 마음대로 탔지."

라타토스카가 밝은 갈색의 눈으로 그들을 빤히 쳐다보았다. "이 친구가 환영하면 나도 환영해. 그게 아니면 물어버릴 거고." 래트윈이 매우 빠르고 높은 목소리로 말한 다음 나이트핸드를 바라보았다. "어느 쪽이야?"

"어느 쪽도 아니야."

"그럼 어떻게 할지 모르겠네. 살짝만 물까?" 라타토스카가 말했다.

워런이 희끗희끗한 수염 아래로 입을 씰룩거리더니 말했다. "선실로 와, 래트윈. 물고기 튀겨줄게."

"래트윈은 지도를 읽을 줄 알지." 선실로 이동하며 나이트핸드가 말했다. "라타토스카들은 보통 소문을 수집하지만 래트윈은 방향, 나침반의 방위, 바닷길 같은 걸 모아. 덕분에 섬 사이의 해로를 잘 알지. 크라켄하고 네레이드가 어디서 나오는지도. 내가 본 뱃사람 중 최고야. 자, 아침 먹자."

나이트핸드가 먹는 걸 중시하는 것은 확실했다. 선실 벽에 붙은 작은 식탁 위 달그락거리는 접시에 아침 식사가 차려져 있었다. 래트윈이 방금 잡은 물고기와 버터를 녹여 바른 토스트가 보였다. 숟가락으로 떠먹을 수 있게끔 노란 케이크를 주사위 모양으로 잘라서 잼을 뿌린 것도 있었는데 맛이 정말 좋았다. 맬은 그릇째 싹싹 긁어 먹고는 크리스토퍼 것도 몇 개 훔쳐 먹고서 모르는 일이라 우겼다.

나이트핸드는 입을 벌리고 우적우적 씹으며 양손으로 집어 먹었다. 젤리 편은 식탁 위에 앉아 따로 마련된 접시에 놓인 물고기를 먹었다. 식탁 예절을 신경 쓰듯 조심스럽게 먹었는데 옆에서 래트윈이 노려보고 있었다.

"나이트핸드, 저 사자새가 내 자리를 차지한 거야? 저 작은 인간들은 내가 잡은 물고기를 먹고 있네?"

"금방 갈 애들이야, 래트윈. 뭍이 보이면 바로 내리라 할 거야. 그럼 영영 안녕이야."

"말은 그렇게 하지만 말려들고 있는 얼굴인데? 정신 차려. 우린 아코스에 가서 금을 입힌 진주를 팔고 돛에 쓸 천을 산 다음 다시 파라스파라로 가야 해. 내가 길을 다 그려줬잖아!"

맬이 특유의 거만한 표정을 지었다. "도움 따위 필요 없어요."

크리스토퍼가 생선 가시를 그녀에게 튕기며 말했다. "사실 필요해요."

"가장 최근에 도와달라고 한 사람은 카파들한테 던져서 잡아먹히게 했지. 그 카파들은 또 크라켄한테 잡아먹혔고. 그러니까 두 번 먹힌 거야. 너희도 조심해." 래트윈이 말했다.

"정말요? 그거 진짜예요?" 크리스토퍼가 물었다.

"아니. 그렇지만 진짜 그럴 수도 있어." 라타토스카가 태연한 얼굴로 크리스토퍼를 빤히 보며 말했다.

이윽고 나이트핸드가 식사를 마치고는 잔을 옆으로 치웠다. 잔이 바닥에 떨어졌지만 신경 쓰지 않았다. 그는 맬과 크리스토퍼를 심각한 표정으로 쳐다보았다. "세상 물정 모르는 바보 꼬맹이들, 그래, 계획 좀 들어보자."

"어제 얘기했잖아요." 맬이 말했다. "절 죽이려는 사람이 있다고요." 턱에 잼이 묻어 있었지만 개의치 않고 계속 턱을 치켜들었다.

"그리고 그건 동물들이 죽어가는 것과 관계가 있어요." 크리스토퍼가 끼어들었다.

"죽어가는 거라……. 나도 봤지." 나이트핸드가 말했다. "최근에 죽은 생물들이 확 늘어나고 있어. 바다 냄새도 달라지고. 옅어지고 희미해졌달까."

"그러고 보니 지난달에 리시아 반도를 지날 때 히포캠프 한 마리가 죽은 걸 봤지." 워런이 말했다.

"근데 그게 대체 너와 어떤 관련이 있다는 거냐?" 나이트핸드가 입술을 옆으로 늘이면서 맬에게 물었다.

"저도 몰라요. 몰라요. 모르겠어요! 그게 제일 문제예요! 살인자는 관련이 있다고만 했지, 어떻게 있는지는 말 안 했어요."

"말하게 만들지 그랬어?"

맬의 얼굴이 점점 굳어지고 지친 표정이 됐다. 크리스토퍼도 신경이 곤두섰다. "음, 그 사람이 맬을 죽이려고 했으니 당연히 대화가 힘들었겠죠?"

"이젠 저한테는 남은 게 아무것도 아무도 없어요." 맬은 일부러 남의 일인 것처럼 말하려 했지만 목소리가 떨렸다. "그래서 대체 동물들이 왜 죽어가는지 이유를 알아야겠어요. 그러면 살인자가 왜 절 노리는지 알 수 있을 테니까요."

래트윈이 말했다. "그래서 인간들이 이야기하는 '계획'이 뭐야? 지금까진 계획다운 게 없었는데?"

"창공 의회에 갈 거예요." 맬이 대답했다.

"거긴 왜?" 나이트핸드가 말했다.

"거기 가면 어떻게 하면 될지 알려줄 거예요."

"창공 의회가 뭐든 다 안다고 생각하나?"

"다는 아니겠죠. 그렇지만 아는 사람이 있다면 거기에 있을 거예요." 맬이 말했다.

크리스토퍼가 물었다. "그 '의회'라는 게 뭐야? 멀어?"

맬은 의회를 모르는 크리스토퍼에게 놀란 표정을 지었다. "물론, 멀어. 그러니까, 움직이거든."

스카프로 입을 닦은 워런이 동감이라는 듯 툴툴대고는 말했다. "모든 섬에는 주민, 그러니까 인간들 그리고 다른 생물들이 정한 규칙이 있지. 그러나 아키펠라고의 모든 인간이 인정하는 법정인 창공 의회는 섬에서 섬으로 돌아다니면서 다툼을 중재하고 법도 만들어. 수백 년간 그래왔지."

나이트핸드가 거들었다. "워런이 돌아다닌다고 한 말은 건물 자체가 움직인다는 뜻이야. 장비를 갖춘 롱마들이 공중에서 끌고 다니다가 마을에 도착하면 내려놓지. 마을마다 건물이 놓일 광장이 따로 있어."

"건물보다는 사람들이 움직이는 게 더 편하지 않을까요?"

워런이 답했다. "늘 그런 식이었어. 전통이야. '진실은 늘 움직인다. 부름에 답할 채비를 하고'라는 속담도 있지."

"의회 건물의 벽돌은 스핑크스들이 자신들이 사는 산맥에서 직접 구운 거야. 그 안에는 지혜의 열기가 담겨 있지." 나이트핸드가 또 거들었다.

"그러니까 의회에 가서 말할 거예요. 거기까지 데려가 준다면요. 어떻게 하면 좋을지 말해줄 사람이 있을 거예요." 맬이 말했다.

나이트핸드가 말했다. "난 의회 근처엔 안 간다."

"법을 어긴 일이 몇 번 있었는지도 모르거든." 워런이 끼어들었다. "좀 된 얘기지만 거래를 하다가, 나이트핸드가 말이야."

"밀거래요?" 크리스토퍼가 물었다.

"당연히 아니지!" 나이트핸드가 말했다. "그런 못된 말은 하는 거 아니야! 그냥 귀찮아서 공무원들한테 말 안 하고 사고파는 것뿐이거든."

"밀거래란 말은 이 배에서는 군이 쓸 필요가 없는 단어야. 이 점 유념해 줘." 래트윈이 말했다.

"그럼 크리스토퍼하고 갈 거예요." 맬이 말했다.

"네 생각은 어떠니? 응? 바깥세상에서 왔다는 네가 이 일과 무슨 관계가 있는 거지?"

"쟤는 제 친구예요. 그렇지?" 맬은 크리스토퍼를 쳐다보지 않았지만 크리스토퍼는 그녀의 귀 끝이 빨개지는 것을 볼 수 있었다. "통로를 지키는 수호자이기도 하고요." 맬이 덧붙였다.

그 순간 겔리펀이 바닥에 오줌을 잔뜩 싸서 다들 화들짝 놀랐다. "화내면 안 돼요. 아직 아기잖아요!" 맬이 펄쩍 뛰며 말하고는 겔리펀을 갑판 위로 데리고 갔다. 래트윈은 역겨워하며 사라졌다.

111

잠시 침묵이 깃들자 나이트핸드가 워런에게 말했다. "저 여자애한테는 뭔가 특별한 게 있어. 뭔진 모르겠지만…… 살인자로부터 탈출했다는 거 말고 다른 뭔가가 있어. 묘한 분위기가 느껴져. 그게 뭐냐면……." 그는 크리스토퍼가 읽어낼 수 없는 표정을 지었다. "너도 느꼈어?"

워런은 영문을 모르겠다는 표정이었다. "난 그냥 배를 관리하는 사람이 잖아. 무슨 이야긴지 통 모르겠네."

나이트핸드가 크리스토퍼를 돌아보았다. "쟤하고 모르던 사이였어? 어제 만나기 전에는 말이야."

크리스토퍼가 끄덕였다.

"그런데도 친구라고 그러네?"

"목숨을 구해준 셈이죠."

"나도 목숨을 구해준 게 한두 사람이 아니지만 그중 누구와도 친구가 되진 않았어. 오히려 시간이 갈수록 날 피하려고들 하더군."

크리스토퍼는 나이트핸드의 시선이 부담스러워지자 커피를 한 모금 마셨다. 할아버지의 커피만큼이나 형편없었다. "맬이 절 여기로, 그러니까 아키펠라고로 데려왔고, 그리고……."

그러나 크리스토퍼는 더 이상 어떻게 설명해야 할지 알 수 없었다. 무엇인지는 분명 알고 있었다. 정말 운이 좋다면 이해의 불꽃이 두 사람 사이의 공간을 번개처럼 가로지르기도 한다. '그것은 심장제세동기처럼 사람을 강하게 일으키고 힘을 준다. 거기에 맞는 말을 굳이 꼽자면 그것은(새롭고 멋진 곳에 와서 돌연 난감한 일을 겪을 때 딱 들어맞는 말은 아니지만) 우정이다.'

(크리스토퍼는 이런 우정을 두 번 다시 경험하지 못할 것이다. 그러나 딱 한 번이면 족하다. 한 인간으로서 자신의 심장이 무엇을 할 수 있는지 알기 위해서는 말이다.)

그래서 크리스토퍼는 이렇게 말했다. "네, 친구 맞아요." 옷에 진흙과 클루드의 핏자국을 묻히고 있었지만, 완고하고 당당하게 말하는 소년을 보고 나이트핸드는 살며시 미소 지었다. 그리고 자신이 나이가 들었단 생각을 하면서 병 속의 브랜디를 커피에 거의 쏟아부었다.

"크리스토퍼, 그러면 네 계획은 뭐냐?"

"맬하고 같이 의회에 갈 거예요."

나이트핸드가 브랜디를 넣은 커피를 한입에 털어 넣으며 물었다. "갠 키가 겨우 150센티미터 정도밖에 안 되고 넌 아키펠라고가 처음인데 거기엔 어떻게 들어가려고?"

"뭐, 생각해봐야죠. 안 도와주신다면 그래야겠죠."

나이트핸드가 한숨을 내쉬었다. "의회는 이번에 리시아의 항구 마을 브린 토에 착륙할 거야. 거기에 내려주마. 원래 가려던 곳은 아니지만 아주 많이 돌아가는 건 아니니까. 딱 거기까지만이다. 알겠냐? 할 일이 있고 만날 사람들도 있거든. 너희는 이미 막대한 손해를 끼쳤어."

그의 목소리는 퉁명스러웠지만 충혈된 두 눈은 반짝였다.

하늘을 나는 의회

그들은 다음 날 늦은 오후에 브린 토에 도착했다. 배가 부두에 가까워지자 크리스토퍼는 젤리펀을 어깨에 올린 채 난간에 기대어 구경했다. 워런은 타르 페인트 한 통과 거대한 붓을 가지고 할 일이 있는지 래트윈과 함께 배에 남았다. 나이트핸드가 크리스토퍼와 맬을 시내로 안내했다. 그들은 자갈이 깔린 길을 따라 걸었는데 양옆으로는 바닷가의 풍상에 얼룩진 건물들이 저무는 햇빛을 받으며 빼곡히 들어차 있었다. 거리는 많은 목소리로 활기찼다.

나이트핸드가 말했다. "북적북적한 곳이지. 매일 수백 명의 무역상이 여길 거쳐 가. 세레토스에선 비단 원단이 오고 안티오크에서는 금과 볼레이 알사탕이 들어오지." 그들은 노점과 작은 가게를 지났다. 무리 지어 노는 아이들이 여기저기 눈에 띄었다. 한 작은 아이는 빛나는 털을 가진 고양이와 공놀이에 열중하고 있었다. 그 고양이의 발은 지저분했지만 가로등처럼 밝게 빛났다. "아티디나 사람들은 잡은 게를 얼려서 여기에서 팔고, 도우샤 장사꾼들은 페가수스 돛을 들여오지." 나이트핸드가 다시 설명했다. 크리스

114

토퍼는 가로등 위로 날아와 앉은, 아무도 신경 쓰지 않는 불사조를 계속 쳐다봤다.

맬은 걸을 때마다 두리번거리며 초조해했다. 남의 눈에 안 띄기가 힘들었다. 크리스토퍼는 자신의 청바지가 신경 쓰였지만, 사실 남녀를 불문하고 시선을 끌어모으는 가장 큰 원인은 나이트핸드의 덩치와 근육 그리고 인파를 헤치고 지나가는 방식이었다. '지나갈게요'라는 말은 그의 사전에 없는 듯했다. 그는 마치 거대한 망치라도 되는 양 고개를 숙이고 성큼성큼 걸었다. "조심해!" 그가 모여 있는 젊은이들 사이를 코뿔소처럼 헤치고 지나가며 말했다. "옛 분수 광장을 가로질러서 시장으로 갈 거야."

광장은 나무와 밝은색으로 페인트칠된 작은 카페로 둘러싸여 그늘져 있었다. 나이트핸드가 테이블 위에 남은 부스러기를 먹으려던 젤리펀을 제지했다. 맬과 크리스토퍼가 그를 따라가기 위해 뛰고 있는데 어디선가 반짝이는 금색 뿔이 달린 토끼들이 깡충거리며 다가왔다. 그들이 둘을 둘러싸자 크리스토퍼는 신기해서 허리를 굽히고 손을 내밀며 물었다.

"얘네들은 뭐야?" 그 토끼 같은 생물들의 관심은 위험했다. 그의 다리와 손을 뿔로 찌르고 있었기 때문이다.

"알미라지." 맬이 답했다. "근데 이러는 건 본 적이 없어. 보통은 매우 부끄러워하거든."

"두고 와라, 크리스토퍼." 나이트핸드가 말했다. 한 마리가 그에게도 다가가자 그가 발로 밀어냈다. "의회가 내려올 거야."

크리스토퍼는 그의 말대로 해야 했다. 알미라지들은 꼬리에 꼬리를 문채 길게 한 줄을 이루며 따라왔다. 그들 뒤로는 풀이 돋아나 지나간 흔적을 남겼다. 한 어린 라타토스카가 카페의 창턱에 웅크리고 있다가 이 광경을 유심히 바라보았다.

그들은 한 무리의 뱃사람들을 요리조리 피해 시장으로 들어왔다. 알미라지들은 계속 크리스토퍼를 따라오고 있었다. 그는 놀라운 마음에 시장을 두리번거렸다. 과일을 파는 곳이 열 군데 정도 있었는데 수레에는 수박 크기만 한 거대한 자두와 엄지손톱만 한 작은 오렌지가 그득했다.

"저 길로 가면 의회가 나와. 세금 청구서나 흔들고 다니는 놈들 눈에 띄기 전에 난 갈 거야." 나이트핸드가 말했다. "의회에 이야기하는 계획, 잘되면 좋겠지만 아마 시간 낭비일 거야. 맬, 앞머리는 녹슨 생선용 칼로 자른 거냐? 그리고 크리스토퍼, 그리핀이 네 스웨터 갉아 먹었다. 게다가 뒤에 황금 토끼 기차를 달고 다니는구나. 둘 다 별로 시원찮아 보인다." 그가 거대한 머리를 무뚝뚝하게 내렸다가는 다시 올렸다. "그럼, 안녕."

그들이 대답하기도 전에 그는 오렌지 가판대 사이로 황급히 사라졌다. 그 뒷모습을 보는 크리스토퍼의 표정은 어두웠다.

"뭐라고 말할 거야? 의회에서." 크리스토퍼가 맬에게 물었다.

"있는 그대로. 내가 얼마 전부터, 그러니까 몇 달 동안 숲을 관찰했고 흙과 생물들이 죽어가고 있다는 것. 단지 살인자만의 문제가 아니야. 그보다 심각한 뭔가가 있어. 죽은 바다황소가 해안가로 떠밀려 왔어. 태어난 지 얼마 안 된 새끼였어. 바다황소는 최소 100년은 살아. 익사한 것처럼 몸이 부풀어 있었는데 물에서 태어나는 생물이 어떻게 익사할 수 있겠어? 고모할머니에게 말했더니 그런 일은 어른들에게 맡기래."

이때 시간을 알리는 종이 쳤다.

"가자! 곧 도착할 거야." 맬이 말했다.

그들은 광장으로 뛰어갔다. 알미라지들이 계속 따라왔다. 광장을 둘러싸고 꼭대기가 사과 모양으로 만들어진 우아한 금속 가로등이 서 있었고 아주 오래된 나무도 몇 그루 보였다. 제복을 입은 관계자들이 군중들이 건물의 착륙지점 안으로 들어오지 못하게 막고 있었다. 크리스토퍼는 늦은 오후의 햇빛을 손으로 가린 채 하늘을 올려다봤다.

"저기 있다!" 누군가 외쳤다.

하늘에 건물이 점처럼 보이기 시작했다. 스핑크스들이 파낸 노란 돌로 둥글게 벽을 쌓고 거대한 지붕을 역시 둥글게 올린 형태였다. 페인트로 밝게 칠한 덧창이 창문을 안전하게 덮고 있었다.

그 위에 날개와 비늘이 있는 스무 마리의 말이 날고 있었는데 모두 특수한 장비가 채워진 채 열심히 날갯짓하고 있었다. 알미라지들은 그 광경에 겁을 먹고 사람들 사이로 사라졌다.

건물이 공중에서 방향을 바꾸더니 일정한 속도로 나는 롱마들을 따라 내려오기 시작하여 광장 위 약 10미터 높이에 이르렀고 잠시 뜸을 들이다가 땅에 내려앉았다. 마지막 순간에 롱마들의 움직임은 마치 아기를 내려놓듯 매우 신중했고 착륙은 너무나 정확해서 건물 창문과 광장의 나무 사이가 1센티미터 정도밖에 되지 않았다. 마치 나무가 창문을 만지려고 가지를 뻗은 모양새였다.

곧바로 외침이 들리더니 기술자처럼 보이는 사람들이 나타났다. 그들 중 두 명이 벽에 세워진 사다리를 타고 아찔할 정도로 높은 지붕으로 올라가 롱마의 장비를 벗기기 시작했다. 그들이 고기를 공중에 던지자 롱마들이 날아올라 낚아채고는 주변을 한 바퀴 돌더니 사라졌다.

"롱마들은 다시 이동할 때가 되면 돌아올 거야." 맬이 말했다.

작업복 차림의 사람들이 의회 건물에 붙은 덧창을 떼어내고는 비행 중에 손상을 입지는 않았는지 확인하고 있었다.

크리스토퍼는 가장 높이 난 창문의 안쪽을 보았다. 천장이 높고 넓은 방이었는데 벽에는 인간과 인간이 아닌 생물들이 함께 혹은 따로 그려진 유화가 나란히 쭉 걸려 있었다. 멀리 한쪽 끝에 남녀 각각 여섯 명이 열두 개의 큰 의자에 앉아 있는 모습도 어렴풋이 보였다. 그중에는 두건을 쓴 사람도, 머리를 드러낸 사람도 있었고 한 여자는 턱까지 선처럼 그은 문신이 있었다. 가장 큰 의자에는 막강한 권력을 가진 듯한 50대 남자가 흑갈색 피부에 학자가 입는 가운 차림으로 앉아 있었다. 대부분은 머리가 희끗희끗했고 세월과 지혜로 주름진 얼굴이었다. 모두 위엄차고 완고해 보였다.

건물 옆쪽에서 종이 울리더니 사람들이 의회 안으로 물밀듯이 몰려들었다. 겔리펀을 코트 안에 숨긴 맬도 크리스토퍼와 함께 가능한 눈에 띄지 않게 고개를 숙이고 인파에 섞여 들어가려 했으나 짙은 색 제복에 황금색 띠를 두른 경비원이 막아섰다.

"애들은 안 된다."

"그렇지만 우린 꼭 가야 해요!" 맬이 말했다.

"저기 표지판 보이지?"

문 위에는 다섯 가지 언어로 다음과 같이 쓰여 있었다. '의회 안건의 특성상 어떤 종족이든 미성년자의 출입을 금함.'

아예 빠져버리지는 않을지 걱정될 정도로 맬이 턱을 한껏 내밀고는 말했다. "우리는 미성년자가 아닙니다. 성인 평균 키보다 작을 뿐이에요. 그리고 매시간 정각에 물을 얼굴에 뿌려서 주름도 지지 않았지요."

경비원은 속지도 웃지도 않았다. 그가 손짓하자 키가 더 크고 나이가 많은 다른 경비원이 다가와 말했다. "그냥 가면 안 되겠니? 안 그러면 너희를 체포해야만 한단다. 여긴 장난하는 데가 아니야."

그들은 어쩔 수 없이 물러나서는 둥근 외벽을 돌아 어떤 창문 밖에서 멈췄다. 맬이 까치발을 들고 창턱을 잡고 안을 들여다보았다. 회의실은 자리가 다 들어차 있었고 첫 번째 안건이 이미 논의되고 있었다.

한 젊은 여성이 의원들 앞으로 다가왔다. 보풀이 일어난 암회색 모직 치마도 그렇고 두꺼운 옷감으로 만든 옷을 오래 아껴 입은 듯한 차림에 끈으로 묶는 신발을 신고 있었다. 갈색 피부에서는 윤기가 흘렀고 짧게 깎은 검은 머리도 조명을 받아 반짝였다. 발언권을 얻어 단상에 오르려는 그녀의 얼굴에서 심각함이 엿보였다.

귀의 신경을 곤두세우자 그녀의 울려 퍼지는 목소리가 그들에게도 들렸다. "의원 여러분, 제 이름은 아이리언 권입니다." 듣기 좋고 낮은 음색이었다. "저는 해양과학자입니다. 안티오크 서부에 있는 알쿠온 대학에서 바다를 연구하고 있지요."

크리스토퍼가 모퉁이를 좀 더 돌아 나무 바로 옆 창문으로 갔다. 회의장 뒤편 좀 더 높은 곳에 더 작게 난 창문에는 녹색 벨벳 커튼이 드리워져 있었다. 힘을 주어 들어 올리자 뜻밖에도 조금 열렸다.

안에서는 여자가 계속 이야기하고 있었다. "바다가 고통받고 있습니다. 바다를 연구하는 이라면 누구나 알지만 저희 말을 믿어주는 사람은 없다시피 합니다. 작년이 가장 심했습니다. 바다의 생명들이 죽어가고 있습니다. 네레이드, 나이아드, 머메이드가 물속에서 숨을 쉬지 못해 죽습니다. 타르 근처 북부에서는 떼죽음을 당한 머메이드들이 발견됐습니다. 저희는 글리머리가 약해지고 있는 것이 그 이유라고 생각합니다. 멀리 이동하지 않는 북쪽의 생물들이 남으로, 서로, 동으로 오고 있습니다. 크라켄과 바다황소 같은 생물들이요. 생태계 전체에 이상이 생겼습니다."

"맬! 여기 좀 들어봐!" 크리스토퍼가 작게 외쳤다.

맬이 달려왔다. 회의장에서는 아이리언 권의 말이 계속되었다. "아키펠라고 전체에 뭔가 이상이 없는지 살펴볼 인력이 필요합니다. 의회에서 자금을 마련하여 그리핀 서식지로 조사단을 파견해야 합니다. 가서 무엇이 그들의 죽음을 유발했는지 살펴야 합니다."

의장이 말했다. "증언 감사합니다." 그의 목소리는 명확하고 날카로웠다. "절차에 따라 앞으로 6개월 동안 관련 공직자들과 논의를 거친 후 결정 사항을 알려드리겠습니다."

크리스토퍼와 맬은 창문을 더 열기 위해 힘을 줬다. 창문이 소리 없이 조금 올라갔다. 방청석에서 망토를 두른 한 남자가 그들 쪽을 힐끗 바라보자 그들은 몸을 움츠렸다.

안에서 큰 소리가 났다. "6개월 후는 너무 늦습니다!" 아이리언의 외침이었다.

크리스토퍼가 맬에게 속삭였다. "창문으로 들어갈 수 있을 거야."

"숙녀분, 진정하십시오! 사전 청문회 한 차례 연 것을 근거로 모든 아키펠라고의 사람들을 공포에 빠트릴 수는 없습니다. 혼란이 생길 겁니다."

맬이 끄덕였다. "너 먼저."

"혼란은 이미 생겼습니다! 단지 지금은 인간이 무시할 수 있는 혼란일 뿐입니다. 생물들, 글리머리에 의존하는 생명체들은 그런 사치를 누릴 수 없어요!"

크리스토퍼는 나무가 그들을 가려주리라 기대했다. 그는 창턱으로 기어 올라가서 창문을 잡고 조금씩 끌어올렸다. 그곳에서는 의원들의 얼굴이 아주 잘 보였다. 그들의 얼굴에는 박학다식함이 드러났다. 그러나 절차에 집착하고 변화에 저항하는 성향도 보였고 몇몇은 입에 거만함이 새겨져 있었다.

"부탁드립니다!" 단상에서 뛰어내린 아이리언 퀸이 안내인을 제치고 의원들의 자리로 성큼성큼 걸어갔다. "보여드릴게요! 제가 가져온 걸 봐주세요. 자, 이거요! 여기 있습니다!" 그녀가 가방에서 뭔가를 꺼냈다. "죽은 불가

사리입니다. 백 년 동안 별처럼 빛을 내는 카르카란 불가사리가 다 자라지도 못하고 죽었어요! 이건 갓 태어난 히포캠프의 뼈입니다!"

"숙녀분! 의원들에게 접근하지 마십시오!"

아이리언이 불쑥 무릎을 꿇었다. "이렇게 무릎 꿇고 간청드려도 안 될까요?"

크리스토퍼가 커튼 뒤에서 조심스럽게 자세를 잡고 방으로 뛰어내릴 준비를 했다.

"이 여자분을 퇴장시켜주세요." 황소같이 넓은 어깨를 가진 한 남성 의원이 땀이 송송 맺힌 창백한 얼굴로 말했다.

"이대론 갈 수 없습니다! 제발요. 의회가 마지막 남은 희망입니다."

"법정모독죄로 고발될 것입니다."

경비원이 그녀에게 다가왔다. 그러나 크리스토퍼는 더 이상 볼 수 없었다. 누군가가 발목을 잡았고 곧이어 남자의 목소리가 등 뒤에서 들려왔다. "법정에 불법 침입하다니. 얘야, 이건 생각보다 심각한 잘못이다."

5분 후, 맬과 크리스토퍼는 의회 건물 정면에 각자 경비원에게 잡힌 채서 있었다. 경비원의 양손이 크리스토퍼의 어깨를 꽉 누르고 있었다. 딱 맞는 제복 상의를 입은 경비원이 한 명 더 있었는데 그는 차가운 말투로 자신을 경비대장 가단 카라고 소개한 후 다른 경비원들에게 지시했다. "부모를 찾을 때까지 이 아이들을 부설 건물에 있는 감옥에 가두도록."

"금방은 못 찾을걸." 맬이 중얼거렸다.

경비대장이 얼굴을 일그러뜨리며 맬을 쏘아보았다. 그러나 그가 뭐라고 말하기도 전에 왼편에서 소동이 벌어졌다. 건물 대문이 벌컥 열리는 소리에 크리스토퍼가 돌아보니 아이리언 권이 경비원에게 끌려 나오고 있었다.

"이런, 불멸자시여! 그 여자도 같이 데려가. 죄목은 법정소동죄다. 그리고 이 애들이 잡힌 걸 널리 알려. 보호자가 어딘가 있을 테니."

그때였다. 하루가 절망으로 끝나고 온 세상이 모래성처럼 무너졌다는 생각이 들었을 때 갑자기 우렁찬 목소리가 들려왔다.

"신사분들!" 목소리는 광장 저편에서 났는데 나무 위의 새들을 떨게 할 정도로 컸다. "잠시만 기다려주시오!"

나이트핸드였다. 그는 말을 마치고 원 모양으로 광장을 돌기 시작했다. 빠른 걸음이었지만 가로등을 지날 때마다 아주 잠깐씩 멈췄다. 크리스토퍼는 심장이 터질 것 같았다. 맬도 숨이 거칠어졌는데 그가 무엇을 하려는지 깨닫자 무언가를 으득 깨문 듯한 웃음을 지었다.

나이트핸드는 경비원들과 가장 가까운 가로등에 이르러 걸음을 멈췄다. 손에 날이 15센티미터 정도밖에 안 되는 단검이 쥐어져 있었다. 칼을 가볍게 한 번 휘두르자 가로등이 밑에서 10분의 1 높이에서 잘렸다.

그가 망치 머리만 한 손가락으로 튕기자 가로등이 날카로운 금속 소리를 내면서 그 옆 가로등과 충돌했고 그 가로등은 또 다음 가로등 쪽으로 넘어졌다. 오케스트라의 관악기들을 톱으로 써는 듯한 엄청난 소음과 함께 하나씩 도미노처럼 쓰러진 가로등으로 큰 원이 생겼다.

경악을 금치 못한 경비원들이 입을 떡 벌렸다. 목구멍이 보일 정도였다.

나이트핸드가 경비원들에게 말했다. "광장 가로등의 설계상 결함을 찾은 것 같네요."

경비대장이 제일 먼저 정신을 차렸다. "제림! 저자를 잡아!"

나이트핸드가 크리스토퍼와 맬을 보며 말했다. "너희 이제 도망쳐야 할 것 같은데?" 둘이 난장판이 된 주변을 멀뚱멀뚱 쳐다보고만 있자 그가 다시 소리쳤다. "도망치라고!"

피덴스의 단골 주점

그들은 달렸다. 나이트핸드와 경비원 넷을 뒤로하고 크리스토퍼와 맬 그리고 아이리언 퀸은 광장에서 벗어나 샛길 중 하나로 접어들었다. 신문 가판대 뒤에서 다시 나타난 알마라지들이 새싹의 흔적을 남기며 그들을 쫓았다.

1분도 안 지났을 때 나이트핸드가 거친 숨을 쉬며 그들과 합류했다. "꾸물대지들 마. 방해는 했지만 크게 다치게 하진 않았거든. 더 몰려올 수도 있으니 서둘러! 이쪽으로!" 그는 일행을 좁고 구불구불한 길로 이끌었다. 그가 아이리언을 보며 물었다. "책벌레들이나 신는 신발을 신은 이분은 누구신가?"

"난 해양과학자예요." 아이리언이 대답했다.

그녀의 목소리는 작았지만 사람들이 말을 멈추고 귀를 기울이게 할 만큼 매력적이었다. 나이트핸드도 그녀의 말을 듣고는 잠시 눈을 깜빡였다.

"그런데 왜 잡힌 거요?"

그녀가 간단하게 설명하자 나이트핸드가 끙 소리를 냈다.

"내가 여자아이에게 의회가 도움이 안 될 거라 말했지. 더 빨리들 걸어. 주위도 잘 살피고. 너희가 내 배로 뛰어든 걸 살인자가 봤다면 지금 어디에 정박하고 있는지도 알 테니까."

순간 맬의 얼굴이 공포로 뒤덮였다. "어떻게요?"

"해안경비대의 보고서를 봤다면. 도착하면 등록해야 하거든. 어떻게든 넘어가려고 했는데 내가 생각했던 것보다 한바탕 야단법석을 벌이지 않는 이상 안 되겠더라고."

"정말요? 지난번에 왔을 때만 해도 개인 소유의 배는 등록 안 해도 됐는데." 아이리언이 말했다.

"법이 바뀌었지. 바다에서 위험한 일이 너무 잦아졌거든. 그래서 기록을 강화한 거야." 나이트핸드가 뒤를 흘끗 보더니 다시 샛길로 빠졌다. 자갈이 깔리고 벽이 높고 어두운 길이었다. "바다 생물들이 배를 공격하고 있어. 어떤 데에선 가고일들이 그리고 또 브릿기가 말이야." 나이트핸드는 크리스토퍼의 얼굴을 보더니 설명을 이어갔다. "상어의 일종이야. 수면 아래에서 배를 빨아들이지. 전에는 1년에 많아야 한두 건 있는 정도였는데 점점 늘고 있어. 이쪽이야."

아이리언이 크리스토퍼 옆에서 재빠르게 걸었다. 그녀는 한쪽 어깨에 가방을 메고 있었지만 꼿꼿한 자세로 민첩하게 움직였다. 눈동자가 무척이나 검었는데 홍채는 갈색 바탕에 은이 흩뿌려진 듯했다.

"이제 어떻게 하실 거예요?" 크리스토퍼가 그녀에게 물었다.

"합당한 질문이네. 원래는 밤배를 타고 연구소에 돌아가려고 했어. 물론 계획이 성공했다면 말이지. 이젠, 글쎄. 귀 기울여주는 사람이 없는데 연구가 무슨 소용이겠어?"

나이트핸드가 그녀를 보며 말했다.

"그 신발 말이오. 설명 좀 해주쇼. 내기를 해서 돈이라도 잃은 거요?" 그의 말에 악의는 전혀 없었다.

아이리언이 웃음을 터뜨렸다. 크리스토퍼는 그녀가 상처받았는지 전혀 알 수 없었다. 만약 그렇다면 잘 숨긴 것이었다. "하! 집에서는 맨발로 다녀요. 그렇지만 이런 신발이 싸고 편하죠. 그리고 신발을 신어야 사람들이 날 안 쳐다봐요. 그래야 좋고."

"어째서?"

"누가 안 봐야 생각하기 편해요. 나한테는 생각하는 일이 중요해요."

나이트핸드는 점점 더 좁고 어두운 길로 일행을 이끌었다. 그가 벽에 나 있는 문을 열었다. "여기로 들어가. 당신도." 그가 아이리언에게 말했다. "나이아드의 꼬리. 내가 제일 좋아하는 가게야."

크리스토퍼가 보기에 그곳은 잉글랜드의 술집 같았다. 벽이 나무판자로 되어 있고 좁은 실내를 비추는 조명은 은은했다. 대부분 나이 든 어부로 보이는 사람들이 삼삼오오 술을 마시고 있었는데 덩치가 작은 사람이 연주하고 있는 피아노도 보였다. 그는 건반도 안 보고 낮은음으로 느리게 연주하고 있었고 악보가 있어야 할 자리에는 소설책이 펼쳐져 있었다. 그는 이따금 손가락에 침을 묻혀 책을 넘겼다.

나이트핸드가 손짓하자 여자 바텐더가 고개를 끄덕였다. "펠리아, 맨날 시키는 걸로 부탁해."

그들은 가게 안쪽에서 빈 테이블을 발견하고는 그쪽으로 걸어갔다. 크리스토퍼는 사람들이 중얼거리는 소리를 들었다. "저거, 그리핀이야?" 맬은 젤리펀의 발톱을 손으로 가렸고 젤리펀도 그녀의 겨드랑이에 머리를 묻었다.

그들이 자리에 앉자 아주 작은 여우처럼 보이는 동물이 바 뒤에서 나와 크리스토퍼의 발목에 대고 킁킁거렸다. 덩치가 생쥐만 했고 적갈색의 털은

125

매끄러웠으며 꼬리가 두 갈래였다.

"캉코야!" 맬이 말했다. 의회 일로 줄곧 굳어 있던 표정이 풀리고 웃음도 보였다. "빛여우! 행운을 가져온대. 정확히 어떻게 가져오는지는 몰라도 아무튼 그렇대."

"크리스토퍼, 조심해라." 나이트핸드가 말했다. "녀석들은 둥지를 다른 생물 몸에 짓거든. 이를테면 사나운 멧돼지 머리나 사람들 머리카락 위에."

아이리언이 미소 지었다. "내 사촌은 캉코들이 귓속으로 들어가서 둥지를 틀려고 해서 자다 깨기도 했어. 그러니 귀도 잘 봐."

캉코가 뒷다리로 서더니 앞발을 크리스토퍼의 청바지에 대고 테이블 위로 휙 올라와 그의 손목을 핥았다. 그의 피부에 묻은 침은 지렁이가 반짝이는 것 같았다. 크리스토퍼는 이 작은 생물과 접촉하자 온몸에 짜릿한 전기가 통하는 것 같았다.

다만 간단하게만 표현했다. "좋네요."

나이트핸드가 실내를 두루 살피고는 만일을 대비하여 단검을 칼집째 테이블 위에 올려놓았다.

"내가 좀 봐도 돼요?" 아이리언이 말했다. 음악 같은 그녀의 목소리는 길보다 조용한 이곳에서 한층 더 매력적으로 들렸다. 몸을 틀면서까지 들으려는 사람들이 보이자 나이트핸드가 쏘아봤다. 그녀의 목소리는 심지어 굴뚝의 바람 소리도 잦아들게 하는 듯했다.

나이트핸드가 고개를 끄덕이자 그녀가 칼을 집어 들었다. "아까는 어떻게 한 거예요? 가로등이 계단 폭포처럼 주르르."

나이트핸드가 대답했다. "이건 글램리검이야." 칼집에서 칼을 빼는 그녀에게 그가 다시 말했다. "뱃사람한테서 샀지. 아키펠라고에 있는 건 무엇이든 자를 수 있다고 하니 조심해!" 그는 붕대를 감은 자신의 한쪽 손을 내밀었다. "시험 삼아 엄지를 살짝 대봤거든. 뼈가 보일 정도로 베였어."

크리스토퍼는 아이리언의 손에 들린 칼을 바라봤다. 너무나 날카로워서 칼끝을 눈에 또렷이 담을 수 없었다. 가늘어지다가 순간 녹아 사라지는 것만 같았다.

"꿰맸어요?" 그가 물었다.

"그래, 직접 했지. 실과 바늘을 가지고 다니거든." 나이트핸드가 대답했다. 바텐더 펠리아가 와인을 한 병 가져왔다.

"아팠어요?" 맬이 관심을 보이며 물었다.

그가 어깨를 으쓱했다. "난 '광전사'야." 그가 합당한 답변인 양 말했다.

맬은 흥분하여 물었다. "진짜 광전사요? 정말요?"

아이리언이 몸을 앞으로 기울였다. 그녀에겐 늘 차분하게 귀를 기울이는 분위기가 느껴졌다. "나도 광전사는 본 적이 없어요. 확실치는 않지만 다들 죽었다는 것 같은데."

나이트핸드가 얼굴을 찌푸리더니 와인을 두 잔에 넘치게 따랐다. "흥, 아닌가 보네." 그가 크리스토퍼를 보며 말했다. "광전사는 세상에서 제일가는 전사야."

"고통을 안 느낀대." 맬이 말했다.

"아니, 그건 아냐. 고통은 느껴. 공포를 안 느끼지. 따라서 몸이 버티지 못할 정도만 아니면 고통은 문제가 안 돼."

"공포를 안 느낀다는 건 신체적으로 느끼지 못한다는 뜻인가요?" 크리스토퍼가 물었다.

"모르겠네. 느껴본 적이 없어서."

"배 이름을 '용감무쌍'이라고 지은 것도 그래서인가요?" 맬이 물었다.

그는 어깨를 으쓱하고는 와인을 크게 한 모금 들이켰다. "그래. 내가 아니고 래트윈이 지었지만. 난 그냥 '배'라고 하려 했는데 그녀가 질색하더라고."

아이리언이 칼을 돌려주며 말했다. "정말 대단한 칼이네요. 칼의 광채가 느껴져요. 진짜로 무엇이든 자를 수 있어요?"

나이트핸드가 잔을 다시 채우고는 와인병을 내려놓았다. 그는 아이리언을 보며 고개를 끄덕였는데 그녀의 얼굴을 보자 뭔가 무모한 짓을 벌이고 싶다는 충동이 들었다. "실제로 보고 싶어?" 그는 칼을 손안에서 한 번 돌린 후 가볍게 휘둘렀다. 와인잔이 위에서 5센티미터 정도 잘려나가더니 내용물이 나무 테이블 위로 콸콸 쏟아졌다. 금속이 유리에 닿는 날카로운 소리는 물론 그 어떤 소리도 들리지 않았다. 완벽하게 잘렸다.

"물어내. 아니면 네 그 거대한 엉덩이를 걷어차 쫓아버릴 테니." 펠리아가 으름장을 놓았다.

나이트핸드가 살짝 웃으며 말했다. "나 같으면 글램리검을 들고 있는 사람에겐 좀 더 공손하게 말할 것 같은데."

그녀가 행주를 들고 다가오며 말했다. "글램린지 뭔지, 아무도 값도 안 치르고 내 유리잔을 자르게 하진 않아."

"이봐, 지금 광전사하고 대화하고 있는 걸 알아?"

"당연히 그렇겠지." 그녀는 날카롭게 쏘아붙였지만 그를 싫어하는 것 같지는 않았다.

"그리고 말이야, 겁이 없다는 둥 뭐 그런 거 다 좋아. 그렇지만 막 나갈 거면 제대로 해야지 그렇게 어설프면 좀 모자라는 악당 같잖아?"

"광전사에겐 예의가 필요 없어."

"이미 잘 알아. 그러니 거기까지." 그녀는 흐른 술을 닦고는 새 잔을 쾅 하고 놓았다. 그러고는 치즈 한 접시와 피클 한 그릇을 가져오더니 말을 이었다. "그렇지만 최근 100년 동안은 보호할 불멸자도 없었잖아, 안 그래? 그렇다면 너, 실례, 전사님께서는 그냥 덩치만 무식하게 큰 술주정뱅이 실업자시죠. 그러니 망쳐놓은 잔 값이 있는지 확인해보는 게 좋을걸?"

캉코가 치즈에 코를 대고 킁킁거렸다. 크리스토퍼가 제일 큰 덩어리를 반으로 쪼개서 반은 주고 나머지는 자기가 먹었다. 씹는 맛이 느껴지고 짭짤하고 맛있었다.

"야, 다 주지 마. 나하고 겔리펀도 먹고 싶단 말이야." 맬이 말했다.

"많이 남았어!" 크리스토퍼가 말했다. "그런데 그리펀에게 치즈 먹여도 돼?"

"달라고 하면 먹여도 돼." 그녀가 대답했다. 겔리펀은 달라고 했다. 배를 채울 생각에 즐거워진 그리펀이 테이블을 가로질러 와 게걸스럽게 먹었다. 맬이 날개를 흔들며 저항하는 그리펀을 떼어냈을 때는 이미 치즈가 반이나 사라진 후였다. 촌극은 더 이어졌다. 버둥거리는 겔리펀을 억지로 붙잡고 깃털을 정리한 맬은 자기 몫보다 치즈를 많이 먹고서도 크리스토퍼에게 도리어 인상을 썼다.

"이제 어떻게 하지? 감방 신세는 면하게 해줬는데…… 그다음 계획은 있어?" 나이트핸드가 말했다.

"포기하지 않을 거예요. 무슨 일이 벌어지고 있는지 아는 사람을 찾아 다른 데로 가야죠."

"스핑크스들이 알지도 몰라." 아이리언이 말했다.

맬이 얼굴을 찌푸렸다. "하지만 우리 고모할머니 말로는, 그러니까 돌아가신 고모할머니……." 목소리가 잦아들었다. "이젠 안 계시지." 감정을 추스르고 말을 이었다. "아무튼 스핑크스에게는 가까이 갈 수 없대요."

"불가능하진 않아. 하지만 위험한 바닷길을 지나야 하고 절벽을 올라야 하지. 일단 접근하기가 만만치 않아." 아이리언이 말했다.

단숨에 잔을 비우고는 빈 병을 보며 나이트핸드가 한마디 거들었다. "그리고 스핑크스는 방문자를 잡아먹지."

"그런 일은 아주 드물어요. 과장하면 안 되지 않겠어요, 나이트핸드 씨?"

"얼마나 자주 있는데요?" 맬이 물었다.

"백 번에 한 번." 아이리언이 대답했다.

"책을 읽는데 백 번에 한 번씩 책이 널 잡아먹으면 아마 훨씬 덜 읽게 될 거다. 대부분은 아예 안 읽으려 하겠지." 나이트핸드가 말했다.

그러자 아이리언이 말했다. "눈에 띈다고 바로 공격하진 않아요. 전혀요. 충동과는 거리가 먼 종족이죠. 아주 오래전부터 살아왔고 고유의 관습과 법이 있고, 또 우리가 헤아릴 수 없는 생각을 품고 있어요. 그들은 늘 먼저 수수께끼를 던져요. 글리머리를 괴롭히는 질병이 뭔지 아는 존재가 있다면 그건 바로 그들일 거예요. 아니면 용들일 수도 있는데 용은 박식하지는 않아요."

"스핑크스를 찾아가는 게 가능할까요?" 크리스토퍼가 물었다.

나이트핸드가 트림하며 말했다. "내겐 멀리 동쪽으로 운반할 불타는 와인이 수백 상자고, 아코스로 가져갈 금을 입힌 진주도 있어."

"배달은 좀 미룰 수 있잖아요. 아닌가요? 와인과 진주는 금방 없어지지 않잖아요."

"미룰 수 없어. 배에 너무 오래 싣고 있을 순 없다. 서류하고 내용물이 맞는지 조사하는 녀석들이 오면 곤란해."

맬이 물었다. "무역상이라면서 아까 가게 주인은 왜 실업자라고 한 거예요?"

나이트핸드가 대답하려고 할 때 젤리펀이 그의 신발에 치즈를 토했다. "아! 불멸자시여! 내 이래서 애들이 싫다니까. 구토와 멍청한 질문을 달고 다닌단 말이야!"

"가게 주인 말이……." 맬이 다시 물으려 했다가 나이트핸드가 무지막지하게 난 눈썹을 무지막지하게 치켜뜨자 입을 다물었다.

"내 생각에 그녀의 말은 광전사는 늘 불멸자를 지켜왔다는 의미야. 뱃일하거나 배를 만들거나 군인이 되는 것은 진짜 광전사의 일은 아니지." 아이리언이 상냥하게 설명해주고는 와인을 한 모금 마셨다.

나이트핸드가 툴툴거리고는 와인 한 병을 더 달라는 신호를 보냈다.

"진짜 더 마시려고요? 맨정신을 유지해야 하지 않나 싶은데." 아이리언이 말했다.

"그럴 필요를 못 느끼겠는데? 취했을 때의 세상이 더 좋지. 덜 실망스럽거든."

맬이 화제를 되돌렸다. "크리스토퍼는 불멸자에 대해 몰라요. 아이리언, 과학자 맞죠? 설명 좀 해주세요."

아이리언이 끄덕이고는 말했다. "불멸자란 최초의 나무, 그러니까 모든 마법의 원천인 글리머리 나무가 최초로 맺은 열매에서 태어난 영혼이야. 영혼은 그 열매에서 어떤 물고기로 넘어갔는데 물고기가 죽자 다시 독수리로 태어났고, 또 참새, 늑대 및 수천 가지의 다른 생물을 거쳐 마침내 인간에게 깃들었어. 어떤 여자에게."

맬이 거들었다. "그러고 나서는 깃든 사람이 죽을 때마다 계속해서 사람으로 환생하고 있어. 농부, 정치인, 귀족, 염소치기, 전사 등 누구에게 깃들지 알 수 없지. 즉 불멸자는 인간의 몸에 깃든 불멸의 영혼인 거야."

"맞아. 불멸자는 인간의 삶과 함께 태어났고 인간이 존재하는 날까지 존재할 거야. 그 후에도 남아 있을지 모르지. 그리고 그들은 그 무엇도 잊지 않아." 아이리언이 말했다.

나이트핸드가 끼어들었다. "그리고 광전사들은 늘 불멸자를 지켜왔지. 마지막 남은 광전사 중 하나가 나야." 바텐더가 테이블에 새 와인병을 놓았다.

"미안한데…… 열매……라고요?" 크리스토퍼가 물었다.

"이봐, 지어낸 얘기는 아니야. 영원함과 연관 지어봐."

"그럼 이건 실제 이야기예요? 아니면 비유?" 크리스토퍼가 다시 물었다.

"실제." 맬이 대답했다.

"불멸자는 이전의 모든 삶 중에 보았던 걸 다 기억해. 살아 있는 기억, 살아 있는 지식 그 자체지." 아이리언이 말했다. "불멸자는 인간의 삶이 어떻게 흘러왔는지 전부 봐왔어. 따라서 재앙이 일어나기 전에 예측할 수도 있고 잘못을 저지르기 전에 멈출 수 있지. 어떻게 하면 생명을 구할 수 있는지, 혹은 목숨을 잃게 되는지도 기억해. 그래서 통치자나 장관, 학자들에게 조언을 하지."

"그리고 말이야……." 나이트핸드는 와인병을 잡아 한입 털어 넣고는 입에 머금은 채 뜸을 들이다가 말했다. "불멸자는 우리 인간을 깊이 이해하고 있어. 우리를 지탱해주고 있어. 우리가 잊었다는 사실조차 잊은, 그 많은 것에 관해서도 넓고 깊게 파악하고 있어. 바깥세상, 즉 너의 세상에 사는 사람들도 불멸자에 대해 알고 있었지. 오래된 사람이지만 존 던이었나, 아무튼 존 아무개라는 시인이 시를 남기기도 했어. 옛 노래 중 몇 곡에도 나오고. 다 사실이야."

크리스토퍼에겐 전혀 있을 수 없는 이야기처럼 들렸다. 열매에, 늑대에, 새에, 불멸자의 영혼. "그럼 그 불멸자를 지켜야 한다면서 왜 함께 안 있어요?" 나이트핸드의 얼굴에서 휴일을 느긋하게 즐기는 표정이 사라졌다.

그가 무거운 목소리로 말했다. "불멸자가 사라졌으니까. 백 년 동안이나 모습을 보이지 않았어. 내 할아버지의 아버지의 아버지 때의 일이었는데……." 그의 거대한 몸이 갑자기 뻣뻣해졌다.

이야기하면서 그의 시선은 계속 캉코를 향하고 있었다. 그 조그마한 동물은 일어나서 문 쪽으로 가고 있었는데 작은 여우 같은 등의 털이 온통 서 있었다. 이것이 캉코가 선사한 행운, 즉 주목이 가져다준 행운이었다.

나이트핸드의 목소리에서 술기운이 사라졌다.

"맬, 크리스토퍼, 아이리언, 뒤편에 출구가 있어. 나가서 샛길로 빠져. 어서. 지금 바로."

"왜요?"

"금발이라고 했지? 그렇지? 뺨에 흉터가 있고."

크리스토퍼는 온몸에서 피가 싹 빠지는 것 같았다.

창문 밖에 그림자가 획 지나가더니 문이 쓱 하고 열렸다.

"애덤 카빌. 그 살인자가 문밖에 있어."

하늘의 불

나이트핸드가 테이블에 동전을 쾅 하고 내려놓자마자 그들은 그리핀의 깃털과 쏟아진 와인을 휘날리며 도망쳐 뒷문을 통해 거리로 나왔다. 나이트핸드가 뒤를 흘낏 보았다.

"빨리 배로."

"그런데 왜 도망가야 하죠? 그 글램리검으로 죽이면 되잖아요!" 맬이 물었다.

"그 칼 없이도 죽일 수 있어." 일행은 그를 쫓아 뒷골목을 따라가다가 골이 진 철판을 덮은 건물을 지나 부두로 향했다. "그렇지만 시내에서, 그것도 공격당하지도 않고 지켜보는 사람도 많은데 그런다고? 나는 철창신세고 너희 둘은 보육원에 보내질 거다. 그리고 그자가 누군가의 명령을 받았다면 그 누군가가 또 다른 살인자를 보내면 어쩌고? 아니지. 그자를 죽이는 건 정답이 아니야."

"어떻게…… 우리를 찾았을까요?" 맬이 숨을 헐떡이며 물었다.

크리스토퍼가 얼굴을 찌푸리며 생각난 것을 말했다. "알미라지들이 흔적을 남겨서일 거야. 돌길 사이사이에 풀이 났잖아. 빵부스러기를 흘리고 다닌 것처럼."

그들은 저녁 복장을 한 사람들로 붐비는 거리에 도착했는데 시선을 끌까 봐 더는 달릴 수 없었다. 그래서 어둑어둑한 거리를 최대한 빠른 속도로 걸어갔다.

용감무쌍호는 일렁이는 가로등 불 아래서 기다리고 있었다. 크리스토퍼는 가로등의 불이 깜빡임 없이 일정하게 타오르는 진짜 불임을 알아차렸다. 부두에는 하룻밤 묵을 배들만 눈에 띄었고 한쪽 구석에서 사람들이 보온병에 든 커피를 마시고 있었다.

워런은 주머니칼과 숫돌을 들고 상자 위에 앉아 있다가 그들이 오는 것을 보고는 깜짝 놀라 고개를 들었다.

그가 물었다. "어떻게 된 거야? 내일 떠나는 거 아니었어? 그리고 얘네는 또 왜 다시 온 거야?"

"계획이 바뀌었어." 나이트핸드가 짧게 답하고는 아이들에게 말했다. "타라."

맬이 건널판자를 뛰어 올라가자 크리스토퍼가 뒤따랐다. 나이트핸드가 아이리언을 보고 말했다. "같이 갈래?"

"스핑크스 보러요? 그러니까 아이들을 데려간다는 거예요? 내 생각에 그건 좀……."

"학자가 있으면 좋지." 나이트핸드가 말했다. "수수께끼 풀 때 말이야. 난 철학자가 아닌 데다 잡아먹히고 싶지 않거든. 참, 가로등과 관련해서 나한테 빚도 있잖아?"

"하지만…… 하나도 준비를 못 했는데! 짐도 없고, 아무것도 없어요."

"그건 우리도 마찬가지야. 우리 중 아무도 이렇게 될 거란 생각은 못 했지. 그렇지만 모험이 원래 그런 게 아니겠어? 모험가들에게선 냄새가 나. 내 생각엔 역사가들이 높이 평가하는 영웅담에도 냄새나는 구석이 있었을 거야."

그녀의 망설임은 길지 않았다. 위험과 이성이, 공포와 맹렬히 치솟는 호기심이 충돌하는 듯한 표정을 잠깐 짓더니 곧바로 고개를 끄덕였다. "나쁘지 않은 제안이네요." 그녀는 확신에 찬 발걸음으로 배에 올랐다.

나이트핸드가 그 뒤를 따랐는데 만약 가까이에서 본 사람이 있었다면 잠깐이었지만 그의 목과 뺨이 마치 해가 뜨듯 벌게졌다는 사실을 알아차렸을 것이다. 그가 워런에게 물었다. "래트윈은?"

"금방 돌아올 거야." 그가 말했다.

"래트윈 없이는 배를 띄울 수 없어. 준비해놓고 있다가 돌아오면 바로 출발하자."

순간 크리스토퍼의 가슴이 철렁했다. 그는 맬의 손목을 잡고는 갑판에 눌러 앉혔다.

"아야! 왜 그래?"

"그자가 저기에 있어! 카빌이란 사람 말이야." 크리스토퍼는 난간 너머로 고개를 돌렸다. 카빌이 부두에서 조금 떨어진 골목 초입에 두리번거리며 서 있었다. 가로등 불에 비친 피부는 회색이었고 눈 아래에는 보라색 그늘이 져 있었다.

"나이트핸드, 출발해야 해요!" 크리스토퍼가 작게 외쳤다.

"래트윈 없인 못 간다. 최고의 길잡이란 말이야."

"저기 오네!" 워런이 외쳤다. "래트윈! 서둘러! 아, 수염 정리는 나중에 하고!"

지도를 입에 문 라타토스카가 건널판자를 뛰어오르자, 나이트핸드가 판자를 배 위로 끌어 올리고 소리쳤다. "출발!"

용감무쌍호는 부두에서 벗어나 후미져 어두컴컴한 바다 저 너머로 사라졌다.

래트윈이 입에 물고 있던 지도를 갑판에 뱉고는 크리스토퍼를 훑어보더니 킁킁거렸다.

"너희 또 왔네?"

"네." 그가 말했다. "그렇네요. 그건 무슨 지도예요?"

"아키펠라고 전체 지도. 산호 지대가 표시돼 있지. 물밑으로 나무만큼 길게 자라 지나가는 배를 갈가리 찢어버리는 산호 말이야."

"진짜요? 산호 숲이 있어요?" 크리스토퍼가 물었다.

"난 라타토스카 식의 허풍은 떨지 않아." 래트윈이 말했다. "적어도 항해에 대해서는."

크리스토퍼가 아침에 눈을 뜨니 세상이 완전히 깜깜했다. 재채기를 한 번 하자 깃털 한 뭉텅이가 솟아올랐다. 젤리펀이 그의 얼굴 위에서 몸을 늘이고 잤던 모양이다. 맬은 옆에서 자다가 이제 막 깨어나려던 참이었다.

젤리펀이 아침 인사로 크리스토퍼의 손가락을 살짝 깨물고는 부리로 날개에서 깃털을 하나 뽑아서 주었다.

"그걸로 이빨을 깨끗이 하라는 거야. 여긴 칫솔이 없으니까." 맬이 일어나서 앞머리를 빗으며 말했다. 그리고 씩 웃고는 긴 금줄을 넣어 머리를 다시 땋기 시작했다.

몇 걸음 떨어진 곳에서 래트윈이 배의 옆쪽 난간에 앉아 나이트핸드와 이야기하고 있었다.

나이트핸드가 말했다. "나하고 워런하고 브린 토에서 시간이 없어서 생필품을 못 샀네. 다음 항구에서 물하고 음식을 좀 사야 할 듯한데 가장 가까운 데가 어디지?"

바다를 바라보던 래트원이 지도를 내려다보고는 다람쥐다운 얼굴로 생각에 빠졌다. "현재의 바람과 날씨를 생각하면 비스타이아 섬이 제일 좋겠어."

"괜찮네. 몇 년 동안 못 가봤기도 하고 마을에 친구도 있어. 샐러맨더의 불을 취급하는 녀석이지." 나이트핸드가 끄덕이며 말하고는 크리스토퍼가 관심 있게 듣는 것을 보고 설명했다. "샐러맨더가 죽기 전에 마지막으로 뿜어내는 불이야. 나무나 종이나 지푸라기에 붙으면 절대 꺼지지 않지. 부두의 가로등 불이 바로 그 불이야."

맬이 앞머리를 빗은 후 자세를 고쳐 앉고 물었다. "아침 식사 있어요?"

있었다. 그들, 즉 인간 다섯과 그리핀과 라타토스카는 아침햇살 아래 갑판에 모여 앉아 아침을 먹었다. 올리브기름에 찍어 먹는 납작한 검은 빵이 있었고, 말린 크림색 물고기도 있었는데 맛있었지만 너무 짜서 바다 그 자체를 먹는 것 같았다. 겔리펀에게는 사자의 1인분이, 맬에 따르면 그리핀의 1인분이 주어졌다. 겔리펀은 모두를 부리 끝으로 톡톡 치면서 예의를 갖추어 감사를 표했다.

"느낌이 그런 건가……. 혹시 애 점점 커지는 것 같지 않아?" 크리스토퍼가 물었다. 그의 무릎 위 그리핀이 전보다 무겁게 느껴졌던 것이다.

"느낌만은 아니야." 맬이 말했다. "그리핀은 그야말로 무럭무럭 자라거든. 태어난 지 6개월 됐는데 다 크면 나보다 커질 거야."

크리스토퍼가 자신의 접시 위 마지막 물고기 살을 양보하자 겔리펀이 온몸을 뒤흔들며 기뻐했다. 그러곤 갑판에 내려앉은 청회색의 커다란 나비 한 마리를 발견하고 쫓아갔다.

"그리핀은 행복한 새 같네. 항상 즐거운 삶을 노래하는." 아이리언이 말했다.

래트원이 밧줄을 쌓아둔 곳에 앉아 초록색의 작은 귀를 청소하면서 말했다. "그리핀은 날개가 튼튼해. 전에 알던 어떤 그리핀은 쭉 달까지 날아가서 아침 식사로 한입 베어 물고는 저녁에 돌아오곤 했어."

"정말요?" 크리스토퍼가 물었다.

그녀가 발톱으로 귀지를 파내며 대답했다. "아니."

맬이 심각한 얼굴로 겔리핀을 보며 말했다. 어렵고 고통스럽게 짜낸 듯한 목소리였다. "내 생각엔 겔리핀이 마지막 그리핀인 것 같아." 크리스토퍼는 그녀가 그 말을 입 밖에 낸 것이 처음임을 문득 깨달았다. 모두가 말을 잃고는 나비를 노리고 펄쩍 뛴 그리핀이 사냥에 실패하는 모습을 그저 바라볼 뿐이었다.

래트원이 침묵을 깼다. "조금 더 서쪽으로." 그러자 아이리언이 키를 잡았다. 그녀의 가벼운 손놀림 아래 배는 파란 종잇장 같은 바다를 가르며 나아갔다. 이를 바라보던 나이트핸드가 놀란 듯 말했다.

"이 배는 다루기가 쉽지 않은데. 보통 내 손이 아니면 움직이려 하지 않거든."

"나는 바다에서 많은 시간을 보냈어요. 글리머리를 연구하면서요. 범선이나 고기잡이배나 그보다 작은 배까지도 몰아봤죠. 난 배나 도서관에 있을 때가 제일 행복해요. 그야말로 내 자리예요."

워런이 눈곱 낀 눈으로 대단하다는 듯 그녀를 쳐다보며 물었다. "그럼 당신 자리가 아닌 곳도 있소?"

크리스토퍼 생각에는 아이리언이 뭔가 심각한 말을 하려는 것처럼 보였다. 하지만 그녀는 고개를 가로젓고는 키를 돌리며 웃는 얼굴로 말했다. "파티요. 난 네 가지 언어에 꽤 능통하지만 모르는 사람이 잔뜩 있는 방에서는 한마디도 못 해요. 한번은 어쩔 줄 모른 나머지 한 남자에게 어떤 종류의 오소리를 좋아하냐고 묻기도 했지요."

나이트핸드가 어리벙벙한 표정으로 말했다. "난 말이 안 나와서 힘들었던 적이 한 번도 없는데."

그러자 래트윈이 말했다. "겁 없는 사람이 수다스럽다는 걸 다들 알지." 라타토스카는 다시 아이리언에게 말했다. "저 사람은 싸울 때는 번개인지 인간인지 모를 정도지만 덕분에 큰돈을 만질 수 있었던 일에서 여덟 번이나 잘리기도 했지."

워런이 말했다. "작년 2월이었어. 나이트핸드가 바다황소에 타고서는 폭풍 속에서 셈퍼 해협을 건너 바다로 떠밀려 온 새끼 유니콘 한 마리를 구했지. 참으로 대단하고 숭고한 일이 아닐 수 없지만 사실 저 친구는 그때 술에 취해 있던 데다가 아무 말 없이 키를 놓고 가버린 바람에 배가 좌초해서 질 좋은 금을 수천 덩이나 잃어버렸어."

나이트핸드가 위협하듯 쏘아보며 쌓아놓은 상자 더미를 툭 쳐 쓰러트렸다. "그럼 유니콘을 그냥 죽게 내버려 뒀어야 해?"

래트윈이 콧방귀를 끼고는 돛대 중간쯤에 있는 전용 전망대로 올라가 소리쳤다. "약간만 동쪽으로. 곧 낚싯바늘 만에 들어설 거야." 그녀는 인간보다 눈이 좋았다. 크리스토퍼의 눈에는 파랗게 빛나는 바다 위로 녹색이 희미하게 비칠 뿐이었다.

"가장 아름다운 섬 중 하나야." 아이리언이 맬과 크리스토퍼에게 말했다. "아키펠라고 어디에서도 볼 수 없는 희귀한 종류의 성게가 사는데 가시가 30센티미터 정도이고 포식자를 만나면 붉게 변하지." 그녀의 눈이 점점 열기를 띠고 있었다. "그렇지만 진짜 놀라운 건 그 성게들에서 나오는 배설물이야. 고양이 오줌 냄새가 나고 몇몇 켄타우로스들이 가장 오래되고 위험한 물약을 제조할 때 넣기도 하는데, 화학적 성분을 보면……." 그녀는 맬의 표정이 수업을 듣는 학생처럼 변하자 말을 멈추고는 웃었다. "미안해. 모두가 성게 이야기를 좋아하진 않는다는 걸 가끔 잊어."

나이트핸드가 배 저편에서 그녀를 보고 있었다. 그는 성게 이야기를 했다고 불평하지 않았다.

크리스토퍼는 섬을 좀 더 잘 보기 위해 경쾌하게 파도를 가르는 배 위를 가로질렀다. 팔에 밧줄을 말아 들고 가던 워런이 한마디했다. "여긴 인심이 참 좋아. '부드러운 바다에 부드러운 마음'이란 말도 있잖아."

호기심이 생긴 크리스토퍼가 그를 보며 물었다. "또 어떤 말이 있죠?"

그가 흥미를 보이자 워런이 약간 당황해하며 말했다. "용의 섬 사람들은 좀 독특하지. 불과 혼돈 속에서 성장하거든. 거기 아이들은 학교에 안 다녀. 몇몇은 어른이 될 때까지 산에서 용과 함께 살기도 하지. 또 북부 사람들은 강인하고 말수가 적어. 중서부는 바다가 평온한데 사람들 말도 느긋하지. 바로 지금 우리가 있는 곳이야. 앞으로 1, 2분 후면 항구에 도착할 거야."

이제 모양을 분간할 수 있을 정도로 섬이 가까워졌다. 바닷가에는 돌로 지은 건물이 모여 있었다. 그런데 벽이나 천장이 온전한 건물이 아예 없었고 모두 검게 그을려 있었다. 불에 탄 풀을 뜯으려는 염소가 몇 마리 보였다. 긴 갈색 털이 재로 뒤덮여 회색이 되어 있었다. 그 밖에는 생명이 만들어내는 소리가 들리지 않았다. 음악도 아이들의 소리도 사람들이 외치거나 다투는 소리도 없었다. 오직 염소들뿐이었다.

얼마간은 아무도 그 의미를 완전히 이해하지 못했다. 그러다가 맬이 깨닫고는 외쳤다. "빨리요! 배 돌려요! 금방 돌아올 거예요!"

"응? 뭐가 돌아온다는 거니?" 워런이 물었다.

머리 위에서 우르릉 소리가 들렸다. 크리스토퍼의 턱이 떡 벌어졌다.

"엎드려! 거기 둘! 배 위에 엎드려!" 나이트핸드가 외치고는 돛을 올렸다. 아이리언은 다급하게 키를 돌렸다.

크리스토퍼는 몸을 웅크렸지만 시선은 유지하고 있었다. 하늘 저편에서 거대한 형체가 천천히 날개를 펄럭이며 날아오고 있었다. 전체적으로 진한 검은색이었는데 날개 아래쪽만 피처럼 붉었다. 도감에 나와 있는 대로 정말 큰 성당만 했다.

"눈을 쳐다보면 안 돼!" 맬이 당기는 바람에 크리스토퍼는 땅에 무릎을 찧었다.

"봐야겠어!" 크리스토퍼가 말했다. 그는 배의 끝에서 끝으로 기어가서는 섬과 가장 가까운 난간에 착 붙어 눈과 머리 윗부분만 내밀었다. 맬이 망설이다가 그를 따라 기어갔다.

용이 뒷다리를 뻗고는 급강하하기 시작했다. 염소들이 놀라 어지럽게 울며 흩어졌다. 스칠 만큼 땅에 가까워진 용의 발톱에 한 마리가 걸렸다.

용은 염소를 공중에 휙 던지고는 맹렬하게 불을 뿜은 후 그대로 공중에서 통째로 삼켰다.

침묵 속에서 용감무쌍호가 멀어져갔다. 침묵은 한참이 지나서야 깨졌다.

아이리언이 마른침을 삼키며 말했다. "내가 알기론 용들은 산에서 살고 이렇게 멀리까지는 돌아다니지 않는데."

나이트핸드가 말했다. "맞아. 하지만 우리가 아는 세상은 이미 오래전에 끝났지."

수리

그날 늦게 크리스토퍼는 맬을 찾아 갑판을 돌아다녔다. 그녀는 바람을 피할 수 있도록 배 앞쪽의 난간 사이에 몸을 숙이고 있었다. 무릎 사이에 뭔가를 끼고 있었는데 가까이서 보니 코트였다.

"뭐 해?" 그가 물었다.

"바느질하잖아. 보면 몰라?" 용의 출현으로 벌벌 떨던 맬은 사실 아직도 흥분이 다 가시지 않은 상태였지만, 그녀의 표정을 본 크리스토퍼는 아무 말도 할 수 없었다.

맬의 작은 손으로는 두꺼운 코트를 바늘로 꿰매기가 힘들었는지 손가락 곳곳에 바늘에 찔려 생긴 핏자국이 보였다.

"글쎄 모르겠네. 내가 보기엔 아주 천천히 헌혈하는 것 같아." 크리스토퍼가 웃으며 말했다.

"바느질 잘해?"

"안 해봤어. 그렇지만 조금 신경 써서 찌르기만 하면 되는 거 아니야?"

"그럼 한번 해보지 그래?" 턱을 높이 치켜올린 맬이 들고 있던 것들을 넘겨주었다.

흔들리는 배 위에서의 바느질은 쉽지 않았다. 하지만 크리스토퍼는 찢긴 부분을 겹쳐 튼튼하게 꿰매나가기 시작했다. 맬이 거칠게 숨을 쉬며 고개 숙여 쳐다보고 있었다.

"찢어진 부분을 덧대야 해. 그 정도론 안 돼. 바람이 아예 안 통해야 해." 그녀의 이마에 주름이 생겼다. "다시 쓸 수나 있을지 모르겠네."

"당연히 쓸 수 있지." 크리스토퍼가 말했다. "진짜 너무 추운 곳에만 안 가면."

"이 코트는 추위하고는 관계가 없어. 비행 코트거든."

"비행이라고? 어떤 비행?" 크리스토퍼는 말만으로도 짜릿함을 느꼈다.

"바느질이 잘되면 보여줄게. 이걸 나한테 준 사람이 옷단 속에 있는 특별한 안감을 절대 잃어버리지 말라고 했어. 잃어버리면 너무 높이 날아올라 죽게 될 거랬어. 그 사람이 좀 더 말해줬더라면 좋았겠지만, 고모할머니가 그 사람 얼굴인가 냄샌가 아니면 다른 뭔가가 마음에 안 들어서 쫓아냈대."

"그 사람이 누군데?"

"내가 태어났을 때 바다 건너 찾아온 어떤 여행자였대. 내 작명가이기도 했대. 왜, 있잖아, 이름 지어주는 사람." 크리스토퍼가 고개를 갸웃거리자 그녀가 말했다. "바깥세상에선 이름을 어떻게 지어?"

"부모님이 좋아하는 이름을 고르거나 아니면 보통 편안하게 사시다 돌아가신 할아버지나 고모할머니 같은 어른의 이름을 따오지." 크리스토퍼는 집 밖에서, 언덕 꼭대기에서 평생을 보냈다고 전해지는 스코틀랜드 출신의 괴짜 외고조부의 이름이었다. 문득 그는 그분이 분명 통로의 수호자였을 거란 생각이 들었다.

맬의 눈썹 모양을 보니 바깥세상의 작명법이 그리 마음에 들지 않는 것 같았다. "음, 아키펠라고에선 아기를 작명가에게 데려가. 그러면 그들이 신들린 상태에 빠져 이름을 짓지. 아주 오래된 전통인데 지금은 사라지고 있어. 작명가 대부분은 나이가 지긋하고 어딘가 좀 짠한 사기꾼이라 은화 두 닢만 쥐여주면 원하는 이름을 지어주거든. 그렇지만 내 작명가는 안 그랬어. 그는 예언가였어. 고모할머니는 그가 가난해서 진짜인 걸 알았대."

"그러면 맬은 원래 맬이야? 아니면 뭘 줄인 거야? 그러니까 맬로리나 맬린다, 뭐 이런 이름 말이야."

맬이 웃었다. "아니야! 맬로리라는 이름도 있어? 맬은 맬럼을 짧게 부르는 거야. 고모할머니는 미래를 내다보고 지은 거랬어. '말썽'이란 뜻이거든." 그녀가 그를 보고 싱긋 웃었다. "라틴어야. 이름은 보통 라틴어나 고대 노르드어, 고대 켄타우로스어, 고대 아랍어로 짓잖아. 허세 부리는 작명가라면 옛 만티코어 말로도 짓고." 크리스토퍼는 학교에서 라틴어를 억지로나마 조금 배운 적이 있는데 맬럼의 뜻이 전혀 달랐던 것 같았다. 다만 그게 정확히 무엇이었는지는 기억나지 않았다.

"바느질은 잘돼 가?"

"거의 다 했어."

"그럼 힘 좀 내봐! 나보다 빠르다며." 그녀가 웃으며 말했다.

바느질은 쉽지 않았다. 옷감이 오래된 데다가 아주 빳빳했기에 손톱 아래를 여러 번 찔리기도 했다. 하지만 크리스토퍼는 의외로 뿌듯한 기분이 들었다. 래트윈이 멀리서 둘을 흐뭇한 표정으로 지켜보고 있었다.

크리스토퍼가 바느질을 마치자 맬이 코트를 받아 들고는 미소 지으며 고마움을 표했다. 그런데 웃다가 입술을 너무 세게 깨물었는지 피가 났다. 그녀가 말했다. "내가 바다에 떨어지면 구해줄 거지? 그렇지?"

"그래, 그럴게."

"맹세할 수 있어? 내가 물에 빠져 죽지 않게 할 거라고 불멸자에게 맹세해!"

그가 웃었다. "네가 맹세하란 거에 맹세할게. 어서 날아봐! 다들 기다리고 있어!"

맬은 코트를 입고 젤리펀을 크리스토퍼에 넘겨준 후 뱃머리 위로 기어올라 그곳에 새겨진 사과 모양의 조각상 위에 섰다. 바람에 나부낀 앞머리가 얼굴을 마구 때렸다.

그녀는 코트 끝자락을 잡고 양팔을 벌린 후 공중으로 뛰었다.

크리스토퍼의 입에서 탄성이 나왔다. 이를 들은 나이트핸드가 고개를 돌렸을 때 맬은 두 팔을 뻗고 양털 코트를 펄럭이며 돛대 높이만큼이나 높이 떠 있었다.

크리스토퍼의 귀에 순수한 기쁨의 웃음소리가 들렸다. 맬이 삼각파도 위를 서쪽으로 날아가더니 수면에서 2미터도 안 되는 높이까지 급강하했다가 다시 거의 수직으로 하얀 구름 높이까지 솟아올랐다. 물보라가 튀어 옷이 젖었다.

"세상에! 뭐 저런 애가!" 워런이 소리쳤다. 그의 입에서는 알아들을 수 없는 거친 말도 나왔다.

크리스토퍼는 생전 처음 보는 광경이었다. 그만 내려오라고 말하고 싶었지만 맬의 움직임은 완벽하고 편안해 보였다. 그는 대신 환호성을 크게 질렀다. 그것도 워런의 말이 안 들릴 정도로 크게.

"잘한다, 맬! 더 높이!"

맬은 빠른 속도로 배 전체를 아주 크게 한 바퀴 돌고는 돛대 위에서 잠시 맴돌다가 축제 때 큰 기둥 주위를 돌 듯 돛대를 휘감으며 내려왔다. 그 모습이 너무나 날렵해서 워런조차 즐거움의 탄성을 질렀다.

그녀가 크리스토퍼의 팔꿈치를 잡으며 그의 앞에 있던 목재 위로 쿵 소리와 함께 착지했다.

워런이 고개를 흔들며 말했다. "내가 바다에서만 48년을 보내서 더 이상 새로운 일은 없을 거라 말할 참이었지. 대부분 질리도록 봤고 해서 놀랄 일이 없을 거라고 말이야. 그렇지만 사람이 저렇게 하늘을 나는 건 처음 봐."

그 순간 크리스토퍼는 맬의 체형이 비행에 적합하다는 것을, 즉 얇은 뼈대와 날카로운 팔꿈치가 새의 날개 같다는 걸 알아챘다. 그녀는 어찌 보면 땅에서보다 하늘에서 더 자유롭게 움직이는 듯했다.

그녀가 말했다. "아까 말했지만 이 코트는 보온용이 아니라 순전히 비행용이야." 두 눈은 그 어느 때보다 빛났고 역시 전에 보지 못했던 표정에선 세상과 마주할 결심이 엿보였다.

크라켄

"북서쪽 전방!" 나이트핸드가 날카롭게 소리를 지르자, 무언가를 읽고 있던 아이리언이 고개를 들어 바라봤다. "물속에 뭔가 있어! 암초인가?"

늦은 오후였다. 바다를 보고 있던 워런이 말했다. "말도 안 돼. 앞으로 수 킬로미터는 아무것도 없을 텐데."

맬과 크리스토퍼가 뱃전으로 달려갔다. 나이트핸드도 거대한 손으로 햇빛을 가리며 뒤따랐다. 래트윈도 무언가를 발견했다.

"저기야! 북북서쪽 15미터쯤. 뭔가 살아 있는 거야. 저기 파도가 솟는, 저기 말이야."

"대체 뭐야?" 나머지 일행의 눈에는 파도 밑으로 접근하는 흐릿한 그림자만 보일 뿐이었다.

"베헤모스?" 래트윈이 말했다.

"불멸자시여, 제발 아니길." 워런이 말했다.

"여긴 해안에서 너무 떨어진 곳이라 그럴 리 없어요. 히포캠프일지도?" 아이리언이 말했다.

그러자 맬이 말했다. "마카라일까?"

"저건 마카라의 열 배는 돼." 나이트핸드가 말했다.

"그럼 바다 괴물인가?" 아이리언이 말했다.

그때 괴생명체가 수평선 너머를 관찰하려는 듯 수면 위로 솟아올랐다. 일행은 그제야 그 정체를 알 수 있었다.

"크라켄." 맬이 읊조렸다.

회색 괴물은 용감무쌍호만큼이나 컸고 문어처럼 생겼으며 끔찍하게 빨랐다. 크리스토퍼는 중세시대에 그려진 크라켄을 본 적이 있는데 한 쌍의 큰 눈을 달고 바다를 표현한 듯한 푸른 물결 속에서 검은 촉수를 흔들고 있는 그 모습은 익살맞고 귀여운 면이 있었다. 하지만 눈앞의 크라켄은 전혀 그렇지 않았다.

워런이 당황하여 뒷걸음질 쳤다. 노인의 볼이 떨리고 있었다.

"이쪽 바다엔 크라켄이 없단 말이야!"

나이트핸드가 먼 곳을 바라보며 말했다. "아무래도 있는 것 같아. 내가 생각하던 건 아니지만." 그가 어떤 엉뚱한 생각을 하고 있었는지는 불멸자도 모를 것이다.

맬이 배의 앞쪽 난간을 손마디가 하얘질 정도로 세게 움켜쥐었다. "배가 크라켄보다 빨리 달릴 수 있을까?"

"어렵다고 봐." 나이트핸드가 말했다. "워런, 돛을 최대한 펼쳐. 아이리언은 키를 부탁하고. 래트원, 돛대에 올라가서 크라켄이 또 있나 봐. 맬, 크리스토퍼, 너희 둘은 선실로 내려가 엎드려 있어." 그가 허리띠에서 글램리검을 뽑았다.

맬이 말했다. "칼로는 크라켄과 상대가 되지 않아요!"

"그럴지도 모르지. 해본 적도 없고. 하지만 시도는 해보려고."

파도 밑으로 크라켄의 회색 형체가 다가왔다. 갑자기 맬이 고개를 돌리더니 당황해하며 말했다. "겔리펀은? 크리스토퍼! 너한테 있어?"

"아니." 크리스토퍼가 그리펀의 이름을 부르며 배 반대쪽까지 달렸다. "겔리펀!"

"얘들아! 빨리 선실로 들어가!" 아이리언이 외쳤다.

아이리언과 워런이 돛에 연결된 밧줄을 당기자 배가 바람을 받아 빠르게 나아갔다. 하지만 그것으론 충분하지 않았다.

갈매기처럼 날카로운 소리를 내며 크라켄이 수면 위로 솟아올랐다. 배에서 5미터밖에 안 되는 곳이었다. 열 개의 검은 촉수가 물을 뚝뚝 흘리며 용감무쌍호를 향해 휘감아오더니 옆면을 잡고는 좌우로 흔들었다. 배의 좌측이 거의 물에 잠겼다. 돛대에 매달린 크리스토퍼의 온몸이 공포로 차오르고 있었다.

나무 기둥만큼 두꺼운 촉수 하나가 배의 뒤쪽을 내리쳤다. 그 아래에 있던 나이트핸드가 날쌔게 피한 후 글램리검을 내질렀다. 크라켄이 괴성을 지르며 촉수를 모두 빼내자 배가 심하게 요동치다가 간신히 균형을 되찾았다.

겔리펀이 공포에 휩싸여 우는 소리를 내며 비척비척 계단을 올라왔다.

그때 크라켄이 다시 솟아오르더니 촉수 하나로 갑판을 정통으로 후려치고는 겔리펀을 등 뒤에서 낚아채 돛대에 내리쳤다. 크리스토퍼가 구하러 달려갔다.

"포기해!" 워런이 말했다.

"안 돼요! 그렇겐 못 해요!" 맬이 소리 지르며 돛대를 향해 돌진했다. 회색 촉수가 셋 더 물을 뚝뚝 흘리며 더듬듯 둘을 향해 뻗어왔다. 크리스토퍼가 맬을 붙잡고 몸을 날려 촉수를 피했다.

"겔리펀!" 그녀가 다시 소리 지르고는 갑판을 가로질러 달려가 그리펀을 잡아채 스웨터 안에 넣었다.

치솟는 물속에서 크라켄의 머리가 그들 앞에 드러났다. 문어처럼 뾰족한 입을 가진 얼굴이 보이더니 둥글고 튀어나온, 굶주린 듯한 두 눈이 갈퀴처럼 배를 훑고는 맬에게 시선을 고정했다. 입이 문 열리듯 활짝 벌어졌고 갑판 위에서 촉수에 잡힌 워런이 그 안에 던져졌다.

나이트핸드가 울부짖었다. 수평선까지 닿을 만큼 큰 분노의 외침이었다. 그는 파괴된 선실 벽에서 나무 한 토막을 뽑아 크라켄을 향해 던졌다. 나무의 날카로운 끝부분이 크라켄의 한쪽 눈에 맞았다.

분노에 찬 크라켄이 불붙은 고양이처럼 날카로운 소리를 내고는 배를 잡아 그대로 하늘 위로 내던졌다. 잠시 후 물 위로 떨어진 용감무쌍호는 충격으로 크게 파괴되었다. 래트윈은 물에 처박혔고 크리스토퍼와 맬은 좌우로 날아다니다가 크리스토퍼는 선실 벽을 들이받았고 맬은 갑판에 머리를 부딪혀 의식을 잃었다.

크라켄이 거대한 머리를 뒤틀고는 역시 거대한 눈을 깜빡이며 아주 잠시 움직임을 멈추고 물밑에서 상황을 파악한 후 다시 촉수를 뻗어 이번엔 맬을 낚아챘다. 나이트핸드가 칼을 들고 그 뒤를 쫓았다.

"안 돼!" 그가 포효했다.

"맬!" 크리스토퍼가 외쳤다.

크라켄은 마치 아이가 인형을 눕히듯 맬을 떠다니는 나무 위에 올려놓았다. 그러고는 무슨 일이 일어난 건지 크리스토퍼가 파악하기도 전에 다시 모든 촉수를 날려 배를 강타하고는 물밑으로 끌어내렸다. 그 와중에 크리스토퍼도 혼돈의 검은 소용돌이 속으로 빨려 들어갔다.

느낌상 몇 분간 수면 아래에서 물살에 휘감겨 뱅뱅 돈 것 같았다. 크리스토퍼는 가까스로 숨을 참으며 힘겹게 수면 위로 떠올랐다. 나무로 된 테이블 상판이 쪼개져 파도에 이리저리 떠밀리고 있었다. 그는 그 위에 몸을 실었다. 주위는 바다 거품으로 가득했고 아무것도 보이지 않았다. 곧이어 떠다니는 나무 위에 누워 있는 맬이 보였다. 그러나 그때 나무가 흔들리며 그녀가 아래로 떨어지더니 눈도 못 뜬 채 물밑으로 가라앉았다.

크리스토퍼는 가슴이 철렁했다. 이때 그가 테이블 위에서 뛰어내린 것은 용기라기보다는 더 급박하고 강한, 어떤 다른 힘 때문이었다. 그는 철퍼덕 뛰어들어 발장구를 치면서 암청색으로 소용돌이치는 물속을 여기저기 살폈다. 그때였다. 어떤 손이 그를 움켜쥐더니 위로, 파괴의 소용돌이 밖으로 그를 끌어올렸다. 그건 인간의 손이 아니었다.

물밑에서 계속 소리 지르던 그가 이제 수면 위로 올라와서는 숨을 헐떡이면서 맬의 이름을 부르짖었다.

"그럴 필요 없어." 미지의 생물이 말했다. 여성으로 보이는 그 생물의 머리카락은 몸보다 길었고 몸은 달빛을 받은 바다처럼 은빛이었으며 얼굴은 그가 아는 어떤 얼굴과도 달랐다. 두 팔에 맬이 안겨 있었다. 젤리펀은 맬의 스웨터 안에 콕 박힌 채 부리에서 물을 뿜고 있었다.

크리스토퍼는 처음에 그 생물이 머메이드라고 생각했다. 하지만 꼬리 대신에 다리가 있었다. 그들 주위는 물보라로 가득했는데 그가 물속에서 바둥거리며 힘들게 호흡을 이어가고 있던 반면, 여인 모습을 한 생명체는 발목 아래만 움직일 뿐 힘들이지도 않고 떠 있었다. 갑자기 할아버지가 꺼낸 신비한 생물들에 관한 책 내용이 생각났다. 네레이드였다.

네레이드가 말했다. "로클로카! 수 아르스타파사? 수 안드지에투 글림트?" 그러곤 그의 손목을 잡고 물 밑으로 쭉 끌고 갔다.

"그건 내 친구예요!" 그가 소리치며 저항했지만, 곧 네레이드가 자신을 크라켄이 만든 죽음의 거품에서 벗어나게끔 도우려는 것임을 깨달았다. 크리스토퍼는 마침 아까 그 테이블 상판이 지나가는 것을 보고는 잡아챈 다음 말했다. "친구를 넘겨줘요."

그녀가 이번에는 인간의 말로 말했다. "얘를 해치지 않아." 매우 낮고 아름다운, 바다가 찰랑이는 듯한 목소리였다. 왠지 익숙한 듯도 했지만 이유는 생각나지 않았다. "난 갈라시아야. 이곳의 바다는 나와 우리 집안이 지배하고 있지. 이 아이에게 글리머리 냄새가 났어. 우 제히드. 이 아이의 정체를 알아. 사올. 그래서 온 거야."

네레이드는 맬을 넘겨줄 기색이 없었다. 맬은 여전히 눈을 감은 채 머리를 네레이드의 어깨에 대고 있었다. 숨소리는 부드러웠다.

"왜 멀리 내 바다까지 왔어? 요즘처럼 이상한 시절에는 위험해. 내 바다의 냄새가 달라졌거든."

"어떻게요?" 크리스토퍼가 나무토막을 끌어안고 헤엄쳐 가까이 갔다. 배나 나이트핸드나 아이리언을 찾으려고 두리번거렸지만 파도만 보였다. 그는 맬을 네레이드의 품에서 잡아챌 수 있을지 생각했다.

"비었어. 레아숭가. 글램리가 사라지고 있어. 아, 아니. 표현이 잘못됐네. 빼앗기고 있어. 블로만. 빼앗겨. 빼앗길 수 있는 것인지 모르겠지만. 인간이여, 그게 가능한가?"

"가능한 것 같은데요? 맞아요." 그가 한 손을 계속 테이블 상판 위에 두고 발을 저어 다가갔다.

"글램리가 있어야 바다에서 사는 우리, 살 수 있어. 바다황소, 카파, 마카라……."

"마카라가 뭐예요?" 맬을 잡을 수 있을 만큼 가까워졌다.

"마카라. 악어 턱, 코끼리 코, 물고기 비늘." 그녀의 말은 얼굴보다 상냥했다. "카파, 마카라, 히포캠프 모두 글램리가 없어 두려움에 떨고 있어. 크라켄. 여기엔 크라켄이 없어야 하는데."

"아, 그래요? 그럼 왜 나타난 거죠?" 그가 그녀에게 달려들 준비를 했다.

"북쪽 바다에서 글리머리가 사라졌어. 그래서 이동하는 거야. 크라켄이 공포에 빠진다는 건 우리 모두가 두려워해야 한다는 뜻이야. 그리고 이제는 이 아이. 그들이 찾는 대상이 나타났어. 내 바다에."

말을 마친 네레이드가 예고도 없이 그에게 맬을 던지더니 물속으로 사라졌다. 파도 아래에서 길고 낮은 외침이 들려왔다. 잠시 후 갈라시아가 다시 모습을 드러냈을 때는 여덟 개의 머리가 함께 떠올랐다. 모두 머리카락이 은빛이었다. 물밑에서 역시 여덟 마리의 금색과 녹색 해마도 나타났다. 네레이드가 맬을 잡아 히포캠프 등에 태웠다.

"타. 얘 뒤에." 그녀가 말했다.

"안 돼요! 다른 친구들을 두고 갈 순 없어요!"

네레이드가 날카로운 이를 드러내고 웃더니 휘파람을 불었다. 그러자 파도 밑에서 나이트핸드, 아이리언이 각기 히포캠프를 타고 나타났다. 나이트핸드의 손에는 흠뻑 젖고 화가 난 래트윈이 들려 있었다.

"가야 해. 크라켄이 올지도 몰라. 준비됐어?" 네레이드가 말했다. "물밑으로 갈 거야. 브리멈, 알았지?"

"물 아래에선 숨을 못 쉬는데!"

"히포캠프에 타면 쉴 수 있어. 몸을 서로 맞대면 돼. 그걸로 충분할 거야."

그들은 물 아래로 모습을 감추고는 어디론가 사라졌다.

학자들의 도시

물살이 크리스토퍼의 얼굴을 사납게 때렸다. 눈을 뜨려 했으나 속도가 빠른 데다 소금기에 눈이 아려 주위의 네레이드들이 황소처럼 돌진하는 모습만 어렴풋이 볼 수 있었다.

네레이드들은 난파선에서 구한 일행을 데리고 바다를 가로질러 석호 중앙의 노란 바위에 세워진 도시에 이르렀다. 크고 작은 배 사이로 지나갈 때 크리스토퍼는 얼마 후 물속에 던져지리란 생각이 들었지만, 예상과 달리 그들은 깜짝 놀라 쳐다보는 사람들 사이로 난 운하를 따라 계속 이동했다. 이윽고 돌로 지은 무척이나 오래된 도서관처럼 보이는 건물이 양쪽으로 둘러싸고 있는 곳에 이르자 히포캠프들이 솟구쳐 올라 인간들을 땅에 내려놓았다.

네레이드가 말했다. "자, 여기가 리시아의 두 번째 수도인 '학자들의 도시'야. 도시 외곽에 내려줄게. 더는 못 가. 네레이드는 정말 급한 일이 아닌 이상 걷지 않아."

"왜 여기죠?"

"지식을 구할 수 있잖아. 안드지에투, 아니야? 발견해야 할 게 있어."

크리스토퍼는 주위를 둘러봤다. 나이트핸드는 무릎을 꿇고 맬을 살피고 있었다. 맬이 물을 뱉더니 일어나 앉았다. 그러나 아이리언은 네레이드들에게서 고개를 돌리곤 광장 쪽으로 걸어갔다. 네레이드 하나가 그들의 말로, 애원처럼 들리는 높고 묘한 소리를 내며 불렀는데도 그녀는 양손을 흘긋 내려다보고는 주머니에 찔러 넣을 뿐 뒤돌아보지 않았다.

"이제부터 주변을 잘 살펴." 갈라시아가 크리스토퍼에게 말했다. "요즘 위험한 일이 많아. 가볍게 돌아다녀선 안 돼."

"잠깐만요! 가기 전에 뭐 좀 물어볼게요. 크라켄 말이에요! 크라켄은 왜 맬을 잡아먹지 않은 거죠? 잡아가긴 했는데……."

그러나 네레이드는 이미 운하의 물속으로 사라진 후였다.

일행은 광장에 모여 옷의 물기를 짜내고 다친 곳을 살폈다. 아주 잠시 죽지 않아 다행이라는 단순한 생각이 모든 걸 잊게 했다.

그때 맬이 말했다. "워런, 워런이 혹시 살아 있진 않을까요? 분명히……."

"죽었어." 나이트핸드가 모래처럼 무미건조하게 목이 쉰 듯 말했다.

맬이 그의 얼굴을 올려다보며 말했다. "더 슬퍼해야 하는 거 아니에요? 동료이자 항해사였잖아요."

그러나 나이트핸드는 아무도 얼굴을 볼 수 없게 고개를 돌리고 말했다. "광전사는 슬퍼하지 않아. 사랑하지도 않지. 두려워하면 안 되기 때문이야. 사랑에는 두려움이 깃들어 있어." 그가 빨갛고 아무런 움직임이 없어 마치 시력이 없는 사람처럼 보이는 눈으로 앞쪽을 가리키며 말했다. "가자. 부두로 가서 새 배를 구할 수 있는지 알아봐야지."

아이리언이 허리를 숙여 래트원에게 말했다. "워런에게 친척이 있으면 알려야 해. 혹시 소식 전달해줄 수 있어?"

라타토스카가 슬픔으로 굳은 얼굴을 끄덕이더니 어디론가 뛰어갔다.

나이트핸드는 보통의 두 배 속도로 걸으며 여러 다리를 건너고 광장을 지나기도 하면서 일행을 물 위에 지어진 아름다운 도시 속으로, 그들의 젖은 옷과 나이트핸드의 험악한 얼굴에 놀란 사람들 사이로 이끌었다.

30분 정도 걸었을 때 크리스토퍼가 물었다. "아이리언, 아까 네레이드가 뭐라고 한 거예요?"

아이리언이 주저하며 말했다. "중요한 얘기는 아니었어."

"그렇지만 아는 사이처럼 보였는데…… 그리고 그 네레이드가 맬에 대해 '이 아이의 정체를 알아'라는 말도 했어요." 크리스토퍼는 아이리언에게 자신이 겪은 일을 이야기해주었다.

"크리스토퍼, 네레이드는 자신들만의 규칙을 따르고 무척 이성적이지. 그렇지만 그것은 바다가 이성적이라는 말과 같은 의미야. 그들의 말은 대부분 인간의 언어로 옮길 수 없어." 그녀는 고개를 저으며 말을 이었다. "그들은 자부심이 매우 강하고 보통은 외부의 일에 신경 쓰지 않아. 그래서 맬을 왜 구했는지 모르겠어."

그렇지만 크리스토퍼는 그 이상의 무언가가 있다고 생각했다. 크라켄도 그랬다. 무시무시했던 상황 속에서도 그는 크라켄이 맬을 보호하려 했다고 확신했다.

그들이 아주 아름다운 광장에서 머메이드 조각상이 새겨진 분수를 지날 때였다. 머리 위에서 날갯짓하는 소리가 들리더니 누군가 하늘에서 나이트핸드의 이름을 불렀다.

"나이트핸드! 피덴스 나이트핸드! 어떻게 내 도시에 오면서 나에게 알리지 않을 수 있어? 알았으면 거하게 잔치를 준비했을 텐데!"

지붕 위로 이제는 친숙해진 말 모양의 생물이 날개를 펄럭이고 있었다.

몸을 덮은 회록색 비늘이 무지갯빛으로 빛나고 있었고 날개에도 비늘이 나 있었는데 너무나 얇아서 그 아래의 섬세한 분홍색 막이 비칠 정도였다. 그러나 갈기만큼은 말처럼 거칠었다.

나이트핸드가 기쁨의 함성을 질렀다. 소리가 너무 커서 롱마가 움찔거리며 날뛰었다.

"안자!"

롱마가 아래로 날아왔다. 롱마의 등에서 목을 잡으며 땅에 내려온 여자는 크리스토퍼가 예상치 못한 모습이었다.

그녀는 나이가 여든은 더 돼 보였고 관절염 때문인지 움직임이 뻣뻣했다. 허옇게 센 머리는 크게 하나로 땋아 목 옆에 둘렀고 롱마를 탈 때 입는 푸른색 옷에는 루비색 비단이 누벼져 있었다. 팔꿈치까지 덮는 팔찌에도 귀에 단 장신구에도 루비가 박혀 있었다. 찡그린 듯 냉혹하고 다 알고 있다는 표정은 위압적이었다. 무엇도 읽어낼 수 없고 어울리기 쉽지 않아 보이는 얼굴이었다.

그녀가 도시 특유의 억양으로 말했다. "나이트핸드! 이리 가까이 와봐. 좀 보게." 그녀가 그를 유심히 쳐다봤다. "하나도 안 늙었네."

그녀가 내민 손에 입을 맞추며 나이트핸드가 말했다. "당신은 그렇진 않군."

"이런 변함 없는 매력덩어리 같으니. 무슨 일 있었어? 꼴이 말이 아니네."

"용감무쌍호가 부서졌어. 크라켄 때문에." 나이트핸드가 대답했다.

"이 근방에서?"

여자가 주머니에서 금과 에메랄드로 만든 작은 새 모양의 물건을 꺼냈다. 새 머리 위에는 루비를 박아 넣은 깃 장식이 있었다. 그녀가 머리 부분을 돌리더니 안에 든 액체를 손바닥에 살짝 뿌렸다. 그러자 매우 진하며 숲에서 풍기는 듯한 향이 났는데 한편으로는 조금 지나치다는 느낌도 들었다. 마치 돈이 녹아 있는 냄새 같았다. 그녀는 액체를 양 손목과 윗입술에 발랐다. "미안해. 하지만 당신들에게선 히포캠프의 악취가 나. 다들 누구야? 저건 그리핀이야?"

나이트핸드가 일행을 소개했다. "이쪽은 안자 트레바스야. 저기 보이는 대운하를 내려다보고 있는 대저택하고 이 도시의 많은 땅이 안자 거야."

"방금 말한 저 집으로 당신들을 데려갈 생각이야." 노인이 말했다. 그녀는 롱마에게 손짓하고는 뭐라고 말하더니 허리에 찬 가방에서 고기를 몇 점 꺼내 던져주었다. "나는 날아서 갈 거야. 이 다리로는 무리거든. 내 아래로 따라오면 돼." 그녀가 말했다.

안자가 하늘로 올랐다. 아이리언과 나이트핸드가 눈빛을 교환했다.

"갈 거예요?" 아이리언이 나직이 말했다.

나이트핸드가 어깨를 으쓱하며 말했다. "가면 괜찮은 음식이 나와. 그리고 안자는 이 도시에서 배를 취급하는 상인을 모두 알 거야. 화물도 다 잃어버렸으니 다시 구하려면 시장에 나가봐야겠지."

"나이트핸드! 짐을 잃어버려서 빚을 지게 된 거예요?"

그가 입술을 오므렸다. 잠시나마 래트윈과 똑 닮은 얼굴이 되었다. "잡히지만 않으면 빚은 없는 거지. 안자를 따라가자." 그가 하늘에 떠 있는 노인에게 고개를 끄덕이고 다시 말했다. "안자와 말할 때는 신중해야 해."

그는 주위를 빙빙 돌며 날아가는 안자와 큰 소리로 이야기하며 성큼성큼 걷기 시작했다. 이때 래트윈이 숨을 헐떡이며 돌아와서는 아이리언의 어깨 위로 뛰어올랐다. 아이리언과 래트윈은 크리스토퍼와 맬에게 머리가 허옇게 센 여자에 대해 알고 있는 것을 이야기해줬다.

"안자 트레바스는 아키펠라고에서 가장 돈이 많은 여자 중 하나야." 아이리언이 말했다. 목소리가 너무 조용해서 목을 빼고 들어야 할 정도였다. "몇 년 전에 여기 학자들의 도시에서 공부했을 때도 유명 인사였어. 도시에서 가장 큰 보석 가게인 '보석 궁전'으로 날마다 날아가곤 했지."

래트윈이 말했다. "안자는 매일 그곳에서 보석 더미에 앉아 있었어. 용처럼 말이야. 또 거의 매일 자기가 쓰거나, 아니면 자기에게 빚을 졌다고 생각하게 하고 싶은 이들에게 줄 물건을 샀어. 그녀는 도시에 사는 부자나 주요 인물 또는 방탕하게 생활하는 자들을 모두 알고 있지. 그리고 그들 모두가 자기에게 뭔가 빚을 지게 만드는 걸 좋아해."

그들은 대운하 위로 아치 모양으로 만들어진 다리를 건넜는데 도중에 크리스토퍼와 맬이 걸음을 멈추고 운하를 구경했다. 학자와 상인, 어린아이들을 가득 태운 배가 여럿 지나가고 있었다. 그중 어떤 배에는 양쪽 어깨에 캉코가 한 마리씩 앉아 있는 여자가 있었는데 자세히 보니 머리카락 속으로도 또 한 마리가 있었다.

"안자하고 나이트핸드는 어떻게 아는 사이에요?" 크리스토퍼가 래트윈에게 물었다. 어울리는 한 쌍은 분명 아니었다.

"트레바스 가문은 도움이 된다 싶은 사람은 모두 알고 있지. 안자의 증조할아버지가 이 도시의 시장이었어. 돈이 너무 많아서 동전에 자기 이빨을 새기기도 했지." 래트윈이 대답했다.

아이리언이 말했다. "내가 보기엔 그 시장에게는 같이 사업을 하던 어떤 대단한 사람이 있었는데 그 사람이 죽으면서 모든 걸 넘겨준 듯해. 그래서 도시의 알맹이를 통째로 갖게 된 거야. 그리고 안자에게는 여기저기 소식통이 많아. 도시의 소식 그리고 아키펠라고의 소식 말이야."

"라타토스카도 스물넷이나 있어. 그 녀석들도 소식을 전하지." 래트윈이 말했다.

"안자는 비밀을 쌓아두고 있어. 그것이 가장 강력한 보물이라고 말하면서." 아이리언이 말했다.

맬이 몸을 떨었다. 아직 몸이 축축했고 입술 끝은 퍼런색이었다. 젤리펀이 날개를 펄럭이면서 온기를 뿜어내기 시작했다. 그녀가 젤리펀을 꼭 안았다. 이내 그녀의 젖은 옷에서 김이 모락모락 났고 깃털에 묻은 얼굴에서는 크라켄과 마주친 이후 처음으로 미소가 피어났다.

"둘은 나이트핸드가 일하던 배에 그녀가 승객으로 탔을 때 만났지." 래트윈이 이야기를 계속했다. "그는 결국 배에서 쫓겨났어. 우당탕탕 사고뭉치로선 피할 수 없는 운명이었던 거지. 그런데 그 전에 큰 사고가 있었고 나이트핸드가 그녀의 목숨을 구했어. 큰 칼만큼 긴 이빨을 가진 마카라 100마리를 물리친 거야."

"정말요?"

래트윈이 한숨을 쉬었다. "그 '정말요' 좀 안 하면 안 되냐? 거짓말이야. 하지만 목숨을 구하긴 했어. 안자가 물에 빠졌고 그가 건져냈지."

크리스토퍼는 나이트핸드와 안자에게 귀를 기울였다. 그들은 줄곧 낮은 소리로 이야기하고 있었다. 그의 주위를 도는 그녀가 새끼 고양이처럼 보였다.

"아직 관 값을 끼고 다녀?" 그녀가 나이트핸드의 귀걸이를 가리키며 말했다.

"당연히."

"귀에 죽음을 달고 다니다니 소름 끼쳐."

"나는 실용적이라고 표현하는데." 그가 말했다. 그러곤 크리스토퍼의 표정을 보고는 설명했다. "광전사의 관습이지. 이 귀걸이를 팔면 내가 어디서 죽든 묘지와 관을 살 돈이 충분히 나와."

안자가 말했다. "예전부터 광전사가 좋았어. 난 부유하거나 아니면 강하게 태어난 사람이 좋거든. 사람들이 좋아할 말은 아니지만 태생은 중요하지."

그녀의 뒤에서 걷던 크리스토퍼가 눈썹을 치켜뜬 표정으로 맬을 쳐다보았다. 맬도 찌푸린 얼굴이었다.

롱마가 몸을 한쪽으로 기울이자 안자가 일행을 내려다보며 외쳤다. "다 왔어! 내 집. 증조부가 지으셨어. 뭐든 대충하는 법이 없는 분이셨지."

그들은 벽 위로 날아가는 그녀를 따라 양쪽으로 열리는 거대한 나무 문을 지났다. 문 안에는 뜰이 있고 그 너머엔 거대한 건물이 햇빛을 받으며 서 있었다. 한 층에 창문이 18개이고 5층까지 있었는데 창유리 위에는 무거워 보이는 황금색 나뭇잎 장식이 보이고 용 조각상 두 개가 문을 지키고 있었다.

롱마가 문 앞에 내려앉자 안자가 나이트핸드의 도움을 받아 땅에 내렸다. "나이트핸드에게서 당신들이 어떤 이유로 무슨 일을 하고 있는지 들었어." 고양이 같은 눈이 크리스토퍼와 아이리언, 맬을 천천히 살피더니 맬 위에 계속 머물렀다. "당신들에게 내 배를 빌려줄까 해."

"'그림자춤꾼' 말이야? 그 배 아직도 가지고 있단 말이야? 그렇게 빠르면서도 조용한 배는 본 적이 없지."

"아직 가지고 있어. 너에게 입힐 새 옷 마련하는 것보다도 빨리 준비할 수 있지. 하지만 조건이 하나 있어. 저 여자애하고 이야기하고 싶어. 둘이서만. 나머지는 들어가. 내 재봉사가 기다리고 있어."

일행은 서로의 얼굴을 쳐다봤다. 맬은 어깨를 으쓱하더니 가장 도도하고 단호한 표정을 지었다.

"좋아요. 남을게요." 크리스토퍼가 어찌할 바를 모르자 맬이 그를 보고

162

얼굴을 찌푸렸는데 그것은 실제로는 두렵다는 의미였다. "어서 가. 젤리펀 데리고."

4시간 후, 씻고 배까지 채운 맬, 크리스토퍼, 래트윈, 아이리언, 나이트핸드는 말쑥한 차림으로 안자의 배가 정박해 있는 부두를 향해 걸어가고 있었다. 크리스토퍼는 검은 바지와 와인색 스웨터 차림에 발목까지 올라오는 부츠를 신고는 어색해하고 있었다. 다만 전에 입던 옷보다는 분명 고급이었다. 그가 할아버지에게 받은 지도는 젖고 더러워지긴 했지만 아직 읽을 수 있는 상태로 주머니 속에 안전하게 들어 있었다.

나이트핸드도 두툼한 암청색 재킷을 입은 근사한 모습이었다. 사실 어깨가 매우 넓고 팔근육도 거대한지라 그의 옷을 맞추는 작업은 쉽지 않았다. 옷을 입다가 팔에 힘을 조금만 줘도 실밥이 터졌다. 그것도 세 번 연속이나.

안자의 재봉사는 "옷을 족족 찢어버리는 게 무슨 크라켄이 튀어나오는 것 같네! 아이고! 이런 사람 옷을 어떻게 맞추라는 거지?"라며 불평했다. 결국 그녀는 자신의 부하 직원을 모두 불러 즉석에서 모두 함께 바느질하며 재킷을 만들었다. 크리스토퍼는 심각한 표정을 한 여자 재봉사 여섯이 핀을 들고 광전사 주위를 도는 광경에 아이리언의 입꼬리가 올라가는 것을 보았다.

아이리언은 우아한 가죽 부츠와 허리 위까지 올라오는 바지를 입었다. 그녀는 재봉사들이 권한 사치스러운 주름 장식이 달린 은색 블라우스를 거절하고는 에메랄드빛 녹색의 얇은 스웨터를 골라 아랫단을 바지에 넣어 입었다. 그렇게 차려입으니 구석에 쭈뼛쭈뼛 서 있는 듯한 이전의 분위기가 사라졌고 녹색으로 인해 피부색이 더 선명해 보였다. "좋아요." 수석 재봉사와 다른 다섯 재봉사가 싱크로나이즈드 수영팀처럼 동시에 무표정하게 승인하듯 고개를 끄덕였다. "입던 치마는 버려요. 물론 당신처럼 옷 입는 것도 재능이긴 해요. 아름다움을 과도하게 추구할 필요는 없지만 그렇다고 그게 죄는 아니지요." 수석 재봉사가 바늘방석을 허리띠에 다시 걸며 말했다. "세상엔 수많은 행운이 있는데 나를 만난 것도 행운이에요. 당신은 운이 좋았어요."

아이리언이 웃으며 아래를 보았다. 그래서 그녀는 나이트핸드가 고개를 돌려 그녀를 쳐다보았다는 사실과 그때 그의 표정이 어땠는지 알지 못했다.

유일하게 맬만 새 옷을 거부했다. "고모할머니께서 만들어주신 옷이에요." 그녀가 스웨터를 가리키며 말했다. 젖은 스웨터는 코트와 함께 샐러맨더 불로 말렸으나 여전히 수많은 모험의 냄새가 잔뜩 남아 있었다. "찢어져 못 입게 되기 전까지는 안 벗어요." 그녀의 표정을 본 그 누구도 더 이상 따지지 않았다.

걸어가면서 맬은 크리스토퍼에게 안자와 있었던 일을 이해가 안 간다는 듯 이야기했다. "나한테 코트에 대해 엄청 물어보더라. 코트를 준 예언자나 내가 어렸을 때의 일에 대해서. 그리고 나서는 스핑크스하고의 일이 잘되길 바란다고 했어."

이제 그들은 전보다는 눈에 덜 띄었다. 하지만 비쩍 마른 어린 라타토스카 한 마리가 다리에서 그들을 보고 있었다. 유심히 지켜보는 눈이었다. 이를 본 크리스토퍼가 손으로 가리키며 맬에게 알려주려 할 때 어떤 여인이 살며시 다가왔다.

여인은 처음에는 빠르고 가락이 경쾌한 도시의 언어로 무어라 말하다가 알아듣지 못하는 표정을 보고는 일행의 언어로 말했다.

"점 봐줄까?" 그녀의 긴 금발은 허리까지 내려왔고 옷과 코트는 모두 붉은 벨벳이었다. 예전에는 세련된 느낌이었겠지만 이제는 팔꿈치와 엉덩이 부분이 닳아 있었다. 크리스토퍼는 여인이 전에는 부유하고 안락하게 살았던 사람이란 생각이 들었다. 그 뒤에는 닳아빠진 정장 차림에 키가 크고 몸집이 떡 벌어진 두 10대 소년이 팔짱을 낀 채 지루하고 뚱한 표정으로 서 있었다. 그중 한 명은 손목 바깥쪽에 칼 모양의 문신이 있었다. 어두운 곳에서 무딘 바늘로 직접 새긴 듯 보였다.

"동전 한 닢이면 돼. 후회 안 할 거야. 요즘 다들 이유도 모르고 불안해해서 그런지 돈 벌기가 쉽지 않네."

"그래요." 크리스토퍼가 문신을 쳐다보며 말했다. "맬, 동전 한 개만 빌려 줄래?"

"한 '닢'이겠지." 맬이 지적하면서 동전을 건넸다.

점쟁이 여인은 크리스토퍼의 손바닥을 잡더니 그 위에 침을 뱉었다. 그가 움찔했지만, 여인은 손을 놓지 않고 엄지로 침을 문지르며 중얼거리기 시작했다.

"애야, 고귀한 손을 갖고 있구나! 위험, 사랑 그리고 놀라운 일들이 보인다. 어두운 곳과 큰 영광도 보이고." 중얼거림은 여기에서 멈추었다.

"그게 다예요?" 크리스토퍼가 물었다.

"그래." 그녀가 언짢은 듯 말했다. "또 뭐가 필요하니? 사랑과 놀라운 일이라고 말했잖아. 안 그래?"

맬이 코웃음 치며 말했다. "아줌마 점은 싸구려 신문 마지막에 나오는 운세 같아요. 동전 한 닢 가치도 못 하네요." 그녀는 크리스토퍼에게 길을 재촉했다.

그러자 점쟁이가 길을 막아서더니 맬이 저항하기도 전에 손을 잡아채어 세게 쥐었다.

"너에게선 금발에 키 큰 사람과 엄청난 모험이 보여."

"손바닥에서 그게 보인다고요?" 맬이 건들건들하는 앞머리를 손으로 쓸

더니 믿지 못하겠다는 듯한 웃음을 최대한 고상하게 지었다. "놀랍네요. 자, 가자."

"또 있어." 여인이 맬을 노려보았다. 처음으로 제대로 쳐다보는 표정이었다. "희한한 일들이 벌어질 거야. 인간이 지닌 가장 위험한 재능은 잊어버리는 거지."

그러곤 다시 손을 보며 말했다. "얼마나 살지 손금을 봐주지. 그게……."

점쟁이는 갑자기 자기 주머니에서 동전을 꺼내더니 잡고 있던 맬의 손에 쥐어주고는 반대 방향으로 빠르게 사라졌다.

맬이 눈썹을 치켜세우고 뒷모습을 바라보았다.

"뭐지?"

점쟁이 여인은 두 아들과 길모퉁이에 다다르자 어깨 너머로 힐끗 뒤돌아보았다. 그녀의 얼굴은 온통 공포와 굶주림으로 뒤덮여 있었다. 그 모습을 본 크리스토퍼가 몸을 부르르 떨었다. 어째선지 살인자와 그의 칼이 떠올랐다.

스핑크스 반도

부두에 있던 사람들에 의하면 안자가 빌려준 배는 '최근 10년 동안 최고의 작은 배'였다. 래트윈이 '있어 보이는 척'한다며 눈살을 찌푸린 '그림자춤꾼'이라는 이름을 가진 그 배의 상태는 완벽했다. 겉은 하얀색이고 돛이 저녁 하늘 아래 펄럭이고 있었다. 갑판 앞쪽은 말끔했고 둥근 창이 여섯 군데 나 있었다. 선실까지 포함하면 총 14명이 잘 수 있을 크기에 작으나마 조리실을 갖추었으며 식수 저장통도 두 개 있었다. 청결하고 부족함이 없었으며 사용하기에 편한 배였다.

돛의 재질도 용감무쌍호와 다른 듯했다. 래트윈이 배 이곳저곳 구석구석을 돌아다니며 냄새를 맡기도, 작은 연녹색 혀를 날름거리며 하얀 칠의 맛을 보기도 했다. 그러다가 팔을 뻗어 돛을 만지는 크리스토퍼에게 물었다.
"느낌이 어때?"

"아주 가벼워요." 그가 대답했다.

"페가수스 돛이야."

등 뒤에서 나타난 아이리언이 말했다. "아주 약한 바람도 놓치지 않지. 페가수스 날개로 만들었어."

"날개 달린 말이요?"

"페가수스는 날개가 하얗고 바람처럼 빠르지. 매년 남쪽으로 먼 길을 떠나. 전에 한번 하늘을 뒤덮을 정도로 많은 수가 머리 위로 날아가는 걸 본 적이 있어."

"페가수스 돛은 어떻게 만들죠?"

"몇 년 전에 동쪽으로 뭘 조사하러 갔다가 알게 된 거야. 먼저 깃가지에서 깃털을 분리한 후 깃털을 공처럼 둥글게 뭉쳐. 내 몸 크기로 크게 만들어도 저울에 달면 28그램이 조금 넘는 정도야. 어떤 여자가 저울로 무게를 재는 걸 봤거든. 그다음에는 물레로 실을 뽑아내서 돛을 짜는 거지."

"정말 신기하네요!"

그녀가 찡그리듯 웃고는 말했다. "무척 비싸기도 해. 페가수스에게서 저절로 떨어진 깃털로만 만들거든. 그게 아니었으면 페가수스는 오래전에 멸종했을 거야. 돛 하나 짤 만큼 깃털을 모으는 데 2년이나 걸린대."

아이리언이 키를 잡고 래트원은 방향을 알려주면서 일행은 물 위로 빠르게 나아갔다. 크리스토퍼가 이쪽저쪽 난간 너머로 살펴보는 사이 학자들의 도시는 몇 분도 되지 않아 시야에서 사라졌다. 선원이 200명은 될 만한 배들도, 쏜살같이 달리는 1인용 배도 '그림자춤꾼'만큼 빠르지 못했다. 한 시간도 채 되지 않았을 무렵, 도시가 점점 작은 마을로 바뀌더니 사람들보다는 다른 생물들이 더 눈에 띄었다. 맬과 크리스토퍼는 갑판 아래에서 침대를 여러 개 발견했다. 둘의 침대는 각기 그리핀이 불룩하게 수놓인 노란 이불과 용이 수놓인 빨간 이불로 덮여 있었다. 그들은 바로 잠이 들었다.

잠에서 깼을 때는 이미 해가 높이 솟았고 공기 중에 달콤한 소금 향이 감돌고 있었다. 둘이 매끄러운 흰색 컵에 따른 뜨거운 우유에 꿀을 넣어 마시며 아침 식사를 하고 있는데 근처 해안에 낮은 통나무집들로 이루어진 작은 마을이 보였다. 한 무리의 아이들이 지나가는 배를 보고는 바닷가까지 내려와 소리쳤다. 크리스토퍼도 손을 흔들어주며 외쳤다. "맬! 빨리 와서 여기 좀 봐!"

아이들 가운데 검은 곱슬머리를 바람에 흩날리며 짐수레 말 크기만 한 멧돼지에 올라탄 소년이 있었다. 맬이 기쁨의 함성을 질렀다. "툴크 트뤼스야!"

멧돼지의 엄니는 야구 방망이만큼 길고 검푸른 털은 무지갯빛으로 빛났다.

맬이 부러운 듯 말했다 "툴크 트뤼스는 길들이기 어려운데……. 그렇지만 친해진 사람을 위해서는 목숨을 걸고 싸운대."

계속 보고 있자니 큰 멧돼지가 두 마리 더 쿵쿵거리며 해안으로 내려왔다. 각각 열 살 정도 되는 아이를 등에 태우고 있었다. 그중 여자아이가 일어서더니 발끝을 세우고 몸을 한 바퀴 돌리자 머리카락도 채찍처럼 따라 돌았다. 맬과 크리스토퍼가 박수를 보냈다. 여자아이가 웃더니 고개를 숙였다.

맬이 아쉬움이 남는다는 듯 배 난간 위로 몸을 기울이며 말했다. "툴크 트뤼스는 나도 처음 봐. 아티디나에는 안 살거든. 아직 보지 못한 생물들이 정말 많아!"

"음, 뭐 못 본 생물이라면 내가 더 많지."

맬은 신이 나서 말이 많아졌다. "앞으로 같이 보자!"

아직 서 있는 소녀를 태운 트뤼스가 짙푸른 바다로 걸어 들어오더니 배쪽으로 헤엄쳐 왔다. 소녀는 면바지가 물에 더러워지는 것도 아랑곳하지 않고 무릎을 꿇고 앉았다. 맬이 상자에서 말린 물고기를 한 마리 집어 트뤼스에게 던졌다. 물고기가 엉뚱한 곳에 떨어지자 맬은 다시 하나를 집어 이번엔 크리스토퍼에게 주었다. 그가 팔을 뒤로 젖혀 있는 힘을 다해 던지자 트뤼스가 날아온 물고기를 주둥이로 잡고 기쁜 듯 꿀꿀거렸다. 소녀가 미소지으며 손가락 두 개를 가슴에 대고는 맬을 향해, 크리스토퍼를 향해 내밀었다. 맬도 같은 동작을 취했다.

"내가 상상했던 것 이상이야." 크리스토퍼가 말했다. 그는 피부에, 폐에 스며드는 경이로움 비슷한 감정을 느꼈다. 동시에 자신이 더 커지고 강인해졌다는 느낌이 들면서 배의 난간을 꽉 잡았다. 그는 할아버지가 무엇의 수호자인지, 자신이 지켜야 할 대상이 무엇인지 알 것 같았다.

이내 오두막집들이 멀어지더니 사람이 보이지 않게 되었다. 풍경이 변하기 시작했다. 그날 아침에 그들은 보라색, 빨간색 꽃이 곳곳에 핀 초원을 지났다. 크리스토퍼는 그곳에서 크기가 사람만 하고 피부가 나무껍질처럼 얼룩덜룩한 한 무리의 생명체가 배에 들리지 않는 노래에 맞춰 춤을 추는 광경을 보았다. 그러다가 배가 북쪽으로 향하면서 풍경이 점점 황량해졌고 시간이 흐를수록 바위가 많아졌다.

래트윈이 물고기를 잡기 위해 바다에 뛰어들더니 잠시 후 양동이 하나를 가득 채워 돌아왔다. 물고기마다 작게 이빨 자국이 나 있었다. 크리스토퍼와 맬이 내장을 발라내기 위해 칼을 들고 왔다. 크리스토퍼가 손가락 사이를 바닷물로 문지르더니 말했다. "내 생각엔 물이 뭔가 달라졌어. 더 차갑네."

아이리언이 길고 우아한 손가락으로 물고기 비늘을 긁어내며 말했다. "스핑크스들은 강인해. 그리고 추위는 포식자들의 접근을 막지. 용은 따뜻한 바람이 부는 곳을 좋아하거든."

크리스토퍼가 그녀를 빤히 쳐다보았다. "용이 추운 곳을 싫어한다고 말하는 건 아니겠죠?"

"용은 변온동물이야. 그래서 서늘함을 잘 느끼지. 네가 온 세상에서는 용이 축축한 동굴에 산다는 이야기가 있는데 완전 엉터리야. 오히려 햇빛을 무척 좋아하거든. 일반적으로는 추울수록 용이 적어져. 그리고 북쪽으로 갈수록 추워지고."

"그렇지만 제일 북쪽은 예외야." 맬이 끼어들었다. 그녀가 발라낸 내장을 내밀자 겔리펀이 우아하게 집어 들었다. "아케는 더워. 솜눌룸 때문이야, 분명히."

"솜…… 뭐?"

"낮게 드리운 해 말이야." 그녀는 놀란 표정이었다. "이카루스가 날아간 곳. 몰라?"

"이카루스는 태양을 향해 날았지."

맬이 코웃음 치며 그를 보고 웃었다. "진짜 태양은 아니잖아."

"맞아! 말 그대로 진짜 태양. 그의 아버지가 깃털과 밀랍으로 만들어준 날개를 달고 태양을 향해 날아가다가 날개가 녹아서 떨어져 죽었잖아." 크리스토퍼는 칼날이 무뎌지자 물고기를 겔리펀에게 내밀고 말했다. "겔리, 여기 좀 잘라줄래?" 그가 그리핀의 발톱을 손에 쥐고는 물고기의 배에 대고 함께 그었다. "그리고 그는 그리스 신화 속 인물이야. 따라서 실제로는 그런 일이 없었지."

"크리스토퍼." 맬이 거짓으로 동정하는 척, 실제론 놀리는 목소리로 말했다. "너, 해가 진짜, 진짜 멀리 있는 건 알지?"

"그럼! 알려줘서 고맙지만, 난 바보가 아니야." 그가 내장을 파내어 그리핀에게 주려고 모아놓은 곳에 놓으며 말했다.

맬이 턱을 당기고는 눈썹을 으쓱했다.

"이카루스의 이야기는 비유야. 따라서 그는 실제로 어디로 날아가진 않았지!" 크리스토퍼가 계속 말했다.

"비유가 아니야! 실제 있었던 사람이야. 아케 섬에 살았고 솜눌룸에 너무 가까이 날아갔어."

크리스토퍼가 물고기를 한 마리 더 내밀자 겔리펀이 머리 쪽부터 쭉 그었다.

"맬 말이 맞아." 아이리언이 말했다. "역사적으로 이카루스에 대한 확실한 기록이 많지. 그리고 솜눌룸은 진짜 태양이 아니야. 최초의 나무 위, 미궁 위의 하늘에 있는 가장 순수한 형태의 열이야."

"순수한 글리머리가 타는 거야. 학교에서 배우는 건데." 맬이 말했다. 그녀는 작업 중에 베인 엄지를 입에 넣고 빨더니 얼굴을 찌푸렸다. "우웩! 물고기 내장 맛."

아이리언이 말했다. "그게 생긴 건 불멸자가 아키펠라고에 보호의 원을 둘렀을 때였어." 그녀의 손놀림은 그들보다 두 배는 빨랐다. 크리스토퍼는 문득 그녀의 손가락이 그가 본 여느 여자들보다 가늘고 길다는 것을 깨달았다. "솜눌룸의 끌어당기는 힘이 보호의 원을 일정하게 유지해." 그녀가 말을 이었다. "달이 밀물과 썰물을 일으키는 것과 같은 원리지. 물론 네가 살던 세상의 바다에도 글리머리가 약간, 흔적 수준으로 녹아 있어." 그녀가 마지막 물고기를 흙그릇에 내려놓았다. "끝. 이제 나이트핸드가 요리하겠지. 바닷물을 좀 퍼 올려서 손들 씻어."

크리스토퍼는 배 너머로 양동이에 물을 길어 올리며 바다를 바라보았다. 그는 학교 과학 시간에 달에 관해 배운 적이 있다. 사실 여러모로 골똘히 생각해보면 달이 지구의 바닷물을 움직인다는 사실은 글리머리만큼이나 놀라웠다. 아키펠라고를 글리머리가 보호한다면 바깥세상은 무엇이 보호하고 있을까?

파도가 배 옆을 때리자 그의 몸이 흔들렸다. 끝없이 이어진 산 외에는 배도 사람도 몇 킬로미터째 보이지 않았다. 높은 절벽이 연출하는 풍경은 장엄했지만 한편으론 쓸쓸했다. 그나마 세찬 바람을 맞으면서도 절벽 틈새에서 꿋꿋이 자라는 나무들이 이따금 보이는 정도였다. 바위는 곳곳이 검은색이거나 회색이었는데 대부분은 공작석 같았고 은은한 은빛이었다. 화려하고 위풍당당한 아름다움을 뽐내는 곳이었지만 친근한 느낌은 없었다.

래트윈과 나이트핸드가 나타났다. 전날 밤, 나이트핸드는 위스키 한 병에 잔을 두 개 놓고 술잔을 기울이고 있었는데 그의 맞은편, 워런이 있어야 할 자리에 놓인 잔은 비어 있었다. 술이 덜 깬 나이트핸드의 낯빛은 라타토스카의 털처럼 녹색이었다.

래트윈이 해안에서 보이는 산맥을 관찰하더니 말했다. "거의 다 왔는데 산기슭에 배를 대는 건 불가능해. 중간에 닻을 내린 다음 보트를 타고 노를 저어 가야 할 거야. 배는 내가 지킬게. 약탈하러 오는 놈이 있으면 싹 다 먹어버릴 거야."

크리스토퍼가 바위로 둘러싸인 곳을 보며 말했다. "저쪽에 후미진 곳은 어때요? 꽤 안전해 보이는데."

나이트핸드가 웃었다. "네 말이 맞아. 그렇지만 래트윈의 말은 바다가 허락하지 않는다는 뜻이야. 아키펠라고의 바다는 고집이 세거든. 그리고 스핑크스들이 사는 산의 기슭에는 작은 배로만 접근할 수 있어."

아이리언이 말했다. "아예 상륙 불가능한 섬들도 있어. 아무리 나아가도 해안에 닿을 수 없지."

"'살인자들의 섬'은 그 반대야. 어떤 배로도 접근할 수 있지만 일단 발을 디디면 그 무엇도 배든 사람이든 라타토스카든 하늘을 날든 바다를 헤엄치든 절대로 다시 나갈 수 없지. 바다 아래에서 산호초가 빨아들여 영영 움직이지 못하게 하거든. 그리고……." 래트윈이 말을 끊고는 크리스토퍼를 보며 강조했다. "네가 '그렇지만 무슨?'이란 표정과 '정말요?'라는 눈빛으로 질문하기 전에 분명히 말하는데, 이건 완전한 사실이야."

"드라이어드 나무만은 예외야." 아이리언이 말했다. "오래된 글에서 봤는데 그 나무에는 마음이 깃들어 있어서 그걸로 배를 만들면 그 섬에 들어갔다 나올 수 있대."

나이트핸드가 콧방귀를 뀌며 말했다. "그건 동화에나 나오는 얘기야. 학자라면서 당신 그런 걸 믿는군. 숙취가 더 심해지기 전에 그만 가자. 으…… 머리 속에서 라벨란이 눈알을 파먹는 것 같군."

나이트핸드가 노를 저었다. 그의 솥뚜껑만 한 손에 쥐인 노가 젓가락처럼 보였다. 젤리펀은 배의 맨 앞 난간에 앉아 있었다. 가까이 갈수록 산은 더 험악해졌다. 밝은 회색 모래로 덮인 해안이 짧게 이어지다가 갑자기 나타난 15미터 높이의 절벽에 가로막혔다. 절벽의 얼룩덜룩한 표면에는 키 작은 나무들이 붙어 있었는데 이따금 돌이 노출된 곳에는 새들이 앉아 있었다. 까마귀 여러 마리, 갈색제비 둥지 하나, 매처럼 생겼으나 크리스토퍼가 본 적 없는 은회색 새 네 마리가 모여 있는 모습이 눈에 띄었다.

나이트핸드가 허벅지까지 차오르는 물에 뛰어들어 보트를 해변으로 끌어올렸다. 아이리언도 내려서 절벽으로 다가가 표면을 조심스럽게 만져보고 말했다.

"여길 타고 올라가야 해." 그녀가 바위를 휘감고 있는 짙은 갈색 덩굴을 조금 뜯어내면서 말했다. "이 덩굴은 원래 1년 내내 푸르른데…… 이렇게 갈색일 순 없어."

174

"갈색이면 어떻게 되는 건데?"

아이리언이 고개를 젓고는 뜯은 덩굴을 주머니에 넣었다. "이렇게 시들어 죽은 건 처음 봐요. 심각한 일인데……."

크리스토퍼도 암벽을 살펴보았다. 손잡이가 될 만한 곳은 있었지만 서로 꽤 떨어져 있었다. 그의 키는 아이리언과 비슷했는데 둘 다 최대한 몸을 뻗어야 할 듯했다. 맬에게는 힘들어 보였다. 그리고 도중에 떨어진다면 끔찍한 일이 벌어질 게 틀림없었다.

"맬은 내 등에 태울 거야." 말을 뱉은 나이트핸드가 화강암만큼이나 무표정한 얼굴로 암벽을 쳐다봤다. "날지 않을 거면 말이야. 어떻게 할 거냐?"

맬이 손가락 하나를 핥고는 높이 들어 올렸다. 진지한 얼굴이 마치 바람을 감정하고 있는 듯했다. "못 날 것 같아요. 날아야 겨우 몇 초 정도? 바람이 너무 변덕스러워서……."

"그럼 올라가자. 스핑크스들이 기다리잖아!"

그는 소녀가 자신의 거대한 등에 오를 수 있게 허리를 굽혔다. 위로나 옆으로나 워낙 거대해서 등에 타는 것도 쉽지 않았다.

그녀가 겔리펀을 업은 채 신중하게 그의 어깨에 매달렸다. 광전사가 불안한 듯 몸을 흔들며 말했다. "차라리 목을 잡아. 어차피 안 아파."

"빨리 움직여야겠어요." 아이리언이 말했다. "스핑크스들이 우리가 상륙한 걸 알고 있을 거예요. 기다리게 하지 않는 게 좋겠어요. 초조해진 스핑크스는 위험하다니까."

나이트핸드가 먼저 올라갔다. 그는 추락한다는 생각을 단 한 번도 한 적이 없었기에 자신 있고 빠르게 움직였다. 맬의 무게도 못 느끼는 듯했다.

아이리언이 그다음 차례였고 크리스토퍼가 그녀의 뒤를 따랐다. 암벽등반은 고단하고 힘든 일이었다. 손으로 잡은 부분이 날카로워서 손가락이 베이기도 했다. 하지만 성과는 있었다. 크리스토퍼는 거친 숨을 쉬면서 서서히 꾸준히 땅에서 5미터, 10미터 위까지 올랐다.

그가 거의 정상에 이르렀을 때였다. 왼손으로 잡은 바위가 부스러지려고 했다. 고개를 돌려 확인해보니 덩굴이 갈라진 틈을 파고든 바람에 바위가 쪼개지고 있던 곳을 잡은 것이었다. 바위가 손에서 떨어져 나간다는 느낌이 들었을 때 하필 동시에 발이 미끄러졌다.

그는 아래로 추락했다.

추락의 반대

과연 말보다는 생각이 훨씬 빠른지, 아주 짧은 순간인데도 여러 생각이 스쳐 지나갔다. '이럴 수는 없어.' '죽는 건가?' '아버지가 영영 모르실 텐데. 죽은 것도 모르고 영원히 기다리실 거야.'

그때 갑자기 덜컥하며 추락이 멈추더니 고통이 느껴졌다.

바위에 자라고 있던 관목에 몸 어딘가가 걸렸다. 크리스토퍼는 서둘러 두 손으로 관목 가지를 부여잡고 계속 매달려 있었다. 허파가 목구멍까지 올라온 듯 숨이 찼고 철렁했던 속은 무릎 어딘가까지 내려간 느낌이었다. 관목은 가까이서 보니 실제로는 크리스토퍼보다 작은 자라다 만 나무였고 절벽에서 25센티미터쯤 튀어나온 너비 1미터 정도의 바위 턱에 뿌리를 내리고 뻗어 있었다. 그는 바위 턱 위로 기어올라 가쁜 숨이 가라앉기를 기다리며 두 손으로 나무를 안고 서 있었다.

발가락부터 무릎, 팔꿈치까지 온몸에 떨림이 멈추질 않았다. 크리스토퍼는 차분하게 관절과 근육을 진정시키려 노력했다.

그는 숨을 쉬며 생각했다. '살았네.'

잠시 아래를 내려다봤는데 이내 후회되었다. 지면까지 12미터는 더 돼 보였던 것이다. 그러나 다시 공포에 휩싸이기 전에 그를 부르는 소리가 꼭대기 위에서 들려왔다.

"크리스토퍼! 많이 다쳤어?" 아이리언의 목소리였다.

나이트핸드는 별로 걱정되지 않는 듯 말했다. "야! 쉬려면 더 좋은 데가 많지 않아?"

맬의 얼굴도 보였다. 그녀는 절벽 가장자리에 꼭 붙은 채로 말했다. "제발 조심 좀 해! 고개를 돌리니 떨어지는 모습이 바로 보였단 말이야. 십년감수했네." 도도한 척하는 목소리엔 떨림이 섞여 있었고 정말 무서웠던 듯 눈가가 촉촉했다.

크리스토퍼가 말했다. "다치진 않았어요." 거짓말이었다. 두 무릎엔 피가 흐르고 있었고 아마 바지를 벗어보면 정강이 전체에 퍼렇게 멍이 들었을 터였다. 그러나 살아는 있었다.

나이트핸드의 낮은 목소리가 바람을 타고 들려왔다. "붙잡을 만한 덴 있어? 일어설 순 있고?"

크리스토퍼가 주위를 살폈다. 손에 닿는 곳에 붙잡을 만한 데라고는 하나를 제외하고 모두 방금 전 추락과 함께 사라져버렸다. 그 하나마저 건드리면 바로 부스러질 것만 같았다.

"하나 있는데 좀 불안해요. 못 버틸 것 같아요." 크리스토퍼는 손을 뻗어 남은 한 곳을 잡아봤는데, 세게 당기자 바로 부서졌다.

"그럼 내가 내려가야겠군." 나이트핸드가 말했다.

"안 돼요!" 아이리언이 평소와 달리 언성을 높이며 말했다. "바위가 두 사람 무게를 버티지 못할 거예요. 둘 다 추락하게 돼요!"

누군가 숨을 들이쉬는 소리를 내더니 이내 뭔가 생각난 듯 "오!" 하고 외쳤다. 맬이 아래를 보며 소리쳤다. "크리스토퍼! 내 코트 던져줄게. 준비됐어?"

그녀가 앞으로 누워 절벽에서 머리와 어깨만 내밀고는 코트를 둥글게 말았다.

돌풍에 섞여 날아온 흙이 크리스토퍼의 눈과 입에 들어갔다. "잠깐!" 그가 외쳤지만 맬은 이미 코트를 떨어트린 뒤였다.

코트가 떨어지다가 바람을 타고 좌우로 흔들렸다. 크리스토퍼는 한 손을 나무에서 놓고는 공중에서 가까스로 코트 소매를 낚아챘다.

숨이 멎을 듯하던 맬이 처음에는 두려움에, 나중에는 마음이 놓였다는 듯 휴 하는 소리를 냈다. "이제 입어봐. 단추는 채우지 말고."

크리스토퍼는 그녀의 말대로 침착하게 코트를 입었다. 아래는 내려다보지 않으려 했다.

"그다음엔 두 손으로 단추가 있는 곳 끝을 잡아. 잡은 상태로 팔을 벌리면 바람을 탈 수 있어. 바람이 좀 별로지만, 뭐 떨어지는 것보단 낫지."

"너 말고 다른 사람이 입어도 날 수 있는 거 맞지?"

"맞아." 나중에야 알았지만 거짓말이었다. 맬은 이전에 다른 사람에게 그 코트를 건네준 적이 없었다. 그때까지는 그럴 일도 없었거니와 누구를 진지하게 걱정한 적도 없었다.

크리스토퍼의 가장 큰 고비는 코트를 잡기 위해 나무를 완전히 놓아야 할 때였다.

양팔을 벌리자 코트가 바람으로 부풀어 올랐다. 갑자기 당기는 느낌과 함께 몸 전체가 휙 끌려가면서 두 다리가 바위 턱에서 떨어졌다. 좌우로 흔들리면서 소년이 하늘로 솟아올랐다. 처음에는 절벽에서 멀어지다가 다시 놀라운 속도로 가까워졌다. 소년은 왼손을 내리고는 뒤로 옆으로 아래로 다시 위로 붕붕 돌렸다.

이제 그는 어떻게 코트를 펼치고 또 어떻게 몸을 기울여 바람을 조절할지 알 것 같았다. 그가 맬을 지나 미소 짓는 아이리언과 묘한 표정의 나이트핸드를 지나 하늘로 멋지게 솟아오르자, 맬이 승리의 환호성을 질렀다.

아이리언이 소리쳤다. "바람이 아래로 불기 전에 얼른 내려와!"

그러나 크리스토퍼는 전혀 내려가고 싶지 않았다. 머리카락을 흩날리며 하늘 높은 곳에 올라 두 다리를 뒤로 쭉 펴니 온몸이 공기처럼 가벼워진 느낌이었고 그 자체로 아름답다는 생각도 들었다. 그가 몸을 다시 기울여 날아가던 새들에게 다가가자 새들이 인사하듯 큰 소리로 울었다.

"크리스토퍼!" 아이리언이 다시 소리쳤다.

그는 못 들은 척했다. 온몸이 기쁨으로 짜릿했고 입에서는 환호성이 절로 나왔다.

"크리스토퍼, 바람이 아래로 불고 있어!"

"그래, 맞아! 얼른 내려와!" 맬도 외쳤다.

아쉬웠지만 크리스토퍼는 몸을 아래로 기울여 내려갔다. 착지하면서 한쪽 발목을 살짝 삐었지만 넘어지지는 않았다. 그는 코트를 벗어 맬에게 돌려주었다.

"아주 멋있었어. 그렇게 잘해낼 줄은 몰랐는데 말이야." 맬이 칭찬했다.

나이트핸드가 드물게도 감탄하는 듯한 얼굴로 크리스토퍼를 보고는 고개를 끄덕였다. 다만 말투는 평소와 같았다. "안 죽은 거 축하해."

글이 새겨진 산

크리스토퍼의 대답은 영원히 묻혔다. 절벽 위에서 바람에 자라다 만 나무들 사이로 어떤 소리가 들리더니 잠시 후 그들 모두를 침묵하게 한 생명체가 바위투성이 벌판에 모습을 드러냈기 때문이다.

거대한 동물이었다. 짙은 황색 몸과 크리스토퍼의 몸통만 한 발은 영락없는 사자의 모습이었으나 역시 사자다운 얼굴엔 인간의 정신이 깃든 듯했고 눈도 인간의 눈이었다. 등에는 깃털로 덮인 거대한 모래색 날개 한 쌍이 접혀 있었으며 꼬리는 땅에 닿을 정도로 길었다. 크리스토퍼는 그것의 정체를 단번에 알 수 있었다.

맬이 두텁게 자란 앞머리에 두 손을 급히 문질러 닦고는 마치 왕이라도 맞이하듯 몸을 곧게 세웠다. 그리고 겔리펀의 깃털을 다듬어 준 뒤 크리스토퍼 옆으로 바싹 붙었다.

스핑크스가 다가왔다. 크리스토퍼의 온몸이 긴장과 흥분으로 떨렸다. 나이트핸드는 허리춤의 글램리검에 손을 가져다 대며 맬 앞을 막아섰다. 그가 쿵쿵대더니 말했다. "냄새는 고양인데."

스핑크스가 낮고 거친 목소리로 말했다. "이방인들이여, 무슨 일로 이곳에 왔는가?"

맬이 말했다. "정보를 얻으려고." 그러고는 드러난 이빨을 보고 '요'를 붙였다.

"그렇다면 수수께끼를 풀러 온 것이냐? 시험에 통과하지 못하면 아무것도 말해주지 않는다."

아이리언이 말했다. "대체 어째서지요? 지식과 정보는 전달하지 않으면 의미가 없는 게 아닐까요?" 크리스토퍼는 스핑크스를 두려워하지 않는 그녀의 태도에 매우 놀랐다.

"두 가지 이유 때문이지." 스핑크스의 말은 인간의 언어가 능숙하지 않은 듯 부드럽게 이어지지 않았다. 하지만 표현은 완벽했다. "첫째로, 시험이 없다면 혼자서도 찾을 수 있는 지식을 구하러 온 자들로 넘쳐날 것이기 때문이지. 죽을 수 있다는 사실이……." 스핑크스는 긴 혀를 날름거리며 코끝을 핥고는 말했다. "찾아오는 이들의 수를 줄여주지."

"그래요. 그런 효과는 있겠군요." 아이리언이 무덤덤하게 말했다.

"둘째로, 받아들일 준비가 안 된 자들에게 어째서 진실을 말해줘야 하지? 수수께끼를 통해 우리는 '생각하는 법을 배운' 이들에게 우리의 비밀을 나눠준다는 확신을 가질 수 있지." 스핑크스가 노란 눈으로 크리스토퍼와 맬을 흘깃 보았다. "그리고 셋째로……."

"두 가지 이유라며?" 나이트핸드가 말했다.

그러자 스핑크스가 갑자기 위협하듯 날개를 펄럭여 주위의 공기를 뒤흔들고는 더 크게 말했다. "셋째로, 먹잇감이 제 발로 굴러들어 오기 때문이지."

"수수께끼 풀 거예요. 그러려고 왔으니까." 크리스토퍼가 말했다.

그 말을 들은 스핑크스가 고개를 숙여 절을 하고는 말했다. "만일 틀리면 아마도 우리는 너희를 잡아먹을 것이다."

"아마도?" 맬이 물었다.

"선택은 내가 하는 게 아니야. 내가 한다면 '아마도'는 빼고 말했겠지. 내 어머니, 나라비랄라께서 결정하신다. 나는 그분의 넷째 아들 벨히브다."

나이트핸드가 흥미롭다는 듯 물었다. "우리를 다 잡아먹을 건가? 아니면 틀린 사람만? 정확히 해두는 게 좋을 것 같아서 말이지."

"너희 모두." 벨히브가 말했다. "그리핀까지. 특히 어머니께서 그리핀에 관심이 있으시다. 자, 따라와." 스핑크스가 바위투성이 땅 위를 능숙하게 뛰어갔다.

크리스토퍼는 그들이 올라온 절벽이 아주 긴 산의 일부임을 알 수 있었다. 그들 앞쪽으로 매우 높은 봉우리가 눈에 들어왔다. 처음에는 풀과 이끼가 자라고 있었고 경사도 완만했으나 이후에는 가팔라지면서 날카롭게 솟은 바위도 여기저기 보였다.

"더 빨리." 벨히브가 재촉했다.

크리스토퍼와 맬은 숨을 헉헉거리며 나란히 걸었는데 간혹가다가 말을 할 때면 스핑크스의 귀에 들리지 않게끔 머리를 대고 속삭였다. 크리스토퍼는 목에 겔리펀을 두르고는 부리가 귀에 닿는 감촉을 느끼며 걸었다. 스핑크스가 무슨 일을 저지를지 알 리 없는 태평한 그리핀은 앞으로 어떤 신나는 일이 펼쳐질지 기대하는 듯했다.

아이리언이 그들을 빠르게 뒤따르고 있었다. 아직 새 신발이 편하지 않은지 바위산을 오르는 걸음이 다소 어색했다. 도중에 두 발을 동시에 헛디뎌 미끄러졌는데 이를 본 맬과 크리스토퍼가 도우려 한 순간, 쳐다보는 것 같지도 않던 나이트핸드가 왼손을 쭉 뻗어 그녀의 팔을 잡았다.

그는 그녀가 다시 균형을 잡자 재빨리 손을 놓고 말했다. "괜찮아?"

아이리언은 손바닥이 돌에 긁혔지만 별일 아니라는 듯 말했다. "조금 긁혔네요."

그가 퉁명스럽게 말했다. "조심해. 그런 신발은 길을 들여야 하니까. 도서관 신발하곤 다르지." 아이리언은 웃음을 터뜨리고는 그때부터는 두리번거리며 걷지 않았다. 나이트핸드는 자신의 왼손을 힐끗 보더니 오른손 엄지를 왼손 손바닥에 갖다 댄 뒤 다시 걷기 시작했다. 크리스토퍼가 그의 이런 행동을 보고 있었다.

산을 오른 지 적어도 약 한 시간에서 두 시간 정도 됐을 무렵이었다. 회색 바위에 새겨진 어떤 자국이 크리스토퍼의 눈에 띄었다. 바위가 가장 무른 곳에 강력한 발톱으로 긁고 찍어서 자신감 있게 그은 흔적이었다. 누가 남긴 흔적인지는 불 보듯 뻔했다.

"글이야." 그가 맬에게 말했다.

맬이 손가락으로 만져보더니 말했다. "학교에서 수학 말고 좀 더 쓸모 있는 걸 가르쳐줬다면 좋았겠어. 스핑크스어 같은 거 말이야."

그 순간, 바람결에 웅웅 대는 듯한 소리가 들렸다. 나지막했지만 분명 누가 어딘가에서 이야기하는 소리 같았다.

"방금 들었어?" 크리스토퍼가 맬을 쳐다보며 물었다. 맬은 더 잘 듣기 위해서였는지 입을 살짝 벌리고 있다가 고개를 끄덕이곤 대답했다.

"산 저쪽 너머에서 나는 소리야."

그러자 벨히브가 외쳤다. "더 빨리!" 그들은 기다시피 하면서 모퉁이에 툭 튀어나온 바위를 돌았다. 그러곤 바로 멈췄다.

산이 마치 살아 있는 듯 곳곳에서 움직임이 보였다. 암벽 위를 걸어 다니거나, 등성이 사이로 뛰어내리거나, 거대한 발레리나처럼 날렵하게 비탈을 오르락내리락하거나, 옆으로 누운 채 얼굴을 돌려 햇빛과 바람을 쐬거나 하는 날개 달린 황금색 고양이 같은 생물들이 저 멀리 눈에 들어왔다. 다만 고양이라기에는 키가 3미터 넘었다.

그들이 접근하자 벨히브가 스핑크스 언어로 무어라 외쳤다.

나이트핸드가 물었다. "우릴 겁내지 말라고 한 건가?"

"너흴 먹지 말라고 한 거야. 인간이 스핑크스를 해칠 수는 없으니까."

나이트핸드는 벨히브에게 동의하지 않는 듯 뭔가 말하려고 했으나 아이리언이 눈짓하자 입을 닫았다.

크리스토퍼가 목격한 스핑크스들의 힘은 현기증이 날 정도였다. 그들은 용수철이 튀듯 단번에 6미터 높이의 바위 위로 뛰어오를 수 있었다. 또한 어떤 큰 바위 뒤쪽에서는 한 무리의 스핑크스들이 동그랗게 모여 정체불명의 고기를 뜯어 먹고 있었는데 그들의 이빨은 길이가 그의 손가락만 하고 두께는 손가락의 두 배는 되어 보였다. 그들은 목구멍에서 나는 듯한 단순한 소리로 대화하고 있었는데 모두 친절과는 거리가 먼 얼굴이었다. 크리스토퍼는 차오르는 공포를 억지로 꾹꾹 눌렀다.

가장 높은 봉우리가 눈에 들어왔다. 거센 바람에 휩싸인 광대한 산등성이가 솟아오르던 도중 비교적 둥글고 널찍하게 끝을 맺은 모양새였다. 정상에는 가장 크고 나이가 많아 보이는 두 스핑크스가 거대한 앞발로 암벽에 글씨를 새기고 있었다.

크리스토퍼가 맬을 툭 치며 말했다. "봐봐! 산 전체가 다 그래."

둘의 머리 위로 시야가 닿는 곳에서 햇빛을 받아 반짝이는 거의 모든 바위에 글씨가 쓰여 있었다. 그가 아는 글자도 일부 있었지만 모르는 것도 많았고, 그림이나 복잡한 도형을 크게 그려놓기도 했다.

아이리언은 두렵기도 놀랍기도 한 듯 말했다. "전에 들은 적이 있어. 스핑크스는 바위에 지식을 새기며 이 산에서 저 산으로 옮겨 다닌대. 역사나 철학, 음악, 수학 같은 것들 말이야." 그녀는 돌에 새겨진 둘로 나뉜 행성으로 보이는 어떤 도형을 쓸어내리며 말했다. "깊이 새겨넣어서 적어도 천 년은 지워지지 않을 거야. 산에 더 쓸 자리가 없어지면 다른 산으로 이동한대."

점점 가까워지자 크리스토퍼는 두 스핑크스가 바위에 새기는 모습을 자세히 볼 수 있었는데 발톱이 움직일 때마다 날카롭게 갈리는 소리가 나며 암벽이 파였다. 두 스핑크스 모두 꼬리 끝이 둥글고 가시가 나 있었으며 무척이나 집중한 표정이었다. 자동차 크기만 한 벨히브도 다른 스핑크스들에 비하면 확실히 작아 보였다.

힘겹게 비탈을 다 오르자 드디어 산마루가 눈앞에 펼쳐졌다. 새들이 머리 위에서 맴돌고 있었고 비스듬히 비치는 늦은 오후의 햇살이 크리스토퍼의 눈을 부시게 했다. 아름다우면서도 한편으론 몸이 떨릴 만큼 기묘한 풍경이었다.

벨히브가 소개했다. "너희에게 수수께끼를 내주실 나라비랄라 님이다."

잠시 후 산등성이 너머로 그들이 여태껏 본 것 중 가장 큰 스핑크스가 털을 흩날리며 날아왔다.

입과 귀 주변의 털이 허옇게 센 것으로 보아 나라비랄라라는 스핑크스는 나이가 무척 많은 듯했다. 등은 근육으로 가득했고 발톱은 길고 날카로웠으며 압도적인 힘이 느껴졌다. 얼굴은 친절하지도 퉁명스럽지도 않았다. 지식이 녹으면 만들어질 법한 얼굴이었다. 나라비랄라가 그들을 유심히 살폈다. 물어뜯는 듯한 눈빛이었다. 크리스토퍼는 무언가 피부를 뚫고 들어오는 것 같은 착각이 들었다.

"손님으로서 환영하는 바이다." 벨히브를 떠올리게 하는 그녀의 목소리는 마치 말이 너무 소중해서 낭비하고 싶지 않은 듯 군더더기가 없었다. "그러나 너희는 무단침입자이기도 하지. 너희의 목적을 알아내기 전까지는."

아이리언이 몇 걸음 앞으로 나왔다. 그녀는 꾸벅 고개를 숙이고 손가락 두 개를 가슴에 댄 후 각자의 이름을 소개한 뒤 말했다. "우리의 목적은 당신이 생각하는 바로 그것입니다."

나라비랄라가 고개를 끄덕였다. "좋아. 넌 옛 관습을 알고 있군." 나이트핸드가 놀란 표정으로 아이리언을 힐끗 보았다. "항상 스핑크스가 알고 있다고 생각하라는 관습 말이야. 뭐, 너희에 관해서는 실제로 알고 있다고 생각하지만. 그렇지만 먼저 수수께끼부터."

수수께끼 넷

나라비랄라가 포효했다. 소리가 산을 타고 사방으로 울려 퍼지더니 곧이어 열둘이나 되는 스핑크스가 들리지도 않게 대화를 나누며 뛰어왔다. 그들은 일행 주위를 어슬렁거렸는데 어른들에겐 관심이 없는지 크리스토퍼와 맬 만 주시했다. 수수께끼를 준비하는 스핑크스의 얼굴이 더 알 수 없는 표정 으로 바뀌었다.

나라비랄라가 나이트핸드를 보았다.

"인간 열 명의 힘과 천 명의 용기를 지닌 광전사부터. '나는 깃털처럼 가볍 지만 가장 힘센 사람도 나를 5분 이상 들지 못하지. 나는 무엇인가?'"

"내가 5분도 못 드는 건 없을 것 같은데. 용은 아마 어려울지도?"

"질문에 답하라."

광전사는 맞은편에서 자신을 보고 있던 아이리언을 쳐다보고는 다시 맬 에게로 시선을 돌렸다.

그의 얼굴이 구겨지고 뺨은 불그스레해졌다. "모르겠어! 생각이 안 난 다고. 내가 벌칙을 받게 되면 너희 모두 날 잡아먹을 건가? 아니면 누구 하나만?"

맬은 나이트핸드에게 시선을 집중했다. 입술을 입 안에 넣고 뺨에 바람을 불어넣어 달아오른 얼굴에, 눈을 크게 뜨고 양손을 맞잡고 있었다.

"아!" 나이트핸드가 분노와 안도의 콧김을 내뿜었다. "알겠어. 당신의 입김."

나라비랄라의 눈이 깜박였다. 그녀는 고개만 끄덕이고 바로 다음 수수께끼를 냈다. "이번엔 학자. '말하지 않고 말하는 것은?'"

아이리언이 나라비랄라를 똑바로 쳐다보더니 속삭이듯 말했다. "책."

벨히브가 중얼거렸는데 축하하는 말은 아닌 듯했다.

나라비랄라가 다시 고개를 돌렸다. "이번엔 소녀. 너에게는 가장 오래된 수수께끼를 준비했다. '아침엔 네 발, 낮에는 두 발, 저녁엔 세 발로 걷는 것은?'"

맬은 잠시 당황한 듯 보였으나 이내 매우 안심하는 표정을 지었다. "알아요! 사람이에요. 네 발은 기는 것, 두 발은 걷는 것, 세 발은 지팡이를 든 할머니예요."

벨히브가 못마땅해하며 턱관절을 우드득거렸다.

"마지막으로 바깥세상에서 온 소년이여, 낯선 곳에서 용감히 잘하고 있지만 결말을 맞이하기 위해선 용기가 더 필요할 것이다. 자, 수수께끼를 내겠다. '두 자매가 있다. 첫째가 둘째를 낳고 둘째는 첫째를 낳는다. 그들은 무엇인가?'"

크리스토퍼는 답이 눈썹 아닌가 하는 엉뚱한 생각을 잠시 하다가 "생각해!"라며 혼잣말했다.

벨히브가 히죽 웃었다.

"바다와 땅……인가? 아니야, 그건 아니야. 잠깐! 이건 답을 말한 게 아니에요!"

벨히브가 치과에라도 간 듯 이빨을 완전히 드러내며 웃었다. 비스듬히 비치는 햇빛에 이빨이 단검처럼 번쩍였다.

햇빛. 생각이 또 다른 생각으로 이어졌다. "제 생각엔…… 낮과 밤 아닌가요?"

"맞다." 나르비랄라가 경의를 표하며 고개를 숙이자 주위의 스핑크스들도 모두 따라 했다. "너희는 시험을 통과했다. 이제 질문에 답해주마."

나라비랄라가 일어서서 입가에 기쁨을 살며시 드러내며 말했다. "솔직히 말하지. 난 수수께끼가 싫다."

"어머니!" 벨히브가 외쳤다. 산 전체에 수군거리는 소리가 울려 퍼졌다.

"뭐, 사실이야. 따분하거든. 나는 답이 하나뿐인 문제를 좋아하지 않아."

"동감이에요." 아이리언이 말했다. "스핑크스와 공통점이 많을 줄은 몰랐네요."

"예를 들면 '한 번뿐인 짧은 삶을 어떻게 살아야 하는가?'라는 최고의 수수께끼를 생각해봐. 답은 각자 다 다르지. 많은 이들이 정답을 제시하려 애썼지만 애초에 그런 건 존재하지 않아. 산다는 것에는 정답이 없지. 들을 만한 충고는 있어도."

"이를테면, 스핑크스의 지혜는 귀 기울일 만하겠지요?" 아이리언이 물었다.

스핑크스가 일행을 죽 둘러보고는 말했다. "이를테면……." 그녀가 크리스토퍼를 그리고 맬을 보고 말을 이었다. "삶이 더 편해질 거란 기대를 접어. 그럴 일은 없으니까. 편하다고 삶에 의미가 생기지는 않아. 그리고……." 이번에는 아이리언과 나이트핸드를 바라보며 말했다. "다른 사람이 완벽해야 좋아할 수 있다는 생각을 버려. 그냥 좋아해. 뭐, 이런 말들이 수수께끼보다

의미가 있지." 뒤쪽에 있던 스핑크스들이 동의하지 않는다는 듯 중얼거렸지만, 그녀가 험상궂은 얼굴로 꼬리를 짧게 한 번 내리치자 이내 잠잠해졌다. "그렇지만 수수께끼를 내는 건 스핑크스의 임무이자 전통이라서 나도 따르고 있다."

"사실 수수께끼가 너무 잘 풀리는 바람에 몇 년 동안 인간을 먹어본 적이 없어." 벨히브가 말했다.

"그만." 나라비랄라가 아들을 단호한 눈초리로 쏘아보고는 경고의 의미로 날개를 들어 올려 펄럭였다. 머리 위에 깃털 달린 거대한 돛이 세워진 것 같았다. "자, 인간들이여! 함께 가서 식사하자꾸나."

"우린 아직 질문을 안 했어요! 급해요! 먹는 데 시간을 오래 쓸 수는 없어요."

"배가 고프지 않나?"

겔리펀이 맬의 손을 깨물자 그녀가 말했다. "고파요. 아주 많이요. 그렇지만……."

"너희가 왜 왔는지는 알고 있다. 우리도 그 문제로 고민 중이지. 한 시간 정도는 아무 문제도 안 될 거야."

그들은 여러 원로 스핑크스와 함께 산 정상의 우뚝 솟은 바위 아래에서 작고 단단한 사과와 새고기로 배를 채웠다. 스핑크스는 모두 아홉이었는데 크기가 다 달라서 작게는 코뿔소만 하고, 크게는 코끼리만 했다. 별다른 스핑크스식 식사 예절이 있는 것 같지 않자, 크리스토퍼와 맬은 눈빛을 교환한 후 그들을 따라 손과 이빨로 고기를 찢어 먹었다. 고기는 검게 탄 곳이 좀 있었고 가죽 맛이 희미하게 났지만, 뱃가죽이 등에 붙을 지경이었던지라 육즙을 흘리며 게걸스럽게 먹었다.

스핑크스 중 하나가 커다란 돌 대접을 입에 물고 왔다. 대접에는 배 같기도 한 호리병 모양의 보라색 과일이 쌓여 있었다. 겔리펀이 곧바로 달려들었다.

"검은표범열매!" 맬이 외치고는 하나를 크리스토퍼에게 던져줬다. "진짜 맛있어. 그렇지만 따고 나면 너무 금방 상해서 보통은 술을 담그거나 잼으로 만들어 먹어. 신선한 열매를 먹어본 적은 없어."

껍질이 질겨서 맬은 한입 베어 물고는 바로 뱉었다. 그러나 반투명한 과육은 놀라운 맛이었다. 적포도와 비슷했지만 더 달콤하고 진했다. 크리스토퍼는 손목에서 팔꿈치까지 과즙을 흘리며 순식간에 두 개를 먹어 치웠다. 맬도 마찬가지였다.

크리스토퍼가 물었다. "왜 이름이 검은표범열매야?"

"검은표범 머리를 닮아서. 그 상상의 동물 있잖아. 검고 발톱이 있고 바람처럼 빨리 달린다는. 들어본 적이 있을 텐데?"

"검은표범은 상상의 동물이 아니야."

맬이 그를 빤히 보았다. "상상의 동물 맞아! 말보다 빠른 거대한 고양이가 설마 있다고 생각해?"

"실제로 있어! 동물원에서 본 적도 있고. 딱히 열매처럼 생기지도 않았어."

나라비랄라가 그들에게 말했다. "맬림, 검은표범은 실제로 존재해."

맬이 스핑크스를 쳐다봤지만 무시무시한 이빨을 보고선 따지지 않았다.

나라비랄라가 다시 말했다. "인간들은 늘 아키펠라고와 외부 대륙을 오갔지. 그러나 양쪽 주민 모두 모르는 점이 있어. 사람들은 항상 여행자를 불신하기 때문이야. 특히 꾀죄죄한 몰골에 고생이 심했던 듯 말도 제대로 못하고 딱한 표정으로 돌아온 여행자라면 더더욱."

그녀가 눈을 깜빡이며 이번엔 크리스토퍼를 보고 말했다. "아키펠라고에서는 네가 사는 세상의 헨리 8세 이야기가 소녀들에게 왕을 멀리하도록 경고하기 위한 비유나 우화라고 생각하는 이들이 많아. 마찬가지로 검은표범, 고슴도치, 기린, 칼새 등도 네가 유니콘을 그렇게 생각했던 것처럼 있을 법하지 않은 신화 속 동물로 여기고 있지." 그녀는 잇몸을 오므려 이빨을 온통 드러내며 덧붙여 말했다. "너희 인간도 신화 속 존재가 되지 않도록 조심해야 할 거야."

아니라고 말한 남자

이윽고 해가 그들 왼편의 산맥 뒤로 모습을 감추자 나라비랄라가 손님들에게 말을 꺼냈다.

"자, 이제 말해보거라. 여기에 왜 왔는지."

나이트핸드가 아이리언을 쳐다봤지만 입을 연 사람은 맬이었다. 소녀는 매우 신중하게, 솔직하게 아는 대로 모두 이야기했다. "그래서 우리는 글리머리가 어떻게 됐는지 알고 싶어요. 용들이 왜 습격하고 크라켄은 살던 곳을 왜 떠나는지도요."

스핑크스가 거대한 눈으로 일행을 한 번씩 쳐다봤다.

"이야기는 오래전으로 거슬러 올라가지. 사연이 꽤 복잡해."

맬과 크리스토퍼는 나란히 앉아 이야기의 시작을 차분히 기다렸다.

젤리펀은 맬의 무릎 위에 누워 있었다.

"아키펠라고를 둘러싼 힘이 어떻게 만들어졌는지 알고 있는가?"

맬은 고개를 끄덕였지만, 크리스토퍼는 가로저었다.

"3천 년 전의 일이지. 불멸자는 당시 안티오크에 살던 헬레사라는 용감한 여성에 깃들어 있었는데 마구잡이로 세상을 훼손하는 인간들로부터 우리를 지켜야겠다고, 즉 아키펠라고를 세상에서 분리해야겠다고 결심했지. 그녀는 마력의 원천인 글리머리 나무를 이용했어. 그러곤 어떤 인간이나 마법 생명체보다 강력한 그 힘으로 이 땅과 바깥세상 사이에 장벽을 둘렀어. 그 덕분에 이곳의 땅과 하늘에 마법의 힘이 집중될 수 있었지. 생명체들이 번성하고 오래오래 본연의 삶을 누릴 수 있을 만큼 충분히 말이야. 우리 스핑크스들도 그 힘에 의존하고 있어.

그러나 그로부터 몇천 년이 지나면서 위험이 드러났지. 인간 이상의 힘을 휘두르려는 악당이나 사악한 영혼이 글리머리 나무에 스멀스멀 접근해서는 가장 강력한 마법을 훔쳐내려는 시도가 드물지만 수백 년마다 있었던 거야.

나무를 지키기 위해 끊임없는 싸움이 벌어졌지.

그래서 수백 년 뒤, 이번에는 아흐메드 텔로스라는 느릿한 말투에 대단한 끈기와 세심함을 갖춘 신사에 깃든 불멸자가 나무 주위에 미궁을 만들었어. 사실 아흐메드는 그 전에 마법이 사라진 바깥세상을 방문했어. 세상을 온전히 알기 위해 불멸자는 종종 그렇게 했지. 그는 그곳에서 오랜 세월 동안 여러 대륙을 오가다가 한 천재를 만났어. 그는 학자이기도 예술가이기도 공학자이기도 건축가이기도 했고 평화를 사랑하면서 한편으로는 전쟁에도 관심이 깊었지. 그자의 이름은 레오나르도 다 빈치다. 레오나르도와 그의 사촌이자 세계적인 석공이던 엔조 다 빈치는 당시 최고의 건축가로 인정받고 있었어. 특히 요새나 도시의 벽을 정교하게 쌓는 전문가였지. 레오나르도는 기본 계획을 세웠어. 그는 너무나도 복잡해서 길을 모르면 절대로 통과할 수 없는 미로를 만들겠다고 했지. 글리머리 나무는 동굴 깊숙한 곳에서 땅의 온기를 느끼며 자라고 있었는데 그는 바로 그 동굴을 깎아 미로를 만들기로 한 거야. 그리고 덫과 교묘한 장치 등의 방어 수단을 숨겨두기도 했어. 그렇게 하면 아무도 짐작할 수 없는 깊은 곳에서 나무가 영원토록 안전하고 또 안전하게 자랄 수 있으리라 생각한 거지.

다만 그렇게 되려면 불멸자 외에는 길을 아는 사람이 없어야만 했어. 따라서 미로가 다 지어진 후에 레오나르도와 엔조는 기억을 지우는 물약을 먹기로 했지. 그 물약은 어떤 켄타우로스가 만들었는데 오직 켄타우로스만이 그러한 힘을 지닌 물약을 제조할 수 있어. 둘은 그것을 마시고는 미궁에 대해 잊었고 이후 막대한 부와 함께 고향으로 돌아왔지만, 자신들이 무슨 일을 했는지는 전혀 기억하지 못했어.

그때 이후로 불멸자는 생애마다 한 번씩 나무를 보러 미로에 들어갔어. 뿌리를 살피고 건강하게 잘 자라는지 확인했지. 그러곤 나무껍질을 아주 조금 뜯어서 입에 넣곤 했어. 때문에 불멸자의 피부에서는 글리머리의 향기가 아주 희미하게 풍기지."

"다 아주 좋은 얘기야." 나이트핸드가 불쑥 끼어들었다. "그렇지만 소득은 없고! 이제 불멸자는 없어. 지난 백 년 동안 보이지 않았고 아무도 그 이유를 몰라."

나라비랄라가 군데군데 허연 머리를 기울이며 말했다. "그 이유를 아는 이가 인간 중엔 거의 없을 테지만 다른 생명체 중에는 있지. 스핑크스는 온갖 출처에서 정보를 모아. 별에서 뭔가를 읽어내기도 하고 라타토스카나, 나이아드, 드라이어드, 네레이드는 물론 만티코어로부터도 소식을 전해 든는다."

맬이 공포와 혐오가 뒤섞인 표정을 지었다.

나라비랄라가 다시 말했다. "만티코어들은 많은 걸 알고 있어. 그걸로 유익한 일을 하는 경우는 거의 없지만. 아무튼 모은 정보를 바탕으로 우리는 백 년 전에 무슨 일이 있었는지 대강 파악할 수 있었다. 바위에도 새겨놓았어. 뭐 이런 내용이지.

불멸자는 인간으로서 죽음을 맞이할 때마다 곧바로 다시 태어나. 불멸자를 낳는 부모는 무척 고생하는데, 물론 인간 아기들은 모두 부모에게 부담이 되지만, 불멸자를 담은 아이는 특히나 그래. 태어난 후 3년 동안은 쉬지 않고 울거나 웃는다고도 하고.

백 년 전, 불멸자는 리시아 북쪽에서 남자아이로 태어났어. 마릭이라는 이름이었지."

해가 산 너머로 모습을 감춘 지 오래고 바람마저 거세지자 갑자기 몹시 추워졌다. 맬은 코트를 벗어 자신과 크리스토퍼의 무릎 위에 둘렀다. 크리스토퍼가 고맙다는 뜻으로 고개를 끄덕였다.

나라비랄라가 명확하며 느릿하고 낮은 목소리로 이야기를 이어갔다. "마릭은 어른이 되면서 점점 자신의 운명에, 즉 자신의 정체에 화가 났어. 그는 자신에게 지워진 불멸자의 지식이 무척이나 싫었지. 그 무엇도 잊을 수 없다는 게 넌덜머리가 났던 거야.

그러다가 마침내 더 이상 참을 수 없게 되었어. 그는 세상에서 일어나는 잔인하고 슬픈 일들을, 죽고 다치는 일을 보면서 의문을 품었지. 그런 일들과 분노가 빚어내는 결과가 과연 고통을 감수할 만한 것인지 말이야. 반감으로 온몸이 떨렸고 마음속에선 '아니'란 목소리가 들려왔지. 그는 그 목소리를 입 밖에 내었어. 그리고 기억도 지식도, 지식과 함께 딸려온 끔찍한 책임도 모두 거부했지.

그는 세상에 들리도록 크게 소리쳤어. '아니'라고.

그는 가족들에게 자신이 가진 능력을 포기하겠다고 말했어.

물론 모두 그것이 미친 소리일 뿐 아니라 애초에 불가능하다고 했지. 불멸자는 그만둘 수 있는 것이 아니니까.

그러나 마릭의 의지는 확고했어. 그는 레오나르도와 엔조 다 빈치가 마셨다는 물약을 생각해내고는 안티오크 섬의 켄타우로스들을 찾아갔지. 그곳에서는 물약을 제조하는 비결이 대대로 전해지고 있었어.

그는 그들에게 막대한 금을 주고는 물약을 만들게 했어. 그제껏 없던 가장 강력한 물약을 말이야. 마릭은 모든 걸 정리했어. 불멸자가 600년 전에 만든 궁전이 있었지. 아키펠라고에서 가장 멋진 건물인데 그는 그곳을 폐쇄하고는 관리하던 이들을 내보냈어. 그리고 돛대가 여러 개에 드라이어드 나무로 만든 배가 있었는데 그는 그것도 바다에서 건져서는 어딘가에 두었지."

이때 한 나이 든 남자 스핑크스가 끼어들었다. "맞아. 식당에 두었어. 시간이 먹어 치우게끔 말이야."

"그다음에 그는 물약을 마셨고 기억을 잃었지." 나라비랄라가 비극의 무게가 느껴지는 양 눈을 껌벅였다. "보통 결심이 아니었어. 물약을 마신다는 건 자신뿐 아니라 이후 다른 인간으로 살아갈 때도 불멸자라는 자각을 잃게 되는 것임을 알고 있었으니까.

이해할 수 있겠어? 마릭 이후에도 불멸자로 태어난 인간이 둘이나 셋, 혹은 더 있었겠지만 아무것도 모르고 살다 죽었지. 평범한 아기로 아이로 어른으로 산 거야."

"돌이킬 수는 없나요?" 크리스토퍼가 물었다.

"가능하긴 해. 모든 물약에는 그 효과를 되돌리는 물약도 있으니까. 마셔본 이는 없지만 만들 수는 있을 거야. 아무튼 이제 불멸자의 보호와 지식 그리고 강철 같은 의지와 세심한 관찰이 사라진 아키펠라고는 위험에 그대로 노출되었지. 미로에 들어가 글리머리 나무가 이상 없는지 확인할 사람이 이젠 없어. 우리의 보물을 지키는 데 전념할 수 있는 사람이 사라진 거야.

우리가 보기엔 이미 최악의 상황이 벌어진 듯해. 별과 바다가 전해준 바와 들려오는 이야기를 종합해보면 무언가가 미로 안으로 들어가는 데 성공한 것 같거든. 나무가 죽어가고 있어. 아니면 흡수되고 있거나."

"그건 불가능해!" 나이트핸드가 말했다.

"불가능해야 마땅하지. 불멸자 말고는 아무도 미로에 대해 알지 못해. 그렇지만 이미 일어난 일이야."

"글리머리 나무가 죽으면 무슨 일이 생겨요?" 맬과 크리스토퍼가 동시에 물었다.

"아키펠라고를 지키는 힘이 사라지지. 글린트가 없으면 생명체들도 오래는 못 갈 거고. 너희들이 봐왔고 사랑했던 것들이 전부 죽게 될 거야. 알다시피 그리핀은 이미 거의 사라졌지." 나라비랄라가 겔리펀을 향해 고개를 숙였다. "유니콘도 용도 라타토스카도." 그녀가 잠시 뜸을 들이더니 덧붙였다. "우리 스핑크스도. 물론 바깥세상도 예외는 아니야. 마법이 없으면 그곳 역시 유지되지 못해."

뒤에 있던 벨히브의 목에서 짧고 슬픈 소리가 들렸다. 그는 자신의 어머니 곁으로 갔다.

크리스토퍼가 물었다. "그 불멸자, 마릭은 어떻게 됐어요?"

"다음 날 아무것도 기억하지 못한 채 깨어났어. 회복에는 상당한 시간이 걸렸지. 한 달 동안은 걷지도 못했어. 그다음에는 나름의 삶을 살아갔어. 늘 호기심을 경계하고 매사에 조심하며 살다가 바다에서 사고를 당해 젊은 나이로 세상을 떠났지. 그러고는…… 우리도 누가 불멸자로 태어났는지, 누구의 몸에 영원불멸의 영혼이 깃들어 있는지 알지 못해.

그러니까 너희가 미궁 깊숙한 곳에 무엇이 있는지, 글리머리가 약해진 이유가 무엇인지 알고 싶다면 최초의 나무가 맺은 첫 열매에서 그 영혼이 태어난, 인류를 출발점에서부터 알고 있는 불멸자를 먼저 찾아야 할 거야."

폭력의 분출

일행은 침묵하다시피 하며 학자들의 도시로 배를 돌렸다. 다음 날 아침, 배가 부두에 정박하자마자 아이리언은 뭔가 골똘히 생각하는 표정으로 다음과 같은 말을 남기곤 도서관으로 향했다. "어디엔가, 불멸자에 대해 찾아낼 수 있는 뭔가가 있을 거야."

"우린 뭘 하지? 어디로 가야 할까?" 맬이 코를 파며 말하고는 손가락에 묻은 콧물을 살펴보더니 입에 넣었다.

"맬! 더럽게 왜 그래?" 크리스토퍼가 얼굴을 찌푸렸다.

"너도 어제 코 파는 거 봤는데 뭘."

"난 먹진 않았어."

"그럼 넌 더러운 데다가 헤프기도 한 거야. 난 더럽기만 한 거고."

눈썹을 치켜올린 채 그들을 바라보던 나이트핸드가 말했다. "배에서 내리지 마라. 사람들이 모르는 비밀 정보를 수집하는 오래된 지인이 몇 있는데 그자들을 찾아가서 불멸자에 대해 아는 게 있는지 물어볼 거야. 래트윈하고 같이."

"같이 갈래요." 맬이 말했다.

"안 돼! 함께 즐겁게 차를 마실 만한 녀석들은 아니야."

그들은 배에서 내린 광전사가 보이지 않을 때까지 기다린 후 눈빛을 교환했다.

"혹시……?"

"빨리만 다녀오면……."

"안 내리겠다곤 안 했으니까……."

크리스토퍼가 씩 웃고는 부두로 뛰어내리며 말했다. "우선 먹을 걸 좀 찾아보자. 콧물만 먹곤 못 사니까."

그들은 크게 자른 폭신폭신한 하얀 스펀지케이크를 겔리펀에게 줄 것까지 세 조각 사서는 길을 걸으며 먹었다. 가다 보니 빵, 과일, 생선을 파는 가게가 보였다. 그러다 운하 옆 한적한 샛길로 들어섰다. 크리스토퍼는 벨벳처럼 부드러운 케이크를 먹으면서 어떤 생각을 하고 있었다.

그가 말했다. "맬, 스핑크스들조차 어디로 가면 좋을지 알려줄 수 없다면 기억력이 좋은 다른 오래된 생물들이 또 없을까? 용이 몇천 년이나 산다고 했잖아. 용하고 이야기할 방법은 없어?"

맬이 대답했다. "용은 인간하고 별 관련이 없는 것 같아. 매우 오래 살지만 야생에서 살고 인간에겐 관심이 거의 없어. 그들에게 우리는 개미처럼 보일 거야." 그녀가 말하는 틈을 타 겔리펀이 케이크를 한입 먹었다.

"그렇지만 용들도 글리머리의 영향을 받잖아." 그가 뜸을 들이더니 말했다. "네레이드들이 너에 대해서 무슨 말을 했어. 너하고 글리머리에 대해서."

그녀는 순간 깜짝 놀랐다. "뭐라고?"

"알아듣기가 어려웠어. 바닷소리에 그리고 네레이드 말도 잔뜩 섞이고 그래서."

"자세히 말해봐! 어서!"

"뭐라고 했냐면……."

그러나 크리스토퍼는 끔찍한 비명 때문에 말을 이을 수가 없었다. 고개를 돌려보니 어떤 소년이 맬의 팔을 잡고 끌고 가려 하고 있었다. 며칠 전 만난 점쟁이 곁에서 기다리던 소년 중 하나였다.

맬이 다른 손을 휘두르자 소년도 주먹을 날려 그녀의 입을 정통으로 맞혔다. 겔리편이 소년의 얼굴에 달려들었고 맬도 손바닥 끝으로 그의 코를 찍었다. 소년이 휘청이자 크리스토퍼가 몸을 날려 가슴을 잡고 땅에 메다꽂았다. 소년이 소리를 질렀다.

둘이 잠시 숨을 고르는데 갑자기 다른 소년이 나타나 크리스토퍼의 머리카락을 잡아채는 즉시 얼굴에 주먹을 날렸다. 충격에 숨이 가빠진 크리스토퍼가 휘청이자, 소년은 이번에 그를 들어 올려 주먹으로 목을 강타했다.

맬이 숨을 몰아쉬며 벽에 기대어 서서 먼저 나타난 소년을 노려봤다. 땅에 뻘건 것이 보였는데 아무래도 그녀의 입술에서 떨어진 듯했다. 크리스토퍼는 피를 보자 온몸이 달아오르는 것 같았다.

그가 몸을 뻗어 나중에 나타난 소년의 몸통을 세게 끌어안았다. 둘 사이 가슴께에서 주먹 소리가 툭툭 하고 몇 차례 들렸다. 크리스토퍼가 소년의 코를 물었다. 소년이 고함을 지르며 코를 빼려 하자 크리스토퍼는 그 틈을 타 그의 두 발목을 강하게 걷어차 쓰러트렸다. 맬은 구역질하며 겔리편을 품에 안고 몇 걸음 떨어졌다.

크리스토퍼가 으르렁댔다. "다음에는 네 갈비뼈를 짓밟아 줄게. 뼈가 다 부러져서 몸에 달라붙을 때까지 말이야. 왜 쟤를 공격한 거지?" 말을 하자 얼굴이 쓰라렸다. 눈에 멍이 든 것 같았다.

소년은 아무 말도 하지 않고 침만 뱉었다.

크리스토퍼는 화가 다소 가라앉아서 더 이상 상대를 고통스럽게 하고 싶지 않았다. 머리가 윙윙댔고 입에선 피 맛이 났다. 그러나 그는 또 차려는 듯한 발을 뒤로 들었다.

"멈춰!" 소년이 외치고는 '그멸자'처럼 들리는 소리를 냈다.

"뭐라고?"

그러자 먼저 나타난 소년이 일어서려 하면서 말했다. "말하지 마!"

구역질이 목구멍까지 올라온 크리스토퍼는 코로만 거친 숨을 쉬고 있었다. "말해. 안 그러면 더 고통스러울 거야."

소년이 신음하며 말했다. "저 애는 잊힌 자야. 맞아. 어머니께서 손바닥을 보고 알았지. 맞아."

크리스토퍼가 점쟁이를 기억해내고는 몇 걸음 떨어진 곳에서 찡그린 얼굴로 토하고 있던 맬을 쳐다봤다.

"잊힌 뭐?" 그 순간 크라켄이 맬을 떠다니는 나무 위에 올려놓았던 일 이후 머릿속을 떠나지 않던 의문이 그의 입을 움직였다. "불멸자? 사라진 불멸자?"

"카빌이라고 하는 사람이 있어. 크고 금발 머리고, 얼굴에 상처가 났어. 그 사람이 쟤를 찾아. 돈을 준댔어. 진짜 돈. 모든 걸 바꿀 만큼 많이. 그리고 쟤가 불멸자라고 했어. 우리 어머니도 그랬고."

"카빌이 그걸 어떻게 아는 거지?"

"그건 내 알 바 아니지. 맞아. 누가 시킨 일이랬어."

크리스토퍼가 더 물어보려고 했을 때 다른 소년이 와서 말하던 소년을 끌어 세웠다. 그들은 곧바로 줄행랑을 쳤고 크리스토퍼에게는 뒤쫓을 힘이 남아 있지 않았다.

그가 다가갔을 때 맬은 구역질이 좀 그치는 듯했다. 그녀가 말했다. "코를 한 방 먹었어. 부러뜨린 것 같아."

"그걸 어떻게 알아?"

"글쎄, 그냥 느낌이 왔어. 그리고 이것도 그냥 안 건데, 그 녀석 날 건드리는 게 무서웠나 봐. 이를 악물고 있더라고."

크리스토퍼가 소년에게 들은 내용을 이야기하려 입을 열었다가 도로 닫았다. 때와 장소를 바꾸는 편이 나을 듯했다. "걸을 수 있겠어?"

"어." 맬이 얼굴을 찡그리고는 머리카락의 흙을 털며 일어나 애써 웃는 얼굴로 물었다. "네가 더 걱정되는데. 넌 어때?"

크리스토퍼는 혀로 이를 훑어보았다. 부러진 데는 없었다. "괜찮아. 얼른 그림자춤꾼호로 돌아가자."

그가 소년의 말을 전한 것은 배로 무사히 돌아가 접의자에 앉아 겔리펀에게 새우를 한 움큼 집어 먹인 뒤였다.

"불멸자라고?" 맬은 별생각 없이 말하는 듯했지만 신경질적인 목소리에 긴장감이 드러났다. "다들 거기에만 꽂혔어! 불멸자가 어쩌고저쩌고. 장담하건대 내가 불멸자였으면 벌써 알았지."

"그게 문제잖아. 알 수가 없다고!" 크리스토퍼가 말했다.

가능성이 없지는 않다는 생각이 곧 불안으로 바뀌어 커져만 갔다. 그는 네레이드가 했던 말이나 겔리펀이 그녀의 냄새를 들이마시는 모습, 그녀가 필요할 때 통로가 정확히 열렸던 일 등을 떠올렸다. 생각이 뒤섞여 갈피를 잡을 수 없었지만, 정신없는 생각이 뿌린 씨앗이 희망이 되어 움트는 듯도 했다. "나라비랄라가 그렇게 말했잖아."

"내가 불멸자라 쳐도, 그건 내가 켄타우로스라고 하는 것과 다를 게 없어. 모든 인간의 비밀을 아는 건 별로 되찾고 싶은 능력이 아니야."

"그렇지만 너로선 알 수 없어! 그리고 방금 녀석들이……."

맬이 얼굴을 찡그리고 일어서는 바람에 그는 더 말할 수 없었다. "크리스토퍼, 설마 나보다 점쟁이 말을 더 믿는 건 아니지? 그런 말도 안 되는 거짓말을 하면서, 또 그걸 믿어주는 바보들이 있어서 먹고사는 사람이야. 그리핀은 속지 않으니 다행이네." 그녀가 젤리핀을 들어 안았다. 그녀의 팔 밖으로 삐져나온 몸 뒷부분을 보니 그리핀이 확실히 컸음을 알 수 있었다. "가서 얘 목욕이나 시킬 거야. 너도 도와주던가. 자꾸 비누를 먹으려고 하는데 먹으면 며칠 동안 거품 방귀가 나온단 말이야."

"알았어."

"하지만 그 얘기 계속할 거면 따라오지 마."

"아, 그럼…… 안 갈게."

아주 잠깐이었지만 맬이 금방이라도 울 것 같은 표정을 지었다.

"그게, 안 할 수가 없는 게. 맬, 들어봐……."

"듣기 싫어. 싫다고!" 그녀가 가버리자, 그는 난간 너머로 부두를 바라보았다. 방금 있었던 일을 생각하느라 숨 쉬는 일도 잊을 지경이었다.

그날 밤, 그림자춤꾼호의 선실에서 크리스토퍼는 어느 순간 잠이 들었다가 한밤중에 쿵 하고 떨어져 잠이 깼다.

비몽사몽간에 그는 온몸이 왜 아픈지도 기억하지 못했다. 그러다가 꿈에서 떠오른 어떤 단어가 문득 생각났다. 줄곧 머릿속을 떠돌고는 있었지만 좀처럼 잡히지 않던 단어였다. 그 갑작스러운 깨달음으로 방 안에 사이렌이 요란하게 울리는 것만 같았다. 낮에 소년에게 맞았을 때보다 어지러웠다.

그는 맬에게 갔다. 맬은 하늘을 나는 용이 그려진 천장 아래에서 그리핀이 수놓인 이불을 덮고 자고 있었다.

그가 그녀를 흔들어 깨웠다. "맬! 일어나!"

당연히 맬은 짜증을 냈다. "뭐야!" 그러다가 갑자기 벌떡 일어나 물었다. "겔리펀에게 뭔 일 생겼어?" 그러나 겔리펀은 옆에서 곱게 자고 있었다. "가서 잠이나 자. 한밤중이잖아!"

"중요한 일이야! 할 얘기가 있으니 정신 좀 차려봐."

맬이 얼굴을 비비며 말했다. "그래. 깼어. 일어났어. 뭔 얘긴데?"

"작명가가 신들린 상태에서 지었다는 네 이름, 맬럼. 그거 라틴어야."

"나도 알아! '말썽'이란 뜻이라고 내가 말해줬잖아." 그녀가 졸린 얼굴로 웃었다. 앞머리가 얼굴에 착 붙어 있었다. "같이 확인한 거네. 그렇지?"

"맬, 그게 말이야. 맬럼에는 또 다른 뜻이 있어."

"그래?"

"'열매'라는 뜻도 있어."

충격에 침묵이 오래 이어졌다. 크리스토퍼는 맬의 얼굴을 계속 쳐다보았다. 서서히 그녀의 얼굴이 이해했다는 표정으로 변하더니 곧이어 하얗게 질리며 굳어졌다. 바로 그때 윙윙 소리가 들려와 침묵을 깼다.

크리스토퍼가 물었다. "무슨 소리지?"

소리는 맬의 코트 주머니에서 나는 듯했다. 그가 확인하려고 코트를 집자, 맬이 잡아채며 말했다.

"만지지 마!"

그녀는 카사파사란을 꺼내 손에 쥐었다. 바늘이 점점 빠르게 돌면서 손바닥 안에서 부서질 것처럼 윙윙 소리를 내며 덜그럭거렸다. 이때 아이리언과 나이트핸드가 걱정하는 얼굴로 문을 열고 들어왔는데 동시에 카사파사란이 찰칵이며 북쪽을 가리킨 채 멈췄다.

크리스토퍼가 말했다. "최초의 나무를 가리키는 거야. 글리머리의 중심 말이야. 내가 뭐랬어! 불멸자의 고향을 가리키는 거라고!"

맬럼, 열매

맬은 불같이 화를 냈다. 크리스토퍼는 그녀의 반응을 여러 가지로 예상했으나 눈을 부릅뜨며 그렇게나 격렬하게 반응할 줄은 몰랐다.

"난 불멸자가 아니야! 그 녀석들도, 너도, 카사파사란도 다 틀렸어."

그들은 갑판으로 나와 등불 근처에 둘러앉았다. 아이리언, 나이트핸드, 래트윈의 얼굴에는 놀라움도 보였지만, 크리스토퍼에게서는 뭐라 표현하기 어려운 두려움과도 비슷한 감정이 엿보였다.

크리스토퍼가 말했다. "만약 틀린 게 아니라면? 사실이라면 어쩌지? 그 되돌리는 물약을 마시면 되잖아! 우주의 모든 비밀을 알 수 있을 거야! 모든 걸 영원히 기억할 수도 있고!"

"내가 사실이 아니길 바란다면?"

"그건 사실이라고 생각한단 뜻이야?"

맬이 침묵했다.

크리스토퍼가 부푼 마음에 큰 소리로 말했다. "맬! 너의 큰 가능성을 생⋯⋯."

"만약! 그 마릭이란 사람이 잊기로 마음먹었다면 다 이유가 있었을 거야. 난 평범하고 나다운 진짜 삶을 살고 싶어. 딱 한 번만. 내 인생을 말이야."

"그렇지만 네가 구할 수 있……."

맬이 일어섰다. "잘 들어! 지금도 그렇지만 난 눈을 감을 때마다 레오노어 고모할머니가 바닥에 죽어 있는 모습이 떠올라. 언젠간 조금은 잊을 수 있겠지. 그렇지만 물약을 먹으면 레오노어의 죽음뿐 아니라 불멸자가 지금까지 본 모든 죽음을 기억하게 될 거야. 영원히. 거기에 여태껏 저지른 모든 멍청하고 못되고 창피한 짓과 또 그런 생각과 상상도 덤으로 올 테고! 그게 다 매일매일 영원토록 생각날 거야! 불멸자는 까먹지 않으니까!"

크리스토퍼는 이 말을 듣고서야 비로소 그녀의 기분을 이해할 수 있었다. 불멸자의 운명은 몸과 마음을 짓이길 수 있는 너무 큰 부담이었다. 또한 그녀는 그러한 무게를 짊어지기에는 너무나 작았다. 작고 자기주장이 아주 강했지만 그렇다고 단단하지도 않았다. 다만 놀라운 가능성에 다시 생각이 미치자 그가 말했다. "맬, 그렇지만 네가 알게 될 것, 보게 될 것도 생각해봐. 죽음만 있는 건 아니잖아. 다른 게 훨씬 많은……."

"더는 듣고 싶지 않아!"

그러자 아이리언이 다정한 목소리로 말했다. "맬, 만약 사실이면…… 그러니까 카사파사란이나 점쟁이나 네 작명가이자 예언자가 모두 틀리지 않았다면……."

갑자기 쿵 하는 소리가 났다. 나이트핸드가 일어서며 낸 소리였다. "사실이야. 카사파사란의 금속에는 글리머리가 들어 있어서 고장이 나지 않고 틀린 곳을 가리키지도 않아. 그리고 무엇보다 내가 알고 느끼고 있지. 정체를 몰랐을 뿐 분명 처음부터 그랬어. 바로 불멸자를 지켜야 하는 광전사의 의무 때문이었던 거야."

"그러니까 누가 지켜달래요?" 맬이 그나마 소리를 죽여 소리쳤다.

"그래 맞아. 나도 알아." 나이트핸드가 성큼 걸어 황급히 사라졌다.

이번에는 아이리언이 입을 열었다. "그렇지만 책임을 생각해봐……."

"책임요? 그게 왜 내 책임이어야 해요? 왜 아직 영구치도 다 안 난 나여야 하냐고요!"

아이리언이 아랑곳하지 않고 말했다. "맬, 오직 너만이, 너만이 아키펠라고뿐 아니라 글리머리와 세상 전체를 구할 수 있어."

"세상은 넓어요! 다른 누군가가 잘 해결할 거예요! 물약을 마시면 다시는 쉴 수 없을 거예요. 절대, 절대, 영원히 말이에요. 그러니까 안 마실 거예요."

"그렇지만 온 세상의 비밀을 알 수 있어!" 크리스토퍼가 말했다.

"필요 없어! 알겠어? 네가 뭘 부탁하고 있는지나 알아?"

"맬, 배와 미궁…… 만약 네가……."

"야! 그렇게 좋을 것 같으면 그 망할 물약, 너나 마셔!"

갑자기 래트윈이 수업 중에 질문하듯 손을 들었다. "쟤가 마시면 곧바로 죽어."

아이리언이 한층 부드러운 목소리로 말했다. "맬, 이게 사실이라면 네가 꼭 해야 할 일이야. 부름을 받은 거야."

"싫어요. 싫어요. 싫어요!"

맬이 그렇게나 초라해 보이기도 처음이었다. 바람이 그대로 통과할 정도로 얇은 종잇장처럼 보였다.

이때 나이트핸드가 사라졌을 때만큼이나 황급히 나타났다. 급히 면도한 듯 얼굴에 상처가 나 있었고 머리는 빗물 통에 담근 것 같았다. 그는 갑판 한쪽 구석으로 가더니 휴대용 와인병을 바다에 던졌다.

그가 돌아와서 맬 앞에 한쪽 무릎을 꿇고 말했다.

"불멸자 앞에, 영원한 인간의 영혼 앞에 무릎 꿇습니다. 제 목숨이 다하는 날까지 이 검으로 지켜드릴 것을 서약합니다."

맬은 급기야 울음을 터뜨렸다. "싫어요. 필요 없어요!" 그녀는 등을 돌리고는 자신의 선실로 사라졌다.

크리스토퍼가 그녀의 뒷모습을 보며 말했다. "이해가 안 가네. 모든 걸 알게 되는 건데! 세상에서 가장 중요하고 강력한 사람이 되는 건데!"

아이리언이 한숨을 내쉬었다. "그렇게 단순하지는 않아. 본인 뜻과 관계없이 더 이상 어린아이로 살 수도 없을 거고 지금보다 더 외로워질 거야. 다른 사람들보다 더 멀리 보고 더 많이 아는 이들의 삶이 바로 그러하니까. 어떤 지식은 추방을 뜻하기도 해."

"그렇지만 맬은 여전히 맬일 거잖아요. 늘 그럴 거예요." 크리스토퍼가 말했다.

"과연 그럴까?" 아이리언이 물었다. "우리 안에 우리가 보고 아는 것의 비중이 과연 얼마나 될까?"

크리스토퍼는 그녀의 말을 기다리다가 더 이상 말이 없자 말했다. "글쎄요?"

"정답은 없어. 질문만 있지."

이별

크리스토퍼가 선실로 돌아오자, 맬이 기다리고 있었다. 그녀는 코트 차림에 겔리펀을 안고 있었다.

"나, 떠날 거야." 그녀가 말했다.

"어디로?"

"아티디나로 돌아갈 거야. 여기에는 안 있을래."

"그치만……."

"나 혼자 가도 되고 아니면 같이 가도 되고. 다들 잠들고 나면 바로 갈 거야."

"맬, 물약은……."

"다들 어떻게 생각하든 상관 안 해. 한 번만 더 그 물약 얘기하면 귀를 뜯어버릴 거야. 알았어? 빈말이 아니란 거 알 거야."

크리스토퍼가 맬을 바라봤다. 아직 충격과 공포로 떨고 있었다. 혼자서는 보낼 수 없는 상태였다. 불멸자일지는 몰라도 신체적으로는 작았고 겁에 질려 있었다.

맬이 말했다. "도시를 가로질러 서쪽 부두로 가서 집으로 데려다줄 배를 찾을 거야. 집에 가면 문을 잠그고 다시는 나오지 않을 거야."

"그치만 맬, 글리머리는? 모든 게 아키펠라고, 전체가 글리머리에……."

"다른 누가 알아서 하겠지."

"배를 타고 가다가 위험한 생물을 만나면 어쩌려고? 스핑크스들 말로는 바다 생물들이 겁을 먹고, 성이 나 있고, 굶주린 상태라잖아."

맬은 단호했다. 치켜올린 턱으로 얼굴이 안 보일 지경이었다. "그럼 만나지 뭐. 못 만날 건 뭐야? 누가 더 화가 났는지는 보면 알겠지."

그들이 몰래 배에서 내렸을 때는 시계가 새벽 2시를 알리고 있었다. 겔리펀은 맬의 어깨에 앉아 머리를 그녀의 뺨에 대고 있었다. 어둠 속에서 그들은 광장과 달빛으로 반짝이는 운하를 가로지르는 다리를 여러 곳 지났다. 라타토스카 한 마리가 가로등에서 다른 가로등으로 펄쩍 뛰어갔다. 15분을 알리는 종이 은은하게 울렸다.

맬이 말했다. "돈만 충분히 주면 아티디나는 물론이고 어디로든 데려다줄 사람이 있을 거야. 아직 코트에 돈이 많이 있어."

그들은 이번에는 자갈이 깔린 넓은 광장을 지났다. 양옆의 가게들은 문이 닫혀 있고 중앙에는 돌로 된 머메이드 모양의 분수가 가로등 불을 배경으로 물을 뿜고 있었다. 분수대 옆에는 유니콘 문양이 새겨진 무거운 은제 컵 몇 개가 쇠줄에 매달려 있었다.

크리스토퍼가 말했다. "이쪽 같아. 여기가 서쪽이야."

그 순간 어둑한 밤이 완전하고 끔찍한 암흑으로 변했다.

애덤 카빌이 분수 뒤에서 나타났다.

맬이 소리를 지르자, 카빌이 달려와 그녀를 들어 올리면서 한 손으로 입을 막고 다른 손으로 버둥대는 양손을 잡았다.

크리스토퍼에게는 무기가 될 만한 게 전혀 없었다. 다급하게 주변을 살폈다. 은제 컵이 눈에 들어오자 그중 하나를 쥐어 세게 당겼다. 컵이 크고 날카로운 쇳소리와 함께 떨어져 나갔다.

그는 젖 먹던 힘을 다해 뒤쫓아 카빌의 등 뒤로 뛰어올라 목에 쇠줄을 걸고 있는 힘껏 잡아당겼다. 숨이 막힌 카빌이 울부짖으며 크리스토퍼 쪽으로 맬을 떨어트렸다. 살인자가 칼을 뽑자 빛이 번쩍였다.

사악한 칼날이 춤추려고 할 때였다. 겔리펀이 갑자기 날아올라 분노의 이빨과 복수의 발톱을 드러내며 맞섰다.

카빌이 몸을 돌려 그리펀을 노리고 칼을 휘둘렀다. 겔리펀이 방향을 틀어 피하며 길고 날카로운 소리를 냈다. 크리스토퍼는 온 힘을 다해 쇠줄을 휘둘러 끝에 달린 컵으로 살인자의 얼굴을 강타했다. 카빌이 충격과 고통이 뒤섞인 비명을 내지르자 맬이 그 틈을 타 그의 손을 잡고 깨물었다. 그러나 칼날이 다시 치솟았다. 맬은 재빨리 뒤로 뛰어 피했지만 살갗에 스쳤다. 그녀가 몸을 비틀어 카빌의 얼굴에 침을 뱉었다. 마지막 저항이었다.

그러나 공포는 거기까지였다. 나이트핸드가 나타났다.

그가 여러 사람이 우르르 뛰듯 광장을 뒤흔들며 달려와 카빌을 들어 벽에 내던졌다.

쓰러진 살인자에게 광전사가 다가갔다. 얼굴의 모든 주름에 분노가 새겨져 있었다. "네놈은 자신이 얼마나 끔찍하게 멍청한 짓을 했는지 모를 거다. 그러나 알게 될 거야. 내가 가르쳐줄 테니까."

카빌이 몸을 굴려 일어섰다. 그의 칼과 나이트핸드의 검이 번쩍이며 충돌했다. 끙하는 소리와 함께 피가 뿜어져 나오더니 카빌의 칼날 절반이 잘려 크리스토퍼 쪽으로 날아갔다. 소년은 급히 몸을 움츠렸지만, 칼날이 어깨를 스치고 지나가자 헉 소리를 냈다.

공포와 증오로 얼굴이 한층 끔찍해진 살인자가 허리춤에서 칼을 또 한 자루 뽑아 들고는 나이트핸드를 찔렀다. 나이트핸드는 더 길고 예리한 그 칼을 무척이나 여유 있게 글램리검으로 튕겨냈다. 어둠으로 뒤덮인 광장의 가로등 불 아래 드러난 그의 얼굴은 단호하면서도 무표정했다.

카빌이 다시 몸을 비틀어 칼끝을 맬에게 향한 채 돌진했다. "아니야. 이제 그만 해." 나이트핸드가 검을 쥔 손을 휘두르자 돌이 바닥에 떨어지듯 살인자가 거꾸러졌다.

광전사가 살인자 위로 몸을 굽혀 그의 가슴에 난 상처를 손으로 눌렀다. 맬과 크리스토퍼가 달려왔다.

나이트핸드가 고개를 더 숙이고 물었다. "왜 저 애를 죽이려고 하지? 말해! 그냥 아이일 뿐이잖아."

"그냥 아이가 아니야. 불멸자야."

맬이 외쳤다. "아니야, 아니야!"

"아니긴…… 어떤 작명가이자 예언자가 맬럼이란 이름을 붙인 아이에 대해 얘기한 적이 있지. 그가 저 아이의 정체를 알고 있었어. 확실하지는 않았고 반쯤은 희망에 불과했지만."

"그걸 알고 불멸자를 죽인다고 해서 네게 무슨 이익이 있지?" 나이트핸드가 물었다.

"나의 주인께서는 불멸자가 언제나 아이이길 바라신다."

나이트핸드의 얼굴이 혐오의 표정으로 바뀌었다. "왜?"

카빌이 머리를 가로저었다. 머리카락이 돌바닥에 짓이겨졌다. "말 못 해. 말할 수 없어."

크리스토퍼가 말했다. "그자가 누구지? 당신 주인이란 사람, 누구냐고?"

살인자의 목소리가 매우 가늘어졌다. "안 돼. 말하면 난 죽어."

나이트핸드가 손을 살인자의 상처에서 치우고 말했다. "손을 다시 올려놓지 않으면 3초 안에 출혈로 죽고 말 거야. 빨리 말해."

"안 돼! 안 돼! 나도 그분의 이름은 몰라. 미궁 깊은 곳에 있는 어떤 존재야."

"거긴 어떻게 들어간 거지? 통과할 수 없는 곳인데!" 나이트핸드가 말했다.

"그분이라면 가능해. 거기 계신다, 중심부에. 제일 안쪽 방에." 신음을 내뱉은 카빌의 목소리가 한층 약해졌다. "그분이 나에게 메시지를 보내셨다. 안개에 실어서 말이야. 점점 힘이 강해지고 있어." 그가 헐떡였다. "하루하루가 달라. 그분은 가장 먼저 충성을 바친 자에게 힘을 나눠주신다고 했다. 내가 가장 먼저이고."

"너, 바보구나. 그자가 과연 그럴까?"

"그럴 것이다." 카빌이 숨을 내뱉었다. "그 힘을 모두 손에 넣으시면."

"무슨 힘? 빨리 말해. 아니면 손 치우고 여기서 썩어 문드러지게 내버려두고 간다."

"글리머리. 세상의 글리머리. 그걸 삼키고 계시지."

"그게 가능하기나 하냐!"

"가능해. 네가 잘못 알고 있는 거야." 그의 목소리가 분노와 절박함으로 더 커졌다. "해내셨어. 그분은 힘이 기다리고 있는 걸 알기 때문에 미로의 심장부까지 간 거야." 카빌이 헐떡거렸다. 목에 피가 고였다. "그분은 글리머리가 보호받고 있지 않다는 걸 눈치채셨지. 그래서 목숨을 걸고 미로에 들어갔고 이후에 나를 부르셨어. 할 일을 주셨어. 소녀를 죽이라고 말이야. 그리고 희망보다는 힘과 어둠과 손을 잡는 편이 현명하다 하셨지." 목소리에서

쉿소리가 들렸고 얼굴은 고통으로 마구 떨렸다. "희망은 무력한 자들이 스스로를 위로하고자 써먹는 보잘것없는 거짓말이지."

"아무도 글리머리를 마음대로 할 수 없어!"

"틀렸어! 아무도 성공하지 못했을 뿐이지. 그러나 그분께선 방법을 찾아내셨다. 그리고 그 힘을 모두 빨아들이고 나면 아키펠라고뿐 아니라 바깥세상까지 차지할 힘을 손에 넣으실 거야."

카빌이 흰자위가 온통 붉어졌음에도 크리스토퍼를 보고는 뽐내듯 웃었다.

"세상 전체 말이야. 네가 어디서 왔는지 안다. 냄새가 나거든. 넌 괜찮을 거라 생각 마. 그분께서 모두 차지하실 거니까. 손으로 동전을 쥐듯이 말이야. 다 그분의 소유가 될 거야."

크리스토퍼는 숨을 쉴 수가 없었다. 늘 두려워하고 불안해하며 세상과 거리를 두던 아버지가 생각났다. 그리고 아버지가 옳았고 자신이 틀렸다는 생각이 들었다. 세상의 그 무엇도 안전하지 않았다. 별빛을 받으며 우주를 돌고 있는 지구의 모습이 그려졌다. 문득 지구가 신생아만큼이나 연약한 존재란 생각이 들었다. 그러자 마음속에서 공포가 들불처럼 번져 일어났다.

카빌이 이젠 속삭임보다 작아진 소리로 말했다. "그분께선 세상을 내게 주실 거다. 나보다 강한 사람은 없을 거고 나를 가장 무서워할 거야. 감히 누구도 가까이 오지 못할 거야." 그의 목소리가 더욱 잦아들었다. 아예 웅얼거리기 시작했고 절반만 말소리였는데 그마저 아무 뜻도 없었다.

나이트핸드가 물었다. "그자의 정체가 뭐야? 인간이야, 아니야? 대체 뭐야?" 그러나 카빌이 입을 꽉 다물고 말하지 않자 질문을 바꿨다. "저 애를 어떻게 다시 찾아냈지? 말해!"

카빌이 헐떡이며 말했다. "안자 트레바스에게 들었어."

경악을 금치 못한 나이트핸드가 헉 소리를 냈다. 크리스토퍼도 어안이 벙벙하여 그를 보고 물었다. "앉자고?"

그 순간 카빌은 입술이 덜덜 떨리더니 눈을 감았다. 나이트핸드는 두 손으로 머리를 부여잡고 뒤로 물러섰다. 맬이 다가왔지만, 그는 고개를 흔들었다.

"작은 불멸자여, 뒤로."

그가 몸을 굽혀 카빌의 몸을 인형처럼 들어 올리고는 골목으로 들어가 눕히고 두 손을 가슴에 올려놓았다. 크리스토퍼는 죽은 자를 바라보다가 맬에게로 시선을 돌렸다. 그녀는 가로등에 기대 웅크리고는 이곳저곳 다친 몸을 문지르고 있었다.

그 순간 어떤 생각이 그의 머리를 강타했다. "맬, 카빌이 왜 널 추적했는지 알 것 같아. 미로에 들어갔다는 그자가 널, 그러니까 불멸자가 어리기를 바라는 거야. 그러니까 아이들은 연약하다고 생각하는 거지. 자신을 위협할 수 있는 어른이 되지만 않으면 괜찮다고." 크리스토퍼는 적의 계획이 사악하지만 한편으로는 일리가 있다는 확신이 들어 씁쓸해졌다. "즉 아이인 불멸자를 찾아서 죽이고, 또 찾아서 죽이고 하길 반복하는 거지. 영원히."

맬이 말했다. "난 연약하지 않아." 그러나 그 소리는 목구멍에서 맴도는 웅얼거림일 뿐이었다.

"나도 알아." 맬은 크리스토퍼가 내민 손을 잡고 일어섰다. 그들은 나이트핸드가 카빌의 잘린 칼로 자신의 손바닥에 X자를 새기는 걸 보았다. 크리스토퍼의 눈에 네 개였던 X가 다섯 개로 늘어난 것이 들어왔다. 광전사의 얼굴에서 만족감은 찾아볼 수 없었다. 오로지 혐오감뿐이었다. 광장의 자갈이 여기저기 빨갰다. 돌이 피투성이였다.

이때 어디선가 들려온 힘없는 울음소리가 정적을 깼다. 맬과 크리스토퍼는 쌍둥이처럼 뒤를 돌아보았다.

그들의 눈에 비친 광경은 그 끔찍한 밤에 일어난 일 중에서도 가장 끔찍한 모습이었다.

겔리펀이 쓰러져 있었다.

겔리펀

그들은 어둠 때문에 겔리펀의 깃털 아래로 흐르는 피를 보지 못했던 것이다.

맬이 분수대의 널찍한 테두리에 옆으로 누운 그리펀을 향해 달려갔다. "겔리펀! 어딜 다쳤어?" 그리펀을 안아 든 그녀가 비명을 질렀다. 그녀의 손이며 겔리펀의 날개며 온통 피로 가득했다. 맬은 분수대 모서리 위로 몸을 날려 물이 얕게 고인 분수에 무릎을 꿇고는 손으로 물을 떠서 그리펀의 몸에 부었다. 피가 어디서 나오는지 찾으려는 것이었다. "걱정하지 마. 별일 없을 거야. 괜찮을 거야." 그러나 크리스토퍼가 뛰어갔을 때 그리펀은 날개를 파르르 떨고 있었다.

"다친 데가 어디야?" 그가 조심스럽게 깃털을 헤집었다. 가슴이 대각선으로 깊게 베여 있었다.

"제발, 죽지 마. 제발…… 뭐라도 할게. 나만 남겨두고 가면 안 돼." 맬이 속삭였다. 때론 작은 여왕처럼 무척 도도해지기도 하는 얼굴이 푹 꺼져 있었다.

크리스토퍼가 그녀 곁에 앉아 입고 있던 셔츠를 동물처럼 이빨로 물고는 붕대로 쓸 만큼 찢었다.

"여기. 이게 도움이 될 거야. 아마도……."

그들은 함께 천 쪼가리를 상처에 대었고 크리스토퍼가 단단히 묶었다. 그래도 출혈은 멎지 않았고 겔리펀의 숨은 점점 느리고 불규칙해졌다.

"안 돼. 제발. 제발 숨 쉬어." 맬이 고개를 숙여 머리카락을 겔리펀의 등에 드리우며 흐느꼈다.

그리펀은 고개를 들더니 머리를 맬의 팔꿈치 안쪽에 갖다 대고 그녀의 체취를 느꼈다. 크리스토퍼도 고개를 숙이고는 그리펀의 머리에 대고 아주 작게 속삭였다. 겔리펀이 대답으로 한쪽 날개를 들어 펄럭였지만, 늘 내던 울음소리는 들을 수 없었고 눈도 감은 채였다.

크리스토퍼는 떨고 있었다. 눈물이 얼굴과 입술과 턱 그리고 손까지 흘러내려 피와 섞였다. 전에 맬과 이야기한 대로 겔리펀은 비가 오면 그들을 날개로 덮어줄 만큼 앞으로 무럭무럭 더 자라야만 했다.

목구멍에서까지 맥박 소리가 들렸다. 절망과 분노가 파도가 되어 그를 덮쳤다.

세상에서 가장 마법으로 또한 즐거움으로 충만한 생명체인 겔리펀이 첫 소리를 냈다. 크리스토퍼는 터져 나오는 울음을 참았다. 그가 마른 입으로 속삭였다. "안 돼. 그가 마지막이야."

맬이 겔리펀을 가슴에 품었다. 겔리펀이 뺨에 낸 상처가 가로등 불에 붉게 드러났다. 그들 주위로 세상이 쪼그라든 듯했다.

나이트핸드가 다가왔을 때는 이미 이런 상황이었다. 무릎을 꿇은 맬과 크리스토퍼 사이로 그들이 가장 사랑한 친구가 죽은 채 누워 있었다. 분수는 계속 피 같은 물을 뿜어내고 있었다. 달빛 아래, 마치 세상이 그들을 위해 피를 흘리는 것 같았다.

최후의 그리핀이 30분을 알리는 종소리와 함께 세상을 떠났다. 그 소리가 죽음을 알리는 종처럼 잠든 도시에 퍼져나갔다.

최악의 가정

두 사람은 그날 밤의 나머지를 그림자춤꾼호의 갑판 위에서 하늘을 바라보며 보냈다. 둘 다 자려고 하지 않았다.

잠이 오지 않았다. 크리스토퍼는 그때까지만 해도 가슴이 찢어진다는 게 무슨 의미인지 알지 못했다. 적어도 그것이 문자 그대로의 의미라고는 생각지 않았었다. 그러나 이제 그의 가슴속, 폐가 자리한 곳은 온통 갈라지고 깨진 유리처럼 느껴졌다. 숨 쉬는 것만으로도 아팠다.

맬이 어둠 속에서 말했다. "누가 말해줬으면 좋았을 텐데."

"뭘?"

"최악의 가정에 대해서."

"무슨 가정?"

"그러니까, 내가 다른 선택을 했다면 어땠을까 하는."

어둠 속에 침묵이 찾아왔다.

그녀가 말했다. "네 생각엔…… 내가 말이 나온 즉시 물약을 먹기로 했다면…… 내가 도망치지 않았다면…… 내가 더 현명했다면…… 젤리펀이 안 죽지 않았을까?"

그 순간, 크리스토퍼가 해야 할 말은 다음과 같았다. '바보 같은, 어이없는 소리 마. 나도 그렇지만 넌 그냥 어린애잖아. 네 잘못이 아니었어. 잘못은 그 사람, 카빌에게 있지.'

물론 그도 그렇게 말해야 했다는 걸 알았다.

하지만 그러지 않았다. 가슴 속 심장이 있어야 할 곳에 쇠말뚝이 박혔고, 그래서 자기도 모르게 말했다. "지금 와서 무슨 소용이겠어. 안 그래?"

학자들의 도시 외곽에는 숲이 있었다. 그 숲은 예전에 왕가의 묘지가 있던 곳이지만, 600년 전 전사이기도 했던 마지막 여왕이 왕이었던 남편 옆에 묻힌 후로는, 왕도 여왕도 더 이상 없다 보니 방치되었고 이제는 거대한 나무들 사이로 금어초와 총꽃, 난초 덤불이 곳곳에 우거져 있었다.

겔리펀이 죽은 다음 날 밤이었다. 나이트핸드와 아이리언은 배에서 카빌과 안자에 대해 목소리를 낮춰 이야기하고 있었다. 안자의 배신은 나이트핸드의 얼굴빛을 창백하고 아픈 사람처럼 바꿔놓았다.

"당최 이해가 안 돼." 그가 말했다. 그는 말이 칼이 되어 답을 가린 장애물을 벨 수 있을 것처럼 같은 말을 반복했다. "이해가 안 돼. 배까지 줘놓곤 대체 왜?"

"배를 준 건 맬이 누군지 알기 전이었어요."

맬과 크리스토퍼는 복수하겠다고 중얼거리는 나이트핸드를 뒤로하고 단둘이서 도시로 나와 숲으로 향했다.

"어른은 안 돼요. 이래라저래라 할 사람은 안 돼요." 맬이 말하곤 크리스토퍼만 데리고 출발했다.

그들은 횃불을 들고 칠흑같이 어두운 숲속을 헤치고 나아갔다. 그림자

223

가 나타났다가 사라졌고, 가지에 걸리기도, 정체 모를 것들의 소리가 밤공기를 흔들기도 했지만 이제 무섭지 않았다. 텅 빈 마음을 그 무엇도 비집고 들어올 수 없었다.

그들은 마지막 여왕이자 전사의 묘비가 세워진 거대한 참나무 밑동에 이르렀다. 참나무 가지에 비쩍 마른 라타토스카가 한 마리 앉아 있었다. 맬은 안고 있던 겔리펀을 마지막으로 애절하게 꼭 안았다.

맬이 위치를 가리켰고 둘은 삽을 들어 땅을 파기 시작했다. 겔리펀은 그들의 팔이 저리고 손이 흙으로 뒤덮일 때까지 누운 채로 곁에서 기다렸다.

마침내 맬이 겔리펀을 무덤 자리에 놓으려 다가갔는데 손을 덜덜 떨었다. "떨어뜨릴 거 같아. 못 하겠어." 그녀가 말했다.

크리스토퍼가 대신 몸을 굽혀 그리펀을 안아 들고 무덤에 눕혔다.

"기다려! 아직 흙을 덮지 마. 마지막 길을 함께할 선물을 주고 싶어."

크리스토퍼는 높이 솟은 나무들과 주변의 꽃을 둘러보았다. 무용가들이 아름답게 춤을 출 때 사람들이 흔히들 발치에 던져주는 하얀 꽃이 눈에 띄었다. 다가가 횃불로 비추자 무성한 꽃들이 은빛으로 변했다. 그는 꺾은 꽃을 한 아름 안고 돌아왔다.

맬이 고개를 끄덕이고는 겔리펀을 둘러싼 천을 풀었다. 그러곤 아름답지만 이제 움직이지 않는 날개와 작은 몸 위에 꽃을 정성껏 올렸다.

그러는 동안 그녀는 그리펀에게 계속 속삭였다. 크리스토퍼의 귀에는 그중 일부만 들렸다. "고모할머니가 돌아가셨을 때…… 네가 가장 소중한…… 덕분에 나도 힘을 낼 수 있었어." 이후로는 알아들을 수 없는 말이 이어지다가 귓속말보다 작은 소리가 마지막으로 들렸다. "영원히 잊지 않을게."

맬이 뒤로 물러섰다. 크리스토퍼가 눈물로 범벅이 된 얼굴로 흙을 퍼 넣었다. 로칸에서 처음 만난 날, 그는 겔리펀을 지켜주겠다고 약속했다. 그는 맬이 배에서 도망치지 않게 설득했어야 했다. 하지만 그러지 못했다.

그에게 찾아왔던 기적이 이제 끝을 맺었다.

맬이 겔리펀의 비석을 꺼냈다. 글씨가 반듯하지만은 않았지만 하루 종일 아무것도 먹지 않고 손수 주머니칼로 새긴 것이다. 아이리언이 과일 주스를 들고 찾아왔지만 맬은 아픔으로 가득한 눈과 얼굴을 머리카락으로 가리고는 돌아보지도 입도 열지 않았다.

크리스토퍼가 몇 걸음 물러났다. 오래된 나무들이 잎으로 만든 지붕 아래에서, 맬이 목을 가다듬고는 비석에 새긴 내용을 큰 소리로 읽었다.

"너와 함께 많은 걸 보내.

잊지 않을게."

그 아래로 다음의 내용이 이어졌다.

"최고이자 최후의 그리핀

겔리펀, 이곳에 잠들다."

맬의 얼굴에서 흐른 눈물이 머리카락을 적셨다. 크리스토퍼가 다가가 팔을 대자 그녀는 몸을 기대고 흐느꼈다. 눈물이 영원히 그치지 않을 것만 같았다. 사랑하는 대상을 지키지 못하고 떠나보내야 했기에, 그 와중에 견딜 수 없는 실수도 저질렀기에 특히 더 그랬다.

한참 후 둘은 나란히 흙 위에 앉았다. 맬이 숲처럼 오래된 듯한 한숨을 내쉬곤 그 순간 희망을 되찾을 수 있는 유일한 말을 입 밖에 냈다.

"겔리펀, 네 죽음을 헛되게 하지 않을게. 맹세할게. 그 미로 안에 있는 게 무엇이든 간에 내가 찾아낼게."

흙투성이 주먹을 불끈 쥐고 말을 맺었다.

"그리고 끝장낼게."

비록 흙과 땀과 눈물 콧물로 범벅이 되었지만, 맬의 이 한마디에 크리스토퍼의 가슴이 희망으로 부풀어 올랐다. 둘이 마주 본 순간 그는 그녀에게서 영원을 느낄 수 있었다.

둘은 가로등 불빛 아래를 걸어 배로 향했다. 시간은 해가 막 뜨려 하는 새벽 5시였다. 크리스토퍼는 배에 오른 맬이 어른들을 지나 키의 손잡이를 잡는 모습을 보고도 놀라지 않았다. 그녀가 탁 트인 바다를 가리키며 말했다.

"닻을 올리고 출발해요."

"맬, 무슨 말이야?" 아이리언이 말했다.

"안티오크로 가요. 켄타우로스의 섬으로. 물약을 만들 수 있는 기술자를 찾으러."

"뭐라고?" 나이트핸드가 놀랐다.

"기억하기로 했어요."

"그렇지만 네가 말하길……."

"제가 무슨 말을 했는진 알아요. 앞으론 안 할 거예요."

나이트핸드가 커다란 몸을 이끌고 갑판을 가로질러 성큼성큼 걸어왔다. 등불이 어깨에 부딪혀 떨어져 부서졌지만 아무도 신경 쓰지 않았다. "무슨 말이냐?" 그가 샘솟은 희망을 목소리에 그대로 드러내며 물었다.

"물약을 먹고 미궁의 길을 기억해내겠다는 말이에요. 제일 깊고 어두운 곳까지 가서, 살인자를 보낸 게 무엇인지 밝혀내고…… 그다음엔 없애버릴 거예요."

"진심이니?"

맬이 턱을 치켜들고 고개를 끄덕였다. 바람에 나부낀 머리카락도 함께 끄덕이는 듯했다. "제가 하지 않으면 겔리펀뿐 아니라 모든 게 사라질 테니까요. 이젠 아무것도 잃고 싶지 않아요."

잠시 침묵이 이어지고 바닷소리만 들리더니 갑자기 나이트핸드가 고함을 질렀다.

"그럼 싸우러 가자! 미지의 땅으로! 무슨 일이 벌어질지 모르는 곳으로 다 함께!"

아이리언이 지도를 가져와 갑판 위에 펼치자 래트윈이 허리를 굽히고 살펴보았다. 나이트핸드는 글램리검에 손을 얹은 채 몸속에서 흐르는 피의 명령에 따라 맬 옆으로 가 섰다. 크리스토퍼는 그녀를 보며 힘써 미소 지었다.

그녀도 미소로 답했는데 그것은 싸움터로 향하는 사람의 표정이었다. 그런 표정으로 돌아서서 수평선을 바라보는 그녀의 옆에는 '위험. 접근 금지'라고 쓴 경고판을 세워야 할 것만 같았다.

복잡하고 반갑지 않은 소식

그러나 상황은 단순하지 않았다. 애초에 단순한 일은 별로 없다.

열두 시간 정도는 순조로웠다. 그림자춤꾼호는 돌이 물수제비 치며 날아가듯 경쾌하게 파도를 가르고 있었다. 물빛이 청록색으로 변했고 손가락과 발가락 사이가 축축해질 정도로 더워졌다. 그들은 일곱 시간 정도 항해를 멈췄고 그동안 래트윈이 물고기를 잡으러 바다에 들어갔다. 나이트핸드도 곧 그 뒤를 따랐다.

"너희도 잠시 들어와 볼래?" 그가 배 위로 소리치자 크리스토퍼와 맬도 바다로 뛰어들었다.

"전 안 해요." 아이리언이 짧은 머리를 손으로 쓰다듬으며 시선을 돌렸다.

수면 위로 올라온 래트윈이 다람쥐가 미심쩍어 하는 표정을 지으며 말했다. "해양과학자가 수영을 안 한다고?"

"누군가는 배를 지켜야 하지 않겠어요?" 아이리언이 대꾸했다.

바닷속은 생명으로 가득했다. 파란색과 오렌지색 물고기들이 힘차게 헤엄치고 있었고 저 아래 밑바닥에서는 납작한 은회색 생물이 움직이고 있었다. 갑판 위로 올라온 래트윈이 풋 소리를 가볍게 낼 때마다 입에서 큼직한 새우가 한 마리씩 튀어나왔다. 라타토스카는 총 열두 마리를 뱉어내고는 편안하게 앉아 앞발로 뿔을 닦으며 말했다.

"뿔에 소금이 많이 묻으면 약해져. 그리고 더러운 뿔은 라타토스카에겐 큰 창피야."

일행은 갑판 위에서 새우를 구웠다. 크리스토퍼와 맬이 손에 분홍색 껍데기를 잔뜩 묻히면서 먹고 있는데 하늘에 점이 하나 보였다.

래트윈이 외쳤다. "위를 봐! 뭔가 다가오고 있어."

점에 모양이 생기고 색깔도 생기더니 이내 명확한 무언가로 변했다. 긴 초록 날개를 펄럭이는 롱마였다. 빙빙 돌며 내려오는 롱마를 가까이서 본 크리스토퍼의 얼굴이 충격으로 굳어졌다.

그 위에는 다름 아닌 안자가 앉아 있었다. 그녀는 롱마를 탈 때 입는 짙은 감색 옷에 사파이어를 여기저기 두른 채 바다만큼이나 알 수 없는 표정을 하고 있었다.

나이트핸드가 글램리검에 손을 가져다 대고 말했다. "안자? 당신이 감히 여기에 어떻게 왔지?"

노인이 소리쳤다. "나이트핸드, 날 죽이지 마. 그러면 좋은 정보를 못 듣게 될 거야." 그녀가 발로 툭 차자 롱마가 더 가까이 내려왔다.

"꺼져. 안 그러면 반으로 쪼개져 바다에서 썩는 신세가 될 거야." 나이트핸드가 말했다.

맬은 입술을 앙다물고는 분노로 이글거리는 눈빛으로 쏘아봤다.

"분명히 말하는데, 나, 더 내려갈 거야. 이 거리에서 계속 소리 지를 순 없거든." 안자가 말했다.

아이리언이 사납게 말했다. "당신이 살인자를 맬에게 보냈지."

노인은 사과하지 않았다. 두꺼운 눈꺼풀을 한 번 깜빡일 뿐이었다. "그자가 살인자인 줄은 몰랐어. 점쟁이와 라타토스카에게서 저 아이에게 실종된 불멸의 영혼이 담겨 있다는 말을 들었지. 그리고 너희들의 목적, 그러니까 물약을 마셔서 불멸자의 모든 지식을 되찾으려 한다는 것도 들었고. 난 그걸 막고 싶었어."

"왜죠?" 맬이 물었다.

노인이 살짝 건드리자 롱마가 무서운 표정의 소녀에게서 멀어졌다. 안자의 눈이 씰룩거렸다. 그것이 불쾌감 때문인지 아니면 두려움이나 죄책감 때문인지 혹은 그 세 감정이 을씨년스럽게 뒤섞인 것인지 크리스토퍼로선 분간할 수 없었다. "난 도시에서 땅이 제일 많은 사람이고 길드의 우두머리이기도 하지."

"우리도 알아요. 도시가 당신 손안에 있다더군요." 맬이 대꾸했다.

"그럼 내 증조할아버지가 도시의 시장이었다는 것도 알아? 엄청나게 많이 기부해서 사람들이 시장으로 뽑았다는 것도?"

맬이 아무 말도 하지 않자 크리스토퍼가 한마디했다. "무슨 말을 하고 싶은 거지?" 그는 예의를 지킬 필요를 아예 못 느꼈다.

롱마가 날개를 퍼덕였다. 안자의 목소리가 한층 냉혹해졌다. "증조할아버지에게는 동업자가 한 명 있었지. 어릴 때부터 알던, 셀키 바위 채굴 사업을 하던 사람이었어. 증조할아버지는 그를 죽이고 모든 재산을 가로챘지. 나는 이 일을 기록한 자료를 찾아 불태우는 데 오랜 세월을 보냈어. 그리고 그분을 아는 이들은 이미 오래전에 죽었지. 불멸자만 빼고."

래트윈의 수염이 분노로 떨렸다. "뭐? 고귀한 태생이 좋다며? 상류층으로, 금수저로 태어난 사람들 말이야. 그렇게 말했다며?"

"맞아."

"그런데 당신은 아니네? 정작 자신은 도둑놈 피를 물려받아 놓고는."

안자의 콧구멍이 확 벌어졌다. "나…… 나는 예외로 두기로 했어. 하지만 아무도 알아서는 안 돼. 그렇게는 안 돼. 아니, 애초에 그럴 수 없어! 모든 게 끝장날 거니까. 나도 그렇지만 나 때문에 먹고사는 사람들도 모두……."

"흥! 날 죽여서 자비를 베푸시겠다?" 맬이 말했다.

"무슨 말을 하는지도 모르면서 내뱉기는! 내 사회적 지위, 재정적 안정……." 목소리가 점점 잦아들었다. "난 필요한 조치를 한 거야."

아이리언이 일어서며 말했다. "빨리 사라지는 게 좋을 거야. 안 그러면 내 손으로 죽일 테니까."

날갯짓이 느려지면서 제자리에서 날던 롱마가 점점 바다와 가까워졌다.

"몰랐어!" 안자의 목소리가 높아지고 흔들렸다. "카빌이 그렇게까지 할 줄 몰랐어. 가슴에 손을 얹고 맹세해……."

"가슴에 양심이 남아는 있고?" 나이트핸드가 비꼬았다.

"저 애를 그냥 어디로 데려갈 줄 알았어. 서쪽 섬 중 하나에 가둘 거라고만 했지, 해친다고는 안 했거든. 그 말을 믿었어. 아니면, 그 말을 믿기로 한 생각을 믿었달까."

"그만!"

"그래서 너희에게 빚이 생겼어. 하지만 난 빚은 꼭 갚아!"

나이트핸드가 말했다. "그러셔? 빚으로 여기는 척하는 것만 갚겠지. 대체 그런 계산은 어떻게 해? 마비된 양심으로? 당신이 한 짓은 갚을 수 있는 빚 같은 게 아니야!"

"당신으로부터는 아무것도 받고 싶지 않아요." 맬이 말했다. 가늘고 날카로운 입 모양이 칼처럼 보였다.

"자, 들어줘. 아니, 마음대로 해! 너희가 뭘 찾는지 알고 있어. 켄타우로스

231

가 만드는 물약이지? 라타토스카가 말해줬어."

그들은 아무 말 없이, 움직이지도 않고 그녀를 계속 쳐다보기만 했다.

"오늘 아침 일찍 안티오크에 다녀왔어. 물약 만들 준비를 해놓으라고 하려고. 그런데 켄타우로스들에게 안 좋은 소식을 들었어. 그 물약을 만들 수 있는 지식과 기술을 가진 켄타우로스는 페트록이라는 자가 유일한데 그가 안티오크에서 추방당했다더군."

나이트핸드가 날카롭게 말했다. "그래? 그럼 그가 간 곳으로 가지 뭐. 우리에겐 배가 있으니까."

"내 배야."

그가 그 말을 완전히 무시하며 말했다. "우리에겐 멀쩡한 몸도 칼도 머리도 있어."

"페트록은 살인자의 섬에 있어."

순간 침묵이 찾아왔다.

"어…… 그건 좀 생각해볼 일이군." 나이트핸드가 말했다.

"나는 살인자의 섬에도 다녀왔지. 물론 착륙하거나 가까이 갈 수는 없었지만 그래도 그자하고 얘기는 할 수 있었어. 물약을 만들어주겠다곤 했는데 재료가 하나 부족하대."

"그게 뭐지?"

"금이 있어야 한대."

"금은 나한테도 있어." 나이트핸드가 귀고리를 만지며 말했다.

"아리엇 섬에 있는 살아 있는 황금의 나무에서 딴 금이어야만 해. 다만 자쿨루스 용이 지키고 있지." 안자가 턱을 치켜들고 말했다. "어때, 들을 만한 정보 맞지?" 그러나 누가 뭐라고 대답하기도 전에 그녀는 롱마를 재촉하여 하늘 위로 날아오르고는 이윽고 사라졌다.

232

일행은 바다 한가운데 넘실거리는 파도 위에서 갑판에 모여 앉았다. 래트윈은 키 옆에 있었으나 배는 이리저리 떠밀려가고 있었다. 어디로 가야 할지 아무도 알지 못했다.

"살아 있는 황금의 섬에 갈 수는 있어. 용이 지키고 있다니까 타 죽을 순 있겠지만 적어도 갈 수는 있어." 나이트핸드가 말했다.

아이리언이 크리스토퍼에게 말했다. "더 큰 문제는 살인자의 섬이야. 나올 수가 없으니까. 나라비랄라 말대로 거기에 들어갔다가 돌아온 배는 이제껏 없었어."

"수영을 시도해본 사람은 없었어요?" 크리스토퍼가 물었다.

"해봤지. 모두 죽었지만." 아이리언이 대답했다.

나이트핸드의 얼굴빛이 밝아졌다. "아, 그거 괜찮겠다. 내가 해볼게!"

"내 얘기 못 들었어요? 다 죽었다고요."

"그렇지만 글리머리가 약해지고 바다도 변하고 있으니까 그 섬 근처 물의 힘도 약해졌을지 몰라. 까짓거 한번 해보지."

"안 그러면 좋겠네요."

"왜?"

그녀가 차분하면서도 전혀 위축되지 않은 목소리로 말했다. "합리적이고 타당한 방법은 아닌 거 같으니까요."

"합리는 무슨 얼어죽을!"

"말은 쉽지만 당신 말대로 하다가 다 빠져 죽을지도 몰라요. 다른 방법을 찾을 거예요. 생각 좀 해보죠."

아이리언이 눈을 찡그리고 입을 다물었다. 물음표가 새겨진 듯한 표정이 되었다.

얼마 후 그녀가 입을 열었다. 탄성을 뱉지는 않았지만, 눈빛의 반짝임으로 뭔가 발견했음을 알 수 있었다. "스핑크스들이 불멸자에게는 드라이어드 나무로 만든 배가 있었다고 한 말 기억나? 마력이라는 불멸자가 시간이 먹어 치우게끔 식당에 됐다고 했잖아."

"하지만, 아이리언……."

"드라이어드 나무로 만든 배만이 살인자의 섬에서 나올 수 있다고 했어."

나이트핸드가 말했다. "아이리언, 스핑크스들이 뭐라 말하든 그 배는 존재할 리 없어. 난 여전히 수영이 나을 것 같은데."

크리스토퍼가 물었다. "왜 존재할 리 없죠? 전 지난주만 해도 지금 눈앞에 펼쳐진 장면 중 무엇 하나 존재하리라 생각하지 못했어요."

"아이리언도 그 이유를 알아." 나이트핸드가 대답했다. "그건 어떤 드라이어드도 나무를 내어주지 않기 때문이지. 우리로 치면 피부를 주는 것과 같으니까."

그러자 아이리언이 말했다. "하지만 생각해봐요. 불멸자가 인간이 되기 전엔 물고기였고, 또 늑대, 독수리였잖아요. 그럼 드라이어드였을 수도 있어요."

성이 나 있던 나이트핸드의 얼굴이 서서히 밝아졌다. "아이리언……."

"불멸자가 자신의 나무로 배를 만들었다면? 그렇다면 그 배가 왜 귀하고 강력한지 설명이 돼요."

"똑똑하신 분!" 나이트핸드는 아이리언의 손에 자신의 손을 맞부딪쳤는데 그녀의 보드라운 피부에서 온기를 느끼자 급히 손을 뺐다.

"그리고 드라이어드 나무는 낡지 않는다고 하니 우리가 그 배를 찾기만 하면……."

"래트윈!" 나이트핸드가 외쳤다. "불멸자의 섬으로 가는 길을 확인해줘!"

그의 뒷모습을 보면서 아이리언이 찌푸린 얼굴로 말했다. "저 사람 생각처럼 쉽진 않을 텐데. 만약 그 섬이 백 년 정도 방치되었다면 모든 게 엉망일 거야. 식물만 그런 게 아니라 다른 생명체도. 한 번만 물려도 치명적인 것들이 있을지 몰라."

그러자 맬이 말했다. "음, 뭐 어때요? 필요하면 저도 물 수 있어요."

불멸자의 섬

일행은 꼬박 이틀 동안 거친 폭풍을 뚫고 나서야 목적지에 도착할 수 있었다. 밤에는 부풀어오른 번개 구름에 별이 보이지 않아 래트윈조차 길을 확신하지 못하고 순간순간 주저하기도 했다.

폭풍이 최고조에 달했을 때 맬은 자기 방에서 나와 크리스토퍼 곁으로 가 잠들었는데 깨어나 보니 벽에 내던져진 상태였다. 동틀 무렵의 쌀쌀한 시간에 드디어 저 멀리 섬이 보이기 시작했는데 갑자기 배의 한쪽에서 물이 샜다. 다행히 아이리언이 유심히 살핀 뒤 못을 박아 더 이상의 피해는 막을 수 있었다. 일행 모두 배고프고 피곤하고 바다에 시달린 상태였지만 나이트핸드의 얼굴은 흥분으로 상기되어 있었다.

"불멸자의 섬에 온 걸 환영……." 그가 노 젓는 배를 모래사장으로 끌어당기려 바다에 뛰어들며 특유의 낮고 굵은 소리로 말했으나 깊이를 잘못 가늠하여 목까지 물에 잠기는 바람에 말을 맺지 못했다.

나이트핸드는 흠뻑 젖었지만 아랑곳하지 않고 배를 해안으로 끌고 가 맬과 크리스토퍼가 내릴 수 있게 도왔다.

아이리언은 배에 남기로 했다. 그녀는 도착 전부터 "물 샌 곳을 제대로 손보지 않으면 앞으로 항해는 힘들걸요"라며 수리에 매진하기로 했고 입에 못을 한가득 문 래트윈도 배에 남아 돕기로 했다.

셋은 발이 푹푹 빠지는 보드라운 백사장을 지나 흰 자갈밭을 통과했다. 앞쪽으로 껍데기가 은빛인 키 큰 나무들이 보였다.

"전에 본 것 같진 않아?" 크리스토퍼가 맬에게 물었다.

그녀가 고개를 가로저었다. "그랬으면 좋겠는데, 저언혀."

그들은 숲으로 들어갔다. 크리스토퍼는 연신 고개를 흔들며 좌우를 살폈다. 나무들이 좀 이상했다. 새 10여 마리가 지저귀는 소리가 들렸지만 땅에서는 부스럭거리거나 움직이는 기척이 전혀 없었다. 뭔가 으스스했다. 이윽고 나무 사이가 점점 넓어지더니 너른 초원이 펼쳐졌고 머리 위로 해가 비쳤다. 걸음을 멈춘 맬의 입이 둥글어지며 감탄의 소리를 내뱉었다.

나이트핸드가 말했다. "저기가 바로 당신의 집, 작은 불멸자 님의 집이군요."

"완전 궁전이네!"

초원의 끝에 하얀색 돌계단이 있었고 그 위로는 판판한 돌이 깔린, 무척이나 넓은 정원이 보였다. 바로 그 중앙에 진한 노란색 돌로 지은 거대한 집이 높이 솟아 있었다. 매우 화려한 외면에는 곳곳에 방어를 위한 구멍도 뚫려 있었다. 어두운 분홍색으로 칠한 둥근 지붕이 씌워진 탑도 세 군데 있어서 건물 자체에 지혜와 지능이 깃들어 있다는 분위기를 자아냈다. 또한 거대한 아치와 넓은 턱을 갖춘 창문들로 어떤 목적을 위해 지어진 견고한 건축물이라는 느낌도 들었다. 예전에는 누군가 시간과 관심과 희망을 듬뿍 쏟았던 곳임이 틀림없었다.

그러나 그 집도 시간은 피해 갈 수 없었다. 외벽은 온통 빨간 장미 덩굴로 뒤덮여 거의 보이지 않았고 백 년 동안 돌보지 않은 꽃들은 폭동을 일으킨 듯 사방팔방에 퍼져 있었다. 하얀 장미가 창턱을 타고 올라와 둥근 지붕을 덮고 있었고 오렌지색 장미 덩굴은 폭이 약 3미터는 되는 듯했다. 또한 분홍색 장미는 거대한 크림색 바닥 돌을 거의 다 덮고는 일행이 서 있는 곳까지 뻗어오고 있었다. 둥근 지붕에는 수백 마리의 새들이 들어가 살고 있었는데 그들이 다가오자 놀라 울음소리를 내며 날아갔다.

초원을 가로질러 저택으로 향하던 중 크리스토퍼가 코를 킁킁거렸다. 대기에서 바다와 꽃 내음이 느껴졌지만, 건물에 가까워질수록 다른 냄새가 진해졌다. 무언가 썩는 냄새였다.

"이상한 냄새 안 나?" 크리스토퍼가 말했다.

맬이 고개를 끄덕였다. 그들은 신경을 곤두세우고 신중히 저택에 다가갔다. "여기 뭔가 이상해요." 맬이 말했다.

"뭐?" 나이트핸드가 반응하며 그녀 앞으로 다가와 한 팔을 뻗어 보호하는 동작을 취했다. "어딘지 가리켜봐." 그가 칼을 뽑으며 말했다.

"초원의 풀이 좀 짧아요." 맬이 긴장한 표정으로 말했다.

나이트핸드가 고개를 푹 숙였다. "작은 불멸자시여, 풀하곤 못 싸웁니다."

그러자 크리스토퍼가 말했다. "맬 말이 맞아요. 장미는 저렇게 자라는데 왜 풀만 다듬어져 있을까요?"

"누군가 다듬었겠지."

"사람이 아닌 무언가일지도요."

그들은 저택 바로 앞에 도달했다. 크리스토퍼는 먼지로 흐릿해지고 새똥으로 뒤덮인 창문의 유리 곳곳에 누군가 고생하여 작은 그림을 그려놓았음을 발견했다. 레몬 나무, 꽃, 작은 머메이드를 볼 수 있었고 근엄한 표정에 사랑스러움이 느껴지는 다 자란 그리핀 그림도 하나 있었다. 갑자기 긴장감이 느껴졌다.

유리창 중에는 금이 간 곳도, 장미 덩굴이 유리를 완전히 깨트리고 뚫고 들어간 곳도 보였다. "그래도 창문을 깨고 들어갈 필요는 없어서 좋네." 크리스토퍼가 말했다.

나이트핸드가 말했다. "여기서 기다려." 그는 창턱으로 기어 들어가 좌우를 살피고는 고개를 끄덕이고 맬과 크리스토퍼에게 손을 뻗었다.

창문이 난 곳은 바닥에 대리석이 깔린 긴 복도의 한쪽 끝이었다. 복도의 천장은 높았고 보석이 곳곳에 모자이크처럼 박혀 있었으며 양옆에는 님프, 드라이어드, 무장한 켄타우로스, 유니콘을 새긴 대리석 조각이 죽 나열되어 있었다. 그중 몇 개는 장미 덩굴로 칭칭 휘감겨 있어 머리나 발만 알아볼 수 있기도 했다. 조각들은 얼굴에 코나 귀 한쪽이 없는 경우가 많았지만, 조각가가 무척 심혈을 기울였던 듯 오랜 세월이 지났음에도 살아 숨 쉬는 것 같았다.

복도에 일행의 발소리가 울려 퍼졌다. 걸어가다 보니 길이 좌우로 나뉘었다.

크리스토퍼가 물었다. "식당은 어느 쪽이야?"

"난 몰라." 맬이 대답했다.

"뭔가 느껴지는 건 없고?" 나이트핸드가 말했다.

"없다고 했잖아요!" 그녀가 좌우를 두리번거리더니 입술을 깨물었다. "여기 맘에 안 들어요. 그 냄새도 더 강해졌고…… 빨리 나가요. 오른쪽으로 가세요. 저하고 크리스토퍼는 왼쪽으로 갈게요."

나이트핸드가 이의를 제기하려 했으나 맬은 이미 등을 돌리고 턱을 치켜든 상태였다. "명령이에요." 그녀는 모퉁이를 돌아 뚜벅뚜벅 걸어갔다.

크리스토퍼가 그 뒤를 따랐다. 보이는 문을 열자 넓은 방이 나왔다. 지난

백 년 동안 밖의 식물들이 창을 타고 밀고 들어온 결과 피아노는 담쟁이덩굴로 휘감겨 있었고 크리스토퍼가 처음 보는 목관 악기 몇몇과 첼로 역시 이런저런 덩굴로 덮여 있었다.

맬이 말했다. "여기는 식당이 아니네. 조심해! 인동덩굴 꽃에 닿으면 뾰루지가 생겨."

그때 뭔가 소리가 들렸다. 단단한 무언가가 빠르게 움직이며 대리석에 닿아 챙하고 울리는 소리였다.

"위쪽이야!" 맬이 외쳤다.

"이쪽으로. 빨리!" 크리스토퍼가 말했다. 그러나 그들이 복도로 나왔을 때 그는 헉하는 소리를 내고는 맬을 잡아당겨 켄타우로스 석상 뒤로 웅크리게 했다.

그가 헐떡이며 말했다. "저기 좀 봐."

복도의 모퉁이를 돌아 모습을 드러낸 생명체의 눈에서는 분명 지능이 느껴졌다. 첫인상은 뿔이 달린 말이었다. 짐말보다는 컸지만, 수척할 정도로 말라서 갈비뼈는 물론 가죽 아래 머리뼈의 윤곽까지도 선명히 드러났다. 털은 보랏빛이 아주 살짝 도는 검은색이었고 딱딱하게 굳어 갈라진 더러운 발굽은 노란색이었다. 전체적으로 늙은 것처럼 가죽이 축 늘어져 있었다. 뿔은 검은색이었는데 끝이 펜싱용 칼처럼 뾰족했다. 또한 온통 피비린내와 썩어 문드러진 냄새가 났다.

말 형상의 생명체가 코를 킁킁거렸다. 곧이어 혀를 날름거리고 콧구멍을 벌리더니 바닥에 실례를 했다.

맬이 흥분하여 말했다. "안 돼, 안 돼. 내 집에선 안 돼." 두려운 만큼 분노도 커진 그녀가 뛰쳐나갈 듯 자세를 잡았다.

"미쳤어?" 크리스토퍼가 기겁하며 그녀를 잡아당겼다.

느린 발굽 소리가 울려 퍼지더니 곧 복도 저쪽 끝에 카르카단이 두 마리 더 나타났다. 카르카단들은 냄새를 맡고는 악취를 풍기며 그들 쪽으로 점점 다가왔다. 크리스토퍼는 구역질이 날 지경이었다. 고기를 햇볕에 너무 오래 두면 나는 냄새였다.

맨 앞의 카르카단과는 이제 3미터도 떨어져 있지 않았다. 크리스토퍼에게 맬의 떨림이 느껴졌다. 그녀는 딱딱거리는 턱을 손으로 움켜쥐었다. 카르카단이 뿔이 난 머리를 켄타우로스 조각상 쪽으로 숙였다. 맬은 숨을 쉴 수 없었다.

그때 복도 저쪽 끝에서 큰 고함 소리가 들려왔다.

"말들! 여, 귀여운 말들!" 나이트핸드가 즐거워하는 목소리였다. 세 마리의 카르카단은 뒷다리로만 서서 방향을 틀고는 곧바로 그를 향해 돌진했다.

크리스토퍼는 죽다 살아난 기분이었다. "자, 나이트핸드가 시간을 끄는 동안 얼른 식당을 찾자."

그들은 다음 방의 문을 활짝 열어젖혔다. 온통 금색으로 칠해놓은 그 방은 그림을 그릴 때 썼던 듯, 천장에 구멍이 하나 있고 커튼이 드리워져 있었다. 커튼에는 여기저기 씹힌 듯한 자국이 있었다. 그다음 방에는 지도와 먼지가 수북한 지구본이 잔뜩 있었다.

크리스토퍼가 말했다. "아마 이 근처일 거야." 모퉁이를 도니 또 다른 복도가 나왔다. 바닥은 장미 덩굴과 새똥으로 뒤덮여 있었는데 말발굽이 난 곳은 온통 짓이겨져 있었다.

빠른 걸음으로 복도를 통과하려는 맬을 두고 크리스토퍼가 멈춰 섰다. 가시덩굴과 꽃 사이로 녹슨 문손잡이가 눈에 띈 것이다.

"기다려봐! 여기 문이 있어."

문을 열자 크리스토퍼는 마음이 탁 놓였다.

눈앞의 공간은 식당이었다. 천장에는 샹들리에가 달려 있었고 이끼로 덮인 은그릇들이 보였다. 그리고 충분히 백 명은 앉을 수 있어 보이는 큰 식탁 위에는 돛단배가 올려져 있었다. 배는 여덟아홉 명이 탈 수 있을 만한 크기였고 옆면에 '늘앞으로'라는 이름이 새겨져 있었다.

저택 어딘가에서 고함이 다시 들려오더니 나이트핸드의 목소리가 이어졌다. "카르카단 꼬맹이들아, 가까이 오렴. 너희 뿔로 갓이 달린 예쁜 등을 만들어줄게."

"도우러 가야 하지 않을까?" 맬이 물었다.

"배부터 챙기고. 그러라고 시간 끄는 거잖아."

배 위에는 네 부분으로 조각난 돛대와 곱게 접힌 돛 한 벌이 있었다. 식탁은 덩굴과 이끼로 덮여 있었고, 다리는 좀먹은 자국으로 가득했지만, 배는 방금 니스칠한 것처럼 진한 갈색으로 반짝이고 있었다.

"드라이어드 나무는 정말이지 낡지 않네." 맬이 감탄하며 말했다.

그들은 쿵 하는 소리와 함께 배를 식탁에서 끌어 내렸다. 들 수는 없었으나 바닥에 대고 끌 수는 있었다.

나이트핸드의 목소리가 더 가까이서 들렸다. "내 말을 알아듣는진 모르겠지만 알아듣는다면 한마디할게. 너희들, 이빨 닦고 다닐 생각은 없나?" 그러곤 그의 거친 숨소리와 힘쓰는 소리 그리고 쿵 하는 소리가 들렸다.

둘은 배를 끌고 복도 끝까지 가서 다른 것보다 폭이 두 배는 되는 창문을 발견했다. "서두르자." 맬이 말했다.

사람의 기합 소리가 들리고 동물이 괴로워하는 소리가 들리더니 복도 저쪽 끝에서 나이트핸드의 뒷모습이 보였다. 그는 한 손에 켄타우로스 석상에서 떼어낸 대리석 칼을, 다른 손에는 글램리검을 들고 있었다. 양쪽 다 피로 덮여 있었다.

"셋 다 처치했어." 그가 땀으로 흠뻑 젖은 얼굴로 소리쳤다. 다친 데는 없어 보였다. 배를 보자 그의 얼굴이 대번에 밝아졌다. "찾았군!"

"크리스토퍼가 찾았어요."

나이트핸드가 크리스토퍼를 보고 환하게 웃었다. 다른 사람처럼 보일 정도로 드물게도 진심이 엿보이는 웃음이었다. "좋아." 그가 마치 과일 바구니인 양 가볍게 배를 들어 창밖으로 밀어내곤 말했다. "이제 가자."

그가 크리스토퍼와 맬에게 시선을 돌렸을 때 둘은 그 자리에 얼어붙어 있었다.

맬이 내뱉듯 말했다. "카르카단들이 몰려왔어."

악몽 같은 광경이었다. 복도 끝 열린 문을 통해 카르카단들이 쏟아져 나왔다. 한두 마리가 아니라 30마리 정도가 떼를 지어 서로를 밀치며 나타났다. 몇 마리는 몸에 군데군데 털이 빠진 자리에 딱지가 져 있었다. 입에선 침이 뚝뚝 떨어졌다.

크리스토퍼가 급히 창문으로 몸을 돌렸지만, 건물 밖에서도 추가로 카르카단들이 불결한 냄새를 풍기며 다가오고 있었다. 모두 18마리였다.

나이트핸드가 비명을 지를 틈도 주지 않고 말했다. "내 뒤에 서." 그는 맬의 턱을 잡고 다시 말했다. "내가 말하기 전까진 움직이지 마. 그리고 내가 죽으면 울지 말고. 알았지? 이러려고 태어난 거니까." 그는 맬을 구석으로, 크리스토퍼를 옆으로 밀치고는 글램리검을 뽑아 들었다. "내 피는 바로 이럴 때, 지킬 만한 대상을 지킬 때 끓어오르지."

그가 고함을 한차례 날카롭고 길게 지르고는 말했다.

"어서들 와, 조랑말들아!"

그러자 분노에 찬 카르카단들이 노란색 발굽과 이빨이 뒤섞인 검은 물결을 이루며 달려들었다.

나이트핸드도 쏜살같이 달려 나갔다. 글램리검을 휘두르는 손이 앞으로, 좌우로, 빙빙 돌기도 하면서 잘 보이지 않을 정도로 현란하게 움직였고 왼손으로는 대리석 검도 휘둘렀다. 카르카단들은 번개처럼 움직이는 나이트핸드에게 목이며 뿔, 눈, 귀, 옆구리, 배 등을 베이며 질주해온 속도만큼이나 빠르게 한 마리씩 연이어 쓰러졌다.

열, 열다섯, 스물…… 조각상에 충돌하기도, 장미 덩굴 위에 쌓이기도 하며 카르카단의 사체가 쌓여갔다. 맬은 비명을 지르며 크리스토퍼의 팔을 부여잡았지만 둘 다 결코 나이트핸드로부터 눈을 떼지 않았다.

마지막으로 남은 한 마리가 뿔을 낮게 깔고 다가왔지만, 나이트핸드가 대리석 칼을 한 번 휘두르자 바닥에 나가떨어졌다. 그는 두 손을 무릎에 짚고는 숨을 몰아쉬며 기침했다.

"이제 가자. 말들과 묘기 부리는 건 이제 끝이야."

그러나 맬이 소스라치게 놀라며 외쳤다. "나이트핸드! 조심해요!"

말발굽 소리에 나이트핸드가 뒤돌아보았지만 이미 늦었다. 카르카단의 뿔이 그의 팔을 찢고 깊이 박혀 있었다. 나이트핸드가 분노와 고통으로 울부짖으며 검으로 허공을 가르자, 뿔이 잘려나갔고 한 번 더 휘두르자 카르카단이 털썩 쓰러졌다. 하지만 그의 팔뚝에는 여전히 뿔이 박혀 있었다.

나이트핸드가 휘청이며 벽에 몸을 기댔다. 뿔을 잡아 빼자 피가 철철 흘렀다. 그는 충격을 받은 듯했다.

크리스토퍼가 상처 부위를 감싸기 위해 코트를 벗고 말했다. "잠시만요." 그는 맬과 함께 코트로 팔을 동여맸다.

나이트핸드가 엄청난 인내심으로 미소를 지으며 말했다. "전진!" 그는 그들의 질문이며 도와주겠다는 말에 모두 손사래를 쳤다. "그만. 그런 말들은 다 시끄럽기만 할 뿐이야. 난 누가 걱정해주는 말이 제일 싫거든." 그는 온전한 팔로 맬을 들어 창턱 너머로 내보냈다. 그리고 배 역시 같은 손으로 잡아 머리 높이 들어 올리고는 그들과 함께 해안으로 향했다.

기다리고 있던 아이리언이 그들을 해처럼 밝은 얼굴로 맞이했다. 잠시 후 불멸자의 작은 배를 매단 그림자춤꾼호가 닻을 올리고는 파도를 가르며 살아 있는 황금의 섬으로 향하는 바닷길에 올랐다.

크리스토퍼와 맬 그리고 나이트핸드는 갑판 위에 누워 가쁜 숨을 쉬었다. 래트윈이 나이트핸드의 머리 위에 앉아 그에게 코를 바싹 붙였다.

"무슨 일이 있었던 거예요?" 아이리언이 물었다. 그녀는 구급상자에서 붕대를 가져와서 몸을 웅크리고 나이트핸드의 팔을 동여맨 코트를 풀었다. 나이트핸드는 아무런 저항도 하지 않았다.

그가 말했다. "말들. 화가 많이 난 말들이 좀 있었어."

"맞아요. 승마 모임에 끌고 가면 바로 쫓겨날 놈들이요." 크리스토퍼가 말했다.

그 말을 들은 맬이 며칠 만에 해맑게 웃었다.

살아 있는 황금의 열기

그러나 그로부터 하루가 지나고 푸른 하늘 아래로 살아 있는 황금의 섬에 한층 가까워졌을 때는 아무도 웃지 않았다.

나이트핸드의 부상이 심상치 않음을 처음 눈치챈 사람은 아이리언이었다. 걸레로 배의 작은 문을 닦고 있던 크리스토퍼는 그녀가 황급히 광전사 쪽으로 고개를 돌리고 소리치는 걸 보았다. "나이트핸드, 팔이!"

"팔이 뭐?"

"부어올랐어요. 그……그리고 냄새도 나고."

정말 그랬다. 나이트핸드가 겉옷을 벗자 동물 썩는 냄새가 강하게 풍겼다.

나이트핸드가 내려봤다. 팔꿈치 윗부분에 피와 붕대가 엉겨 붙어 있었고 상처 가장자리에는 그보다 끔찍한 노란 고름처럼 끈적끈적한 것이 붙어 있었다. 그는 붕대를 뜯어내고는 곧바로 손가락 끝으로 마치 책장을 넘기듯 피부를 한 겹 떼어냈다. "음, 이 팔은…… 못 쓰게 된 것 같군."

래트윈이 작은 녹색 얼굴을 근심으로 일그러트리며 말했다. "내 생각엔 인간에게서 그런 늪 같은 냄새가 나면 안 되는 거 아냐?"

아이리언이 말했다. "나이트핸드! 심각하게 생각해야 할 것 같아요. 어떻게 생긴 상처예요? 카르카단 이빨? 뿔? 이빨이면 나을 거고 뿔이면……."

"뿔이야."

"뿔에는 독이 있어요. 뿔 끝의 분비샘에서 흘러나오죠." 그녀는 나이트핸드의 표정을 관찰하다가 아무런 반응도 없자 표현을 달리하여 말했다. "상황이 안 좋아요, 나이트핸드."

나이트핸드가 대꾸했다. "그러고 보니 의사들이 적극적으로 권하는 상황은 아닌 것 같네." 그는 다들 사소한 실수에 대해 의논하고 있다고 생각하는 듯한 표정이었다. "치료법은 있어?"

아이리언이 대답했다. "모르겠어요. 그렇지만 일단 치료부터 빨리 받아야 해요. 래트윈! 경로를 다시 설정해야……."

"아니야!" 광전사가 그녀를 노려보며 말했다. 갑자기 분노로 휩싸인 듯했다. "우리는 황금을 찾고 그다음엔 살인자들에게 갈 거야. 이미 시간을 너무 허비했어. 서둘러야 해."

아이리언이 움찔했지만 그의 시선을 피하지 않고 말했다. "나이트핸드, 이 독은 시간이 지날수록 더 심해져요. 죽으면 불멸자에게 무슨 도움이 되겠어요?"

그가 그녀를 험악한 얼굴로 노려보았다. 평소보다 머리카락이 뻗쳐 있었고 표정도 날이 서 있었다. "그냥 못난이 망아지한테서 얻은 정체불명의 보잘것없는 피부병이야." 그는 다른 쪽 손을 들어 그녀의 시선을 막으려는 듯한 동작을 하고선 다시 말했다. "그런 표정 지어봤자 소용없어." 그러나 아이리언을 외면한 얼굴에는 카르카단이 떼로 몰려온 순간에도 볼 수 없었던 불안한 표정이 보였다.

그녀가 다시 말했다. 이번엔 언성을 높였고 화도 냈다. "나이트핸드, 상황 파악 좀 하라는 거예요. 어떻게, 내가 빌기라도 할까요?"

그러나 그는 불안정한 비구름이라도 되는 것처럼 그녀에게서 멀어졌다. 그가 퉁명스럽게 소리쳤다. "크리스토퍼! 맬! 어디들 있어?"

"여기요!" 크리스토퍼가 보이지 않는 곳에서 대답했다.

"바닷물로 좀 씻어둬. 용한테 강렬한 인상을 줘야지. 용들은 외모에 관심이 많은데 너희 둘은 여러모로 토 나올 꼬락서니잖아."

갑판 저편에서 걸어오던 맬이 크리스토퍼를 힐끗 보았다. 크리스토퍼는 그녀도 같은 생각이라는 걸 알 수 있었다. 나이트핸드는 바닷소금과 피와 머리카락이 같은 비율로 합쳐진 생물처럼 보였다. 또한 범죄 현장에서 자다가 막 일어난 사람처럼 보이기도 했다. 그러나 그는 예측 불가능한 성격에다 화가 잔뜩 나 있었고, 키가 거의 2미터 10센티미터였다. 그래서 크리스토퍼는 아무 말도 하지 않았다.

그림자춤꾼호는 모두가 조심해야 하는 해역을 지나고 있었다. 돛도 팽팽하게 유지해야 했고, 바다 밑에서 솟은 산호초와 암초도 피해야 했다. 크리스토퍼는 지니고 있던 지도에서 '살아 있는 황금의 섬'이라고 적힌 곳, 즉 아리엇을 찾았다. 바늘 머리만 한 크기였다.

"안자가 말하길⋯⋯." 맬이 그 이름이 마음에 안 든다는 듯 입술을 일그러뜨리며 말했다. "섬에 사는 용은 자쿨루스 종이랬는데." 그녀는 등을 난간에 붙인 채 양 무릎을 턱 아래로 끌어당기고는 갑판 한쪽에 앉아 있었다. 최근에 꽤 자주 그런 식으로, 즉 조용히 앉아서 바다를 지켜보며 시간을 보내고 있었다. "그건 어떤 용이에요?"

아이리언이 머릿속을 훑는 듯 이마에 주름을 세우고는 대답했다. "안타

깝지만 난 용에 대해선 잘 알지 못해. 날개가 빨갛거나 은빛 혹은 별빛이거나 노란색, 아니면 울긋불긋하고 수염이 난 용이 있다는 말은 들어봤지만. 내 전문 분야는 하늘이 아니라 바다거든."

"뭐, 보면 알게 되겠죠. 제 말은, 어차피 눈에 확 띄는 용이잖아요. 그러니까 자리를 비울 때까지 기다렸다가 섬에 상륙하면 돼요."

그들은 깨끗한 물을 보충하기 위해 카르카라 섬에 들러 작은 만에 닻을 내렸다. 사람은 없었지만 야생동물은 많이 보였다. 가가나들이 하늘 위로 쇠로 된 부리를 반짝이며 날아갔고 빛나는 털을 가진 작은 들고양이 무리가 접근하는 배를 보고는 후다닥 도망쳤다.

"카벙클이야!" 맬이 말했다. "쫓아가면 보물을 묻어둔 곳을 찾을 수 있대."

아이리언이 한마디했다. "다만 카벙클이 보물이라고 생각하는 게 좀 다양해. 몇 달을 쫓아다닌 사람들이 고작 쥐꼬리 하나에 물고기 머리 셋을 파냈다는 얘기도 있지."

섬에는 민물에서 사는 샐러맨더도 꽤 있었다. 숲과 산에는 그들이 사는 웅덩이가 있는지 여기저기 물이 고인 곳과 그 주위 풀 위로 안개처럼 깔린 수증기가 스멀스멀 올라왔다.

맬과 크리스토퍼는 웅덩이에 몸을 담그고는 해안에서 발견한 스펀지처럼 생긴 생물로 몸을 문질렀다. 샐러맨더의 몸으로 달궈진 물은 목욕물로 손색이 없었다. 맬은 젤리펀이 뺨에 남긴 상처를 손끝으로 어루만졌다. 상처는 여전히 벌겋게 부어 있었다.

그들은 물속에서 숨 오래 참기와 물구나무서기 시합을 했다. 숨 참기는 맬이 더 잘했지만, 물구나무는 크리스토퍼의 승리였다. (맬은 물구나무서자마자 물을 뿜으며 고꾸라졌다.) 그들은 근처에서 버드나무처럼 날씬한 나무에 수액이 흐르는 것을 발견했다. 맬이 말했다. "나무 이름이 '아야'였나? 확실친 않아. 내가 나무는 잘 몰라서." 그러자 크리스토퍼가 핀잔을 줬다. "우리 지금 나무 때문에 모험하는 거잖아. 앞길이 밝진 않네." 맬이 코웃음을 쳤다. 섬에 상륙한 후부터 기분이 좋아진 그녀는 나무 표면에서 수액을 길게 끈끈한 넝쿨 모양으로 뽑아내는 묘기를 보였다. 크리스토퍼도 따라 해봤는데 중간에 끊어져서 맬에게 핀잔을 들었다. 수액은 불에 지진 꿀맛이 났고 감초처럼 쫄깃했다.

옷을 다 갖춰 입은 후, 맬은 머리 땋을 때 쓸 금실을 찾아 주머니를 뒤적이다가 대신 카사파사란에 손이 닿자 꺼내어 확인했다.

카사파사란의 바늘이 한 바퀴 돌더니 멈췄다. 맬이 얼굴을 찌푸리며 말했다. "뭔가 이상해! 계속 아케를 가리키고 있었는데 이젠 방향이 바뀌었어. 무슨 의미일까?"

크리스토퍼가 들여다보곤 말했다. "우리가 가는 방향을 가리키는 거겠지. 살아 있는 황금의 섬 말이야." 그는 맬의 걱정스러운 표정을 보곤 더 집중해서 생각했다. "아마도 이제 네가 불멸자니까, 내 말은, 그 사실을 인정했으니까 만약 너의 집이……."

맬이 말을 끊고 말했다. "아! 무슨 말을 하려는지 알 것 같아. 만약 아키펠라고에 내 집이 없다면 카사파사란이 집을 구할 방법을 일러준다는 거잖아."

갑자기 떠오른 생각이, 말할지 말지 생각하기도 전에 크리스토퍼의 입 밖으로 튀어나왔다. "잠깐만. 그렇다면 물약을 마시지 않아도 미로를 통과할 수 있지 않을까?"

순간 맬의 얼굴이 충격과 희망으로, 아니면 이 둘보다 더 복잡하고 낯선 감정으로 떨렸다. 그러나 그녀는 곧바로 고개를 흔들었다. "스핑크스들이 다 빈치가 미로에 덫을 설치했다고 했잖아. 확실하지도 않거니와, 만에 하나 카사파사란에 그런 힘이 있다고 하더라도 그걸로는 부족해. 내 능력이 꼭 필요해." 하지만 맬은 카사파사란을 꼭 쥐고 있다가 그가 안 보고 있다고 생각할 때 뺨에 가져다 댔고 크리스토퍼도 그 모습을 보았다.

일행은 거세지는 바람을 타고 다시 바다를 가로질렀다. 얼마 후 저 멀리서 등대처럼 밝게 빛나는 바위섬이 보였다.

섬은 겨우 수영장만 했지만, 나무는 무척이나 거대했다. 두께는 참나무만 했고 높이는 그 세 배쯤 됐으며 황금빛으로 빛나는 데다가 햇빛까지 받아 더욱 눈부셨다. 몸통은 바다 물결의 일렁임을 어지럽게 반사하고 있었다.

크리스토퍼가 말했다. "용은 안 보이네. 지금 바로 가요!"

나이트핸드가 비틀거리며 일어섰다. "황금을 따러 전진!"

"나이트핸드……." 아이리언이 주저하며 말을 꺼냈다.

그녀의 다음 말은 맬이 대신했다. 사실 맬과 크리스토퍼는 충성을 서약한 나이트핸드가 맬의 말을 거부하지 못하리라 생각하여 미리 말을 맞춰두었다.

맬이 말했다. "아니요. 배에 남으세요. 래트윈은 항로를 짜야 하고 아이리언은 배를 수리해야 해요." 이는 사실이 아니었다. 그림자춤꾼호는 수리가 필요 없었다. 다만 누군가는 나이트핸드의 곁에 있어야 했다. "그리고 아저씨는 용이 오나 잘 보고 있어요. 나하고 크리스토퍼만 갈게요."

물론 그가 순순히 말을 듣지는 않았다. 하지만 맬은 최근에 부쩍 고집이 세졌고 얼굴에는 굳은 결의가 엿보였다. 젤리펀이 죽은 그날 밤부터 가슴에 품은 생각이 불처럼 타올라 이제는 아무도 그녀의 마음을 돌리지 못했다. 광전사에게도 버거운 상대였다.

그리하여 크리스토퍼와 맬, 둘이서만 무릎까지 차오르는 물을 건너 섬에 오르게 되었다. 그들은 서서 나무를 올려다보았다. 몸통에는 껍질처럼 얼룩덜룩한 무늬가 있었는데 가까이 접근하니 찬란한 금빛에 눈을 뜨기조차 어려웠다.

크리스토퍼가 말했다. "내가 올라갈게."

"왜 네가 가?" 그녀가 싸울 준비를 마쳤다는 듯이 말했다.

"혹시 네가 떨어져서 다치거나 죽으면 다음 불멸자 찾는 데 또 몇 년이 걸리잖아. 아예 못 찾을 수도 있고. 그러면 미로에 들어갈 사람도 없을 거고. 그래서."

그녀가 자존심과 이성이 대결하는 듯한 표정을 지으며 고민하더니 잠시 후 말했다. "좋아. 그럼 그렇게 해!"

"알았어. 그런데 잠시 좀 살펴보고."

아쉬움은 좀 남았지만, 맬은 미소를 지으며 그와 함께 나무를 둘러보았다. 나무를 잘 타는 크리스토퍼가 보기엔 그리 힘들 것 같지 않았다. 그는 더 어렸을 때 들판에서 눈에 보이는 모든 나무에 오른 적이 있었다.

나무 몸통에는 발을 디딜 만한 옹이가 여럿 있었다. "좋아." 그가 나무에서 툭 튀어나온 혹을 잡으며 말했다.

그러나 그의 입에선 곧바로 비명이 나왔다. "악! 햇빛을 받아 뜨거워. 데일 것 같아."

"손에 물집 생긴 거 아니야? 얼른 바닷물에 담가!"

"그럴 시간이 없어." 그가 다시 손을 나무껍질에 올리고는 뿜어나오는 열기에 얼굴을 찡그렸다.

나무가 단단하고 손가락도 들어가지 않아서 손톱이 온통 휘고 긁혔지만, 어찌저찌 올라갈 수는 있었다. 그는 가장 가까운 가지를 잡고는 가지 끝쪽으로 이동했다.

가지 가장자리에서 그보다 작은 가지가 돋아 있었고 거기서 또 더 작은 가지들이 솟아나고 있었다. 그는 그중 새끼손가락만큼 가늘고 길이가 팔의 절반 정도 되는 가지를 하나 잡고는 꺾었다. 뜨겁고 빛을 뿜어내는 황금 가지가 뚝 하고 떨어져나왔다.

"잘 보고 받아!" 그가 가지를 맬에게 떨어트리며 말했다. 아래에서 기쁨의 환호성이 작게 들려왔다.

"얼마나 더 필요할까?" 그가 소리쳤다.

"글쎄. 모자란 것보다는 넘치는 게 좋겠지?"

그는 잔가지를 몇 개 더 떨구면서 계속 움직였다. 잘 안 떨어지는 가지를 힘주어 꺾다가 본인이 떨어질 뻔하여 급히 다리로 나무를 휘감은 채 바싹 엎드리기도 했다.

어떤 가지에는 작은 꽃봉오리가 맺혀 있었고 껍질만큼이나 단단한 황금 잎들도 형태를 갖추는 중이었다.

가지 하나에 난 잔가지를 모두 꺾은 크리스토퍼가 더 높이 올라갔다. 이 제 나뭇잎이 더 커져서 주먹의 두 배만 했다. 그가 그중 하나를 꺾으려 했을 때였다.

"멈춰!"

크리스토퍼는 가슴이 철렁했다. 갑자기 들려온 목소리는 날카롭고 위엄 있었지만, 인간 같지 않고 낯선 억양이었다. "나는 황금의 섬을 지키는 자쿨 루스다. 명령하건대, 멈춰라!"

크리스토퍼는 주위를 둘러보았으나 아무것도 보이지 않았다. 그는 두 손 으로 매달린 후 2미터가 넘는 높이에서 뛰어내렸다. 충격으로 한쪽 발목이 접질렸다.

그가 외쳤다. "어디예요?"

"여기다! 아, 불멸자여! 여기 아래라고!"

용이 날아올라 그의 앞에 나타났다. 눈부신 은빛 몸에 날개는 녹색이 감도는 황금색이었는데 크기가 벌새만 했고 모욕을 당했다는 듯 부르르 떨고 있었다.

맬이 코웃음을 쳤다. 그러자 용이 이번엔 그녀를 노려보았다.

"뭐 재밌는 거라도 있어? 혹시, 나의 크기?"

맬이 말했다. "아니. 아니야! 어떻게 감히 용을 보고 웃겠어?"

"작은 숙녀께선 내가 작아도 위험할 수 있다는 걸 모르시나 보군." 용이 고개를 돌려 콧방귀를 끼자 콧구멍에서 작은 화염 덩어리가 발사되었다. 크리스토퍼가 움찔하며 뒷걸음질 쳤다.

"내가 바로 나무의 용, 자쿨루스다. 그리고 이제 너희를 잡아먹고 내 권리이자 사명을 다하겠다. 미리 씻고 오다니 참 예의 바른 녀석들이군."

크리스토퍼가 황급히 배를 바라보았으나 소리쳐도 들릴 거리는 아니었다.

자쿨루스 용이 그들을 훑어보고는 말했다. "넌 마법의 섬 출신이 아니군. 바깥세상에서 작고 강력한 용에 관한 이야기를 듣지 못했나?"

크리스토퍼가 고개를 흔들었다. "미안하지만, 이야기에 나오는 용은 다 컸던 것 같아."

"네가 살던 곳에서 폴리나라는 사람이 통로를 통해 여기까지 여행한 적이 있었지. 그자는 돌아가거든 사람들에게 내 얘기를 할 거라고 했는데. 따라서 넌 나에 대해 알고 있어야 한단 말이다!" 분노한 용이 불과 30센티미터 떨어진 곳에서 화염을 뿜어내자, 크리스토퍼가 황급히 피했다.

맬이 물었다. "너, 이름이 뭐야?"

"방금 얘기했잖아. 난 자쿨루스다."

"그러니까 내 말은…… 난 맬럼이야. 얘는 크리스토퍼고. 다른 자쿨루스 용과 구별할 이름이 있냐는 거지."

"그 이름이란 건 어떻게 생긴 거지?"

"난 부모님이 지어주셨어." 크리스토퍼가 말했다.

자쿨루스 용이 그들을 위에서 아래로, 또 위로 훑어보더니 말했다. "난 혼자 힘으로 알에서 깨어났어. 나한테 이름을 지어준 용은 없었어. 여기저기 다니긴 했는데 배를 채우기 위해서였지."

"꼭 부모님이 지어야 하는 건 아니야. 인간이 지어줘도 돼."

"난 의무를 다하기 위해 이 섬에 온 인간 대부분을 불태웠어. 따라서 이름 짓기는 불가능했지. 난 먹을 때 아주 천천히 오랫동안 먹어. 숯으로 만들어놓으면 안 썩거든."

"우리는 왜 안 태웠어?"

자쿨루스 용이 킁킁거리며 말했다. "저 녀석한테선 희한한 냄새가 나. 피에서는 생명 가득한 세상으로 끌어당겨 부르는 듯한 힘이 느껴지고. 참 신기한 녀석이야. 그리고 너. 난 네 정체를 알지. 네 안의 글림트를 느낄 수 있으니까. 크라켄조차 널 삼키지 않을 거야. 불멸자를 먹으면 큰일 날 테니까."

바람이 거세졌다. 구름이 태양 위로 휙휙 지나가고 나무는 바다 위로 그림자를 길게 드리웠다. 크리스토퍼는 몸을 떨었다. 찬란한 빛이 있었지만 그 섬은 무척 가혹한 곳이었다.

그가 말했다. "너 혼자 천 년 동안 이 나무를 지킨 거야?" 그는 도도하면서도 작디작은 용에게 어느새 동정심을 느끼고 있었다. "언젠가는 지겨워지지 않을까?"

하지만 이는 실수였다. 용이 분노로 몸부림치며 하늘로 솟아올랐다. (그러나 일으킨 바람은 강하지 않았다.) "무례하고 아니꼬운 똥개 같은 놈! 넘겨 짚기도 정도껏 해야지! 불멸자는 해치지 않겠지만 네놈은 먹어……."

"잠깐! 내 말은 외롭지 않다는 뜻이었어!"

용은 경고하듯 목구멍에서 우르릉 소리를 냈다. "용은 인간과 달리, 드라이어드 중에서 연약한 녀석들과 달리 외로움을 느끼지 않아." 콧김에서 불이 뿜어져 나왔다.

맬이 물었다. "그런데 여기에는 왜 남아 있는 거야? 어디든 날아갈 수 있잖아."

"자쿨루스 용은 살아 있는 황금의 나무를 지켜야 한다."

"다른 용들이 말해준 것도 아닌데 그걸 어떻게 안 거야?"

자쿨루스 용이 언짢은 목소리로 대답했다. "매년 파라스파라에서 에뎀까지 남쪽으로 날아가는 새들은 길을 어떻게 알고 갈까? 그냥 아는 거지. 나도 그렇고. 또 그동안 잡아먹은 인간들로부터 배운 것도 많아. 난 그들의 말을 배웠어. 아랍어, 산스크리트어, 고대 프랑스어. 200년쯤 전에 찾아온 모험가로부터는 영어도 배웠지. 불규칙동사를 다 배우기 전까지는 잡아먹지 않았어."

"그렇지만 이름은 없잖아."

용이 망설이더니 수긍했다. "없어."

크리스토퍼가 제안했다. "만약 우리가 이름을 지어주고, 또 내가 원래 세상으로 돌아가서 자쿨루스 용이 얼마나 대단한지 널리 알린다면 우릴 보내주겠어?"

"네가? 나에 관한 이야기를 쓴다고? 역사가나 작가처럼?"

"어, 바로 그거야."

"용들에겐 바깥세상에서 칭송할 누군가가 필요하긴 해. 노래로 기억되지 못하면…… 초라해지고."

크리스토퍼가 고개를 끄덕였고 맬도 땀이 날 정도로 열심히 고개를 내렸다 올렸다 했다. 크리스토퍼가 말했다. "내가 그 역할을 해낼 수 있어. 약속할게."

용이 망설였다. "멋진 이름이어야 할 텐데. 멋지지 않으면 널 구워 먹어버릴 테다."

크리스토퍼가 도와달라는 듯 맬의 눈을 봤다. 그녀는 몹시 당황해하더니 이름을 하나 생각해냈다. "노먼?"

"'잭'은 어때?" 크리스토퍼가 수습하려고 재빨리 반응했다.

용이 생각에 잠겼다. "자쿨루스 잭? 그거 너무…… 단순하지 않아?"

"단순한 게 아니라 깔끔한 거지. 똑똑하고 우아하단 느낌도 들고." 맬이 말했다.

사실 '잭'은 크리스토퍼의 학교 친구 이름이었다. "쓰기는 '잭스'라고 쓰고 '잭'으로 발음해. 그러니까 남들이 모르는, 발음하는 방법이 따로 있는 거지. 너에게 딱 맞아."

"잭." 용이 되뇌더니 다시 크리스토퍼를 보다가 또 황금 나무로 고개를 돌렸다. 그러곤 눈도 깜빡이지 않고 하늘로 날아올랐다.

"누군가에게 말해야겠어. 날 잭이라고 소개해야겠어."

살인자의 섬

살인자의 섬은 크고, 자연환경이 거칠었으며 느낌도 좋지 않았다. 지형은 서쪽으로 산이 완만히 솟아 있고 동쪽으로는 그보다 작은 구릉이 여럿 있었다. 서쪽의 산은 멀리서 보면 회갈색인데 가까워질수록 점차 다채로워졌다. 크리스토퍼의 눈에 알이 굵은 곡식과 밀을 심은 밭과 여기저기 솟은 나무, 염소들이 뛰노는 축축한 황토가 들어왔다.

산에서 채취한 회색 돌로 지은 집들은 대부분 제일 큰 산의 기슭에 몰려 있었다. 눈에 보이는 풍경은 스산하고 황량했다. 하늘은 폭풍을 이고 있는 듯했는데 일행이 섬에 접근하자 비가 추적추적 내리기 시작했다.

"바다가 주민을 밖으로 내보내지 않는다는 걸 알고선 수백 년 전에 이 섬을 선택한 거야." 아이리언이 말했다.

크리스토퍼가 물었다. "살인자들은 모두 여기로 보내지나요?"

"아니. 입에 담지 못할 죄를 지었다고 판결받은 자들만."

"그런 사람들이 모이면 서로 죽이지 않을까요? 그리고 서로서로 두렵지 않을까요?" 맬이 물었다.

"내가 보기엔 처음 사람을 죽였을 때 크게 불쾌하지 않았던 사람들은 또 살인을 저지르는 듯해. 점점 쉽게. 그렇지만 대부분은 극도의 공포를 느끼거나 분노나 공포 혹은 정신병으로 이성이 마비될 때만 살인하지. 습관적으로 하진 않아." 아이리언이 대답했다.

나이트핸드가 그녀를 획 쳐다보며 말했다. "과연 그럴까? 여기로 추방된 자들을 몇 명 아는데 다시는 만나기 싫은 녀석들이었어. 맬, 여긴 정말 흉악한 곳이야. 내 옆에서 떨어지지 마. 알았어?"

크리스토퍼는 섬 주위의 바다가 몹시 거칠 것이라 예상했었다. 집채만 한 파도가 치든지, 아니면 주민을 가둬둘 어떤 사나운 방법이 있으리라 생각했다. 하지만 회색빛 바다는 여느 때처럼 출렁였고 악의는 없어 보였다. 그들은 섬 근처에서 바다에 연하여 세운 나무 표지판을 볼 수 있었다. 총 15개 언어로 쓰인 표지판의 내용은 모두 같았다.

한 번 들어오면 나갈 수 없는 곳

지금이라도 배를 돌려야 하는 곳

좋은 일이 전혀 없는 곳

아이리언이 말했다. "유죄 판결을 받은 자들은 여기에서 작은 배로 갈아타고 홀로 섬으로 향하지. 우리도 여기서 갈아타야 해."

나이트핸드가 안자가 쓰던 선실에서 발견한 활과 화살을 식칼 여러 개와 함께 요란한 소리를 내며 늘앞으로호에 던져 넣자 모두 깜짝 놀랐다. 이윽고 래트윈을 제외한 네 명이 드라이어드 나무로 된 배에 몸을 실었다.

아이리언이 돛에서 잘라낸 조각으로 배의 이름을 덮으며 말했다. "만약을 대비해서."

나이트핸드가 우툴두툴하고 큰 손으로 래트윈의 머리에 손을 얹었다. 손가락 끝의 피부가 시퍼렇게 변하고 있었지만 아직은 힘이 남은 듯했다. "우리 대신 배를 지켜. 얼굴 드미는 놈이 있으면 물어버리고." 그가 말했다.

맬이 크리스토퍼를 보고 얼굴을 쥐어짜듯 웃어봤지만 웃음이라고 보기 힘든 표정이 만들어졌다. "배를 믿어보자. 아니면 다시는 못 돌아올 테니."

크리스토퍼도 공포가 차오르는 걸 느꼈지만 고개를 끄덕였다. "이 배로 분명 다시 나올 수 있을 거야. 물약을 얻어서 돌아오자. 꼭 그렇게 될 거야."

소녀가 쳐다보자, 소년도 고개를 돌리지 않고 시선을 맞추었다. 크리스토퍼의 말이 효과를 발휘했다. 소녀가 더 활짝 웃으며 고개를 끄덕였다. "좋아!"

부두는 정사각형 모양의 네 귀퉁이 중 셋을 큰 바위로 둘러싸고 열린 쪽이 바다에 드러난, 전형적인 옛날 방식으로 지은 형태였다. 건물들은 부두와 같은 방향으로 줄지어 있고 정박한 배들은 크리스토퍼가 보기엔 모두 비슷한 모습이었다. 크기는 일행이 타고 온 배보다 작았고 장식 없이 녹색이나 검은색으로 칠해져 있었다. 부두에는 종이 쪼가리와 물에 젖은 쓰레기가 여기저기 나뒹굴고 있었다.

사람들이 삼삼오오 모여 다가오는 낯선 이들을 살폈다. 대부분은 남자로, 나이나 인종, 체격이 다양했는데 간혹 얼굴의 주름으로 보아 나이가 많은 듯한 여자도 있었다.

나이트핸드가 육중한 몸을 날려 부두에 뛰어내리곤 온전한 팔로 배에 연결된 밧줄을 부두의 고정용 돌에 둘러맸다. 불멸자의 배는 다른 배들과 크게 다르지 않은 모습으로 넘실거리는 회색빛 바다 위에 떠 있었다.

소매와 깃이 해지긴 했지만 정장을 말끔하게 차려입은 남자가 다가와 말했다. 목소리에서 권위가 느껴졌다.

"새로 들어오는 분들이오?"

"네." 아이리언이 대답했다.

사람들은 맬과 크리스토퍼를 확인하고는 놀라워했다. "아이들이?"라며 한 어린 여자가 중얼거리는 소리도 들렸다.

"보는 그대로요." 나이트핸드가 몸을 한껏 치켜세우고는 최대한 험상궂고 신경질적인 표정을 지으며 말했다. 외투 아래 다친 팔은 보이지 않았고 마치 '아무도 다가오지 마시오. 아무것도 묻지 마시오'라고 말하려는 듯 턱이며 팔꿈치, 이마 등 몸에서 튀어나올 수 있는 부분은 죄다 나와 있었다.

"내 듣기론⋯⋯." 남자가 마지못해 묻는 듯 말했다. "가족을 데려올 수 있다고 하는데, 당신들이 그런 거요? 가족이오?" 그가 나이트핸드, 맬, 아이리언, 크리스토퍼를 순서대로 살펴보았다. 그들은 생긴 모습이 다 달랐다.

아이리언이 말했다. "우리는⋯⋯ 일행이에요."

남자가 콧방귀를 끼곤 말했다. "난 여기에 배치된 네 명의 감독관 중 하나인 기욤 브록이라 하오. 뭐, 나 역시 나가지 못하는 마당에 감독관이 무슨 의미가 있는지 모르겠지만. 아무튼 신입 주민에게는 거쳐야 할 절차가 있소. 주거, 직장, 음식 등에 관해 이야기를 나눠야 하지. 그냥 맘대로⋯⋯."

"때가 되면." 나이트핸드가 말했다. "먼저 급한 용무가 있어. 페트록이란 켄타우로스를 찾아야 해."

불쾌함과 의심이 사람들 사이에 물결처럼 퍼져나갔다.

"그건 왜 그렇소?" 브록이 물었다.

"전할 말이 있어서." 나이트핸드가 답했다.

이때 모여 있던 사람 중 체구가 작고 담배로 이빨과 손가락이 누렇게 변한 노인이 침을 뱉으며 꿍얼댔다. "여기 급한 일이 뭐가 있다고."

그러자 브록이 노인에게 입을 내밀며 핀잔을 줬다. "당신에게 물어본 게 아니야." 그러곤 다시 나이트핸드를 보고 말했다. "페트록은 금방 찾을 수 있소. 숲에 사니까." 그는 돌을 낮게 쌓아 지은 상점과 가정집이 어우러진 거리를 손가락으로 가리켰는데 그 끝에는 숲이 보였다. "망치 소리만 따라가시오."

어둑어둑한 숲은 맬과 크리스토퍼가 유니콘을 타고 지나온 숲과는 무척이나 달랐다. 나무에는 가시가 돋아 있었고 그들을 멈춰 세워 돌려보내려는 듯 가지는 길가로 뻗어 있었다. 하늘에서 비가 거세게 내리고 천둥도 울렸다. 등 뒤의 마을에선 개들이 울부짖었다.

아이리언이 말했다. "잠깐! 다들 들었어요?"

멀리서 금속이 금속에 부딪는 소리가 희미하게 들려왔다. 일행이 나아갈수록 그 소리는 더 커졌다. 갑자기 길이 넓어지며 공터가 펼쳐졌다. 자연히 형성된 것이 아닌, 나무를 잘라 만든 공터였다. 그 가운데에 한 켄타우로스가 불을 지핀 가마솥 위를 들여다보고 있었다.

그의 몸은 말의 형태인 부분까지 모두 새하얗고 짧게 깎은 머리는 검었으며 눈은 초록색이었는데 거친 피부에는 불을 가까이하다가 데인 자국이 곳곳에 나 있었다. 본래 눈부실 정도로 아름다웠을 얼굴은 잔인함이 느껴지는 눈가와 입가의 주름으로 뒤틀려 있었다.

"앗!" 맬이 작게 외치자, 크리스토퍼도 그녀가 보는 곳을 보고는 켄타우로스가 사슬로 묶여 있음을 깨닫고 놀랐다.

순금으로 된 사슬이 그의 두 뒷다리에 채워진 족쇄에 공터 내를 다닐 수 있을 길이로만 연결되어 있었다.

그가 사나운 목소리로 나름의 예의를 갖추어 일행을 맞이했다.

"원하면 앉아." 그는 곁에 있는 등받이 없는 투박한 의자를 가리켰다. 맬이 앉으려 했으나 나이트핸드가 고개를 젓자 뒤로 물러섰다. 그들은 황금 사슬이 닿지 않을 거리에 계속 서 있었다.

"롱마를 탄 나이 든 여자가 너희가 올 거라 했어." 그가 말하면서 가마솥에 잎을 한 움큼 뿌리자 얼얼한 향이 확 풍겼다. "물론 믿지 않았지. 갖고 나가지도 못할 물약을 가지러 누가 오겠냔 말이야?" 그의 음성은 목 깊은 곳에서 울렸다. 평소에 목을 거의 쓰지 않는 듯한 소리였다. "너희, 여기에서 나갈 방법이 있어?"

나이트핸드가 무표정하고 신중한 얼굴로 말했다. "네 알 바 아냐, 페트록."

켄타우로스는 다른 이의 입에서 다른 답이 들리길 기다렸다.

"있어요." 맬이 말했다.

"살아 있는 나무에서 구한 황금, 가져왔지? 아니라면 헛걸음한 거야."

"가져왔어." 아이리언이 말했다.

페트록이 그녀를 거만하게 위아래로 훑어보곤 말했다. "꺼내봐."

크리스토퍼가 주머니에서 황금 가지들을 둘러싼 꾸러미를 꺼냈다. 내리는 비에 몸을 떨며 켄타우로스의 시큼한 입 냄새가 느껴지는 거리까지 다가가 꾸러미를 던져준 다음 뛰다시피 원래 위치로 돌아왔다. 매듭을 풀자 페트록이 갑자기 만족한 표정을 지었다. 강렬하면서도 가식 없는, 흡족한 표정이었다.

다만 그의 말은 간단했다. "확인했어."

나이트핸드가 물었다. "그래서 할 거야? 불멸자의 기억을 되돌릴 물약을 만들 거냐고?"

"아마도."

"아마도?" 나이트핸드가 허리춤에서 글램리검을 조금씩 뽑으며 말했다.

"그딴 말이나 들으려고 여기 온 건 아니야."

켄타우로스는 눈썹을 치켜올릴 뿐이었다. "그 예쁜 단검 치우지 않으면 당신하고는 말 안 해. 대화할 때 칼 꺼내 드는 거 싫어하거든. 암, 그렇고말고."

나이트핸드가 망설이다가 칼날을 도로 밀어 넣었다. 크리스토퍼는 광전사의 호흡이 거칠고 다리도 떨리고 있음을 눈치챘다.

페트록이 말했다. "물약을 만든다 해도 쓸 수 있는 상태로 줄 수가 없어. 무슨 말인지 알아? 드라이어드의 불로 데워야 하는데 너희들이 알아차렸는지 모르지만, 이 버려진 섬에는 드라이어드가 없거든."

"아무튼 만들 순 있는 거지?" 아이리언이 물었다.

"그럼, 가능하지. 만들겠다곤 안 했지만."

맬이 속에 담아두려다가 못 참겠다는 듯 물었다. "무슨 일을 저질렀길래 사슬에 묶인 거예요? 여기서 사슬에 묶인 사람은 못 봤는데."

페트록이 그녀를 노려봤다. "무서워서 듣지도 못할 텐데 그건 왜 묻지?"

맬이 붉게 달아오른 얼굴로 켄타우로스를 쏘아봤다. 크리스토퍼가 지원사격을 하듯 끼어들었다. "누가 무섭다고 그래? 누굴 죽이기라도 했어?"

페트록이 눈썹을 으쓱하며 말했다. "인간들도 그게 멍청한 질문이란 걸 알 거야. 그래 죽였다. 그 벌로 내 동족이 날 이렇게 묶은 거지. 내가 부술 수 없도록 족쇄에 살아 있는 황금을 섞어서 말이야. 켄타우로스가 동족을 죽이는 일은 드물거든."

그가 다시 맬을 쳐다보며 말했다. 더 굵어진 빗줄기가 말 형상의 몸 옆구리를 적시며 어슴푸레하게 빛났다. "그래, 네가 그자군. 맞지? 오랫동안 추적했지만 찾지 못한 불멸자 말이야. 자세히 보게 이리 가까이 와봐. 불멸자를 만질 수만 있다면 백만금도 아끼지 않을 자들이 많이 있지."

하지만 맬은 그 말을 듣고 움찔하고는 근처의 나무로 달려가 등을 기대고 쭈그려 앉았다. 겔리핀이 따뜻하게 데워주던 품이 이젠 텅 비어 더욱 쌀쌀하게 느껴졌다. 맬은 그리핀이 살을 맞대고 쉬던 스웨터 안으로 코를 밀어 넣고 숨을 쉬었다.

켄타우로스가 발굽으로 땅을 긁으며 말했다. "켄타우로스들은 불멸자 얘기를 집착하듯 자주 하지. 백 년 동안 기다려왔거든. 그렇지만 저런 아이일 줄은 몰랐어. 동족들은 별이 하는 이야기를 믿는데 그 내용에 따르면 아이는 아니었단 말이야. 하지만 난 믿지 않았지. 너무 멀리에, 또 너무 애매하게 적혀 있는 얘기잖아." 그는 원한을 품은 듯 하늘을 올려보고는 얼굴에서 빗물을 닦았다. "난 만질 수 있는 것만 믿지. 피, 황금, 불, 흙 같은 것들만."

그가 맬을 흘긋 쳐다보더니 목소리를 낮추었다.

"저 애가 임무를 수행하겠다고 나선 건가? 꼬맹이잖아. 콩알 딱지만 한 점만 한, 파리만 한, 개미만 한 꼬맹이."

크리스토퍼는 맬을 바라보는 켄타우로스의 눈빛이 마음에 들지 않았다. 그가 허리춤에 꽂아뒀던 긴 식칼에 손을 올리며 말했다. "맬은 용감한 친구야."

"과연 그럴까? 싫어하는 자들을 오히려 칭찬하는 인간 특유의 어처구니없는 가식을 떠는 건 아니고?"

"사실이야. 내가 직접 봤거든." 그는 켄타우로스가 맬의 진가를 알게끔 하고 싶었다. 가마솥에서 나오는 정체불명의 연기로 머리가 아프고 어지러웠지만 정신을 차리고 말했다. "하늘도 날 수 있고 살인자도 따돌렸지. 절대 포기하지 않아. 애초에 포기란 걸 모르지."

페트록이 계속 맬을 쳐다보며 말했다. "지금 글리머리를 구하지 않으면 영원히 구할 수 없을 거라고들 하지. 하지만 너희 인간은 시간이 다 되어간다고 말만 할 뿐 무슨 일이 일어나는지는 알지 못해." 등 뒤의 불에서 불꽃이 일자 그가 쿵쿵거렸다. "차갑고 암울한 결말이 닥칠 거야. 켄타우로스는 알고 있지. 특히 나는 잘 알고 있어. 그런 종말이 갖는 힘과 아름다움도 말이야."

누군가 혐오의 소리를 내뱉었다. "그만." 아이리언이 사슬이 닿을 만한 거리까지 들어가서는 어느 때보다 큰 소리로 말했다. "네 말이나 생각 따위 관심 없어." 그녀의 확실하고 흔들림 없는 표정에 켄타우로스가 내뿜던 압박감이, 괴상하고도 어두운 힘이 꺾였다. "물약을 만들겠다는 거야 말겠다는 거야? 만들 거면 만들고 싫으면 싫다고 해. 그러면 이 비참한 진흙탕에서 계속 사슬에 묶인 채 혼자 연기하고 놀도록 내버려 둘 테니까. 물론 금은 다시 돌려받을 거고."

그녀를 지켜보던 나이트핸드의 충혈되고 부어오른 눈이 감탄으로 순간 밝아졌다.

페트록이 아이리언에게 입을 비쭉 내밀며 말했다. "좋아. 하지만 감시받으면서는 작업 안 해. 마을로 갔다가 동틀녘에 돌아와."

"그건 너무 늦는데. 그 정도로 낭비할 시간이 많진 않거든." 나이트핸드가 말하고는 고통으로 얼굴을 찡그렸다. 아이리언이 만일을 대비해 재빨리 그에게 다가갔다.

"낭비해야만 할 거야. 창고에 키메라 뼈와 고래 피, 성게 즙은 있어. 하지만 고래 피는 여섯 시간 쪄야 하고, 추가로 필요한 이슬풀꽃은 해뜨기 두 시간 전에 숲에서 피거든. 그러니 당연히 기다려야지."

마을로 돌아온 일행은 하룻밤 묵을 곳을 찾아봤으나 소득이 없었다. 카페나 술집이 좀 있었지만 모두 정신없고 더럽고 우울한 곳이었다.

그들은 구석의 가판대에 머리를 뒤로 넘겨 헝겊으로 싸맨 여인이 서 있는 것을 보고는 말을 걸었다. 그녀가 빤히 쳐다보며 대답했다. "방문객도 없는데 호텔이 왜 있겠어요? 하지만 먹을 건 팔 만한 게 있지요."

그들은 토마토와 납작하고 둥근 작은 빵, 말린 오징어 같은 무언가를 약간씩 샀다. 여인은 둘둘 만 헝겊으로 막아놓은 와인병을 내놓으며 말했다. "검은표범 와인 어때요? 직접 담갔어요. 꼬박 하루는 모든 생각에서 자유로워질 수 있지요. 그 상처 잠시 잊는 게 어때요?" 그녀가 나이트핸드의 팔부터 얼굴까지를 훑어보며 말했다. 그는 팔이 너무 부어서 셔츠와 외투의 소매를 잘라내야 했고 얼굴은 핏기 없이 창백했다.

나이트핸드가 고개를 가로젖곤 아이리언을 보며 말했다. "술 필요해?"

"물어봐 줘서 고맙지만 지금은 생각할 게 많아요."

결국 일행은 교대로 망을 서면서 배에서 밤을 보내기로 했다. 그 섬은 요행을 바랄 만한 곳이 아니었다.

어둡고 싸늘한 밤하늘 아래 얼마간의 시간이 흐르자 살인자들의 거리에도 별빛이 찾아왔다. 맬과 크리스토퍼는 흔들리는 배 위에 나란히 누워 있었다.

"맬, 자?"

"아니."

"맬…… 앞으로 어떻게 될지 생각해봤어? 물약을 먹은 다음에 말이야."

그녀가 크리스토퍼를 쳐다보며 인상을 썼다. 엄중한 경고를 담으려 했지만 겁먹은 표정이 되었다.

"그 얘긴 하고 싶지 않아."

"왜?"

"그러는 너는 생각해봤어?"

"그럼." 정말이지 그랬다. 그것도 여러 번. 그는 때론 가슴속에서 타오르는 질투를 느끼기도 했다. "넌 모든 걸 알게 될 거야. 왕들과 용들이 너에게 조언을 구하러 올 거고."

"음, 그러니까 내 말은 진짜 제대로 곰곰이 생각해봤냐는 거야." 광활한 하늘 아래 그녀가 기어들어 가는 목소리로 말했다. "내가 영원히 알고 보고 기억해야만 할 것들을……." 그녀는 숨을 한차례 짧고 무겁게 내쉬었다. "무서워. 가끔 그 생각이 들면 숨쉬기가 힘들어. 이렇게 무섭긴 처음이야. 물약을 먹고도 계속 이렇게 영원히 무서우면 어쩌지?"

그녀는 잠이 들고 난 뒤에도 몸을 떨었다. 깨어 있을 때는 늘 생기가 넘치던 얼굴이 굳은 표정으로 일그러져 있었다. 한쪽 손목이 담요 밖으로 삐져나왔는데 겔리펀이 깨물고 할퀸 상처가 아직 남아 있었다.

크리스토퍼는 몇 시간 더 망을 보면서 그녀를 지키며 깨어 있었다.

눈을 뜨니 어느덧 해 뜨기 한 시간쯤 전이었다. 머리 위로 아직 가시지 않은 밤이 회색으로 물들어 있었는데 뭔가 잘못되었다는 느낌이 들었다.

인적이 없는 물가에서 말발굽 소리가 들려오더니 어둠을 뚫고 페트록이 나타났다. 족쇄는 보이지 않았고 한 손에 유리로 된 약병을 들고 있었다.

그가 부둣가로 다가와 그들에게 소리쳤다.

"인간들이여! 그 배에 날 태우고 이 섬에서 함께 떠나도록!"

나이트핸드가 일어나 몸을 최대한 늘이며 말했다. "지금 제정신이 아닌가 보군. 더 이상 다가오면 후회하게 해주지."

"그래, 내가 네 상대가 안 된다는 건 잘 알겠어. 그렇지만 이걸 보라고. 자, 이게 물약이야. 아직 미완성이지." 그가 한 손을 들어 펴 보이자 잎이 두 장 있었다. "바람꽃의 꽃잎 아니면 페렌의 잎 중 하나를 넣으면 완성이야. 너희

로선 알 수 없지. 나는 알고. 그러니 이렇게 할 거야. 자, 너희는 날 데리고 이 섬에서 탈출해서 막힌 바다 밖에 기다리고 있을 큰 배로 가는 거야. 그러면 거기에 옮겨 타서 물약을 완성하는 거지."

아이리언이 부드러우면서도 가시를 숨겨놓은 듯한 목소리로 물었다. "족 쇄는 어떻게 풀었지?"

켄타우로스의 입술이 가볍게 씰룩였다. "살아 있는 황금은 물약 재료가 아니었어. 덕분에 족쇄를 풀 열쇠를 만들 수 있었지."

그들로선 선택의 여지가 없었다.

맬과 크리스토퍼가 양옆으로 더욱 몸을 밀착하여 켄타우로스가 앞쪽에 올라탈 공간을 마련했다. 아이리언과 나이트핸드가 노를 젓자 배가 부두에 서 멀어지기 시작했다. 그들이 섬의 바다가 끝나는 곳에 이르자 켄타우로스가 긴장한 듯 보였으나 늘앞으로호는 섬에 걸려 있는 마법에 영향을 받지 않는 듯 계속 부드럽게 나아갔다.

이윽고 그림자춤꾼호가 시야에 들어왔다. 래트윈이 뱃머리에 앉아 있다가 그들을 보고 환호성을 질렀는데 곧바로 켄타우로스를 발견하더니 외쳤다. "나이트핸드, 뭐가 어떻게 된 거야? 저 말인간은 뭐고?"

"다람쥐는 저리 비켜!" 페트록이 거대한 등 근육에 힘을 주고는 배에 올라탔다. 아이리언이 그 뒤를 따를 준비를 했고 나이트핸드는 늘앞으로호를 그림자춤꾼호 옆에 천천히 대고 있었다.

페트록이 약병을 열고는 비람꽃 꽃잎을 넣은 후 굳은살이 박힌 손가락으로 뚜껑을 조심스럽게 꼭꼭 눌러 다시 닫았다. 그러고는 웃는 건지 찡그리는 건지 모를 표정과 함께 약병을 물에 던졌다.

맬이 비명을 질렀다. 나이트핸드는 벌떡 일어나 바다로 뛰어들려 했지만 어지러움을 느끼고는 그 자리에서 쓰러져 아이리언과 부딪혔다. 크리스토퍼가 파도 속으로 몸을 날렸다.

아직 동이 트지 않아 햇빛이 닿지 않은 바닷물은 얼음장 같았다. 흔들리며 아래로 가라앉는 유리 약병을 발견한 크리스토퍼는 필사적으로 발장구를 쳤다. 기회는 오직 한 번뿐이었다. 닿을 수 없는 차갑고 어두운 바다 깊은 곳에 가라앉으면 영영 끝이었다. 그런 생각이 들자 그는 더 열심히 버둥거렸다. 온몸의 근육이 비명을 질렀지만 오로지 더 빨리 움직여야 한다는 생각뿐이었다.

잠시 후 콜록거리며 그가 수면으로 떠올랐다. 목구멍은 바닷물로 타는 듯 따끔했다. 그의 앞쪽에는 페트록이 그림자춤꾼호의 닻을 올리고는 키의 손잡이를 잡고 있었다. 래트윈이 달려들었지만 켄타우로스의 뒷다리 한 방에 나가떨어졌다. 크리스토퍼는 충격 속에서 지켜볼 수밖에 없었다.

"래트윈, 물어버려!" 나이트핸드가 외침과 동시에 물에 뛰어들어 그림자춤꾼호를 향해 헤엄쳤다. 그러나 그림자춤꾼호는 바람을 타고 방향을 바꾸고선 파도를 가르며 맹렬한 속도로 멀어져갔다. 물속에서 길을 잃은 나이트핸드가 울부짖었다. 말 없는 분노의 포효가 공기를 뒤흔들었다.

그러나 맬의 시선은 사라진 배나 광전사를 향하고 있지 않았다. "찾았어?" 그녀가 소리쳤다.

크리스토퍼가 파도 위로 한 손을 들어 올렸다. 움켜쥔 손안에는 약병이 있었다.

만티코어의 악취

심장의 고동을 느끼며 크리스토퍼가 늘앞으로호 위로 기어올랐다. 아침햇살이 바다를 주황색과 장밋빛으로 다채롭게 물들이고 있었지만, 그의 눈은 오직 분노로 가득 차 있었다.

"래트윈이 발에 차였어요!" 그가 말했다.

나이트핸드가 말했다. "나 같으면 라타토스카를 만만하게 생각하지 않을 거야. 래트윈은 그놈이 잘 때를 노려 꼭 복수할 거야."

광전사는 한쪽 금귀고리에 해초를 건 채 씩씩거리고 있었다. 그가 윗옷을 벗자 아이리언이 시선을 돌려 먼 곳을 보다가 또 위를 쳐다보고 다시 먼 곳을 바라보았다. 크리스토퍼의 눈에 끔찍한 보랏빛 회색으로 변한 광전사의 팔이 들어왔다. 나이트핸드는 크리스토퍼의 놀란 표정을 보자 단호하게 아니라고 말하듯 고개를 흔들었다.

"나이트핸드! 팔이 그런 색이면 안 되는 거잖아요!" 크리스토퍼가 소리쳤다.

"멍청한 소리. 내 팔은 원하면 어떤 색도 될 수 있어." 광전사가 기침하며 얼굴을 찡그렸다.

맬이 약병을 거꾸로 들어보았다.

크리스토퍼가 물었다. "바닷물이 들어갔을까?"

"아닌 것 같아." 뚜껑이 열리지는 않았다. "안 들어갔어. 봐봐." 맬이 거꾸로 든 약병을 흔들었다. "맞지? 물이 안 새."

그들은 갑판에 뒤돌아 앉아 살인자의 섬을 바라보았다.

"이제 어떻게 할까요?" 맬이 물었다.

잠시 침묵이 흐른 후 크리스토퍼가 말했다. "페트록이 드라이어드 불이 필요하다고 했잖아요. 그러니까 드라이어드를 찾으러 가면 좋을 듯한데."

"그럼 그렇게 하자." 말을 마친 나이트핸드가 일어서서 엉덩이를 한쪽으로 빼고는 어딘가를 가리키듯 손가락을 뻗어 영웅적이고 결의에 찬 자세를 취했다. 그러고는 쿵 하는 끔찍한 소리를 내며 그대로 바닥에 엎어졌다.

일행은 그에게 보온이 되는 옷을 담요처럼 덮어준 후 편한 자세를 취하도록 해주었다. 광전사는 배 한쪽에 등을 대고 두 발을 뻗은 채 수평선을 바라보았다. 그는 계속 전진할 것을 주장했고 논쟁이 벌어졌지만 결국 그의 말을 따르기로 했다.

아이리언이 한 눈으로는 광전사를 살피며 동시에 늘앞으로호를 이끌었다. 크리스토퍼가 곁눈질할 때마다 그녀의 시선은 끊임없이 바다와 나이트핸드를 오가고 있었다.

불멸자의 배로 항해에 나선 지 12시간쯤 지났을 때 아이리언이 나이트핸드를 잠시 내버려 두고 돛 옆을 지나 맬과 크리스토퍼에게로 왔다.

"크리스토퍼의 지도를 보니 드라이어드가 확실히 살고 있는 가장 가까운 섬은 타르야. 그곳에는 숲을 다스리는 드라이어드 여왕인 에라토가 있지. 그런데 문제는 만티코어의 섬을 지나가야 한다는 거야."

맬이 공포에 질린 표정을 지었다. 한편 크리스토퍼는 멍한 표정이었다.

아이리언이 말했다. "안티오크라고 불리는 켄타우로스의 섬에 켄타우로스만 사는 건 아니야. 영국에 영국 사람만 있는 게 아니듯이. 참고로 내가 안티오크에서 태어났지. 그러나 만티코어의 섬은 예외야. 그 섬에 사는 생명체라곤 만티코어뿐이지."

"왜요?" 크리스토퍼가 물었다.

맬이 대답했다. "만티코어는 보이는 건 모두 잡아먹거든."

"아, 그럼 당연히 그렇게 되겠군." 크리스토퍼가 말했다.

아이리언이 지도를 가리키며 다시 설명했다. "봐. 만티코어들은 먹잇감을 사냥하러 근처 섬으로 날아가. 체력이 좋진 않아서 멀리는 못 가지. 하지만 매우 빨라. 목적지에 가려면 만티코어의 섬을 지나가야 하는데…… 자 여길 봐." 그녀가 바다의 어느 곳을 가리켰다. "여긴 산호초가 수면 아래에서 거의 10미터 높이로, 네레이드들도 죽은 적이 있을 정도로 칼날처럼 날카롭게 솟아 있지. 드라이어드 나무로 만들었든 아니든 배로는 피할 수 없어. 리시아의 툭 튀어나온 지대를 빙 둘러 갈 수도 있겠지만 그러면 몇 주는 더 걸릴 거야."

크리스토퍼는 카빌을, 그리고 그가 미로로 들어간 존재에 대해 어떻게 말했는지 떠올렸다. 그리고 화를 내며 혹은 두려움에 어쩔 줄 몰라 하며 그가 돌아오길 바라고 있을 아버지와 외할아버지도 생각했다. 그리고 겔리펀을 떠올렸다. 그가 입을 열었다. "몇 주나 쓸 여유는 없어요. 산호초를 피하려면 만티코어의 섬에 얼마나 붙어서 가야 하나요?"

"대략 30미터. 만약 동쪽으로 수심이 얕아지면 더 붙어야 할 수도 있고."

"만티코어가 냄새를 맡을 수 있는 거리인가요?" 크리스토퍼가 물었다.

"맞아. 그리고 녀석들의 시력은 사자 수준이지."

맬이 물었다. "녀석들이 배로 날아와 우릴 죽이려 하면 어떻게 대처하죠?"

"음…… 활과 화살 그리고 식칼을 써야겠지."

"다른 방법은요?"

"우리 손과 이." 나이트핸드가 말했다. 그는 웃으려고 했지만 목에서는 쉰소리가 났다. 얼굴 여기저기엔 빨갛게 염증이 부어오르기 시작했고 입술 주위 피부는 눈에 띄게 하였다.

"만티코어를 물려는 사람은 없어. 그럼 죽거든." 아이리언이 말했다.

만티코어의 섬에선 악취가 났다. 아직 섬이 보이지도 않았지만 분명히 느낄 수 있었다. 만티코어가 먹다 내버려 둔 먹잇감이 뜨거운 햇빛 아래 썩어가다가 바람을 타고 온 냄새였다.

나이트핸드가 뭐라고 중얼거리자 아이리언이 허리를 숙여 들었다.

"녀석들은 더럽게 먹는대." 그녀가 전했다.

나이트핸드가 허리를 세우려고 끙끙대더니 유령 같은 목소리로 말했다. "녀석들은 우리를 죽이고 나서 모조리 먹어 치우진 않아. 토막 내서 여기저기 뿌려놓을 거야. 그러니 죽더라도 우릴, 아, 아키펠라고 출신이 아닌 크리스토퍼만 빼고, 아무튼 우릴 알아볼 사람이 있을지도 몰라." 그가 기침을 시작했다. 기침이 멎자 한마디 추가했다. "물론 썩기 전에 발견해야겠지만."

"고마워요, 나이트핸드. 명심할게요." 아이리언이 말했다. 다만 어조는 내용보다 훨씬 다정했다. 그녀는 한 손으로 키를, 다른 손으로는 활을 잡고 있었다. 섬이 시야에 들어왔다. 해안에는 모래가 펼쳐졌고 저 멀리에는 숲이 보였다. 파도가 마구 일렁이긴 했지만 배는 리듬에 맞춰 오르락내리락하며 빠르게 나아갔다. 일행은 몸을 낮춘 채 양옆으로 내다보았다.

절반쯤 지났을 때까지도 아무 일이 없었다. 섬의 그 어떤 생물도 그들을 못 본 듯했다. 마침내 배가 섬의 북쪽 끝을 지나쳤고 그들은 안전해졌다.

쇠를 삼킨 듯 차갑고 공포로 답답했던 크리스토퍼의 속이 편안해졌다. 그는 고개를 돌려 맬을 보고 미소 지었다.

바람이 거세지더니 갑자기 인 파도에 배가 들렸다가 떨어졌는데 나이트핸드가 그 충격으로 좌우로 흔들리다가 다친 손에 온 체중이 실린 상태로 넘어지고 말았다. 그가 지독한 고통으로 한 차례 비명을 지르고는 재빠르게 입을 틀어막았다. 하지만 이미 소리는 소금기 가득한 하늘로 퍼져나간 후였다. 이를 본 아이리언도 비명을 지르고는 그에게로 다가와 몸을 굽혔다.

"더 다쳤어요?" 그녀가 속삭이며 물었다.

"아니." 그가 평소의 반절도 안 되는 목소리로 대답했다.

"혹시 딱지를 뗐어요?"

"아니."

"뗐잖아요! 나이트핸드, 눈에 바로 보이는데도 거짓말을 해요?"

"지금 나보고 거짓말쟁이란 거야?"

"네! 맞아요. 이젠 안 되겠어요. 더 이상 치료를 늦출 순 없어요."

그가 돌연 날카로운 목소리로 외쳤다. "조심해! 저쪽이야!"

저 멀리 지나온 섬에서 점 세 개로 보이는 무언가가 나무들 사이로 빠르게 날아오고 있었다. 날개를 펄럭이고 있었는데 서로 닿을 정도로 뭉쳐서 무시무시한 속도로 날아오고 있었다.

나이트핸드가 벌떡 일어섰다. 그는 비틀거리며 갑판을 가로질러 맬에게로 갔다. 그러곤 그녀를 한쪽으로 밀어 자신의 뒤에 세운 후 온전한 손으로 보호했다.

그녀가 저항했다. "이러지 마요! 봐야…… 싸워야 한단 말이에요."

그러나 나이트핸드가 그녀를 제지하며 말했다. "이건 내 일이다." 고통으로 발음이 명확하진 않았지만 두려움은 전혀 느껴지지 않았다. "녀석들은 우선 나부터 먹어야 할 거야."

하늘에서 사자의 포효가 들리더니 가느다란 투창 같은 것이 크리스토퍼를 스치고 날아가 배의 옆면에 박혔다.

나이트핸드가 으르렁댔다. "더러운 고양이들이 왔군."

크리스토퍼가 겨우 갈색 가죽과 노란 날개를 흐릿하게 구분하기 시작할 때 아이리언은 이미 활을 겨냥하여 쏘고 있었다. 시위를 튕기는 소리는 계속 이어졌다. 그녀의 이마가 땀으로 뒤덮였고 하늘은 화살로 가득 찼다. 몇 발은 아예 빗나갔지만, 네 발이 살갗과 날개를 꿰뚫어 두 마리를 하늘에서 떨어트렸다.

"크리스토퍼! 왼쪽을 봐!"

크리스토퍼가 몸을 틀었다. 하나 남은 만티코어가 날개를 펼치고 발톱을 곤두세운 채 머리 위에서 그를 덮치고 있었다. 사자 갈기는 소금기와 피로 얼룩져 있었다.

그가 급히 피하자, 아이리언이 화살을 날렸지만 터럭 한 올 차이로 빗나갔다. 만티코어는 공중에서 방향을 돌려 이번에는 아이리언을 노리고 날아왔다. 그 순간 힘겹게 몸을 일으킨 나이트핸드가 식칼을 던졌다. 칼은 빙빙 돌며 날아가 만티코어의 옆구리를 찔렀다. 날개 달린 사자가 바다에 떨어졌다.

"고마워요." 그녀가 말했다.

맬은 아직 배의 한쪽에 붙어 있었다. 뺨에는 만티코어의 피가 주근깨처럼 묻어 있었다.

"다친 사람?" 아이리언이 외쳤다.

"없는 것 같아요." 크리스토퍼가 말했다.

"다행이네. 화살이 다 떨어졌거든."

"저길 봐요!"

해치운 세 마리보다 더 큰 만티코어가 섬의 반대쪽 하늘에서 나타나 마치 유성처럼 무서운 속도로 그들을 향해 곧장 날아오고 있었다.

맬이 아이리언이 서 있는 뱃머리로 달려갔다. 그녀는 양쪽 난간에 손을 올리고는 더 빨리 가라고 어르듯 속삭였으나 아무 소용이 없었다. 아무도 아무것도 할 수 없었고 점점 가까워지는 만티코어를 속수무책으로 보고만 있었다.

"맬!" 나이트핸드가 그녀에게 다가왔다.

크리스토퍼는 배의 왼쪽에서 홀로 서서 지켜보고 있었다. 만티코어의 생김새는 두려우면서도 놀라웠다. 몸은 사자였으나 털이 많고 때가 긴 얼굴에는 인간의 눈코입이 달려 있었다. 다만 거대하고 날카로운 회색 이빨만은 사람의 면모라 할 수 없었다.

만티코어가 속도를 늦추고 배 위를 떠다니며 그들을 관찰했다.

나이트핸드는 다치지 않은 팔로 글램리검을 뽑아 들었으나 빗맞아 잃어버릴 것이 걱정되어 던지지는 못했다. 그 검은 쉽게 던질 수 있는 것이 아니었다.

"인간들이여!" 만티코어가 말했다. 말하는 데 익숙하지 않은지 마치 녹이 슨 듯한 목소리였다. "설마 환영을 기대하고 온 건 아니겠지."

"그냥 지나가려던 거야." 크리스토퍼가 떨리는 목소리로 말했다.

"너! 네 몸에선 낯선 냄새가 나. 어디서 왔지?"

"아키펠라고 밖의 세상에서."

277

"그렇다면 만티코어를 본 적이 없겠군." 만티코어가 그의 머리 위에서 날개를 펄럭였다.

"그래, 없어. 방금 전까진."

"고향으로 돌아가서 네가 본 걸 이야기할 수 없을 테니 참 가엾고도 비참한 일이로군." 말을 마친 괴물이 갑자기 아래로 짓쳐들어왔다. 아이리언이 비명을 질렀지만, 만티코어는 갑판에 내려앉기만 하고서 일행을 차례차례 살펴보았다.

"지금 위치에서 한 발짝만 더 내디디면 이 녀석을 삼키겠다."

만티코어는 돛대에 기대어 선 크리스토퍼와 시선이 나란해질 때까지 다가와서는 창백하다 못해 거의 하얀 입술을 뒤로 젖혀 이빨을 드러냈다.

"귀엽게 생긴 아이로군." 만티코어가 말했다. "어허! 꼼짝 마! 누구 하나라도 움직이면 이 아이의 눈을 파먹겠다. 다만 저 덩치는 먹지 않을 거야. 독이 있어 보이거든. 그렇지만 너! 넌 정말 별미일 거 같구나."

만티코어의 입에서 나온 뜨겁고 사나운 숨결이 악취와 함께 크리스토퍼의 얼굴에 와닿았다.

"내가 무섭나? 가슴이 벌렁벌렁하지?"

"그래." 크리스토퍼는 만약 잡아먹힌다면 이 말이 자신의 마지막 말이 될 것이라 걱정하여 덧붙였다. "누구 겁주기란 그리 어렵지 않아. 재능까지도 필요 없지. 칼만 들면 바보라도 무서워질 수 있거든."

만티코어가 발톱으로 나무 갑판을 찍으며 좀 더 다가왔다. "두려움을 진지하게 여기는 게 좋을 거야. 그게 너희들 인간 역사를 움직인 원동력이었지. 탐욕과 권력에 얽힌 두려움 말이야." 만티코어가 끝이 뾰족한 혀를 위로 날름하곤 하얀 입술을 핥았다.

크리스토퍼는 주머니에 손을 넣어 무기가 될 만한 게 없을지 뒤져보았으

278

나 아무것도 찾지 못했다. 그는 온몸에 힘을 주었다. 만티코어가 다가오면 손으로 눈을 찌르려고 마음먹었다.

"그래, 너희 인간들은 서로를 두려워하지. 그것도 무척이나. 창피를 당하는 것도, 비웃고 손가락질당하는 것도. 그리고 남들에게 죽을까 봐 겁이 나서 당하기 전에 먼저 죽이지."

만티코어 뒤쪽에서 울컥거리고 억지로 숨을 죽이는 듯한 소리가 들렸다. 맬이었다. 그녀가 크리스토퍼에게 가려고 하자 나이트핸드가 어깨를 잡아 제지했다.

"인간은 겁도 많고 덜덜 떨면서도 서로 상처 주지 못해 안달인 못난 생명체야."

"그건 사실이 아니야." 크리스토퍼가 말했다. "너야말로 무식하게 이빨만 큰 더러운 고양이지. 네까짓 게 뭘 알아?"

"그러는 넌 뭘 아는데? 너무 어려서 어미 젖 냄새가 나는구나. 어린놈 특유의 건방지고 천박한 자신감만 있고." 발을 더 내딛자, 만티코어의 아궁이만큼이나 뜨거운 입김에서 고기 냄새가 짙게 느껴졌다. "알게 될 거야. 곧. 한 사람의 두려움으로 모두가 파멸한다는 걸 말이지. 그러면 우리는, 내 종족은 잔치를 벌일 거야."

"어떤 사람?"

만티코어가 가래가 끓는 듯 가르랑거렸다.

"백 년 전에 만난 녀석이지. 그자는 다른 사람들의 변덕과 권력에 휘둘리는 걸 너무나도 두려워했지. 자신이 보잘것없는 평범한 인물임이 너무나 두려웠지. 그래서 살아 있는 모든 걸 손아귀에 넣으려 했어. 여기 아키펠라고뿐 아니라 바깥세상에서든 어디서든."

크리스토퍼는 공포로 온몸이 달아올랐지만 도망치지 않았다. 공포에 압도되지 않았다. 자신도 예상하지 못했지만, 그는 여전히 두 발로 버티고 서서 이야기할 수 있었고 혈관 깊숙이 스며든 공포도 다리 힘이 풀리게 할 정도는 아니었다.

만티코어가 웃음으로도 보이는 콧방귀를 끼었다. "백 년하고도 일곱 달 6일 전이었지. 난 미궁을 향해 가고 있던 그자와 이야기를 나눴어. 말이 무척이나 많은 자였지. 말도 많고 비웃음도 많고. 주인 없는 힘이 있다더군. 미궁 가장 깊숙한 곳으로 가서 글리머리 나무를 찾아낼 거라 말했어."

만티코어가 킁킁댔다. "난 그자가 너처럼 아키펠라고 밖에서, 바깥세상에서 온 인간임을 냄새로 알 수 있었지."

"그자가 또 뭐라고 말했지? 미궁을 어떻게 뚫고 들어갈지도 말했어?"

만티코어가 눈을 깜빡였다. 쾌감을 즐기는 듯 느긋한 태도였다. "후후, 어떻게 들어갈지 알고 있었지. 설계도를 지니고 있었거든. 가죽에 잉크로 그린 그림 말이야." 혀가 다시 튀어나오더니 윗입술에 달라붙어 있던 먹다 남은 살점을 떼어냈다. "그만. 인간과 너무 오래 얘기하면 역겨운 맛이 나거든. 겁먹거나 흥분하면 피에서 쓴맛이 나지." 만티코어가 사자 같은 발로 갑판을 울리며 다가와 숨을 내쉬었다.

크리스토퍼는 뒤로 물러서려 했지만 더 이상 그럴 공간이 없었다. "잠깐만! 잠깐!" 그가 필사적으로 계속 말을 걸었다. "설계도라고? 어떤 설계도?"

그 순간 주위의 공기가 불타올랐다.

크리스토퍼의 촉각은 청각보다 예민했다. 느닷없이 피부가 따끔하더니 엄청난 열기와 함께 왼쪽 어깨 바로 옆에서 큰 소리가 울렸다. 그는 머리가 아닌 본능이 시키는 대로 몸을 낮췄다.

온몸이 화염에 휩싸인 만티코어가 비명을 질러댔다. 높고 끔찍한 그 소리는 사자라기보단 고양이가 내는 소리였다. 괴수는 불붙은 날개를 펼쳐 날아가려 했지만 그러지 못했다.

화염이 다시 한번 뿜어져 나오더니 이어서 으르렁대는 작은 목소리가 들렸다. "물러서, 이 벌레야! 앤 날 세상에 알릴 작가란 말이야!"

숯덩이가 된 만티코어가 갑판에 쿵 하고 쓰러졌다. 공기가 매캐하고 숨막히는 연기로 가득 찼다. 크리스토퍼는 맬이 기침하고 숨을 헐떡이는 소리를 들었는데 그와 함께 웃음소리도 들린 것 같았다. 배는 다행히 조금 그을렸을 뿐 탄 곳은 없었다. 다만 크리스토퍼는 곁에 있던 밧줄이 순간적으로 재로 변한 것이 뒤늦게 생각났다.

작은 날개를 활짝 펼친 잭이 코에서 아직 연기를 뿜어내며 크리스토퍼를 보고 말했다.

"너무 싫어하지 않으면 좋겠는데…… 사실 너를 따라왔어. 내 삶을 책으로 쓸 때 몇 가지 꼭 넣고 싶은 이야기가 있어서 말이야."

피덴스 나이트핸드

나이트핸드의 상처는 날이 갈수록 심각해졌다. 배가 움직일 때마다 괴로워했고 몸은 움직일 때마다 점점 창백해졌다.

아이리언이 말했다. "어느 섬으로든 일단 가야겠어. 가서 도움을 청해야 해."

그러나 주위를 둘러봐도 보이는 섬은 없었고 바람도 불지 않았다. 오직 잔잔한 푸른 바다만 펼쳐져 있었다.

"어떻게 해서든 소식을 전할 방법이 없을까요? 아키펠라고엔 공중이나 해양 구조대 같은 건 없어요?" 크리스토퍼가 물었다.

아이리언이 그를 바라보며 말했다. "다시 말해봐."

"네? 그러니까 공중이나 해양 구조대요"

"그러니까 하늘과 바다 말이네. 하늘과 바다라……."

그녀는 오후의 고요한 바다를 내려다보았다. 움직임 없는 바닷물이 무척이나 맑았다.

아이리언이 스웨터와 장화를 벗고는 뱃머리로 뚜벅뚜벅 걸어갔다. 그녀는 고개를 돌려 의식을 잃고 누워 있는 나이트핸드를 한 번 바라보더니 수평선을 향해 두 팔을 뻗어 백조처럼 우아하고 완벽한 자세로 바다에 뛰어들었다. 잔물결 하나 일으키지 않고 물속으로 들어간 그녀는 더 깊은 곳으로 빠르게 내려갔다.

"아이리언! 아이리언!" 맬이 그녀를 소리쳐 불렀다. 그녀는 소스라치게 놀라 크리스토퍼를 보고 말했다. "수영할 줄 모른댔잖아!"

그러나 아이리언이 물속에서 보인 모습은 그들의 예상과는 달랐다. 하늘에서는 맬이라면 바다에선 아이리언이라 해야 마땅했다. 크리스토퍼는 그녀처럼 빠르게 수영하는 사람을 본 적이 없었다. 그녀는 두 팔로 푸른 세상을 휘저으며 나아갔는데 곧장 내려가지 않고 해류와 함께 물결치고 또 굽이치기도 하면서 이쪽저쪽으로 유연하게 움직였다. 마치 바다에 마음이 깃들어 있고 그녀가 그것을 읽는 듯했다. 그녀는 바다가 낳은 아이 같았다.

"못 하는 게 아니라 안 한다고 했던 것 같아." 크리스토퍼가 말했다.

아이리언은 숨을 쉬러 올라오지 않았다. 그녀는 두 발을 꼭 붙이고는 그의 눈에 검은 형체로만 비칠 때까지 계속 아래로, 아래로, 깊이 내려갔다.

곧 물속 깊숙한 곳에서 그녀의 외침이 들려왔다. 다만 인간의 말이 아닌, 크리스토퍼가 며칠 전 네레이드로부터 들은 것과 같은 소리 높은 외침이자 박자를 갖춘 음악이었다. 그는 배의 한쪽 구석에서 맬과 어깨를 맞대고 숨을 죽였다. 얼마 지나지 않아 저 멀리서 바다가 내는 소리로 착각할 정도로 희미하게, 응답하는 외침이 들려왔다.

아이리언이 배에서 10여 미터 떨어진 수면 위로 모습을 드러내더니 우아하고 날렵하게 헤엄쳐 배에 올랐다. 잭이 감탄하며 숨을 강하게 한 번 내쉬자 파도가 끓어올랐다.

"뭘 하신 거예요?" 맬이 물었다.

"도움을 요청했어." 아이리언이 대답했다.

그녀를 바라보는 맬의 눈에는 새로운 빛이 어려 있었다. 감탄과 놀라움이었다. "네레이드의 말은 어떻게 배웠어요?"

아이리언이 젖은 몸에 옷을 걸치며 배를 내려다보곤 말했다. "우리 집안엔 네레이드의 피가 흐르고 있어. 아버지 쪽 몇 세대 위부터. 고작 몇 분 동안이지만 몸에 바닷물이 닿으면 이렇게 돼. 봐봐." 그녀가 손바닥을 위로 하고 양손을 내밀었다. 손끝이 은은한 은빛으로 빛나고 있었다.

"그래도 너무 멋져요!" 크리스토퍼가 감탄했다.

그녀가 슬픈 표정으로 웃었다. "아마 너한텐 그럴지도. 하지만 사실 드러내놓고 자랑할 수 있는 건 아니야. 나를 어떤 의미를 지닌 신비한 존재로 취급하는 사람들이 있거든. 내가 무슨 일을 저지를까 두려워하는 사람들도 있는데, 두려움은 곧잘 공격으로 변하지. 그래서 나는 혈통을 숨기고 사람들과 있으면 물을 멀리해."

맬이 물었다. "그럼 이제 어떻게 돼요?"

"그냥 계속 가다 보면 뭔가가 일어날 거야."

몇 시간이 지나자, 하늘에서 뭔가 퉁기는 소리가 들리더니 롱마 한 마리가 나타났다.

안자 트레바스가 그 위에서 고개를 내밀어 아래를 보며 외쳤다. "아이리언 귄! 무슨 일이야? 네레이드들이 라타토스카에게 보낸 소식을 들었어. 나이트핸드에 관한 급한 일이라던데."

그녀의 모습은 이전과는 무척이나 달랐다. 팔을 화려하게 꾸미고 있던 보석은 찾아볼 수 없었고 회색 머리는 가늘게 한 단으로 땋아 내려져 있었다. 복장도 헐거운 옷에 실내복 차림이었다. 맬이 그녀를 확인하고는 움찔했다.

롱마가 발굽이 거의 물에 닿을 만큼이나 낮게 내려와 날개를 크고 느리게 펄럭이며 같은 위치를 유지했다. 나이트핸드의 상태를 확인한 안자의 표정이 돌처럼 굳었다. 의식을 잃은 광전사는 외투를 덮은 채 바닥에 누워 있었고 감긴 두 눈은 고열로 떨리고 있었다. 안자가 다시 아이리언을 보더니 말했다.

"왜 이 지경이 되도록 둔 거지? 어째서 더 일찍 도움을 청하지 않은 거야?"

아이리언이 말했다. "다른 사람은 몰라도 당신은 나를 가르치려 해선 안 돼. 트레바스 여사, 분명히 말하는데, 내가 당신을 부른 건 달리 도움을 청할 곳이 없었기 때문이야. 그게 아니었으면 지금 당장이라도 당신을 내 손으로 두들겨 바다에 처박아 버렸을 거야."

"어이쿠, 그렇게 말하면 도움이 될 거 같아? 내가 매력이라도 느낄 것 같냐고?"

"아니. 그렇지만 미움받는 걸 알면서도 나이트핸드를 생각해서 도울지 그러지 않을지 상황을 확실히 인식시킬 순 있지. 당신을 용서했다고 연기할 생각은 없어. 당신 같은 부류는 참 잘도, 자주, 쉽게 용서받지. 돈다발을 흔들면 뭐든 해결이잖아. 난 그렇게는 못 해. 나이트핸드도 그런 건 싫을 거야."

지켜보던 맬이 어쩔 줄 몰라 하며 속삭였다. "너무 세게 나가는 건……."

안자가 콧구멍을 아주 조금 벌름거리고는 시선을 거두어 나이트핸드를 쳐다보고는 다시 아이리언을 보며 말했다. "나이트핸드에게 있었던 일을 말해."

"카르카단의 뿔에 찔렸어. 당신, 아키펠라고의 모든 치유사를 알고 있지? 치료를 받게 해줄 수 있어?" 아이리언이 말했다.

안자가 나이트핸드를 보며 대답했다. "글쎄." 순간 종이처럼 주름진 눈꺼풀 아래 어둡고 날카로우며 확고한, 크리스토퍼로서는 읽어낼 수 없는 어떤 표정이 드러났다. "안티오크에 어떤 켄타우리드가, 그러니까 여성 켄타우로스가 있는데 나 혼자선 데리고 못 가. 롱마 등에 저 덩치를 태우고 붙들고 있을 만한 힘은 없어. 당신도 같이 가야 해."

아이리언이 그녀를 쏘아보며 말했다. "바다 한가운데에 아이들 둘만 놓고 갈 수는 없어!"

"그렇다면 나 혼자 낑낑대고 가다가 떨어트리게 되겠지. 어느 쪽?"

의식을 잃은 듯하던 나이트핸드가 무언가 중얼거렸다. 크리스토퍼가 열심히 귀 기울였다. '린'이라고 들렸다. 광전사의 메마른 입술은 뜨끈뜨끈했고 비정상적으로 하얘졌다.

아이리언이 크리스토퍼와 나이트핸드 그리고 맬을 차례대로 보았다. 고뇌가 그녀의 섬세한 얼굴을 뒤덮고 있었다.

"선택해. 시간을 끌수록 상황은 안 좋아져."

"하지만 아이들만 놓고 어떻게……."

롱마에 탄 노인이 몸을 바로 세우며 말했다. "오, 불멸자여! 날 뭐라 생각해도 좋아. 돈만 알든, 나약하든, 이기적이든, 사악하든 뭐라고 생각하건 상관없어. 하지만 말이야, 당신이 동의할진 모르지만 멍청하진 않지. 아이들은 몇백 년 동안 늘 무시당해왔어. 당신도 그 따분한 사고방식을 따르려는 거야?"

나이트핸드가 다시 입을 열었다. 이번에는 모두 그의 말을 확실히 알아들을 수 있었다. 앓는 소리였지만 종소리처럼 맑게 울려 퍼졌다. "아이리언."

안자가 움찔했지만, 아이리언은 그녀를 아랑곳하지 않고 오직 나이트핸드만을 바라보았다. 크리스토퍼는 문득 자신이 무척이나 사적인 순간을 엿보고 있다는 느낌이 들었다.

아이리언이 나이트핸드의 곁으로 가 몸을 웅크렸다. 둘이 만난 후 처음으로 그녀가 조심스럽게 그러나 분명한 의도를 가지고 그의 손을 잡고는 얼굴을 어루만졌다. 그는 두 눈을 뜨고 있었다. 그녀가 그의 광대뼈에, 이마에, 입술에 차례로 두 손가락을 가져다 댔다. 그녀는 마치 하늘의 모든 공기가 갑자기 몰아닥치기라도 한 듯 숨을 깊고 강하게 쉬었다.

그녀는 무언가를 찾아냈다는 표정을 지었다. 뱃사람들이 항해 도중 저 멀리 있는 육지를 발견했을 때 짓는 환희의 표정이었다. 또한 그것은 자신의 고동치는 심장이 정확히 어떤 모양이고 무게는 얼마나 되는지 비로소 깨닫게 된 이의 얼굴이기도 했다.

"피덴스 나이트핸드." 그녀가 그를 불렀다.

드라이어드

크리스토퍼와 맬은 드라이어드들의 섬으로 향했다. 설령 두려웠을지라도 아무도 그것을 입 밖에 내지 않았다. 원하는 방향으로 일정하게 배를 움직이기 위해서는 완벽하게 집중해야 했다. 그들은 말도 별로 하지 않았다. 쉴 시간이 생기면 어깨를 나란히 하고 기대어 앉았다. 함께 잠들면 잭이 뱃머리에 앉아 그들을 지켜봤다.

맬은 허리춤에 나이트핸드의 글램리검을 칼집째 차고 있었다. 안자를 포함한 네 명이 그를 들어 롱마의 등에 태웠을 때 그는 정신이 혼미한 와중에도, 눈에 초점이 잡히지 않았음에도 고집스럽게 검을 그녀의 손에 쥐어주었다.

"네 거야." 그가 말했다.

이제 그들은 카사파사란의 바늘이 가리키는 곳을 따라가고 있었다. 이따금 파도 저 아래, 배의 그림자 밑에서 너무나도 빨라 정체를 파악하기 힘든 생명체가 크리스토퍼의 눈에 띄기도 했다. 한번은 배가 잔잔한 바다를 빠르게 가로지르고 있을 때 저 깊은 곳에서 꼬리가 4미터는 넘어 보이는 머메이드가 뒤로 누운 자세로 그들을 바라보며 헤엄치기도 했다. 그는 머메이드의 아름답고 부드러워 보이는 얼굴을 얼핏 봤을 뿐이지만 배 속에 칼이 꽂힌 것처럼 두려운 와중에 부풀어 오르는 희망 또한 느낄 수 있었다. 그 얼굴은 분명 용기를 내라고 외치고 있었다. 그는 맬을 소리쳐 불렀지만 그녀가 고개를 돌렸을 때는 머메이드가 이미 사라진 후였다.

그들은 크리스토퍼가 잡은 게 한 마리를 익히지 않고 먹었다. 글램리검으로 껍데기를 가르자, 바다를 담은 듯한 달콤하고 시원한 살이 흘러나왔다. 그러나 맬은 늘 배고파 하고도 겨우 몇 입 먹더니 말했다. "잘 넘어가질 않네."

그들은 해 질 녘에 드라이어드의 섬인 타르의 해안에 이르렀다. 그들은 조그만 어촌 외곽에서 늘앞으로로호를 나무로 된 작은 부두에 묶어두고는 잭에게 지켜달라 부탁하고 배에서 내렸다.

사람들이 집에서, 가게에서 경계하는 표정으로 둘을 쳐다보았다. 그들의 표정은 날카로웠고 손에는 고생한 흔적이 뚜렷했다. 크리스토퍼는 먼 북쪽에 있는 그곳 주민들이 외지인을 보기 힘들어서 그런 건지 아니면 맬에게서 무언가 불안함을 느껴서 그러는지 알 수 없었다.

다만 그곳 사람들이 맬을 두려워했다면 사실 당연한 일이기도 했다. 웬 낯선 소녀가 자신이 마치 일인 군대라도 되는 듯, 움직이는 전쟁터와도 같은 표정을 한 채 걸어가고 있었기 때문이다.

둘은 카사파사란에 의지해 길을 찾았다. 맬의 시선은 항상 필요 이상으로 카사파사란에 꽂혀 있었는데 덕분에 그녀는 주위를 둘러보지 않아도 됐다.

마을을 지나자 농기구를 쌓아둔 헛간 같은 농장 건물이 잔뜩 보이더니 곧 공터가, 그리고 숲이 나왔다.

걸은 지 30분 정도 됐을 때 크리스토퍼가 말했다. "맬, 배고프거나 목
마르지 않아? 쉬었다 갈까?" 사실 배고프고 목마른 건 본인이었지만 그는
입 밖에 내지 않았다. 이제 시간은 맬을 중심으로 흐른다고 생각했기 때문
이다.

그녀가 고개를 저었다. "한 번 쉬면 다시는 못 일어나거나 도망가고 싶어
질 것 같아. 그러니 쉬면 안 될 듯해. 오히려 더 빨리 걸어야 해."

"그렇지만 가면서 물은 마실 수 있잖아." 잠시 생각하던 그녀가 고개를 끄
덕이고는 물통을 꺼내 목을 축였다. 물이 조금 앞으로 흘러내렸다.

처음에는 그들을 밀어내기라도 하려는 듯 숲에는 나무며 덩굴이며 가시
가 잔뜩 나 있었다. 그러나 좀 더 전진하자 키 큰 나무들이 많아졌다. 어떤
나무들은 전봇대만큼이나 높았고 또 어떤 나무들은 크리스토퍼만 하기도
했다. 하얗고 노랗고 푸른 꽃을 피운 나무들이 많았다.

크리스토퍼가 말했다. "예쁘다." 그러나 맬은 굳은 표정을 풀지 않고 웅얼
댈 뿐이었다.

그래도 분명 특별하게 아름다운 풍경이었다. 온갖 빛깔의 갈색, 옥색, 은
회색 나무들이 그들을 둘러싸고 있었다. 한 발짝 내디딜 때마다 로칸에서
처음 맡았던 기분 좋은 냄새가 더욱 풍부하고 생생하게 느껴졌다. 크리스토
퍼는 나무에서 사과를 두 개 땄다. 맬은 걸음을 멈추려 하지 않았지만, 그가
달려와 그중 하나를 건네자 먹겠다고 했다. 사과는 이제껏 먹은 어떤 사과
보다 맛있었다. 한입 베어 물자 시고도 달콤한 과즙이 입을 가득 채웠다.

카사파사란은 나무가 드문드문 나 있어 위로 지는 해가 보이는 곳으로
둘을 이끌었다. 좀 더 걷다 보니 마치 수학적으로 완벽하게 원을 만들어놓
은 듯한 둥근 공터가 보였다.

크리스토퍼가 말했다. "분명 여기 같아."

공터에 들어서자 카사파사란의 바늘이 2도 정도 방향을 바꿔 가장 큰 나무를 가리켰다. 참나무로 보이는 그 나무는 너무나 오래된 나머지 껍질이 저무는 빛에 비치어 은갈색 금속처럼 보였다.

"이젠 어쩌지?"

"에라토!" 맬이 망설일 틈도 없이 소리쳤다. "에라토! 당신과 만나러 먼 길을 왔어요. 여기 있어요?"

그러나 머리 위에서 까옥까옥 우는 새들 외엔 아무 반응이 없었다.

"에라토!" 문득 그녀의 가녀린 목소리가 거대한 숲과 대비되어 너무 어린 아이처럼 들렸다. "저기요? 있으면 어서 나와주세요!"

그래도 반응은 없었다.

크리스토퍼가 말했다. "더 불러보자."

"에라토!" 그러곤 창피함에 얼굴이 붉어져 크리스토퍼로부터 고개를 돌린 맬이 더 큰 소리로 외쳤다. "타르의 드라이어드이며 숲의 여왕인 에라토여! 최초의 나무가 처음으로 맺은 열매에서 태어난 불멸자가 당신을 부릅니다."

그제야 나무 뒤에서 어떤 아름다운 드라이어드가 걸어 나왔다. 너무나 아름다워 순간 크리스토퍼는 숨을 어떻게 쉬어야 할지 잊을 지경이었다. 그녀는 나이 들어 보이면서도 동시에 어려 보였고, 피부와 머리카락은 갈색이고 눈동자의 초록색은 보석에서만 볼 수 있는 빛으로 반짝이고 있었다.

다른 나무에서도 드라이어드들이 나타났다. 몇몇은 키가 2.5미터 정도에 세쿼이아 나무처럼 부드러운 크림색과 갈색 피부를 지니고 있었고 오리나무처럼 거의 새카만 드라이어드들도 보였다. 어린나무라고 보기도 애매한 작은 나무에서 나타난 이들은 맬보다 작고 어려 보였지만 모두 길쭉한 손발에 호기심 가득한 눈을 활짝 뜨고 있었다. 그들은 모두 여성의 형상에, 활기와 흙의 기운이 넘치며 영원히 자라는 듯한 모습을 하고 있었다. 다른 곳에서는 보기 힘든, 대담하면서도 자연 그대로의 모습이었다.

크리스토퍼는 그들 뒤로 소녀처럼 보이는 어떤 드라이어드가 그가 사과를 딴 나무에서 걸어 나오는 모습을 언뜻 보았다. 그녀가 그를 보며 아주 희미하게 미소 짓고는 윙크했다.

드라이어드들이 다가와 두 인간 아이를 에워싸고는 그들의 얼굴이며 머리카락과 손을 만졌다. 크리스토퍼와 맬은 드라이어드들이 풍기는 수액의 향기와 웅얼거리는 소리에 뒤덮인 채 잠시 그대로 서 있었다.

물약

강인하고 긴 손가락으로 물약을 받아 든 에라토는 즉시 그들이 필요로 하는 것을 깨달았다. 그녀가 말했다. "불멸자가 다시 드라이어드를 찾아온다는 선조들의 이야기가 있었어요. 그렇지만 나에게 찾아올 거란 생각은 못했네요."

그녀는 물약의 냄새를 맡았으나 맛을 보진 않았다. "물약의 효과를 되돌릴 수 없다는 걸 알고 있지요? 분명히 알고 있지요?"

맬이 끄덕였다. "알아요. 지금 바로 마셔야 해요."

에라토가 고함을 질렀다. 폭풍이 숲을 온통 뒤흔드는 듯한 외침이었다. 뒤이어 누군가는 놀라움에, 누군가는 기뻐서, 누군가는 불안해서 웅성거리는 소리가 들리더니 모든 드라이어드가 각자의 나무로 가서 큰 가지를 하나씩 꺾어 들고 돌아왔다.

"이제 뒤로 물러나세요." 에라토가 맬에게 말했다.

"드라이어드 나무는 타지 않는다고 들었어요." 크리스토퍼가 말했다.

"타지 않아요. 우리가 직접 불을 붙이지 않는 이상. 하지만 직접 불붙이면 솜뭉룸처럼 뜨겁게 타오릅니다. 어떻게 타오를지는 예상할 수 없지만요."

드라이어드 열둘 정도가 공터의 가장자리에 서서 수북이 쌓인 나무 위로 에라토가 몸을 굽히는 모습을 지켜보았다. 그녀는 손가락을 비비기 시작했는데 점점 빠르고 세져서 손가락이 보이지 않을 정도가 되자 불꽃이 일어났다. 곧 나뭇더미가 밝은 빛을 토해내며 포효했다.

"자매들이여, 각자의 나무로 돌아가십시오. 그러지 않으려거든 더 뒤로 물러나야 합니다. 그리고 당신 둘은 침묵하십시오. 집중을 방해하는 일은 없어야 합니다." 에라토가 말했다.

그러나 맬은 앉아만 있을 수 없었다. 그녀는 입술이 아예 보이지 않게 입 안으로 집어넣고는 공터를 계속 돌았다.

에라토가 큰 그릇에 물약을 붓고는 잡고 좌우로 흔들었다. 쏟아지지는 않았지만, 액체가 넘쳐흐를 듯 흔들리며 날름거리는 불꽃에 닿아 쉭 소리를 냈다.

몇 분 후 물약이 암청색에서 꿀색 같기도 한 어두운 갈색으로 변했다. 에라토가 그릇을 기울여 내용물을 나무 컵에 쏟아부었다.

"정말 마실 거야?" 너무나도 엄청난 결과가 막상 눈앞에 닥치자 크리스토퍼가 새삼스럽게 물었다. 그는 필사적으로 맬을, 영겁의 시간을 오롯이 짊어지게 될 소녀를 지켜야 한다는 기분이 들었다.

맬이 대답했다. "그런 질문은 하지 마. 듣고 싶지 않아."

에라토가 컵을 내밀었다. "여기 있어요. 행운을 빕니다. 우리를 위해서도 그렇지만 무엇보다 작은 불멸자, 당신을 위해서요. 빠르게 한 번에 마셔야 합니다."

맬이 컵을 받았다. 겔리편을 묻은 날부터 변함없이 유지하고 있는, 응어리져 있고 결의에 찬, 영혼까지도 이를 악문 듯한 표정이었다.

그녀가 크리스토퍼를 흘깃 쳐다보더니 말했다. "어떻게 보면 이걸로 작별이겠네."

"무슨 소리야! 넌 여전히 너일 테고 나도 그대로 여기 있을 건데. 네 입으로 말했잖아. 내가 수호자라고." 그때까지만 해도 수호자가 무엇인지 알지 못했던 크리스토퍼는 그 순간 느낀 감정을 통해 깨달음을 얻었다. 수호자에게는 지켜야 하는 대상을 끊임없이, 열정적으로, 자신을 바쳐서라도 지켜내야 하는 사명이 있었다. 수호자의 사명이란 맹렬하고도 세심한 사랑이었다.

맬이 뭐라고 대답할 듯한 표정을 짓자 에라토가 재촉했다. "아이여, 어서! 식기 전에 빨리 마셔야 합니다!"

컵을 잡기 힘들 정도로 그녀의 몸이 떨렸다. 맬은 스쳐 지나가듯 아주 잠깐, 크리스토퍼를 보며 애써 웃음 지었다.

그녀가 물약을 단번에 입에 털어 넣었다. "아! 너무 뜨거워!"

크리스토퍼는 숨을 쉴 수가 없었다. 짧은 순간, 맬은 힘없이 "어지러워"라고 중얼거리며 이끼로 뒤덮인 찬 바닥에 웅크렸다.

크리스토퍼가 쓰러지기 직전에 그녀를 잡아 땅에 바로 눕혔다. 눈에 온통 흰자위만 보였다.

에라토가 말했다. "아니에요. 이쪽으로." 그녀는 맬을 들고는 자신의 곁에 눕혔다. 맬이 거칠고 힘겹게 숨 쉬더니 두 눈을 감았다. 크리스토퍼는 기다릴 수밖에 없었다. 그녀가 몸을 덜덜 떨더니 구역질을 시작했다. 그러곤 기침을 몇 번 하고 심하게 토했다. 그러나 잠에서 깨어나지는 않았다.

에라토가 말했다. "목이 막히지 않게 같이 닦아줍시다." 그녀는 빗물로 채운 대야와 참나무 잎을 가늘게 찢어 엮어 만든 부드러운 천을 가져왔다.

에라토의 말은 차분했으나 표정은 그렇지 않아서 크리스토퍼는 물어보지 않을 수 없었다. "다른 사람이 물약을 마신 적이 있나요?"

드라이어드는 고개를 가로저었다.

"그러면 죽을 수도 있는 거잖아요! 독일 수도 있고요!"

"크리스토퍼, 그녀는 불멸자예요."

에라토는 그의 맹렬한 시선에서 고개를 돌리고는 무릎을 꿇고 앉아 불을 껐다. 숲이 갑작스럽게 어두워졌다.

"이 아이를 계속 지켜보세요. 다시 토하면 닦아주고." 어둠 속에서 에라토의 부드러운 목소리가 들려왔다.

맬은 두 번 토했는데 그때마다 크리스토퍼는 정성껏 얼굴을 닦고는 그녀를 들어 마른땅으로 옮겼다.

달이 떴다. 맬의 몸이 살짝 흔들리나 싶더니 떨림이 점점 심해졌고 입술은 파래졌다. 크리스토퍼는 맬이 이불 삼아 덮은 코트를 턱 주위에 바람이 들어가지 않도록 다시 잘 덮었다.

여동생이 있었다면 보통 일이 아니었겠다는 생각이 들었다. 특히나 맬 같은 여동생이 있다면 정말 대단했을 터였다.

마침내 그도 그녀 옆에, 원형의 공터 한가운데에 몸을 눕혔다. 달빛이 드리운 나무 그림자 속에서 그는 소녀의 얼굴을 바라보았다.

그는 자신도 모르게 깜빡 잠이 들었음을 알아차렸다. 정신이 들자, 맬이 공 모양으로 몸을 구부렸다 폈다가 하면서 움직이고 있었던 것이다. 그녀는 아직 자고 있었지만 울고 있었다. 눈물이 뺨을 타고 흘러내렸다. 그는 스웨터로 그녀의 목을 받쳐주고 계속 기다렸다. 금방 눈물이 멎더니 얼굴에 주름이 지기 시작했다. 뒤이어 고개가 하늘을 향하고는 이번에는 웃음이 터져 나왔다. 찡그린 두 눈을 감은 채 기쁨을 억누르는 것 같기도 했다. 그리고 다시 조용해졌고 축 늘어져 있다가 이내 아무런 기척도 없어졌다.

얼마 후 맬이 갑자기 입을 열더니 연달아 여러 언어로, 즉 영어, 라틴어,

아랍어, 러시아어, 광둥어, 파슈토어, 그리고 용과 스핑크스의 말로 떠들기 시작했다. 목소리도 그녀가 아니었다. 나이가 많은지 적은지, 돈이 많은 사람인지 아닌지, 옛 억양인지 요즘 억양인지 가늠할 수 없는 목소리였다.

> 병에 신선한 우유가 있고 다 마셔도 된다고 전하라—
> Viṇi nāk!
> 시간이 지나면 나을 거야. 그렇지?
> 듬직하진 않지만, 나쁜 녀석은 아니야—
> Non! Il a dit non!
> 네 얼굴을 보니 참 좋다—
> 愛
> 마지막 날에 죽었다는 소식을 전하게 되어 참으로 유감입니다—
> Kultaseni, rakkaani
> 사랑, 내 사랑—

그녀가 갑자기 말을 멈추고는 조용히 숨을 헐떡였다.

아직 깨어 있는 채로 기다리는 크리스토퍼의 머리 위로 해가 떴다. 한 드라이어드가 그에게 호두로 만든 빵과 으깬 살구를 꿀에 넣어 끓인 음식을 대접에 담아 가져와서는 말했다. "드라이어드들이 먹는 열매랍니다. 다른 어떤 요리보다도 도움이 될 거예요."

맬이 기침하더니 갑자기 눈을 떴다가 다시 감고 쉰 목소리로 말했다. "물……."

에라토가 물을 조금 입에 넣어줬고 크리스토퍼도 빵 한 조각에 살구를 발라 입술 사이에 대어보았다.

"좀 어때?"

그녀는 자리에서 일어나 머리를 나무에 대고 앉으려 애썼다. 그 와중에 미소도 지었는데 크리스토퍼는 그것이 맬이 일찍이 보여준 적 없는 눈물겨운 노력의 결실임을 직감할 수 있었다. 그것은 온 세상을 품은 듯한 웃음이었다.

"말해줄게. 하지만 다음에." 그녀가 달라진 목소리로 말했다. 물약이 목구멍을 태우기라도 한 듯 좀 더 거친 소리였다.

맬이 다시 자리에 누웠다. 그러나 눈은 뜨고 있었다. 그가 물을 더 권했으나 그녀는 거절하고는 말했다. "왼쪽, 왼쪽, 그리고 왼쪽…… 오른쪽, 그리고 쭉, 그리고 다시 왼쪽. 오른쪽…… 그리고 왼쪽, 그리고 세 번 연속 오른쪽." 크리스토퍼는 그 말을 고작 절반 정도만 알아들을 수 있었다. "왼쪽, 그리고…… 왼쪽, 그리고 왼쪽, 그리고 땅에 깊이 갈라진 틈을 지남. 그리고 오른쪽, 왼쪽, 그다음엔 쭉 가다가 다시 오른쪽……."

"미궁?" 그가 말했다.

그녀가 끄덕이더니 허리를 바로 세우고 말했다. "가야 해." 그녀는 일어나려 했지만, 크리스토퍼가 잡기도 전에 곧바로 옆으로 쓰러져 왼쪽 뺨과 턱을 땅에 부딪혔다.

작은 불멸자의 몸이 온통 달아올라 새빨개지더니 다시 창백해졌다. 그녀는 두 번, 세 번 더 일어서려고 시도했으나 실패했다.

"다리가 말을 안 들어." 그녀가 말을 마치고는 눈을 감았다.

"만약 걷지 못하면 미궁을 어떻게 헤치고 갈 건가요?" 드라이어드가 물었다.

크리스토퍼가 대답했다. "그건 어렵지 않아요. 모처럼 쉬운 문제도 있네요. 제가 같이 가면 돼요."

돌아온 인간은 없었다

크리스토퍼는 맬을 업기도 안기도 하면서 숲과 마을을 지나 배로 돌아왔다. 그녀는 거의 의식이 없었고 무겁지는 않았지만, 손아귀 힘이 풀릴 때마다 자세를 바꾸기 위해서 자주 땅에 내려놓아야 했다.

그는 잠시 쉴 때면 용기를 먹듯 음식을 먹었다. 드라이어드들은 그에게 사과, 자두, 배, 살구를 광주리에 담아 주었다. 그들의 과일은 정말이지 특별했다. 과일이면서도 생각이 있고 농담도 하고 웃기도 하는, 마치 생명이 깃들어 있는 듯한 맛이 났다.

크리스토퍼가 맬을 배에 눕혔다. 맬은 눈 주위가 보랏빛이고 상태가 심각해 보였다. 눈동자는 평소보다 너무 밝았고 게다가 쉬지 않고 몸을 떨었다.

용에게도 표정이 있다면 이때 잭의 표정이 바로 언짢은 표정이었다.

"맬에게 무슨 짓을 한 거야?"

"내가 아니라 본인이 직접 한 거야."

크리스토퍼는 안 아픈 곳이 없는 몸으로 바람에 맞추어 돛의 방향을 바

299

꾼 후 잭에게 맬이 혼자서 미궁 속을 걸어갈 수 없다면 자신이 함께 가겠다고 말했다.

용이 충고했다. "불멸자는 맬이야. 그러니 넌 같이 가선 안 돼. 혼자 갈 수 있을 때까지 기다려야지. 미궁에서 돌아온 인간은 아무도 없었거든."

"만약 언제까지고 기다릴 수 없다면?" 흥분한 그가 용의 날개에 침을 튀기며 말을 뱉었다. "싫다고 말한 마지막 불멸자, 그 사람 이름이 뭐였지⋯⋯ 아, 마릭! 그 사람도 다시 걸을 수 있기까지 몇 달이 걸렸대. 맬도 마찬가지라면? 잭, 기다릴 수 있는 상황이 아니야! 글리머리가 사라지고 말 거니까. 그러면 아키펠라고뿐만이 아니라 전 세계가, 모든 것이, 정말 모든 게 사라질 거야. 알겠어? 내 세상, 내 집, 내 가족도 마찬가지야." 그는 조심하라는 말조차 전할 수 없는 아버지와 외할아버지를 생각했다. 어둠이 드리워지더라도 그들과 만나 위로의 말을 나눌 시간을 가지기는 어려워 보였다. 그 생각이 그의 마음을 찢어놓았다. 밧줄을 팽팽하게 잡아당기는 그의 손이 떨렸다.

잭이 고개를 돌리며 말했다. "잘도 용한테 그런 말투로 말하네." 용이 반시간 정도 뜸을 들였다가 다시 말했다. "불멸자의 배는 드라이어드 나무로 만들었다는 거 알지?"

"굉장히 잘 알고 있지만 알려줘서 고마워." 크리스토퍼가 말했다.

"그렇다는 건 노를 젓거나 돛을 펼 필요도 없다는 거야. 그냥 어디로 갈지 배한테 말해주면 돼."

그 말을 들은 크리스토퍼의 얼굴에 떠오른 표정은 화염도 대수롭지 않게 생각하는 자쿨루스 용조차 움찔하게 했다.

"미궁으로." 크리스토퍼가 배에게 말했다.

아케 섬까지는 28시간이 걸렸는데 맬은 대부분 잠들어 있다가 깨어나면 미궁 안의 진행 방향을 되풀이해서 이야기했다. 크리스토퍼는 그녀에게 물과 과일을 먹이고는 들리는 말을 똑같이 따라 했다. 잭은 바다에서 물고기 한 마리를 잡아 태우다시피 구워서는 맬에게 주었다. 그녀는 살을 작게 발라내어 먹었다.

잭은 맬의 말을 그대로 따라 하는 크리스토퍼를 지켜보았다. 둘은 주거니 받거니 하며 계속 반복하였고 이내 크리스토퍼는 미궁의 길을 노랫말처럼 마음속에 새길 수 있었다.

"돌아온 인간은 아무도 없었어." 잭이 다시 말했다.

"넌 진짜 어디 같이 갈 때 최고의 친구야. 너도 알지?" 크리스토퍼가 비꼬았다.

둘은 졸다 깨다 하면서 길을 계속 암송하며 밤을 보냈다. 크리스토퍼는 별빛을 받으며 졸다가 "왼쪽, 왼쪽, 오른쪽……"이라고 중얼거리는 자신의 목소리에 놀라 화들짝 깨기도 했다. 나중에는 모두 잠에서 깨어 하늘을 바라보았다. 은색의 빛이 켜진 밤하늘은 살아 있는 듯, 까마득한 옛날부터 숨 쉬어온 듯 보였다.

그는 맬과 자신이 많은 일을 겪었지만 이젠 다른 것들이 모두 떨어져 나가고 세상의 운명 앞에 둘만이 놓이게 됐다는 생각이 들었다. 바다며 밀물과 썰물이며 땅이며 모두 그들의 손에 달려 있었다. 생각이 거기에 이르자 부담이 너무나도 커져 그를 짓누르고는 심장의 피까지 멎게 할 지경이었다. 그는 맬의 어깨를 찾아 몸을 움직였는데 그 순간 맬도 같은 생각을 하며 꿈틀대고 있었다. 그들은 나란히 누워서는 밤하늘이 머리 위에 펼쳐놓은 한없이 섬세한 장관을 지켜봤다.

섬이 눈에 들어온 것은 늦은 아침이었다. 배가 더 가까이 가자 크리스토퍼는 몸을 움츠렸다. 섬 주변의 바다가 성이 난 것처럼 날뛰며 공기 중에 온통 분노를 토하듯 바닷물을 토해내고 있었다. 그는 코트에 싸여 있는 맬을 잠깐 쳐다보고는 나이트핸드가 했던 것처럼 그녀를 안정적으로 지탱하기 위해 무릎을 꿇었다.

하지만 그들의 접근을 알았는지 파도가 급격히 잠잠해졌다. 이렇지 않게 배를 몰 수 있을 정도가 되었지만, 크리스토퍼는 배가 스스로 해안에 가까워지기까지 기다린 뒤에야 닻을 내리고 섬에 발을 디뎠다.

모래가 많은 해변은 뜨거웠고 눈이 어지러울 정도로 밝았다. 고개를 들어 하늘을 보니 낮게 떠 있는 솜눌룸이 눈이 부셔 쳐다보지도 못할 정도로 밝게 타오르고 있었다.

크리스토퍼는 맬이 배에서 내리는 걸 도운 후 거의 안고 가다시피 하며 해안으로 갔다. 눈앞에는 모래사장이 펼쳐져 있었고 그 뒤로 산처럼 솟은 바위가 보였는데 그 중간에는 양쪽으로 열리는 문 정도 너비로 동굴처럼 보이는 입구가 뚫려 있었다. 그는 맬이 손가락을 들어 가리키기도 전에 그곳에서 미궁으로 향하는 길이 시작된다는 것을 직감할 수 있었다.

섬은 따뜻했지만, 입구 부근은 추웠다.

맬은 바위 그늘에 앉아 가녀린 손가락으로 다리를 주물렀다. 나무에 기대면 나았겠지만, 나무라고는 기댈 수 없는 가시나무 한 그루뿐이었다.

그녀가 이 사이로 혀를 살짝 깨물고는 말했다. "가야 해."

크리스토퍼는 한쪽 끝이 고리 모양으로 묶인, 배에서 쓰던 밧줄 한 다발을 어깨에 둘렀다. 맬이 한쪽 팔을 그의 팔에 걸었다. 걷기만 해도 힘든지 이를 악무는 소리가 들렸다.

그가 물었다. "괜찮아?"

그녀가 그를 바라봤다. 너무나 어리석은 질문이라 둘 다 헛웃음을 쳤다.

그들은 동굴의 입구로 향했다. 발길을 돌리고 싶은 마음이 컸지만 나아가야 함을 알았기에 그들은 함께 안으로 들어섰다.

미궁

미궁의 벽은 거칠고 메마른 돌로 되어 있었고 바닥은 매끈했다. 공기에선 100년 동안 그대로 쌓인 먼지 냄새가 났다. 얼마 가지 않았는데도 벌써 어두컴컴해졌는데 곧 벽 곳곳에 밝혀진 샐러맨더의 불로 어느 정도 보이기 시작했다.

갈림길이 나왔다. 맬이 "왼쪽"이라 말했다. 물론 크리스토퍼도 알고 있었기에 말할 필요는 없었다. 다음 갈림길에서는 크리스토퍼가 먼저 말했다. "또 왼쪽." 맬이 웃었다.

"익숙하네. 전에 수백 번 왔다는 게 느껴져." 그녀가 애써 웃음 지으며 말했다. "늘 방향감각이 형편없었는데 이젠 아니야."

그들은 점점 더 깊은 곳으로 들어갔다. 돌과 정적으로 뒤덮인 암흑 속에선 그들의 숨소리와 발소리만이 들렸다. 힘겹게 걷다 보니 맬의 얼굴이 식은 땀으로 뒤덮였다. 그들은 도중에 한 번 쉬었는데 그녀는 바닥에 앉은 몇 분 동안 옷으로 연신 얼굴의 땀을 닦아냈다.

"도움이 되고 싶은데 어떻게 하면 좋을까? 말해줘."

그녀가 손을 뻗으며 말했다. "일으켜줘. 계속 가야 해."

"오른쪽으로, 그담엔 왼쪽." 그가 말했다.

"그리고 화살 조심. 아직 있다면."

그가 끄덕였다. 화살은 만티코어의 꼬리를 대로 삼고, 히포그리프의 깃털로 깃을 달고, 카르카단의 독을 촉에 묻힌 것이어서 가볍게 스치기만 해도 살아남기 힘들었다. 그들이 모퉁이에 다다랐다.

맬이 말했다. "자, 저쪽."

크리스토퍼가 바닥에서 돌을 하나 주워 던졌다.

화살 하나가 벽에서 발사되더니 반대쪽 벽을 때리고는 사라졌다. 돌을 또 한 번 던지자, 이번에는 반대쪽 벽에서 화살이 튀어나왔다. 화살과 함께 독 냄새가 확 풍겼다.

"카르카단. 잊고 싶은 냄새군." 크리스토퍼가 말했다.

그들은 무릎을 꿇고는 바로 엎드렸다.

맬이 말했다. "온몸을 땅에 바싹 붙여야 해. 머리도 들면 안 되고."

둘은 앞으로 기어갔다. 몸이 먼지가 쌓인 바닥을 쓸고 지나가자, 벽에 설치된 스프링이 튕기더니 촉이 칼날처럼 예리한 화살이 세 발 발사되어 그들의 머리 2, 3센티미터 위로 날아갔다. 크리스토퍼는 움찔해서 몸이 들리지 않도록 조심했다.

맬이 다시 말했다. "이번엔 화살이 비처럼 쏟아질 거야."

"내가 먼저 갈게. 혹시 모르니까……."

그가 아주 조금 앞으로 기어갔다. 그러자 날카로운 소리와 함께 머리 위 공간이 양쪽 벽에서 발사된 화살로 가득 메워졌다. 그중 한 발이 크리스토퍼의 머리카락에 스쳤다. 그는 얼굴을 땅에 바싹 대고는 어깨의 밧줄이 어디에 걸리지 않도록 주의하며 계속 기었다. 바로 뒤에서 따라 오는 맬의 기척이 느껴졌다.

"아직 안 죽었어. 힘내자."

그들은 계속 전진했다. 맬은 이제 숨쉬기도 힘든지 한 팔을 크리스토퍼의 어깨에 두른 채 왼발을 끌 듯 걷고 있었다. 그들의 조용한 발소리와 숨소리만 몇 분째 이어졌다. 벽의 불빛이 있어야 할 곳이 보이지 않으면서 어둠이 더 짙어졌다.

맬이 소리쳤다. "멈춰! 크리스토퍼, 틈새야!"

그가 어슴푸레한 빛 속에서 걸음을 멈췄다.

"틈이 더 커졌어! 바로 앞에! 그만! 더 가지 마!"

맬이 배에서부터 말하던 바로 그 틈이었다. 실제로 보니 양옆에 발을 디딜 만한 돌로 된 턱이 있었고 그 외엔 온통 거대한 구멍이었다. 그녀가 말했다. "너무 깊게 파서 떨어지는 데만도 몇 분이나 걸려. 떨어지면 뼈도 못 추리고 아예 보이지도 않을 거야. 그렇지만 양쪽으로 30센티미터 정도 턱이 나와 있어서 겁먹지만 않으면 조금씩 나아갈 순 있어. 가다 떨어지면 죽는 거고."

크리스토퍼가 앞쪽의 어둠을 바라보았다. "그렇지만…… 아직 20걸음은 안 되게 남아 있어야 하는 건데 이상하네. 계속 세고 있었거든. 아까 왼쪽으로 돌고 30걸음 더 가는 걸로 말이야." 그는 틈새 바로 앞까지 갔다가 공포에 휩싸여 뒷걸음질 쳤다.

그가 그림자로 덮였다고 생각한 곳은 사실 끔찍하게 넓고도 깊은 구렁이었다.

맬이 말했다. "미궁에 들어갔다는 사람이 틈을 더 벌려놨을 거야. 그리고 저기 바위 턱 좀 봐!"

벽을 따라 나 있는 바위 턱이 크리스토퍼 발의 3분의 2가 겨우 될 정도로 줄어들어 있었다. 크리스토퍼는 속이 철렁했다.

맬이 절망으로 쪼그라든 목소리로 말했다. "어떻게 하지? 내 다리론 저길 못 지나갈 텐데." 그녀는 틈새 가장자리를 내다보고는 다시 말했다. "분명 떨어질 거야."

크리스토퍼가 지나온 길을 돌아보았다. 이제 와 돌아갈 수는 없었다. "그럼 나 혼자 가면 되지. 여기서 기다려." 그가 말했다.

그녀가 아이처럼 겁을 내며 말했다. "그러지 마! 죽을지도 몰라!"

"다른 방법이 없잖아. 꼭 돌아올게. 알았지?"

"크리스토퍼, 넌 불멸자가 아니잖아! 그자가 널 죽일 거야!"

크리스토퍼는 구렁을 내려다보고는 다시 맬을 보고 말했다. "난 불멸자가 아니지. 그렇지만 불멸자의 친구야. 우리 상황이 반대였으면 너도 이렇게 했을 거야."

잠시 둘 다 말이 없었다.

"맬, 꼭 돌아올게. 기다리고 있어."

틈새에 가까이 간 크리스토퍼에게 작게 흐느끼며 숨도 제대로 쉬지 못하는 맬의 소리가 들려왔다. 그의 발밑에는 형체 없는 암흑이 끝도 없이 뻗어 있었다. 배 속의 소화액이 입까지 차오르는 듯했다. 그는 벽에 등을 바짝 대고 두 발을 양옆으로 벌려 바위 턱 위로 올랐다. 천천히, 천천히, 그는 거친 벽에 손잡이가 될 만한 곳을 잡으며 나아갔다.

이 부근 미궁의 암벽은 다듬지 않은 자연 그대로의 상태여서, 여기저기 튀어나온 곳이 많았기 때문에 등을 붙이기가 매우 고통스러웠다. 하지만 한편으로는 잡을 곳도 많았다.

그때 전에 들었던, 즉 현기증은 떨어질까 무서워서가 아니라 스스로 뛰어내릴지도 모른다는 두려움에서 생긴다는 말이 떠올랐다. 암흑이 그를 부르고 있었다. 어느 순간 반드시 몸을 앞으로 기울이게 되리라는, 자기 몸이 어둠 속으로 당기리라는 느낌이 들었다.

그는 온몸을 떨며 걸음을 멈췄다. 잠시 후 다시 힘을 내 15센티미터도 안 되게 튀어나온 돌출부로 미끄러지듯 나아갔다.

발이 갑자기 허공을 디뎠다. 대비할 만한 어떠한 단서도 없었다. 바위 턱이 갑자기 끊긴 것이었다.

온몸이 휘청였다. 그는 급히 손을 뻗어 벽에 혹처럼 솟은 부분을 잡고 간신히 떨어지지 않을 수 있었다.

그가 혼잣말했다. "넌 죽지 않을 거야. 이렇게 끝나지는 않아."

그러나 더 이상 전진할 방법이 없었다. 이때 맞은편 벽에서 바위가 더 크게 튀어나온 곳이 몇 군데 눈에 들어왔다. 살펴보니 큰 것은 30센티미터나 되는 크고 작은 종유석이 주먹이 튀어나온 듯 나란히 솟아 있었다. 그때 고리 매듭을 지어둔 밧줄이 생각났다. 이빨이 딱딱거릴 정도로 온몸을 떨면서도 크리스토퍼는 어깨에서 밧줄을 끌렀다.

그는 건너편에 가장 많이 튀어나온 종유석을 겨냥하여 한 손으로 밧줄을 던졌다. 그러나 밧줄은 목표에 닿지 못하고 어둠 속으로 떨어졌다. 두 번째 시도도 실패했고 세 번째도 마찬가지였다. 떨어지는 밧줄을 볼 때마다 그는 자신도 그렇게 될 것 같아 속이 철렁했다.

그가 숨을 가다듬고는 떨지 않으려 몸에 힘을 주었다. 그리고 맬을, 자신의 머리카락을 씹던 젤리핀을, 유니콘을 떠올렸다. 계속해서 갈매기에 둘러싸인 할아버지와 침대 옆에 앉아 밤새 자신을 간호하는 아버지를, 잘 기억나지 않는 어머니의 얼굴을 머릿속에 그렸다. 마지막으로는 푸르게 빛나는 세상과 미궁 속 남자가 저지른 일에 대해 생각했다. 그는 다시 밧줄을 날렸다.

고리가 걸렸다. 처음에는 살며시, 이후엔 점점 세게 밧줄을 당겼다. 그리고 속으로 기도를 한 번 올리고는 컴컴한 구렁 위로 몸을 날렸다.

밧줄이 끼익 소리를 냈다. 크리스토퍼는 정신없는 와중에 허공에 긴 포물선을 그린 후 깊은 구멍 건너편에 두 손과 두 무릎으로 착지했다.

"건넜어!" 그가 외쳤다. "안전하게!" 그러나 대답이 없었다.

화살을 지날 때도 그랬지만 딱히 승리감은 느껴지지 않았다. 이번엔 맬도 곁에 없었다. 그는 일어서서 밧줄을 거둔 후 계속 나아갔다.

왼쪽, 왼쪽, 오른쪽으로 방향을 틀었다. 그는 다음 두 갈림길에서는 벽에 딱 붙어서 오른쪽으로 돌았다. 갑자기 빛이 멎었다. 맬에게서 듣지 못했던 것으로 미루어 볼 때 백 년 사이에 생긴 변화 같았다. 그는 완전한 암흑 속에 갇혔다.

너무 어두워서 그는 자신이 눈을 떴는지도 알 수 없을 지경이었다. 게다가 무언가 느껴지는 게 있었다. 볼 수는 없었지만, 서늘한 안개가 그의 손을 축축하게 하며 얼굴과 코까지 올라오고 있었다.

그는 망설이다가 한 손으로 벽을 짚으며 다시 앞으로 나아갔다. 왼쪽, 왼쪽, 오른쪽, 그리고 다시 왼쪽으로 꺾었다. 나아갈수록 더 춥고 습해졌다. 심장이 그 어느 때보다 두근거렸다. 암흑이 그를 완전히 뒤덮고 있었다.

회색 안개

크리스토퍼는 계속 걷고 있었다. 시간이 얼마나 흘렀는지 알 수 없었다. 다른 생각은 할 겨를도 없고 오직 머릿속에서 방향만 되뇌고 있었다. 오른쪽으로 꺾은 후 왼쪽.

온통 암흑뿐이었다. 기분 나쁜 안개는 점점 차가워졌고 옷에도 스며들었다. 들이마신 안개에서 죽은 피부의 냄새가 나자 두려움이 고개를 들었다.

그는 아직 길을 기억하고 있나 되짚어 보았다. 다행히 천 번은 반복했을 그 내용은 아직 사라지지 않았다. 그러나 그것 말고는 아무것도 떠오르지 않았다.

그는 계속 걷고 또 걸었다. 몇 분이 몇십 분이 되었고 그 후로는 헤아릴 수 없었다. 어둠 속에서 한 손으로 왼편의 벽을 짚고 다른 손을 앞으로 뻗은 채 전진하다 보니 시간이 얼마나 흘렀는지 전혀 알 수 없었다.

안개 속에서 숨을 쉬고 있자니 갑자기 질투심이 느껴졌다. 함께 오지 못한 이들을 시샘하는 마음이었다. 질투에서 손이 나와 그의 몸속을 훑으며 위와 폐와 목을 죄었다. 질투는 메뚜기 떼로 변하기도 하여 가뜩이나 부족한 기운을 마구 갉아먹었다.

그는 아버지와 외할아버지와 어머니를 떠올리고는 그들이 있었다면 자신에게 격려와 사랑을 어떻게 표현했을지 생각하려 애썼다. 하지만 떠오르지도 생각나지도 않았다. 그의 상상력은 어둠에 눌려 있었다.

안개가 솟아오르더니 회색 바람이 되어 그의 피부에까지 스며들었다. 슬픔과 비참함을 이끌고 온 어둠이 어느샌가 그의 안에 자리 잡고는 눈먼 분노를 만들고 있었다. 길지 않은 삶이지만 그는 이미 적지 않은 아픔을 빚어냈다.

그가 돌연 비틀거렸다. 흙이 있어야 할 곳에 돌 혹은 뼈 같은 무언가가 놓여 있었다. 그는 왼손으로 계속 벽을 짚은 채 허리를 굽혀 뭔지 모를 것을 하나 줍고는 가장자리부터 만져보려 했다가 호기심이 사그라지자 다시 바닥에 떨궜다.

떨어진 무언가가 암흑 속에서 달그락 소리를 내자 미궁 어딘가에서 동물의 울음소리가 울려 퍼졌다.

그는 계속 걸었다. 안개를 들이쉬자, 이번에는 착하게 산다는 생각 자체가 거대한 사기라는, 즉 많은 약한 사람을 조종하려는 술수라는 생각이 들었다. 지금껏 보아온 다정함은 환상일 뿐이었다. '희망은 무력한 자들이 스스로를 위로하고자 써먹는 보잘것없는 거짓말이지.' 카빌이 옳았다는 확신이 들었다.

마음속을 더듬듯 생각이 펼쳐졌다. '우리 인간은 썩어 문드러진 병과 같다. 마음을 갉아먹는 쥐다.' 그는 대단한 삶을 살기를 바랐다. 삶에 거창하고 영원한 진실이 존재하길 바랐다. 하지만 그런 걸 바라는 것조차 시시하고 별 볼 일 없는 허상이었다. 푹 푹, 작은 칼이 그의 마음을 난도질했다.

어둠은 그의 콧구멍에도 눈에도 들어와 공포로 변해 있었다.

그의 심장은 쇠말뚝이 되어 자신을 찔러댔다.

바닥에 깔린 차가운 먼지만이 진실이었다. 너는 죽었고 아무것도 미심쩍을 건 없다. 백 하고 스물네 걸음. 오른쪽. 백 하고 스물다섯 걸음. 왼쪽. 백 하고 스물여섯 걸음. 왼쪽.

그는 멈출까도 생각했으나 그것도 별 의미는 없을 것 같았다.

그저 걸었다. 그가 다시 걸음을 셌다. 백 하고 서른. 왼쪽. 그는 이곳에서 죽을 터였고 이제 그 예감은 확신으로 변했다.

그는 더 이상 걷지 못할 때까지 계속 걸을 것이고 그 후엔 벽에 기대고 앉아 그대로 죽을 것이다. 그러자 갑자기 도저히 견딜 수 없는 슬픔이 찾아왔고 입에선 쓴맛이 났다. 하지만 그조차 이내 별 의미가 없어졌다. 손에 검은 모래를 쥔 것처럼 빠져나가는 생각은 다시 잡을 수 없었고 결국 남은 건 왼쪽, 오른쪽, 오른쪽, 오른쪽뿐이었다.

그때 앞쪽에서 그를 향해 달려오는 말발굽 소리가 미궁을 뒤흔들었다.

대비하거나 생각하거나 심지어 소리칠 시간도 없이 무언가가 모퉁이를 돌아와 그와 부딪혔다. 먼저 머리를 얻어맞고는 곧이어 가슴을 맞았다. 그 무언가는 네 발이 달렸고 이빨도 있었다. 그는 뒤로 엎어져 숨을 헐떡이느라 소리조차 지르지 못했다. 팔이 뭔가에 찢겼다. 발톱 같았다. 아니면 뿔? 아무것도 보이지 않았고 그저 어둠 속에 외침이 있을 뿐이었다. 눈에 보이는 것인가? 뒤돌아 도망쳐야 하나? 그렇지만 도망가면 길을 잃을 터였다.

그는 옆구리에서 식칼을 꺼내면서 맬에게서 글램리검을 받아 오지 않았음을 깨달았다. 그는 그 충격으로 칼을 떨어트릴 뻔했지만 간신히 잡고는 앞으로 크게 휘둘렀다.

큰 소리가 났는데 크리스토퍼는 그것이 자신이 낸 소리인지 아닌지도 구분할 수 없었다. 정체불명의 무언가가 날뛰면서 갖다 댄 뿔 혹은 발톱이 그의 머리에 닿더니 곧바로 귀에 걸려 그대로 살을 찢었다. 그가 다시 칼을 들어 강하게 휘둘렀다. 괴생명체가 물러나는가 싶더니 잠시 후 신음 소리가 들렸다. 그는 양손으로 땅을 짚으며 쓰러졌다.

그걸로 끝이었다. 알 수 없는 것이 고함을 지르며 그를 밀치고는 미로를 울리는 말발굽 소리만을 남기며 사라졌다.

귀에서 울리는 듯한 심장박동 말고는 이제 다시 아무 소리도 들리지 않자, 그는 얼굴을 한 번 훔치고는 침을 뱉었다.

떨리는 손으로 조심스럽게 몸을 더듬었다. 귀에서는 피가 흐르고 있었고 가슴이며 등이며 온몸이 아팠다. 하지만 다리는 움직였고 이빨도 모두 그대로였다. 보이지 않는 두 손도 아직 움직이고 있었는데 다만 엄지손가락 한 쪽이 뒤로 꺾여 통증이 심했다. 그때였다. 일어나서 다시 한 걸음 내디뎠을 때 갑자기 든 생각이 마치 또 다른 생명체가 나타나 덮친 것처럼 그를 곤혹스럽게 했다.

그는 방향을 바꿔 뒤를 보고 있었다.

정말 그랬을까? 한 바퀴 돈 것일까 아니면 그냥 바닥에 쓰러지기만 한 것일까?

아무래도 그냥 쓰러진 듯했다.

그는 선택해야만 했다.

앞으로. 방향이 어쨌든 뒤로 돌아가는 것은 견딜 수 없었다. 그러므로 앞으로. 비록 앞이 실제로는 뒤라 할지라도.

싸움의 흥분으로 그는 온몸이 짜릿했고 덕분에 더 빨리 걸을 수 있었다. 이 새로운 힘은 희망이 아닌 다른 무언가였다. 안개를 밀어내고 있는 이 힘은 굳건한 마음이었다. 그의 위기감이 되돌아온 것이었다.

그는 달리기 시작했다.

그러다 곧 멈추었다. 달리면 괴생명체가 돌아오더라도 들을 수 없을 것 같아서였다.

그는 걸었다. 그러다가 그냥 신경 쓰지 않기로 하고 다시 뛰기 시작했다.

그는 왼손을 벽에 댄 채 온 힘을 다해, 그 어느 때보다 빠르게 어둠 속을 질주했다. 손가락이 벽에 찢겼지만 그는 계속 발걸음을 세며 나아갔다.

미궁 속 방향 전환은 총 152번이었고 이제 열 번을 남겨두고 있었다. 다시 여섯 번, 다섯 번, 네 번으로 줄어들었다. 이때 전방에 빛이 보이기 시작했다. 그는 눈을 깜빡이고는 자신이 눈을 뜨고 있는지 손을 대 확인했다. 그것은 진짜 빛이었다.

그는 왼쪽으로 그리고 오른쪽으로, 다시 왼쪽으로 꺾었다. 그다음은 바로 미궁의 심장부였다.

심장부

미궁의 가장 깊은 곳에는 거대한 석실이 있었다. 벽에는 등불이 켜져 있었고 천장은 너무 높은 나머지 어둠에 덮여 보이지 않았다.

　뜨겁고도 맹렬한 것이 크리스토퍼를 휩쓸고 지나갔다. 심장부가 뿜어내는 기운이었다! 설령 여기서 죽더라도 그는 미궁을 통과해냈다. 본 사람도, 아는 사람도 없고 따라서 그가 죽더라도 그 사실은 그대로 묻힐 것이다. 하지만 증인이 없을지언정 일어난 일이 없어지는 법은 없다. 방 안으로 걸음을 내디뎠을 때 아무런 응원도 받지 못한 그의 정신이 한껏 북돋워졌다.

　방 안에선 세 가지 냄새가 싸우듯 섞여 있었다. 우선 부패한 인간 냄새가 확실히 났고 축축한 안개 냄새도 떠돌고 있었는데 그 아래로는 숲과 유니콘의 숨결에서 맡았던 찬란한 생명의 내음이 깔려 있었다. 그것은 순수한 생명력이 녹아 흐르는 향기, 즉 글리머리였다.

　돌바닥 한가운데에는 거대한 나무 한 그루가 솟아 있었다. 진한 갈색의 나무는 아주 높고 날씬했으며 고귀해 보였다. 잎은 황금빛이 나는 노란색이었다.

눈이 밝아진 빛에 어느 정도 적응되었을 때 그는 공포로 소리를 지르려다가 겨우 참으며 뒤로 펄쩍 뛰었다.

나무에 얼굴이 나 있었다.

그는 용기를 내어 다가갔다. 그러자 분명히 보였다. 한 사내가 부둥켜안은 자세로 녹아 들어가듯 나무에 얽혀 있었다. 얼굴의 반은 나무 안으로 들어가 있었고 몸은 나무껍질의 무늬 및 색과 같아진 상태였다.

그 얼굴이 전혀 두렵지 않다는 듯 방문자를 바라보았다. 목소리는 낮고 느릿했으며 소리를 낼 일이 없었는지 거칠었다. 어둠이 백 년간 쌓인 소리였다.

"나의 수목원에 누가 찾아온 것이지?"

크리스토퍼가 한 발짝 더 내디디며 대답했다. "난 크리스토퍼 포레스터다. 그러는 당신은?"

"난 이 세상의 미래이지." 쇳소리 같은 목소리가 공기를 가르자, 회색 안개도 함께 물결처럼 뿜어져 나왔다.

"무슨 짓을 한 거지?"

"주인 없는 힘을 취했을 뿐이다."

"뭘 취했다고?"

"글리머리 나무." 머리가 나무 속에서 움직였다. "나무의 힘을 몸에 흡수하고 있지. 머지않아 마무리될 거야. 그러면 껍데기만 남은 나무는 죽을 거고 나는 힘의 근원이 되어 세상 속으로 옮겨 가 내 것을 차지하겠지."

크리스토퍼는 몰아치는 공포와 싸우고 있었다. 사내는 인간이었다. 적어도 전에는 그랬을 터였다. 인간에게는 말하고 싶은 욕구가 있기 마련이다. 백 년 동안 쌓인 이야기가 입을 들썩이고 있을 것이었다. 만약 사내가 계속 말하게끔 하여 자신에게 힘을 발휘하지 못하도록 할 수 있다면 살아남을 방법을 찾을 수 있을 것 같았다.

"그렇지만 애초에 여긴 어떻게 들어온 거지?" 크리스토퍼가 물었다. "불멸자만이 미궁의 중심으로 가는 길을 알고 있는데."

"불멸자라, 맞아. 하지만 두 사람 더 있었지."

"그게 누구지?"

사내가 숨을 내쉬자 안개가 소용돌이쳤다. 숨을 쉬기가 더 힘들었고 온몸이 얼얼했다. "미궁을 만든 사람들."

"그렇지만 레오나르도 다 빈치와 그의 사촌은 물약을 먹었어. 그리고 잊었지."

"그래. 하지만 레오나르도의 사촌인 엔조는 영리한 남자였어. 또한 억울하기도 했지. 바깥세상에서도, 아키펠라고에서도 레오나르도가 모든 명성을 독차지했거든. 그렇지만 사실 그는 스케치만 했을 뿐이고 실제로 돌을 쌓고 다듬은 것은 엔조였어. 엔조가 땀 흘리는 동안 레오나르도는 밖에서 해나 쬐고 있었지."

"그래서? 무슨 일이 있었던 건데?"

나무에 묻혀 있던 얼굴이 온전히 드러나며 크리스토퍼를 똑바로 바라보았다. 크리스토퍼는 사내가 이야기를 즐기고 있음을 느낄 수 있었다. 그가 다시 숨을 쉬자 안개가 새롭게 일어나 크리스토퍼의 발치에서 소용돌이쳤다.

"엔조는 처음에는 기분이 언짢았고 나중에는 화가 치밀었지. 그리고 계획을 세웠어. 물약을 먹기 전에 미궁의 설계도를 비밀리에 하나 더 만들어서 숨긴 거야. 그는 아무것도 기억하지 못한 채 고향으로 돌아왔고 설계도의 의미도 깨닫지 못했지. 아무튼 그는 아이들 이야깃거리라도 남길 목적으로 설계도를 책들 사이에 보관했어."

그가 내뿜은 회색 안개가 다시 불어와 공기를 가득 메우고는 크리스토퍼의 가슴을 바싹 죄었다.

"수백 년이 지나고 그의 후손 중 하나인 바로 나, 프란체스코 스포르자가 설계도를 발견했지. 난 그의 시시한 싸움 따위엔 흥미가 없었어. 하지만 미궁의 중심에 있다는 나무와 나무의 막대한 힘에 대해 알게 되자 그걸로 뭘 할 수 있는지 깨달았지. 이후 난 낮과 밤의 길이가 같은 어느 날, 아키펠라고에 들어올 수 있었어. 그리고 설계도를 참고하여 나름대로 길을 찾아 이 섬에 도착했지. 섬에 발을 디뎠을 때 난 위대한 수호자인 불멸자가 사라졌다는 걸 알았어. 내가 얼마나 놀랐을지, 또 얼마나 기뻤을지 생각해봐."

그가 기쁨의 숨을 거칠게 토하자 크리스토퍼가 뒷걸음질 쳤다.

"그다음엔 설계도대로 미궁을 지나 지켜보는 이 없이 혼자 자라고 있던 나무를 찾아냈지. 마치 나를 기다리고 있던 것 같았어. 힘을 써줄 누군가를 기다리고 있는 듯이. 난 즉시 그 힘을 삼키기 시작했지. 갉아 먹고 내 몸에 붙여서 나무와 하나가 되려고 말이야. 이제 그 힘은 내 것이야. 몇 주 후엔 완전히 내 안으로 들어올 테니까. 뭐, 며칠 후일 수도 있고."

"왜지? 어째서 이 어둠 속에서 혼자 있는 거지? 그게 무슨 의미가 있지?"

한때 프란체스코 스포르자였던 무언가가 다시 크리스토퍼를 똑바로 쳐다보았다. 눈빛이 마치 그의 피부를 태우는 것 같았다.

"자유 때문이지. 유일한 자유는 절대적 힘에 있어. 절대적인 힘이 없다면 항상 누군가에게 휘둘리게 되어 있지. 자유는 힘으로 얻어낼 때만 누릴 수 있는 법이야."

스포르자의 목소리가 뱀처럼 거슬리는 소리를 내며 더 커졌다. "세상의 절반은 그게 사실임을 알지. 나머지 절반은 그렇지 않은 척하고. 그런 자들은 '내가 할 수 있는 일'이며 '내가 어떻게 도울 수 있는지' 운운하며 시답잖은 장난을 치고 있지. 그런 녀석들도 죽을 때가 되면 인생을 낭비했다는 걸 알 거야. 아무것도 바꾸지 못했다는 걸. 아무것도 몰랐고, 아무것도 아니었지. 그저 확률에, 운에, 다른 인간들에게 휘둘렸을 뿐이야.

하지만 나는 그렇게 되길 거부한 거야. 난 글리머리를 내 안에 받아들여 제어하는 법을 깨달았어. 글리머리는 바로 이 나무에서 샘솟아 세상에 꾸준히 퍼져나가고 있지만 이제 난 그 힘을 나에게 옮겨 담고 있고 곧 글리머리의 원천은 내가 될 거야. 처음엔 암흑 속에서 버둥거리며 실패를 거듭했지만, 10년 전부터는 방법을 터득했지. 매일같이 난 강해지고 나무는 약해져. 글리머리, 즉 세상의 모든 마법의 힘은 거의 내 것이 됐어. 내 숨결에는 혼란을 일으키는 힘이 있지. 또한 누굴 조종할 수도 있고 죽음을 내릴 수도 있어."

크리스토퍼는 한 걸음 더 뒤로 물러났다. 바람이 거세져 동굴 안이 온통 굉음으로 진동했다.

사내가 목구멍에서 내는 듯한 소리로 느긋하게 말했다. "이해해야 해. 인간 방문객이 처음이라 말이지. 전에도 찾아온 사람은 있었지만 여기까지 다 다르진 못했어. 따라서 시험 삼아 죽일 기회도 없었지."

크리스토퍼의 머릿속은 점점 안개로 뒤덮이는 듯했다. 그는 몸을 부르르 떨었다. 개처럼. 그리펀처럼. 겔리펀처럼.

그는 싸워야 했다. 죽게 되더라도 일단은 싸워야만 했다. 그는 옆구리에서 칼을 뽑으며 앞으로 뛰쳐나갔다.

스포르자였던 괴물이 팔 모양의 거대한 가지를 뻗어 크리스토퍼를 바닥으로 날려버렸다. 크리스토퍼는 머리를 세게 부딪혀 정신을 잃을 지경이었다. 머리가 빙빙 돌았지만, 그는 몸을 굴려 간신히 두 발로 섰다. 다시 그가 사내에게 달려들었다.

사내는 이번엔 움직이지 않고 눈을 반짝이고는 입에서 안개를 뿜어냈다. 연기처럼 뭉게뭉게 피어오른 안개가 위로부터 머리와 가슴을 둘러싸자 엄청나게 크고 무거운 손이 찍어 누르는 듯했다. 끔찍하면서도 죽음처럼 차가운 힘이었다. 두 무릎이 땅에 부딪혔다.

"이쯤이면 충분하군." 스포르자가 말했다.

크리스토퍼가 옆으로 기어 안개에서 벗어나고는 젖 먹던 힘까지 쥐어짜 다시 일어섰다. 입술은 바싹 마르고 입 안은 데인 것 같았다. 그는 비틀대며 스포르자에게 다가갔다.

"애송이, 관객도 없이 혼자 하는 무의미한 연극은 이만하면 됐다. 너의 싸움은 아무도 알아주지 않지. 아무도 네가 죽기 전에 무엇을 했는지 모르고, 또 관심도 없어. 즉 아무런 가치도 없다."

크리스토퍼가 힘겹게 입을 열었다. "아니야." 그는 숨쉬기도 힘들었지만 바싹 마른 입술 사이로 애써 말을 밀어냈다. "내가 알아."

그는 두려움을 이겨내면서 녹초가 된 몸에 남은 힘을 모두 쥐어짜서는 다시 뻗어온 팔을 피해 나무를 향해 달려들었다. 재빠르게 움직이는 그의 몸에서 지금까지 어느 때보다 강한 분노가 뿜어져 나왔다. 위로부터 가지가 다시 그를 노리고 곡선을 그리며 날아오고 있었다. 그는 몸을 굽히고는 칼 끝을 위로 하고 찔렀다. 칼이 가지에 꽂혀 그의 손에서 빠져나갔다. 스포르자는 히익 하는 소리와 함께 칼을 돌바닥에 내팽개쳤다. 가지가 다시 날아왔고 이번엔 크리스토퍼의 머리를 강타했다.

머리를 맞은 크리스토퍼는 뒤로 날아가 온몸을 바닥에 긁힌 후에야 몸을 가눌 수 있었다. 그가 다시 무릎을 꿇고 일어났다. 이제는 주먹으로 싸울 작정이었다. 할 수만 있다면 긁거나 물거나 아니면 맬처럼 침이라도 뱉을 생각이었다. 어둠에 굴복할 때까지 몸부림칠 것이었다. 그는 다시 앞으로 달릴 준비를 했다.

그때 어디선가 들려온 외침이 석실을 가득 메웠다.

"크리스토퍼!"

그는 그것이 누구의 목소리인지 바로 알 수 있었으나 그와 동시에 있을 수 없는 일이라고 생각했다. 환청이라고 생각했다.

그러나 외침은 다시 들려왔고, 스포르자는 크리스토퍼의 어깨 너머로 석실의 입구를 바라보았다.

크리스토퍼가 고개를 돌렸다. 순간 가슴속에 박혀 있던 쇠말뚝이 펴지 더니 승리의 깃발로 변했다.

살다 보면 종종 좋은 일이 생기기도 한다. 하지만 이때 크리스토퍼가 겪은 일만큼 좋은 일은 분명 없을 것이다. 낯익은 소녀가 두 팔을 앞으로 뻗고 두 발은 스치듯이 땅에 끌며 낮게 날아오고 있었다. 환한 방 안으로 들어오는 그녀의 손에는 글램리검이 들려 있었다.

마치 황금처럼 빛나는 광경이었다.

소녀가 글램리검을 소년의 발치에 던졌다. 소년은 검을 집어 들고는 그대로 앞으로 달려가 검을 쥔 손을 치켜들고 아래로 휙 그었다. 스포르자의 비명이 물수제비처럼 퍼져나가는 와중에도 소년의 손은 멈추지 않았다. 글램리검은 사내가 떨어져 나갈 때까지 나무에 엉겨 붙은 부분을 베고 또 베었다.

프란체스코 스포르자가 비틀거렸다. 어둠 속에서 백 년을 소모한 뒤라 쪼그라진 듯 작았고 아득한 과거에서 튀어나온 사람처럼 보였다. 나무껍질과도 같던 피부의 광택도 어느새 회색빛으로 초라해졌다. 그는 정신을 잃고 바닥에 쓰러졌다.

그들은 그의 손과 발을 밧줄로 묶었다. 그의 몸은 진득거리고 차가웠다.

맬이 입을 열었다. "돌아가는 길을 알고 있어. 여기가 마치 우리 집처럼 익숙하네. 자, 따라와."

스포르자를 들다가 또 끌다가 하며 어둠을 뚫고 돌아가는 길은 길고도 고통스러웠다. 틈새에 이르자 그들은 멈춰 섰다.

크리스토퍼가 물었다. "떨어뜨려도 될까?"

맬이 고개를 저었다. 그녀는 이를 갈았고, 스포르자를 등에 태운 후 아직 불어오는 차가운 바람을 타고 날아 틈새를 건넜다. 그리고 회색 바람이 마지막 숨을 쉴 때 크리스토퍼를 데리고 건넜다. 이제 둘은 뛰다 날다 하며 암흑을 헤쳐 나왔다. 그러나 그들이 태양 아래로 나오자 그 어느 때보다 달콤하고 부드러운 공기가 기다리고 있었다.

불멸자

그들은 말라비틀어져 수척하고 물에 빠진 사람처럼 온통 허연 스포르자를 햇빛이 비치는 곳으로 끌고 가서는 밧줄을 풀지 않고 가시나무 아래에 내려놓았다. 그는 아직 의식이 돌아오지 않은 듯 보였다. 둘은 사내의 요동치는 악의가 그나마 덜 느껴지는 곳으로 다시 이동했다.

"어디 다쳤어?" 크리스토퍼가 물었다.

맬이 고개를 저었다. "다친 건 아니고 본 게 너무 많아서 그래." 비록 아이의 얼굴이지만 눈빛만은 한없이 아득해 보여선지 그녀는 이제 어리다는 느낌이 전혀 들지 않았다. 먼 옛날의 진실을 온전히 간직한 이의 표정을 하고 있었다.

"말해줄 수 있어?"

"전부는 안 되고 어느 정도만, 말할 수 있는 것만. 어디 앉자. 안 그러면 쓰러질 것 같아."

둘은 모래 위에 어깨를 맞대고 앉았다. 더운 날씨였지만 맬은 덜덜 떨며 코트를 몸에 둘렀다. 머리카락은 엉망으로 등에 드리워져 있었고 얼굴은 모래며 피로 꾀죄죄했지만, 그녀에게선 무한한 무언가가 뿜어져 나오고 있었다. 크리스토퍼는 그녀에게서 여왕의 표정을 보았다고 생각했는데 다시 보니 여왕조차 예의를 갖추고 대해야 할 얼굴로 보였다.

맬이 물었다. "물 좀 있어?"

"동굴 입구에 놓고 왔어." 크리스토퍼는 어지러웠지만 천천히 움직여 물통을 가져와서는 그녀에게 건네줬다. 그녀가 절반을, 사실은 그보다 조금 더 마시고 미소와 함께 돌려주자 그가 나머지를 마셨다.

"말해줄 수 있으면 말해줄래?" 그가 물었다.

"생각했던 것보다 많은 걸 봤어."

그녀의 목소리는 작았다. 여전히 목구멍이 덴 듯한 소리가 났다.

"난 공포와 어찌할 수 없는 악을 봤어. 야만적 행위와 거짓말도 봤어. 또 이성과 현명함의 탈을 쓴 질투와 원한 그리고 탐욕도 봤지. 몰랐다는 핑계로 잘못을 스스로 용서하는 일도 셀 수 없이 봤고, 또 하룻밤 사이에 시체가 산을 이룬 모습도 봤어."

"마지막으로 정체가 알려진 불멸자, 그러니까 마릭이라는 사람의 심정이 이해돼. 그가 '그럴 수 없어. 세상도 싫고 인간도 싫어. 인간은 스스로 가하는 고통을 짊어질 가치가 없어. 난 신경 안 쓰겠다고 할 거야. 난 외면하겠다고 말할 거야. 싫다고 할 거야'라고 왜 말했는지 이해가 돼."

"난 어둠을 보았어. 어둠 위에 쌓인 어둠도. 무의미한 슬픔을, 두려움과 공포를, 죽음을 보았어. 아, 크리스토퍼! 죽음 말이야!"

그는 바로 옆에서 그녀의 몸이 떨리는 것을 느낄 수 있었다.

"난 아이들을 떠나보내기도 했지.

그러나 난 해 질 녘에 빨간색 용들이 산 위로 날아다니는 광경을 보았어. 그리고 다른 이들을 구하기 위해, 마치 숨 쉬듯 아무렇지도 않게 목숨을 내

놓는 사람들도 봤어. 전쟁과 굶주림을 겪는 와중에 사랑에 빠지는 연인도 있었지. 한 번 맺은 약속을 죽을 때까지, 별것 아니라는 듯 흔들리지 않고 지켜나가는 모습도 보았어. 한밤중에 사자와 만나기도 했고 놀라움을 뛰어넘은 놀라움보다 더 놀라운 것을 보기도 했어. 빛나는 세상을 볼 수도 있었지.

열심히 뭔가를 배우려는 사람들과도 만났어. 그림이며 정원 일이며 언어, 수공예, 발로 하는 일 등등. 그리고 그들의 성공도 지켜봤지. 한 사람을 변화시킬 만큼의 엄청난 친절이 베풀어지는 순간도 많았고 배꼽 잡게 하는 최고의 농담도, 쓰러질 정도로 달콤한 음악도 들었지. 사랑을 위해 엄청난 일을 하는 사례는 정말이지 너무나 많았어. 사랑을 위해 죽거나 사랑을 위해 사는 것도. 난 탄생을, 또 그것이 다른 탄생으로 이어지는 순간을 보았지. 난 이루 말할 수 없는 기쁨을 알게 됐어. 기쁨이라고, 크리스토퍼."

크리스토퍼는 한결 따뜻해진 몸으로 숨 쉬는 그녀를, 그리고 섬의 모래와 아름답게 일렁이는 바다를 보았다.

그가 무언가 말하려고 했을 때 갑자기 외침이 들렸다.

공포와 절망과 고뇌가 뒤섞인 날카로운 소리가 크리스토퍼의 고막을 뚫고 들어와 온몸을 뒤흔들었다. 자쿨루스 용이 낸 소리였다.

"조심해! 저자가 깨어났어!" 잭이 소리쳤다.

비행

크리스토퍼가 본 것 중 가장 끔찍한 광경이 눈앞에 펼쳐졌다. 가시나무 아래에서 사내가 묶인 채로 무릎을 꿇고 일어난 것이었다. 그의 얼굴은 온통 새까맸고 주위에는 회색 안개가 분노를 실은 바람을 타고 소용돌이치고 있었다. 미궁을 채우고 있던 바로 그 안개였고 냄새도 거기에 담긴 힘과 공포도 똑같았다.

울부짖는 바람과 안개는 이미 크리스토퍼의 귀에도 닿고 있었다. 안개를 실은 바람은 그들을 지나 섬 밖으로, 바다를 건너 아키펠라고 전역으로, 그 너머로까지 퍼지고 있었다.

잭이 외쳤다. "저자를 막아!"

움츠린 남자가 고개를 돌리더니 거의 인간 같지도 않은 몰골로 그들을 보았다. 표정에는 승리감이 깃들어 있었다.

잭이 다시 소리쳤다. "물러서! 둘 다 내 뒤로!"

그들이 뒤로 달리자 공기를 한껏 들이켠 용이 엄청난 화염을 뿜어냈다.

그 광경을 본 크리스토퍼는 비로소 진정한 불이 무엇인지 알게 되었다.

용의 입에서 붉다 못해 푸르기까지 한 화염이 폭발을 일으키며 대포알처럼 튀어나왔다. 그 열기로 크리스토퍼의 머리카락이며 눈썹이며 모두 그슬렸고 둘은 얼굴을 감싸고 엎드렸다.

연기가 가셨을 때는 가시나무가 잿더미로 변했고 주위의 모래도 곳곳이 녹아 유리처럼 되어 있었다.

그러나 스포르자는 상처 하나 입지 않았다. 그가 기쁜 듯 웃으며 외쳤다. "이딴 걸로 다치기엔 내가 들이마신 게 좀 많지. 너희의 작은 칼이나 용의 불꽃 따위론 날 어찌할 수 없어. 지금 나에겐 힘이 있거든. 바로 내 것이 된 힘 말이야."

그가 승리를 만끽하며 크게 지른 '하!' 소리와 함께 숨을 내쉬었다. 그러자 바람과 안개가 한층 강력해졌다.

맬이 하늘을 쳐다봤다. 시선은 솜눌룸에 가닿고 있었다. 뭐라고 중얼거리는지 입술이 움직였고 어설프게 깎은 앞머리 아래로 말 못 할 생각을 담은 작은 얼굴에 생명력이 감돌았다.

맬이 얼굴을 찌푸렸다. 크리스토퍼가 읽기엔 너무나 많은 생각이 지나가고 있었다.

그러나 그녀가 턱을 치켜들고 두 주먹을 불끈 쥐자, 크리스토퍼는 그녀가 뭔가 결심했음을 알 수 있었다. 너무나도 친숙한 몸짓이었다.

"크리스토퍼! 이리 와서 내 말 잘 들어." 탁하고 쉰 듯한 맬의 목소리에 다급함이 묻어났다.

그가 그녀에게 다가가 고개를 숙였다.

"잘 들어. 이야기해줄 게 대충 백만 가지는 있었어. 시간도 있을 거 같았고. 우리 둘에겐 몇 년이…… 그러니까……" 말을 잠시 멈추고 숨을 격하게 쉬는 그녀에게서 고통이 느껴졌다. 그녀가 말을 더 빨리 이었다. "살아 있다는 건 참 어렵네. 참 어렵지만 또 참 아름다운 일이야." 그녀가 그를 똑바로 쳐다봤다. 활활 타는 것만 같은 얼굴이었다. "잘 들어. 모두에게 말해줘. 돌아가거든 꼭 말해줘야 해. 잔인함은 참 끔찍해. 그리고 맞아. 혼돈도 압도적이지. 그렇지만 그보다 대단한 게 있어. 그건 바로 기적이야. 이걸 꼭 전해줘."

맬이 전에 보지 못했던 미소를 짓더니 허리를 굽혀 글램리검으로 코트 가장자리의 바늘땀을 모두 끊었다. 코트가 넓게 펴졌다. 그녀는 검과 카사파사란을 크리스토퍼의 발치에 떨어트리고는 그를 끌어당겨 뺨에 입을 맞췄다. 물어뜯는 듯한 강한 입맞춤이었다.

그녀가 그의 귀에 마지막으로 속삭였다.

이제 소녀는 정든 코트를 잡은 두 팔을 펼쳤다. 작고 창백하며 뼈만 남아 앙상한 남자가 만들어낸 바람이 그녀를 2미터 위로 들어 올렸다. 그녀가 남자에게로 곧장 날아갔다.

소녀의 속도는 무시무시했다. 사내는 두려움에 입을 벌린 채 뒤로 돌더니 왼쪽으로, 다시 오른쪽으로 허둥지둥했다. 하지만 그녀에게는 아이의 민첩함과 오랜 세월에서 얻은 담대함이 있었다.

그녀가 한 손을 그대로 뻗은 상태에서 다른 손으로 웅크린 악을 잡아 들어 올렸다. 그는 몸부림쳤지만 그들은 이미 순식간에 15미터 위까지 치솟아 있었다. 소녀는 솜늘룸을 향해 계속 수직으로 날아올랐다.

그들이 날아오를 때 크리스토퍼는 소녀가 내지르는 커다란 외침을 들었다. 그들이 거대하게 타오르는 빛의 원 안으로 사라지는 동안 그 소리가 바위에 부딪혀 메아리쳤다.

그것은 두려움의 외침이었을지도 모른다. 하지만 지켜보던 소년에게는 분명 승리의, 기쁨의, 사랑의 외침으로 들렸다.

장례식 행렬

나중에 크리스토퍼는 일어난 모든 일을 스핑크스들에게 말했다.

타오르는 듯한 엄청난 번쩍임이 한 차례 있었다. 그 충격으로 그는 땅에 엎어져 입이며 눈이며 모래투성이가 되었다. 잠시 정적이 흐르다가 다시 온 세상이 흔들렸다. 그러자 거셌던 바람이 귓가에서 마지막 비명을 지르고는 멎었다.

사방이 고요해졌다. 크리스토퍼는 자신이 얼마나 오래 누워 있었는지 알 수가 없었다. 그때였다. 먼바다에서, 물속 깊은 곳에서, 네레이드들, 아니면 머메이드들로부터, 혹은 바다 그 자체로부터 높고 날카로우며 즐거운 음악 소리가 퉁기듯 들려왔다.

순수한 야생의 무언가가 자라고, 살아가고, 힘차게 뛰어다니는, 그가 로칸에서 처음 맡았던 내음이 미궁의 입구에서 세차게 밀려왔다. 그 달콤함에 정신이 얼얼할 지경이었다.

그가 천천히 두 발로 일어섰다. 눈이 흐릿했고, 있을 리 없는 여러 색깔이 보였다.

온통 쑤시는 몸을 이끌고 그는 절뚝거리며 배로 돌아왔다. 잭이 기다리고 있었다. 용은 울고 있었는지 눈물이 뜨거운 몸에 닿아 생긴 증기로 둘러싸여 있었는데 그 모습이 마치 이 거친 땅에 놓인 작은 주전자와도 같았다.

크리스토퍼는 배에 올라 목적지를 말한 후 하늘을 이불 삼아 그대로 누워 잠들었다. 날이 어두워지자 잭이 작고 사나운 보초가 되어 그를 지켰다. 하지만 크리스토퍼에게 이제 어둠은 아무 걱정거리도 아니었다. 그는 이미 질릴 만큼 어둠을 접했고 그 끝에 닿기도 했다.

배가 스핑크스의 섬에 도착하여 바위에 부딪혔을 때 그는 아직 잠들어 있었다. 나라비랄라가 새끼를 다루듯 그를 살포시 물고 배에서 들어내어 바위산 위로 올라 산마루에 마련된 동굴로 향했다.

스핑크스들과 다시 만났을 때 크리스토퍼의 모습은 머리카락이며 손톱 등이 모래와 피로 얼룩져 몹시 꾀죄죄했다. 그들은 두 어린 스핑크스에게 그의 어깨를 한쪽씩 살며시 물게 하고는 웅덩이에 담가서 정성껏 씻긴 후 동굴로 데려가 지푸라기를 깔아 만든 침대에 눕혔다. 얼마 후 나라비랄라가 찾아와 거대하고 거친 혀로 그의 상처투성이 몸을 핥았다. 크리스토퍼는 베이고 멍든 자국과 피가 났다가 딱지가 진 뒤 다시 다쳐 피가 난 곳들이 스핑크스의 혀에 눌리자 서서히 아무는 것을 볼 수 있었다. 그는 다시 꼬박 하루 동안 잠이 들었다.

잠에서 깬 후 그는 이따금 아무 말 없이 땅을 쳐다보다가 또 뭔가를 먹기도 했으며 때로는 엉엉 울고는 두 주먹으로 눈물을 훔치기도 했다. 일부 스핑크스들이 다가와 질문을 하려고 했으나 나라비랄라가 으르렁대며 그들을 제지하고는 말했다.

"이번 일로 이 아이는 쉽게 떼어놓을 수 없는 마음속 무언가를 잃었다. 당분간 내버려 둬야 해."

329

그동안 아키펠라고 전역에서는 중대한 소식이 라타토스카들로부터 드라이어드들에게로, 또 켄타우로스들에게로 빠르게 퍼져나가고 있었다. 그 내용은 다름 아닌 맬이 누구이며 그녀가 무엇을 하였고 또 위대한 비행을 통해 무엇을 구했는지에 대한 것이었다. 곧 모든 생명체가 장례식을 거행할 채비를 하였다.

장례식은 동틀 녘에 시작되었다. 참가한 생명체들 중 인간은 오직 크리스토퍼뿐이었다. 그 자신은 충분히 알지 못했지만, 그 자리에 참석할 수 있었던 것은 그의 인생에서 가장 큰 영예였다.

나라비랄라가 행렬의 선두에 섰다. 그녀는 거대한 등에 크리스토퍼를 태우고 장례식 장소로 향했다. 땅과 바다가 아름답고 고요하게 만나는 긴 모래사장이 그들의 목적지였다.

섬의 스핑크스 일족 전체가 넷씩 나란히 서서는 거대한 사자 발로 모래를 밟으며 그 뒤를 따르고 있었다. 그들은 침묵 속에 슬퍼하는 군대처럼 나아갔고 그 사자 얼굴에 떠오른 표정을 본 생명체는 모두 놀라고 두려워하며 물러났다.

그 뒤로 네레이드들이 은빛 머리카락을 신부의 치맛자락처럼 모래 위로 드리운 채 걸어갔다. 그들은 긴급하지 않으면 결코 땅 위를 걷지 않지만 사랑하는 이를 잃은 지금은 예외였다. 그들은 자신들의 언어로 노래를 부르고 있었는데 높고도 달콤한 그 소리에 취해 크리스토퍼는 스핑크스의 등에서 떨어질 지경이었다. 한편 그들 뒤로는 막 물속에서 솟아오른 머메이드 세 무리가 죽은 이를 기리는 오래된 곡조에 따라 자신들의 악기를 연주하고 있었다.

드라이어드들은 모래사장 가장자리의 숲에서 에라토의 지휘 아래 모습을 드러냈다. 그들의 얼굴에 흐르는 눈물은 나무가 흘리는 수액처럼 보였다. 그들이 굵고 낮은 목소리로 노래에 합세하자 땅이 울렸다. 노랫가락은 크리스토퍼의 가슴을 도려내는 듯 애절했다.

검은색 가슴 장식을 단 켄타우로스들도 똘똘 뭉쳐 뒤를 따랐다. 그들은 아키펠라고에서 가장 뛰어난 트럼펫 연주자를 모두 동원했는데 아직 연주하지 않고 신호가 주어지기만을 기다렸다.

그다음으로는 라타토스카 백여 마리가 작은 목소리로나마 함께하며 조용히 걷고 있었고 바로 뒤를 한 떼의 알미라지들이 금빛 뿔을 낮춘 채 묵묵히 따랐다. 캉코 한 무리도 눈에 띄었다. 복슬복슬한 뺨을 타고 흘러내리는 눈물이 반딧불이처럼 빛났다.

마지막으로 숲에서 은빛, 진주색, 흰색 유니콘 수백 마리가 나타났다. 그들은 가까이 오지 않고 숲 가장자리에 서서 갈기를 휘날리며 하늘 높이 구슬프게 히힝 하고 울었다.

행렬이 멈추었다. 크리스토퍼는 맬의 검을 허리에 차고 카사파사란은 한 손에 단단히 쥐고 있었다. 나라비랄라가 모래 위로 몸을 낮추자 그가 내렸다. 스핑크스는 코끝을 그의 얼굴에 대고는 말했다. "용기를 내렴. 잘 견뎌야 해. 다른 방법은 없으니까. 용감한 소년이여, 한 번 더 용기를!"

말을 마친 나라비랄라가 고개를 돌려 해변에 모인 모든 동물에게 말했다.

"맬럼 아보리언은 죽었지만, 한편으론 죽지 않았다. 불멸자인 그녀의 죽음은 그 즉시 탄생으로 이어지기 때문이다. 그러므로 우리의 눈물은 그녀를 위한 것이 아니다. 우리 자신을 위한 것이다. 우리의 사랑이 빚어낸 슬픔으로 인한 것이다. 우리는 다시 그녀를 볼 수 없어 슬퍼한다. 우리는 그녀의 용기와 숭고한 정신을 기리며 노래한다. 오늘 저녁, 우리는 슬픔을 먹겠지만 내일 저녁엔 그녀의 업적을 기뻐하고 나눌 것이다." 그녀는 켄타우로스들을 바라보며 고개를 치켜들고 말했다. "트럼펫 연주자들이여, 하늘을 나는 소녀를 위해 연주하라!"

트럼펫이 한 번, 두 번, 세 번 울렸다. 참석한 생명체들이 저마다의 무리와 대열 속에서 저마다의 말로 크게 소리 지르자, 크리스토퍼의 눈에서 눈물이 흘렀다. 그들의 외침은 상실과 감사의, 그리고 슬픔과 영광의 외침이었고, 그 소리는 하늘 높은 곳까지 솟아올라 온 바다를 가득 메웠다. 한편 몇 킬로미터 떨어진 곳에서는 광전사와 네레이드의 피가 섞인 여인이 그 소리를 들으며 울기도 기뻐하기도 하다가 다시 눈물을 흘렸다.

스핑크스의 친절

장례식 행렬이 있고 다음 날, 나라비랄라가 크리스토퍼가 머무르는 동굴로 찾아왔다. 크리스토퍼는 벽에 등을 기댄 채 미궁 속 사내와 그의 사악한 굶주림, 즉 세상의 불합리에, 우연한 일에, 사람들에 휘말리지 않으려는 분노 가득한 욕망에 관해 이야기했다.

나라비랄라가 고개를 끄덕였다. "그것이 바로 큰 힘이 결코 어떤 한 사람만의 소유가 되어선 안 되는 이유란다. 큰 힘은 나눠어야만 하지." 그녀의 굵은 목소리가 여느 때보다 굵어졌다. "가급적 많은 이가 나눠 가져야 해. 그렇게 하는 게 옳거나 바르거나 친절한 행위라서가 아니야. 그렇게 해야만 두려움을 물리칠 수 있기 때문이지."

얼마 후 그녀가 불에 익힌 정체불명의 고기를 가지고 돌아와 그의 발밑에 놓고는 물었다. "맬이 왜 그런 선택을 했는지 아니?"

그가 고개를 끄덕였다.

"그럼, 그 이유를 설명할 수 있어?"

그는 고개를 가로저었다. "하지만 알고는 있어요."

"나도 그래. 알 것 같아. 확신이 있었던 거야. 세상이 사랑할 만한 곳이라는 확신이. 스핑크스들은 이미 그녀를 기리는 노래를 짓고 있어. 너에 대한 노래도. 두 노래 모두 산속의 바위에 새겨질 거야."

크리스토퍼는 나이 든 스핑크스의 우락부락한 얼굴을 올려다보았다. 스핑크스에게도 상처를 입힐 수 있음이 드러났다. 그들의 가슴을 아프게 하면 되는 것이다.

그러던 어느 날, 드디어 통증 없이 잠에서 깬 날이 찾아왔는데 눈을 뜨자 웬 초록 얼굴이 그의 얼굴에 거꾸로 달라붙어 있었다. 다름 아닌 래트윈이었다.

그가 비명을 지르자, 라타토스카가 머리에서 내려와 우정의 표시로 그의 손에 코를 갖다 댔다.

"자, 너 주래." 래트윈이 그의 손에 뭔가를 뱉으며 말했다.

"고마워요." 그가 일어나 앉았다. "그렇지만 다음엔 엉덩이 안대는 없어도 될 거 같아요."

손에 놓은 것은 갈색 종이를 가는 녹색 실로 묶은 작은 꾸러미였다. 끌러 보니 부드러운 하얀 천이 있었고 또 열어보니 금귀고리 한쪽이 있었다. 크리스토퍼는 가슴이 철렁했고 얼굴에서 핏기가 사라졌다.

"어? 그럼, 나이트핸드가…… 나이트핸드가?"

"아니야! 아니야! 이건 그냥 고맙다는 표시야."

"제길! 그걸 꼭 이런 걸로 표시해야 하나! 제 말은, 이건 본인이 관 값이라고 부르던 거잖아요!"

"아이리언도 이게 널 놀라게 할 거라고, 불쾌하게 할 거라 말했지만 고집을 안 꺾더라고." 갑자기 라타토스카의 높고 섬세한 목소리가 평소보다 느려졌다. "나이트핸드는 잘 살아 있어. 너희와 헤어진 후 켄타비르라는, 카르카단의 독에 대해 잘 아는 켄타우리드 치료사에게 갔지. 켄타비르가 흙으로 바르는 약을 만들어줬어. 총 세 번 만들어줬는데 세 번째 약을 만들기 전에 땅이 흔들리더라고. 너하고 꼬맹이 불멸자가 글리머리를 되찾지 않았다면 나이트핸드는 죽었을 거야. 난 그렇게 생각해."

"팔은 어때요?"

"살갗이 다 까지고 온통 푸르스름한 데다가 부스럼 자국이 엄청 남았어. 뭐, 자기 말로는 그게 오히려 멋지다나."

"페트록하고는 어떻게 된 거예요?"

라타토스카의 눈이 번쩍였다. "내가 그 살인자 켄타우로스를 아주 비참하게 만들어줬지! 일단 필수품을 배 밖으로 눈치 못 채게 던진 다음 이빨로 돛을 찢었어. 그리고 잘 때 깨물기도 하고. 녀석은 날 바다에 던지려 했지만, 돛대 꼭대기로 올라가니 못 따라오더라고. 그러다가 어떤 섬에 가까워졌을 때 바다로 뛰어들어 섬까지 헤엄쳤지. 그 못생긴 놈이 지금 어디 있을지 모르겠지만 라타토스카들의 눈을 피할 순 없을 거야."

"아이리언은 어떻게 지내요?"

"잘 지내." 래트윈은 잠시 침묵하다가 말했다. "사랑에 빠졌지. 쉽지 않은 사랑이지만 아마 매우 멋질 거야."

"나이트핸드하고요?"

래트윈이 끄덕였다. "쉬운 결정은 아니었겠지만 분명 남다르고 즐겁고 기쁜 나날이 펼쳐질 거야."

라타토스카는 다른 소식도 알려주었다. 어린나무들이 쑥쑥 자라고 있으며 크라켄들은 본래 살던 깊은 흙투성이 바다로 돌아가고 있었다. 또한 갈라시아라는 이름의 네레이드가 크리스토퍼에게 인사와 함께 소식을 전했다고 했다. "그 네레이드가 말해달래. '물이 다시 풍부해졌어. 다시 완전해졌어'라고."

"사실……인가요? 모두 사실이에요?"

라타토스카가 조각 같은 작은 머리를 들어 올리며 말했다. "응, 사실이야."

얼마 후 나라비랄라가 찾아와 그를 우람한 등에 태우고는 곁에서 날개를 파닥이는 잭과 함께 산책에 나섰다. 스핑크스는 그를 산 위에 샘이 솟는 곳으로 데려가서는 말했다. "우리가 아는 가장 깨끗한 물이야. 마시면 오랫동안 힘을 줄 거야."

그들은 다 함께 샘물을 마셨다.

크리스토퍼가 물었다. "맬은 어디에 있을까요? 다시 태어났다면요……."

나라비랄라가 거대한 머리를 가로저으며 말했다. "아직은 알 수 없어. 아무튼 어디엔가 있다는 건 확실해. 뭐, 알게 되겠지. 아마 라타토스카들이 소식을 전해줄 거야. 언젠간 새로 태어난 불멸자가 널 찾아갈 거야. 기억하렴. 맬이 알고, 보고, 사랑한 건 새로운 불멸자에게도 역시 알고, 보고, 사랑한 것이란 걸 말이야. 불멸자는 널 알아보고 사랑할 거야. 맬은 영영 사라진 게 아니고 이제 영원한 영혼의 일부가 되었으니까. 불멸자는 어느 날 널 찾아내서는 유쾌하게 네 이름을 부르며 달려올 거야. 아주 멋진 날이 되겠지. 하지만 우선은 네가 원래 세상으로 돌아갈 때가 됐어."

"어디 열린 곳이 있을까요?"

"있어. 네가 친구들과 산을 넘어 우리를 찾아온 날부터 난 스핑크스들을 보내 열린 곳을 찾았지. 한 곳을 발견했어. 우리 생각엔 미궁에서 나온 사내가 죽었을 때 열린 것 같아. 그런데 거긴 아키펠라고 반대편이고 산호와 바위 지대를 통과해야 해서 배로는 못 가."

"그럼 어떻게 가지요? 전 맬이 아니라 날 수도 없는데." 그가 말했다.

잭이 대답했다. "날 수 있어. 용의 등에 타면 말이지."

크리스토퍼가 그 말은 마치 벌써 등에 타고 학교에 가라는 뜻이 아니냐는 눈초리로 쭈뼛쭈뼛 자쿨루스 용을 바라보았다.

"오해 말고 잘 들어줘. 그러니까…… 참 친절한 제안이긴 한데, 그렇게 하는 게 과연 너에게 편할까? 과학적으로도 불가능할 것 같고."

기분이 상한 잭이 콧김을 뿜자 근처의 덤불에 불이 붙었다. "나 말고! 먼 친척에게 부탁했단 말이야."

얼마 후 찾아온 그 먼 친척이란 용은 작은 성만 했는데 어딘가 친숙한 모습이었다. 전체적으로 까마귀처럼 까맣고 녹색과 보라색과 어두운 파란색이 뒤섞인 석유와 같은 광택이 났다. 다만 날개 아래쪽은 붉었다.

"전에 본 적이 있어요!"

"이 친척은 용의 언어밖에 몰라." 잭이 말했다. "인간이 만든 어떤 언어보다 오래된 말이지."

이때 나라비랄라가 예상외의 행동을 하여 크리스토퍼를 놀라게 했다. 갑자기 입을 벌리더니 날카로운 돌에 그대로 내리찍듯 이빨을 부딪은 것이다. 곧바로 총에 맞은 듯 이빨에 금이 가더니 끝이 크리스토퍼의 엄지손가락 끝마디만 하게 쪼개져 땅에 떨어졌다.

그녀가 말했다. "잘 씻어서 챙기렴."

크리스토퍼가 이빨 조각을 샘물에 씻고는 들어 보이며 말했다. "이렇게요?"

"입에다 넣어봐."

"입에요? 저기, 뭐라고요?"

"스핑크스의 이빨에는 언어가 담겨 있지."

자쿨루스 용이 감탄하면서도 질투가 나는 듯 말했다. "그게 있으면, 그러니까 입 안에 넣으면 어떤 언어도 알아들을 수 있어. 스핑크스의 이빨 때문에 인간들이 서로를 죽인 일도 있어."

크리스토퍼가 나라비랄라의 이빨을 조심스럽게 입에 넣었다. 다행스럽게도 스핑크스의 입 냄새는 느끼려 해도 느껴지지 않았다.

"통로에 대해 알아요?" 그가 붉은 용에게 말했다. 자신의 목소리가 처음 듣는 소리를 내고 있었다. 평소보다 거칠고 사나운 말소리였다.

"알아."

"열려 있어요?"

"지금은."

"언제 닫혀요?"

"그건 알 수 없어. 그렇지만 냄새를 맡아보니 거의 닫힐 때가 됐어. 그러니 이제 슬슬 사자얼굴들에게 작별을 고해."

크리스토퍼는 이빨을 손에 뱉은 후 나라비랄라에게 말했다.

"용이 이제 작별 인사를 하래요."

"그래." 고대의 스핑크스가 크리스토퍼의 얼굴에 숨을 내쉬자, 바람이 일며 머리카락이 뒤로 날렸다.

"크리스토퍼, 참 잘 해냈다." 그녀가 말했다. "네 생각보다도 훨씬 잘했어. 매우 드문 일이지."

"이빨 가져가도 돼요?"

그녀가 거대한 머리를 끄덕였다. "세상 어디에서든 효과가 있을 거야." 그리고 용을 가리키며 말했다. "타거라."

용의 등은 큰 피아노 열 대를 나란히 놓은 것만큼이나 넓었고 미끄러우면서도 광택이 나서 발을 어디에다 두어야 할지 난감했다. 크리스토퍼가 적당히 책상다리를 틀고 앉자 양쪽으로 거대한 날개가 솟아올랐다.

나라비랄라가 말했다. "비늘을 잡아. 어떻게 해도 용이 다칠 일은 없으니까. 그 옛날의 물질로 만들어졌거든. 그 용은 4천 년 전엔 메소포타미아에서 살았지."

크리스토퍼는 그 말대로 용 비늘이 높이 솟은 곳을 꽉 잡고는 등에 몸을 붙이고 엎드렸다. 그러자 귓가에 엄청난 돌풍이 일더니 그가 순식간에 용과 함께 날아올랐다. 맬이 있었다면 무척 좋아했을 거란 생각이 들자 기분이 유쾌해졌다.

비행은 몇 시간 동안 계속되어서 크리스토퍼는 먹을 걸 싸 왔어야 했다는 후회를 했다. 다만 용에게 점심을 먹어야 하니 잠시 쉬자는 얘기를 꺼내기는 힘들겠다고 생각했다.

용은 돌로 된 작은 섬에 이르러 중앙에 있는 호수에 조심스럽게 내려앉았다. 호수의 표면에는 온통 작은 빛물질이 휘날리고 있었다. 거대한 용이 앉자 호숫가가 비좁아 보였다.

"이제 어디로 가지요?"

"물속으로."

크리스토퍼는 이빨을 뱉어 손에 쥐고는 어깨에 힘을 줬다.

이때 공기가 요동치며 퉁기는 소리가 나더니 잭이 그의 옆에 내려앉았다.

"한 손을 내밀어. 손바닥은 아래로." 잭이 말했다.

크리스토퍼는 시키는 대로 했다.

자쿨루스 용이 손 위에 앉더니 인사를 하듯 작은 머리를 숙여 손끝에 대었다. 그러곤 갑자기 엄지손가락 끝마디를 세게 물고 손등을 발톱으로 긁었다.

"아! 야! 왜 그래?"

"상처를 남기려고. 그래야 실제로 일어난 일이라고 기억할 거 아니야? 네가 실제로 존재하는 것처럼 모든 게 사실이었어. 너의 활약도 물론 진짜였고."

크리스토퍼에겐 상처가 필요 없었다.

맬을 사랑하는 감정은 이미 그의 마음속 가장 섬세한 곳에 자리 잡고 있었으며 그 또한 이를 잘 알고 있었다. 그 마음이 용기의 원동력이 되었고 그녀가 말한 기적의 의미가 바로 그것이었다. 이제 그녀는 없었지만 사랑의 불꽃은 계속 타오르고 있었다.

"이제 닫히기 전에 어서 가."

작은 용이 그를 밀쳤는데 아무런 효과가 없자 이번엔 큰 용이 살짝 건드렸다. 그 충격에 크리스토퍼는 물속으로 날아갈 뻔했다. 그는 마지막으로 한 번 더 하늘을 올려다보았다.

이제 맬은 하늘에 있다는 생각이 들었다. 하늘은 사랑하기로 결심한 세상을 지키기 위해 하늘의 불 속으로 사라진 소녀의 것이 되었다. 언젠가 돌아와 이 하늘 아래서 그녀와 다시 만나리란 생각이 확신으로 변하자 가슴이 뛰고 온몸이 기쁨으로 떨렸다. 그는 반드시 그렇게 하리라 마음먹었다.

그는 돌아서서 집으로 향하는 걸음을 떼었다.

다시 한번 시작

태어나기에 참 좋은 날이었다. 맬이 하늘로 날아간 순간, 아키펠라고의 어딘가에서 한 여인이 아기를 낳았다. 아기는 울고 웃기를 반복하며 거의 잠들지 않았다. 엄마는 아기를 사랑했지만, 한편으론 너무나도 힘들다고 생각했다. 잠이 들면 아기는 작은 두 주먹을 불끈 쥐고 역시 작은 턱을 내밀었다.

아기는 아직 혀를 제대로 움직일 수 없었는데 그런데도 계속 말하고 있었다. 그것은 놀라움과 두려움과 기쁨이 담긴 감탄이었다. 아기의 옹알이는 맬이 날아가면서 읊조리던 바로 그 말이었다.

크리스토퍼의 여정

크리스토퍼가 어떻게 돌아왔는지, 어떻게 어둑해진 저녁에 로칸의 표면으로 떠올라 흠뻑 젖은 채 언덕을 내려온 뒤, 부엌에 있던 외할아버지와 다시 만났는지 자세히 말할 필요는 없을 것이다. 특히 용의 등에 탔다는 이야기 다음에는 더더욱 그렇다.

하지만 완전히 젖은 데다가 상처투성이인 모습으로 웃으며 서 있는 손자를 봤을 때 그의 외할아버지가 지긋한 나이에도 불구하고 바깥의 나무들까지 뒤흔들 만큼 엄청난 소리를 질렀다는 대목은 들어볼 만할 것이다.

또한 문을 박차고 들어온 그의 아버지가 "안전해요. 아키펠라고는 안전해요. 우리가 치유했어요"라고 말하는 아들의 말을 듣고 기쁨과 자랑스러운 마음에 내뱉은 울부짖음 역시 온 세상을 뒤흔들 만큼이나 대단했다.

그들은 잔치를 벌였다. 낡은 집이 감당하지 못할 정도로 음식이 넘쳐나는 기쁨의 잔치였다. 크리스토퍼가 돌아오지 않았을 때 프랭크 어리엇은 사위에게 전화를 걸었다. 그들은 말다툼을 벌였고 화가 난 크리스토퍼의 아버지는 많은 걸 부수었다. 그 후 난장판이 된 집을 정리하고 고요가 찾아왔을 때, 두 남자가 할 수 있는 건 기다리는 일뿐이었다.

매일 그들은 돌아오지 않는 소년을 맞이할 채비를 했다. 매일 그들은 혹시나 하는 마음에 과할 만큼 많은 음식을 사서 요리했고 밤이 되면 걱정 속에서 침묵을 지키며 둘만의 식사를 했다.

그러므로 그날의 잔치는 정말이지 대단한 것이었다. 식탁은 노인이 바삐 나르는 음식이며 그릇과 접시 등에 파묻혀 보이지 않았다. 그들은 여덟 종류의 파스타와 파이, 과일, 치즈를 먹었고 일곱 종류의 아이스크림을 먹었다. 아무리 먹어도 아버지의 기쁨과 흥분은 가시지 않았다.

크리스토퍼는 아버지와 외할아버지에게 모든 걸 말했다. 그의 아버지는 아들의 말을 끊지 않고 의심도 하지 않으며 끝까지 들어주었다. 물론 중간에 어떤 대목에서는 흐느끼는 듯한 소리를 내기도 했고 한번은 기쁜 나머지 자기도 모르게 소리를 지르기도 했지만, 그 외에는 그저 듣기만 했다. 또한 크리스토퍼가 장작을 더 넣으려고 난로에 다가갔을 때도 순간 긴장했을 뿐 불에 가까이 가지 말라는 경고를 하지 않았다.

프랭크 어리엇은 안락의자에 앉아 아버지와 아들을 보고 있었다. 그는 자신도 먼 옛날에 직접 본 적 있는, 그리고 아마 다시는 보지 못할 세상에서 벌어진 놀라운 이야기를 눈을 반짝이며 듣고 있었다.

사실 그날 밤, 크리스토퍼는 일부러 이야기하지 않은 것이 한 가지 있었다. 맬이 날아가기 전에 속삭인 내용이었다. 그것만큼은 그만의 보물이었다.

그녀는 자신의 눈높이까지 그를 아래로 잡아당기고는 그의 뺨에 입을 맞췄다. 물어뜯는 듯한 강한 입맞춤이었고 자국이 남았다.

그녀가 남긴 말

그래, 알았어. 좋아. 그래, 좋다고.

감사의 말

2017년에 나는 어울리지 않게 큰 코트를 입고 나무 꼭대기 위로 낮게 나는 소녀의 이야기를 떠올렸고, 그 후로 몇 년 동안 많은 분께 금방은 갚지 못할 엄청난 감사의 빚을 지게 되었다. 이하는 내가 심심한 감사를 표하고픈 분들 중 극히 일부에 불과하다.

우선 무한히 샘솟는 아이디어와 탁월한 편집 능력으로 날 이끌어준 엘런 홀게이트에게 무한한 감사를 드린다. 그가 없었으면 난 여전히 줄거리의 중간 어딘가를 헤매고 있었을 것이다.

마케팅 부서의 알레샤 본서와 소피 로스웰, 브리튼 섬에서 가장 뛰어난 홍보팀장인 베아트리스 크로스 및 글에 관한 토론 능력이 뛰어나며 인내심은 훨씬 더 뛰어난 플리스 스티븐스 등 블룸스버리의 모든 직원이 환상적이었다. 편집자 닉 데 쇼모기와 교정 편집자 안나 스완, 편집부의 벤 슐랭커와 디자인을 맡은 로라 버드와 대니얼 리펭길 그리고 제작부서의 마이크 영도 나에겐 모두 영웅이다. 한편 레베카 맥널리는 이 책을 열렬히 옹호해주었으며 나이절 뉴튼은 내가 블룸스버리와 일한 이래로 늘 변치 않는 지지와 아량을 베풀었다.

나의 멋진 에이전트 클레어 윌슨과 피터 스트러스, 사패 엘-오와하비를 포함한 RCW의 모든 분께도 감사의 말씀을 전한다.

물론 이 책과 앞으로 선보일 책들을 항상 믿음으로 지켜봐줄 크노프의

담당 편집자 낸시 시스코도 빼놓을 수 없다.

또한 인클루시브 마인즈의 인클루전 앰배서더 활동이 없었으면 기프트 아지모쿤과 이아라 코레아-베젤과도 인연이 닿지 못했으리라 생각하기에 감사를 담아 고개를 숙인다.

이 책의 야수 도감 삽화를 그려준 토미슬라브 토미치 덕분에 글 쓰는 작업이 한결 즐겁고 수월할 수 있었으며 대니얼 에그네우스는 이 책에 아름다운 표지를, 버지니아 앨린은 마법 군도의 환상적인 지도를 선사해주었다.

비록 이름을 나열하진 않겠지만 누구를 말하고 있는지 분명 알고 있을 나의 친구들에게도 공을 돌린다. 당신들과 만난 것을 과분한 행운이라 생각한다. (또한 내가 존 던의 미완성 서사시에 영감을 받아 아이들을 위한 책을 쓰고 있다고 했을 때 깔깔대며 웃지 않은 점도 감사하게 생각한다.)

아이들이 읽는 책을 쓰고 만드는 모든 분께 감사를 드리고 싶다. 나는 존 던의 전기를 쓰느라 즐겁고도 힘든 긴 시간을 보냈는데 아이들을 위한 소설을 쓰는 일이 더 힘든 과업임을 깨달았다. 나는 내가 감탄해 마지않는 작품을 내놓은 이 분야의 현업 작가들과 동료가 된 것에 개인적으로 큰 자부심을 느낀다. 내가 보기에 아이들을 위해 훌륭하게 쓴 책에는 우리 인간이 지니고 있으면서도 스스로 잘 알지 못하는 모습과 욕망이, 또한 원초적 우스갯소리가 담겨 있다. 이 장르의 도서 제작에 힘쓰는 친구들과 동료들께 참으로 늘 고마운 마음이다. 정말로 특별한 공동체가 아닐 수 없다.

우리 가족 역시 큰 도움을 주었다. 겔리펀을 처음 떠올린 곳은 마이크 런델의 콘월식 식탁이었다. 제라드와 올케 케런, 조카 시어도어와 피비에게도 감사를 전한다. 크리스토퍼에게 아키펠라고의 동물들이 있다면 나에게는 조카들이 있다. 또한 내 모든 걸 만들어주신 부모님인 바버라와 피터 런델께 영원한 감사를 드리는 바이다.

이 책을 고칠 때마다 매번 읽고 멋지고 재치 넘치며 현명한 조언을 해준, 너무나 잘생기기까지 한 찰스 콜리어에게도 따로 감사를 해야 마땅하다.

이 책은 나의 고모할머니인 클레어 호킨스를 추억하며 썼다. 유쾌하고 따뜻한 태도와 애정 어린 관심만으로도 한 아이의 인생에 크나큰 영향을 미칠 수 있음을 어른이 되면 잊기 쉽다. 사랑스럽고도 존경받는 어른의 본을 보여주신 고모할머니의 영원한 안식을 빈다.

옮긴이 김원종

서울대학교 사범대학 영어교육과를 졸업하고 현재 송도고등학교 영어 교사로 재직 중이다. 유년 시절부터
『호빗』, 『반지의 제왕』 등을 즐겨 읽으며 판타지 문학에 관심을 갖게 되었다. 아르테 판타지 기획에 참여하
며, 『임파서블 크리처스』를 시작으로 국내에 알려지지 않은 여러 판타지 걸작들을 국내에 번역, 소개할 예
정이다.

하늘을 나는 소녀와 신비한 동물들

1판 1쇄 인쇄 2024년 10월 21일
1판 1쇄 발행 2024년 11월 13일

지은이 캐서린 런델
옮긴이 김원종
펴낸이 김영곤
펴낸곳 (주)북이십일 아르테

책임편집 권구훈 **편집진행** 김민기
문학팀장 김지연 **문학팀** 원보람
디자인 한성미
해외기획팀 최연순 소은선 홍희정
출판마케팅팀 한충희 남정한 나은경 한경화 최명열
영업팀 변유경 김영남 전연우 강경남 최유성 권채영 김도연 황성진
제작팀 이영민 권경민

출판등록 2000년 5월 6일 제406-2003-061호
주소 (우 10881) 경기도 파주시 회동길 201(문발동)
대표전화 031-955-2100 **팩스** 031-955-2151
이메일 book21@book21.co.kr

아르테는 (주)북이십일의 문학 브랜드입니다.

ISBN 979-11-7117-868-1 04840
ISBN 979-11-7117-867-4 (세트)